611/4

BUDA

DEEPAK CHOPRA
BUDA

SUMA
de letras

Título original: *Buddha: A Story of Enlightenment*
© 2007, Deepak Chopra

Deepak Chopra declara el derecho moral para ser identificado como autor de este libro

© De esta edición:
   Santillana Ediciones Generales, SA de CV
   Av. Universidad 767, col. del Valle
   CP 03100, Teléfono 5420 7530
   www.sumadeletras.com.mx

Diseño de cubierta: Opal Works
Diseño de interiores: Raquel Cané
Adaptación de cubierta: Carolina González Trejo

Primera edición: julio de 2007

ISBN: 978-970-580-000-9

Impreso en México

Nota del autor

Quien me ve a mí ve las enseñanzas.
BUDA

Para escribir este libro respiré hondo e inventé nuevos personajes e incidentes en la vida de una de las personas más famosas de la historia. Famosa, pero aun así desconocida. Quería rescatar a Buda de las nieblas del tiempo, presentarlo en carne y hueso, pero preservando su misterio. Hace ya cientos de años que la realidad se mezcló con la fantasía en la historia del príncipe que se convirtió en dios viviente. ¿O era eso precisamente, un dios, lo que él no quería ser? ¿Era su mayor deseo desaparecer del mundo material y ser recordado tan sólo como una fuente inspiradora de perfección?

La historia de Buda, que cobró ímpetu a lo largo de dos milenios, como una bola de nieve que crece y se transforma en alud, se saturó de milagros y dioses que se pegaron a su superficie. Cuando hablaba de sí mismo, Buda jamás mencionaba milagros ni dioses. Dudaba de ambas cosas. No mostraba interés alguno en que lo trataran como a una personalidad importante; en ninguno de sus muchos sermones hizo referencia a su vida familiar ni dio información alguna sobre su persona. A diferencia de Cristo en el Nuevo Testamento, es evidente que Buda no se consideraba divino. Por el contrario, se veía como «alguien que está despierto», de acuerdo con el significado de la palabra *buda*. Ésa es la persona que he intentado retratar en este libro. Aquí, reflejado en todo su misterio, está el más grande de los seres humanos que alcanzaron la iluminación, que pasó su larga vida tratando de despertarnos a los demás. Todo lo que sabía lo había aprendido a partir de una experiencia ardua y, a veces, amarga. Atravesó el sufrimiento extremo —casi hasta la muerte— y resurgió con algo increíblemente valioso. Literalmente, Buda se convirtió en la verdad. «Quien me ve a mí ve las enseñanzas», dijo, «y quien ve las enseñanzas me ve a mí».

Escribí este libro como un viaje sagrado, novelado en muchos de sus aspectos externos, pero psicológicamente fiel, espero, a lo que inspira el sendero de quien busca. En las tres etapas de su vida —Siddhartha, el príncipe; Gautama, el monje, y Buda, el Compasivo— fue mortal, como nosotros, pero aun así alcanzó la iluminación y ascendió a un rango inmortal. El milagro radica en que alcanzó esa dimensión al seguir el dictado de un corazón igual de humano que el nuestro, e igual de vulnerable también.

Deepak Chopra

BUDA

Siddhartha, el príncipe
parte 1

Reino de los sakya, 563 antes de Cristo

Era un día frío de otoño, y el rey Suddhodana se daba la vuelta sobre su montura para estudiar el campo de batalla. Necesitaba un punto débil que explotar y confiaba en que el enemigo hubiese descuidado alguno. Siempre lograba encontrar dichos puntos. Los sentidos del rey no percibían nada más. Los gritos de los heridos y los moribundos se acentuaban entre las voces ásperas de los oficiales, que lanzaban sus órdenes e imploraban la ayuda de los dioses. Despedazado por los cascos de los caballos y las patas de los elefantes, cortado por el acero de las ruedas de las cuadrigas, el campo rezumaba sangre, como si la tierra misma hubiese quedado herida de muerte.

—¡Más soldados! ¡Quiero más infantería, ya! —Suddhodana no podía esperar a que obedecieran: hablaba sin cesar—. ¡Si alguno de los que me oyen escapa, me encargaré yo mismo de matarlo!

Aurigas e infantes se acercaron al rey, convertidos en siluetas golpeadas, tan mugrientas por la lucha que podrían haber sido moldeados por los demiurgos con el barro del campo.

Suddhodana era un monarca guerrero, y lo primero que debemos saber de él es lo siguiente: cometía el error de creerse un dios. Junto con su ejército, el rey se arrodillaba en el templo y rezaba antes de ir a la guerra. Una vez traspasadas las puertas de la capital, Suddhodana volvía la cabeza, arrepentido, para mirar su hogar por última vez. Pero le cambiaba el ánimo a medida que recorría los kilómetros y se alejaba de Kapilavastu. Cuando llegaba al campo de batalla, la actividad frenética y los olores que le asaltaban —a paja y sangre, sudor de soldados, caballos muertos— transportaban a Suddhodana a otro mundo. Lo sumían por completo en la convicción de que no podía perder jamás.

La campaña actual no era idea de él. Ravi Santhanam, un caudillo del norte, de la frontera con Nepal, había atacado por sorpresa una de las caravanas comerciales de Suddhodana. La respuesta de éste no se hizo esperar. Aunque los hombres del jefe rebelde tenían la ventaja del terreno elevado y la consiguiente buena posición defensiva, las fuerzas de Suddhodana avanzaban inexorablemente sobre sus dominios. Los caballos y los elefantes pisoteaban a los caídos que ya habían muerto y a los que, aunque vivos, estaban demasiado débiles para escapar. Suddhodana cabalgaba junto al flanco de un elefante que retrocedía, y logró esquivar por muy poco las enormes patas cuando éstas bajaban para hundirse en la tierra. Perforada su carne por media docena de flechas, la bestia estaba enloquecida.

—¡Quiero una nueva línea de cuadrigas! ¡Cierren la fila!

Suddhodana había descubierto en qué punto estaba exhausto y listo para desplomarse el frente enemigo. Doce cuadrigas más avanzaron por delante de la infantería. Las ruedas revestidas de metal resonaron contra el duro suelo. Los aurigas tenían a sus espaldas arqueros que lanzaban flechas hacia el ejército del caudillo.

—¡Formen una barrera que nadie pueda atravesar! —gritó Suddhodana.

Sus aurigas eran soldados experimentados, implacables veteranos, hombres despiadados de cara adusta. Suddhodana cabalgó despacio frente a ellos, e hizo caso omiso de la batalla que se desarrollaba a escasa distancia. Habló con calma:

—Los dioses disponen que sólo puede haber un rey. Pero les juro que hoy no soy mejor que un soldado común y que ustedes son como reyes. Cada hombre que está aquí es una parte de mí. ¿Qué puede decir el rey, entonces? Sólo dos palabras, pero las dos que sus corazones quieren escuchar. ¡Victoria y hogar! —Entonces, la orden restalló como un latigazo—. Todos juntos, ¡muévanse!

Ambos ejércitos avanzaron, raudos y ensordecedores, hacia la batalla, como océanos opuestos. Suddhodana encontraba sosiego en la violencia. Su espada bailaba y le partía la cabeza a un hombre de un sólo golpe. Su línea avanzaba y, si los dioses lo disponían, como tenía que ser, las fuerzas enemigas se gastarían, cadáver tras cadáver, hasta que la infantería de Suddhodana pudiese penetrar como una cuña compacta que avanza deslizándose sobre la sangre del enemigo. El rey se habría burlado de cualquiera que le negara que estaba en el centro mismo del mundo.

En ese mismo instante, la reina, mujer de Suddhodana, atravesaba las profundidades del bosque sobre una litera. Estaba embarazada de 10 meses, señal de que, según decían los astrólogos, el niño sería extraordinario. Sin embargo, en la mente de la reina Maya nada era extraordinario, excepto la ansiedad que la rodeaba. Había decidido regresar al hogar de su madre para tener a su bebé.

Suddhodana no había querido dejarla. Era costumbre que las madres primerizas regresaran a su hogar para parir, pero él y la reina eran inseparables. Suddhodana estuvo tentado de negarse, hasta que Maya, con la candidez que la caracterizaba, le pidió permiso para marchar frente a toda la corte. El rey no podía desairar a su esposa en público, a pesar de los riesgos que el viaje implicaba.

—¿Quién te acompañará? —preguntó, con un punto de rudeza y la esperanza de que la reina se asustara y abandonara el insensato plan.

—Mis damas.

—¿Mujeres?

—¿Por qué no? —respondió ella.

El rey levantó al fin una mano para expresar su aprobación a regañadientes.

—Llevarás algunos hombres, los que podamos reunir.

Maya sonrió y se retiró. Suddhodana no quería discutir, porque en realidad su esposa lo desconcertaba. Intentar que temiera al peligro era inútil. La realidad física era para ella como una membrana delgada sobre la que se deslizaba, como lo hace un mosco sobre una laguna, sin perturbar la superficie del agua. La realidad podía llegar a Maya, conmoverla, lastimarla, pero nunca cambiarla.

La reina abandonó Kapilavastu un día antes que el ejército. Al atravesar el bosque, Kumbira, la más anciana de las damas de la corte, cabalgaba a la cabeza de la comitiva, que, por cierto, era bastante precaria: seis soldados demasiado viejos para ser útiles en la guerra, montados sobre otros tantos jamelgos demasiado débiles para arremeter contra el enemigo. Detrás marchaban cuatro porteadores, que se habían quitado los zapatos para salvar el camino pedregoso, cargando sobre los hombros el palanquín decorado con borlas y cuentas donde viajaba la joven reina. Maya no hacía el menor ruido, oculta tras los vaivenes de las cortinas de seda, con excepción del quejido ahogado que soltaba cada vez que un porteador tropezaba y la litera se sacudía bruscamente. Completaban el grupo tres jóvenes damas de compañía, que se quejaban en voz baja por tener que caminar.

Kumbira, de cabello cano, no dejaba de mirar a ambos lados, consciente de los peligros que acechaban. El sendero, poco más que una grieta angosta en la pendiente de granito, fue en su origen un camino de contrabandistas, en los tiempos en que se pasaban a Nepal pieles de ciervos cazados de manera furtiva, especias y otros contrabandos. Aún lo frecuentaban los bandidos. Se sabía que en esa zona los tigres capturaban a sus presas entre los grupos de viajeros aterrorizados, incluso en pleno día. Para ahuyentarlos, los porteadores llevaban máscaras puestas hacia atrás sobre la cabeza, creyendo que los tigres sólo atacan por la espalda y nunca a alguien que les da la cara.

Kumbira cabalgó sendero arriba hasta ponerse junto a Balgangadhar, el jefe de los guardias. El guerrero la miró con estoicismo e hizo una leve mueca de dolor cuando oyó un nuevo quejido de la reina.

—No puede aguantar mucho más —dijo Kumbira.

—Y yo no puedo hacer que el camino sea más corto —gruñó Balgangadhar.

—Lo que sí puedes hacer es darte prisa —replicó ella, como si su voz fuera un látigo. Kumbira sabía que el guerrero se sentía avergonzado por no estar luchando junto a su rey, pero Suddhodana sólo confiaba en una guardia experta como aquélla para proteger a su esposa. Consideraba a los veteranos más útiles como escolta que como combatientes.

Inclinando la cabeza con la menor deferencia que permitía el protocolo, el guardia dijo:

—Me adelantaré y buscaré un sitio para acampar. Los lugareños dicen que hay un claro de leñadores con algunas chozas.

—No, nos movemos juntos —objetó Kumbira.

—Hay otros hombres aquí que pueden protegerlas mientras no estoy yo.

—¿De veras? —Kumbira lanzó una mirada crítica hacia la lastimera comitiva—. ¿Y quién crees que los protegerá a ellos?

Les dirán que Maya Devi —la diosa Maya, como pronto pasó a ser conocida— llegó con la luz de la luna al jardín de Lumbini, uno de los lugares más sagrados del reino. Les dirán que no dio a luz en el bosque por accidente, sino que el destino la guió allí. Deseaba fervientemente que la llevaran al jardín sagrado porque allí se erguía un árbol gigante, que era como un pilar para la diosa madre. La premonición le había dicho que ese nacimiento sería sagrado.

En realidad, era una mujer joven, frágil y asustada, que a duras penas evitó perderse en el bosque. ¿Y el árbol sagrado? Maya se aferró al tronco de un gran árbol de sal porque era el más cercano y el más común en el claro. Estaba cerca de Lumbini, eso sí es cierto. Balgangadhar había encontrado un lugar protegido a un lado del sendero, y el palanquín real llegó sólo unos momentos antes de que Maya entrara en las últimas etapas del parto. Las damas de la corte formaron un círculo hermético alrededor de ella. Maya se agarró con fuerza al árbol y en lo profundo de la noche dio a luz al hijo que su esposo, el rey, tanto deseaba.

Kumbira murió mucho antes de que crecieran las leyendas, por lo que no aparece en ellas ladrando órdenes a las mujeres apuradas, corriendo a los hombres ni a punto de escaldarse por llevar un recipiente con agua hirviendo desde la fogata. Ella fue la primera que tuvo al niño en brazos. Con delicadeza, limpió la sangre que cubría el cuerpecito y preparó al recién nacido, entre berridos de éste, para mostrárselo a Maya. La reina estaba tendida en el suelo, callada, casi indiferente. No le daría de mamar por primera vez, un importante ritual de las costumbres locales, hasta la mañana. A pesar de la aparente buena salud del bebé, Kumbira estaba preocupada, nerviosa por todos los sonidos nocturnos y, en especial, por el parto de Maya, que había sido demasiado largo y doloroso.

—Mi esposo ya puede morir feliz —susurró Maya con voz débil y extenuada.

Kumbira se sobresaltó. ¿Cómo era posible que Maya pensara en la muerte en ese momento? Los ojos de la anciana estudiaron la oscuridad que envolvía el campamento aislado. Las damas más jóvenes de la corte se deshacían en elogios a la valiente madre primeriza, aliviadas porque hubiera terminado la dolorosa experiencia, dichosas ante la idea de regresar al hogar, a los lechos cómodos junto con sus amados. Su felicidad aumentó en cuanto la luna llena, augurio auspicioso, se elevó por encima de las copas de los árboles.

—Alteza —dijo Utpatti, una de las siervas, mientras se acercaba. Era joven y sincera, no tan frívola como muchas de las mujeres que formaban la comitiva de la reina—, hay algo que debe hacer.

Antes de que Maya pudiese detenerla, Utpatti abrió el vestido de la reina y dejó los senos al descubierto. Avergonzada y confundida, Maya se apresuró a cubrirse, cerrando las ropas con una sola mano.

—¿Qué haces? —preguntó.

Utpatti dio un paso atrás.

—Le ayudará con la leche, alteza —susurró, no muy convencida. Miró de soslayo al resto de las mujeres—. La luz de la luna en los senos. Todas las mujeres del campo lo saben.

—¿Eres del campo? —preguntó Maya.

Las demás ahogaron una risita que dejaba bien claro que no le molestaba. Utpatti contestó:

—Alguna vez lo fui.

Maya se reclinó y ofreció los senos turgentes a la luna. Ya estaban pesados, llenos de leche.

—Siento algo —murmuró. Le había cambiado el ánimo; en su voz se percibía un matiz de éxtasis, que calmaba el dolor. Aunque ella no fuera una diosa, podía regocijarse en la caricia de una diosa, la luna. Tomó al niño y lo alzó.

—¿Ves qué tranquilo está ahora? Él también lo siente. —En ese momento, Maya supo en su corazón que sus deseos se habían hecho realidad. Hay un nombre en sánscrito que expresa ese concepto. Alzó más alto al bebé.

—Siddhartha –dijo—. «El que ha satisfecho todos los deseos». Las damas de la corte advirtieron la solemnidad del momento e inclinaron la cabeza, incluso Kumbira, la de cabello gris.

Un manto de lluvia gris cubría a Suddhodana y a sus hombres a medida que empezaban a erguirse sobre ellos las torres del hogar. El centinela gritó desde su puesto y se abrieron las grandes puertas de madera de la capital. «¡Atención!», gritaban los sargentos en las filas. Habían salido a recibirlos unos pocos ciudadanos. Suddhodana sabía que las mujeres agolpadas a ambos lados de la calle estaban allí para escudriñar las filas del ejército con expresión preocupada, rezando para que sus esposos e hijos estuvieran vivos.

Esa mañana, la reina se habría levantado al alba en caso de que su esposo decidiera volver temprano, pero luego llegaron las lluvias y lo retrasaron todo. El viaje de regreso desde lo alto de las montañas había pasado para ella como una suerte de éxtasis, que aumentaba incluso aunque empezara a flaquearle el cuerpo. En la corte circulaban muchos rumores, porque ella se había negado a aceptar los servicios de una nodriza. «No es posible que amar a mi hijo me mate», había dicho.

La mente de la reina volvió a un sueño que la había visitado 10 meses antes. Al principio, Maya despertaba en sus aposentos privados. Se cubría los ojos para protegerse de una luz que había aparecido en el cuarto. De la luz salían tres seres angelicales con forma de doncellas jóvenes y sonrientes. En cuanto se incorporaba, Maya se daba cuenta de lo que eran en realidad sus visitantes: *devas* o seres celestiales.

Los tres devas la invitaban a unirse a ellos con un gesto. Sin comprender por qué la habían elegido a ella, Maya abandonaba la tibieza de su cama para seguirlos. Los devas volteaban de vez en cuando para mirarla y atravesaban las paredes de la alcoba como si fuesen de humo. La reina tampoco sentía la pared cuando la atravesaba. Una vez al otro lado, Maya era arrastrada con más velocidad, y el palacio y el mundo que quedaban más allá se desdibujaban. A lo lejos se cernía una luz más brillante, y en cierto momento Maya se daba cuenta de que era el reflejo del sol sobre la nieve. Miraba asombrada alrededor. El resplandor diurno deslumbraba sobre la superficie cristalina de un lago de alta montaña rodeado de picos centinelas.

Los montes del Himalaya (porque la reina estaba segura de que era allí donde la habían llevado los devas) siempre habían sido presencias distantes e imponentes para ella. Maya nunca había imaginado que alguna vez estaría entre ellos, y ahora las tres doncellas la guiaban hacia la ribera de guijarros del otro lado del lago. La superficie estaba tranquila y brillaba como un espejo.

Los devas empezaban a desvestirla. Maya no estaba turbada; se relajaba ante las atenciones que le dispensaban. Casi con la misma presteza con que le habían quitado la ropa, la cubrían con los atavíos más hermosos que jamás viera. Con sonrisas silenciosas, se inclinaban para tocarle el vientre. La caricia era cálida y excitante. Sentía deseo. Maya se adentraba más y más en las profundidades del lago. Entonces se despertaba y se encontraba sentada en la cama, como si nunca se hubiese levantado. Pero ocupaba toda su alcoba una criatura que tenía un ojo fijo en la mirada de la reina. De ese ojo surgía, al abrirse, una blancura que, a medida que la mente de Maya salía de su sopor, tomaba la forma de un enorme elefante, blanco como la nieve. La criatura la miraba con una inteligencia cálida, confiada. Luego levantaba la trompa a modo de saludo reverencial. De forma inesperada, Maya sentía un hambre ardiente. Entonces volvía a despertar, sentada en la cama, pero sola. Aún sentía el inusual deseo y no podía ignorarlo.

Velozmente, casi temblando, abandonó la cama, se cubrió con su bata y corrió hacia los aposentos de su esposo. Suddhodana estaba acurrucado entre las sábanas, a la luz mortecina de las velas. Tras años de esperar un hijo en vano, ahora solía dormir solo. Otro rey habría buscado una amante que pudiera darle un hijo. Otro rey la habría mandado asesinar o encerrar como a una loca para rescindir el contrato matrimonial. Pero Suddhodana no había hecho nada de eso: en el amor, al igual que en la guerra, siempre había sido valiente y leal.

«Esta noche será distinta», se dijo Maya. «He sido bendecida». Con cuidado, tratando de no sobresaltar demasiado a Suddhodana cuando se despertara, se tendió en la cama junto a él. Le acarició la cara suavemente para que abandonara el sueño. Las manos del rey se crisparon cerrando los puños al principio; luego, abrió los ojos y fijó la mirada en los de ella. Se dispuso a hablar, pero la mujer le puso un dedo sobre los labios.

El deseo que sentía la reina no la enloquecía ni la tenía prisionera. Con las piernas de su esposo enredadas en las suyas, buscaba la unión más que el placer. Lo invitó con palabras que jamás se había creído capaz de decir.

—No me hagas el amor como un rey. Hazlo como un dios.

El efecto fue asombroso. Con delicadeza, el rey se acercó, y ella vio en sus ojos cuán maravillado estaba. Sus encuentros habían sido una rutina durante tanto tiempo que ninguno de los dos creía que pudiese surgir algo de ellos. Sin embargo, esa noche, él sintió en parte la certeza que se había despertado dentro de ella.

Cuando la reina estuvo lista, giró las caderas y aceptó al rey en su interior. La respiración se le cortaba en la garganta. La extraña urgencia que sentía dentro de ella se convirtió en un *crescendo*. Por un instante, se perdió en esa oscuridad de dicha que se acerca a la inmortalidad. Poco a poco, volvió a la realidad con un suspiro y se dio cuenta de que el rey la abrazaba con todas sus fuerzas. Él la acercó hacia sí como si tratara de que su carne se uniera por completo. Se besaron y acariciaron; sólo el cansancio delicioso de Maya impidió que dijese lo que sabía con certeza: habían creado un niño.

El sueño le había dado fuerzas en la aterradora travesía por el bosque y en el dolor del parto. Ahora regresaba todos los días, en forma cada vez más fantasmagórica. Ella hundió la cabeza en la almohada. «Aun así es un sueño hermoso», pensó. También era una manera de huir del cansancio que la agobiaba. Llegó a pensar que hubiese sido mejor vivir en el sueño para siempre, de haber sido posible.

En la guardería del palacio, Suddhodana contemplaba a su hijo con reverencia y amor. Para presentárselo, habían vestido al niño con pañales de seda carmesí. No tenía dudas de que el infante lo había reconocido; incluso empezó a creer que Siddhartha tuvo los ojos cerrados justo hasta ese momento, ilusión que nadie se atrevió a contradecir.

«¿Es normal que duerma tanto? ¿Por qué le gotea la nariz? Si lo dejan solo, aunque sea por un instante, me encargaré de que el responsable sea azotado». Las exigencias de Suddhodana eran incesantes y enloquecedoras. Tal como se estilaba entonces, Maya estaría en cuarentena durante un mes después del parto, para ser sometida a rituales religiosos y de purificación. A Suddhodana lo irritaban esas normas, pero no podía hacer más que escabullirse a la luz de las velas cuando la reina estaba dormida, para mirarla unos instantes. Se preguntaba si todas las madres primerizas se veían tan lánguidas y débiles, pero al final dejó a un lado las ideas que tanto lo perturbaban.

«Vístanlo siempre con sedas y tírenlas cuando las ensucie. Si se quedan sin seda, consigan más, aunque tengan que hacer jirones los saris de las mujeres de la corte.» Suddhodana no quería que nada que tuviera el menor rastro de impureza tocase la piel de su hijo. Por otro lado, la seda también era un símbolo: Suddhodana regresaba a su hogar por la Ruta de la Seda, cuando un mensajero enviado por Kumbira lo alcanzó para darle la noticia de que tenía un hijo, y que éste y su esposa estaban vivos.

Todas las mañanas, el rey atravesaba con aire resuelto el círculo de mujeres que abanicaban al joven príncipe con sus mantones. Lo levantaba de su cuna y lo sostenía en alto. Le quitaba el pañal.

—Mírenlo. —Suddhodana mostraba a su hijo en toda su gloria desnuda—. Una obra maestra. —Todas las mujeres sabían a lo que se refería. Kakoli, la enfermera real, empezó a murmurar para asentir—. Una obra maravillosa

—agregó Suddhodana—. No es que tenga tu experiencia, Kakoli. —Suddhodana rió y pensó una vez más en lo fácil que le resultaba reír con su hijo en brazos—. No te sonrojes, hipócrita. Si él tuviese 20 años más y a ti pudiésemos quitarte unos 40, te cansarías de correr detras de él.

Kakoli sacudió la cabeza y no dijo nada. Las doncellas ahogaron una risita y se ruborizaron. Suddhodana estaba seguro de que estaban más entretenidas que escandalizadas por su falta de sutileza.

Asita despertó en el bosque pensando en demonios. Hacía años que no le ocurría. Podía recordar que había visto uno o dos demonios tiempo atrás, en el curso de una hambruna o una batalla, cuando había cadáveres que cosechar. Conocía la miseria que causaban, pero la miseria ya no preocupaba a Asita. Llevaba 50 años de vida como ermitaño en el bosque. Había mantenido lejos los problemas mundanos y pasaba los días en una cueva oculta, a la que no llegaban las andanzas de los animales, mucho menos las de los hombres.

Estaba pensando, de rodillas junto a un arroyo. Veía los demonios en su mente con toda claridad. Habían llegado por primera vez con la luz moteada del sol que le bañaba los párpados al alba. Asita dormía sobre ramas desparramadas en el suelo y disfrutaba del juego que hacían luces y sombras en sus ojos por la mañana temprano. Su imaginación distinguía libremente formas que le recordaban el pueblo en el que había crecido. Podía ver mercaderes ambulantes, mujeres que llevaban jarras de agua sobre la cabeza, camellos y caravanas. A decir verdad, podía ver cualquier cosa contra la pantalla de los ojos cerrados.

Pero nunca había visto demonios, al menos hasta esa mañana. Asita entró en el agua casi helada del arroyo de montaña, sin más que un taparrabos para cubrirse. Como asceta que era, no llevaba ropa, ni siquiera las vestiduras de una orden monástica. Recientemente había empezado a sentir el impulso de viajar a tierras altas, donde casi pudiese ver los picos nevados de la frontera norte del reino de los sakya. Eso lo acercaba a otros *lokas*, mundos separados de la tierra. Todos los mortales están confinados en el plano terrenal. Pero, así como el aire denso de la jungla se diluye y se transforma poco a poco en la fina atmósfera de la montaña, también el mundo material se deshace en mundos más y más sutiles. Los devas tenían sus propios lokas, al igual que los dioses y los demonios. Los antepasados moraban en un loka reservado para los espíritus que transitan de una vida a la siguiente.

Asita había sido criado y educado en tales verdades. Sabía también que todos esos planos se funden, se entrelazan, como telas teñidas e incluso húmedas, colgadas muy cerca la una de la otra: el azul destiñe en el rojo, y el rojo, en el amarillo azafrán. Los lokas estaban separados y juntos a la vez. Los demonios podían moverse entre los humanos, y a menudo lo hacían. La incursión opuesta, la visita de un mortal al loka de los demonios, era mucho menos habitual.

Asita hundió la cabeza en el agua y luego la echó hacia atrás, dejando que chorrearan el pelo y la barba, largos y sin cortar. En los días en que necesitaba comida, llevaba su cuenco de mendigo a alguna de las aldeas cercanas. Ni siquiera los niños más pequeños se asustaban cuando veían a un anciano desnudo en la calle, con el pelo y la barba por la cintura. Los ascetas eran cosa de todos los días, y si un ermitaño errante llegaba al umbral de una casa con la puesta del sol, el dueño de la casa tenía el deber sagrado de ofrecerle comida y hospitalidad.

Sin embargo, Asita no tenía hambre ese día. Había otras maneras de mantener en movimiento el *prana*, la corriente vital. Si visitaba el loka de los demonios, necesitaría enormes cantidades de prana para sostener el cuerpo. Entre los demonios, sus pulmones no encontrarían aire que respirar.

Dejó que el sol brillante de la cordillera del Himalaya le secara el cuerpo mientras él subía y cruzaba la línea de los árboles. Los demonios no viven propiamente en las cimas de las montañas, pero Asita había aprendido a usar unos poderes especiales que le permitían penetrar en el mundo sutil. Para utilizarlos, debía alejarse tanto como le fuera posible de los seres humanos. La atmósfera era densa cerca de las áreas pobladas. A los ojos de Asita, los pueblos tranquilos eran un caldero hirviente de emociones; todas las personas —a excepción de los niños pequeños— estaban inmersas en una niebla de confusión, un manto espeso de miedos, deseos, recuerdos, fantasías y ansias: una niebla tan densa que la mente a duras penas lograba perforarla.

Sin embargo, en las montañas, Asita encontraba un lecho de silencio. Sentado, envuelto por la levedad, podía enfocar su mente hacia cualquier objeto o lugar, con la exactitud de una flecha. Era su mente la que en realidad viajaba al loka de los demonios, pero Asita podía viajar con ella gracias a la precisión de su clarividencia.

Y entonces ocurrió que Mara, el rey de los demonios, se encontró con la vista fija en un intruso que no le era nada grato. Miró con rabia al anciano desnudo que estaba sentado en posición de loto frente al trono real. Hacía mucho tiempo que no pasaba algo como eso.

—¡Vete! —gruñó Mara—. El hecho de que hayas conseguido llegar no significa que no puedas ser destruido.

El anciano no se movió. Su concentración yóguica debió de ser muy intensa, porque el cuerpo marrón y enjuto, duro como los tendones que se advertían bajo la piel, adoptó un contorno cada vez más nítido. A decir verdad, Mara no tenía preocupación alguna, sólo sentía la repugnancia súbita que provoca una cucaracha que sale de una alacena. «¡Vuelve a tu plano!», hubiera querido gritar, antes de ordenar a algún demonio menor que atormentara al intruso. Pero deshacerse de estos ermitaños no era tan sencillo, por lo que Mara decidió esperar.

Unos instantes después, el anciano abrió los ojos.

—¿No me das la bienvenida? —La voz era suave, pero Mara advirtió la ironía que había en ella.

—¡No! Nada hay aquí para ti. —Todos los muertos pasaban por las manos de Mara, y a él le disgustaba encontrarse con mortales en circunstancias que no fueran las de un tormento presente o una tortura próxima.

—No vine por mí. Vine por ti —dijo el anciano. Se puso de pie y miró alrededor. El loka de los demonios es un mundo tan variado como el mundo material, y tiene regiones de mayor y menor dolor. Como el tormento no era una amenaza para Asita, no vio más que una niebla densa y tóxica que lo envolvía—. Te traigo noticias.

—Lo dudo. —Mara se movía inquieto sobre su asiento. Como suele verse en muchas de las representaciones que hay en los templos, el trono estaba hecho de calaveras. El cuerpo de Mara era rojo, estaba envuelto en llamas, y en lugar de una sola cara horrible tenía cuatro, que giraban como una veleta y mostraban el miedo, la tentación, la enfermedad y la muerte.

—Alguien vendrá a verte. Pronto, muy pronto —dijo Asita.

—Millones me han visto —contestó Mara, encogiéndose de hombros—. ¿Quién eres tú?

—Soy Asita. —El viejo ermitaño se irguió y miró a Mara directamente, cara a cara—. Buda está por llegar. —Ante esas palabras, un ligero temblor, no más que eso, recorrió el cuerpo de Mara. Asita lo advirtió—. Sabía que la noticia te intrigaría.

—Dudo que sepas algo. —Mara no estaba siendo arrogante, sino cauteloso. Para él, Asita era un ser vacío. No había nada en el anciano a lo que pudiese aferrarse, ningún resquicio para sembrar la tentación o el miedo—. ¿Quién te eligió como mensajero? Estás delirando.

Asita ignoró esas palabras y repitió la frase que había hecho temblar a Mara: —Buda está a punto de llegar. Espero que estés preparado.

—¡Silencio! —Hasta ese momento, Mara había prestado tanta atención a Asita como a una pequeña hambruna estacional o a una plaga insignificante. Pero ahora bajaba del trono de un salto y se encogía hasta adoptar un tamaño humano, conservando sólo una de sus cuatro caras demoniacas, la de la muerte—. ¿Y qué, si viene? Abandonará el mundo, igual que tú. Nada más.

—Si crees eso, has olvidado lo que Buda es en verdad —dijo Asita con tranquilidad.

—No sabrá quién es.

—¿De veras? No es muy sabio por tu parte pensar eso.

—¡Mira! —Mara abrió la boca y mostró una negrura sólida detrás de los colmillos. La oscuridad se expandió, y Asita pudo ver la masa de sufrimiento que personificaba aquel demonio. Vio una red de almas atrapadas en el caos, una maraña de guerras y enfermedades y todas las variedades del dolor que podían idear los seres malignos.

Cuando Mara calculó que el espectáculo había surtido efecto, cerró la boca lentamente y dejó que la oscuridad volviese a su interior.

—¿Buda? —preguntó con sorna—. Les haré creer que es un demonio. —La idea le hizo sonreír.

—Entonces déjame hablar como amigo, y te diré cuál es tu mayor debilidad —respondió Asita. Se sentó en posición de loto, doblando una pierna sobre la otra y haciendo el *mudra*, signo de la paz, con el pulgar y el índice—. Por ser el monarca del miedo, te has olvidado de cómo asustarte.

Mara rugió y se hinchó hasta alcanzar un tamaño monstruoso, mientras el ermitaño se desvanecía. Podía sentir la posibilidad de Buda como la luz más tenue que precede al alba. Mara estaba ciego. Seguía creyendo que los humanos volverían a ignorar, de nueva cuenta, a un alma pura. Se equivocaba. El niño no pasaría inadvertido, porque así lo había querido el destino.

L as cortinas de seda de los aposentos de Maya se abrieron y Kumbira salió corriendo. Sólo podía sentirse agradecida porque nadie más lo supiera aún. Las chinelas se movían rápida y silenciosamente por el corredor. Ya había caído la noche. Despuntaba el séptimo día después de la luna llena que había bañado el nacimiento del pequeño príncipe, proyectando barras de luz mortecina sobre los bruñidos pisos de teca del palacio. Kumbira no prestó atención al juego de luces.

Después de la cena, Suddhodana se había retirado a la guardería para estar a solas con su hijo. Cuando Kumbira entró a la carrera, sin habla y sin aliento, tenía una expresión que el rey había visto una sola vez en su vida, el día en que su padre, el antiguo rey…

—¡No! —El grito salió de sus labios sin que él pudiese evitarlo. El horror ahuyentó la dicha y le apretó el pecho como una tenaza de acero.

Desbordante de pena, Kumbira se cubrió la cabeza con el sari para ocultar la cara. Los ojos cansados derramaban lágrimas.

—¿Qué le hiciste? —preguntó Suddhodana. Salió corriendo e hizo a un lado a Kumbira, a quien empujó y tiró al suelo. Al llegar a la cama con dosel, arrancó las cortinas cerradas para ver a su esposa. Maya parecía dormida, pero la quietud que se había apoderado de ella era absoluta. Suddhodana cayó de rodillas y tomó las manos de la reina. La frialdad parecía pasajera, la misma que él solía remediar con caricias cada vez que Maya tenía frío. Involuntariamente, empezó a frotarlas.

Kumbira dejó que pasara una hora antes de entrar con sigilo a la habitación, seguida por una comitiva de damas de la corte. Estaban allí para dar consuelo, pero también para dignificar el momento. La pena, como todo lo que rodea a un rey, implicaba un ritual. Cuando Suddhodana aceptó retirarse, los miembros del séquito ya estaban listos con ungüentos, mortajas y caléndulas ceremoniales para adornar el cuerpo. Las plañideras estaban preparadas y, por supuesto, había una docena de brahmanes, encargados de las oraciones y los incensarios.

—Alteza… —Con una palabra, Kumbira orientó la atención del rey a todo lo que ocurría. Suddhodana alzó la vista, sin expresión alguna. Kumbira esperó un momento antes de hablar de nuevo. El rey se estremeció cuando colocó el brazo de Maya cruzado sobre el pecho. No era sólo porque su esposa durmiese a menudo en esa posición, con un brazo cruzado sobre su propio cuerpo y el otro sobre el de él, sino que también le impresionaba que una leve rigidez empezara a apoderarse de las extremidades de Maya. El tacto es el sentido que más cultivan los amantes, y él supo entonces que jamás volvería a tocarla. Asintió con un movimiento seco y el llanto empezó a oírse por los pasillos.

La pena es para los demonios lo que la música para los mortales. Sin que nadie lo viera ni oyera, Mara recorría el palacio. La formalidad de la muerte es estricta. Yama, el señor de la muerte, está al tanto de todas las expiraciones y es quien autoriza al *jiva*, el alma individual, a que pase al otro mundo. Los señores del karma esperan para asignar la próxima vida, sentados, y sopesan buenas y malas acciones. La justicia cósmica es impuesta por los devas, los seres celestiales que prodigan recompensas al alma por las buenas acciones, y los *asuras*, o demonios, que la castigan por las malas, aunque no a discreción: la ley del karma es precisa y asigna sólo el castigo merecido. Nada más.

Eso hacía que la presencia de Mara fuese innecesaria: Maya ya estaba en manos de los tres devas que la habían visitado en el sueño y que volvieron a encontrarse con ella en los últimos estertores. La muerte en un mundo era un nacimiento en otro. Sin embargo, Maya se había aferrado a su cuerpo tanto como le fue posible. Deseaba que la última chispa de su energía vital fluyera por su mano y llegara a Suddhodana, que la sostenía, de rodillas junto a la cama.

De cualquier modo, a Mara no le interesaba nada de esto. Pasó junto a los aposentos de la reina y siguió su camino hacia la guardería, donde ahora no había nodrizas, guardias ni sacerdotes. El bebé estaba completamente desprotegido. Mara se acercó hasta la cuna y miró al niño inocente. El joven príncipe estaba boca arriba, con la garganta indefensa ante el ataque de cualquier depredador que pasara por allí.

Pero ni siquiera el rey de los demonios podía provocar un daño físico directo. La gran habilidad de los demonios es la capacidad de acentuar el sufrimiento de la mente, y eso es lo que Mara se disponía a hacer con el niño, ya que nadie nace sin las semillas del dolor en la mente. Asomándose a la cuna, Mara dejó que su cara adoptara una sucesión de facciones terroríficas. «No volverás a ver a tu madre», pensó Mara. «Se ha ido, y la están lastimando». Siddhartha no desviaba la mirada, aunque Mara estaba seguro de que lo había oído. De hecho, no tenía dudas de que Siddhartha lo había reconocido.

—Bien —dijo el demonio—, has llegado. —Se acercó para susurrar al oído del bebé—. Dime qué quieres. Te escucho. —La clave era siempre ésa: jugar con los deseos del oponente—. ¿Puedes oírme?

El bebé pateó.

—Son muchas las almas que te necesitan —dijo Mara con melancolía, apoyando los brazos sobre la cuna—. ¿Sabes qué es lo irónico del asunto? —Hizo una pausa para acercarse—. Me gusta que hayas venido, pues cuando te derrote ¡todos vendrán conmigo! Te estoy contando el secreto para que no digas que fui injusto. Conviértete en santo. Lo único que lograrás es transformarte en un instrumento de destrucción terrible. ¿No te parece maravilloso?

Como si respondieran a la pregunta, los lamentos por la reina muerta crecieron en intensidad. El bebé desvió la mirada y se durmió al instante.

El humo funerario, aceitoso y denso, se enroscaba en el aire y manchaba el cielo mientras el cuerpo de Maya ardía en la enorme pira de troncos de sándalo que habían talado en el bosque. El *ghatraj*, señor de los campos fúnebres, era un hombre enorme y sudoroso. Se le enrojecía la cara cuando gritaba y exigía más leña, llamas más altas, más ghi derretido para verter sobre el cadáver. Ghi hecho con leche de vacas sagradas. Los sacerdotes caminaban despacio alrededor de la pira, cantando, y las plañideras arrojaban miles

de caléndulas al fuego. Detrás, un grupo de dolientes con-
tratados se fustigaba en su penar y caminaba en círculo en
torno al cuerpo, una y otra vez.

A Suddhodana se le revolvía el estómago ante semejante espectáculo. Había desafiado a los brahmanes y decidió no llevar a Maya a los escalones junto al río. Por el contrario, ordenó que la pira funeraria se erigiera en los jardines
reales. Maya recordó alguna vez haber jugado allí de niña,
cuando llevaban a las muchachas nobles de la región a la corte, con la esperanza de que alguna agradara al joven Suddhodana. Era lógico que la última morada de la reina fuese un
lugar que ella había amado. En secreto, Suddhodana sabía
que este gesto era tan hijo del amor como de la culpa: sólo
él tenía un futuro por delante.

Canki, el más importante de los brahmanes, concluyó
las exequias levantando un hacha. Había llegado el momento más sagrado, en el que rezaría por la liberación del alma
de Maya mientras Suddhodana destruía lo que quedaba del
cráneo de su esposa para soltar al espíritu allí encerrado. El
rey se acercó a la pira con expresión adusta. Miró el collar
que llevaba en la mano, elaborado con oro y rubíes. Se lo había regalado a Maya en su noche de bodas y ahora lo depo-
sitaba con delicadeza junto al cráneo.

Cuando Suddhodana se echó atrás sin levantar el hacha, Canki lo agarró del brazo sin vacilar. Por el momento,
él era quien mandaba.

—Debes hacerlo.

Suddhodana no sentía un gran aprecio por la casta sa-
cerdotal y sabía que había roto una tradición sagrada, cuando
su obligación era respetarla y hacer que se cumpliera. Pero
en ese momento el contacto del sacerdote le dio asco. Volvió la espalda y caminó con paso firme hacia el palacio.

Una mujer le cerró el paso.

—Debe mirarlo, majestad. Por favor.

En el lapso que tardó en oír las palabras, Suddhodana comprendió que la nodriza Kakoli no lo dejaba avanzar. Tenía a Siddhartha en brazos y, con movimientos inseguros, lo alzaba en dirección al rey. Los ojos le brillaban por las lágrimas.

—Es precioso. Es una bendición.

Desde la muerte de su esposa, el rey no había querido saber nada de su hijo. No podía evitar pensar que si el niño no hubiese nacido, su mujer seguiría viva.

—¿Que yo debo mirarlo? ¿Por qué no mira él?

Suddhodana lanzó una mirada furiosa a la nodriza y le quitó al infante de los brazos. El bebé empezó a llorar cuando su padre lo alzó por encima de las cabezas de los dolientes, para que pudiese ver bien el cuerpo incendiado.

—¡Señor! —Kakoli trató de recuperar al niño, pero Suddhodana se lo impidió. Todos se volvieron para ver lo que ocurría. El rey los desafió con la mirada.

—¡Su madre está muerta! —gritó—. No me queda nada. —Se dio la vuelta para enfrentarse a Kakoli—. ¿Es eso parte de la bendición?

La vieja nodriza se tapó la boca con una mano temblorosa. Su debilidad sólo conseguía enfurecer más a Suddhodana. El rey avanzó hacia ella y disfrutó cuando vio que la anciana se encogía ante la amenaza.

—Deja de gimotear. Que Siddhartha vea la inmundicia que es el mundo en realidad.

Le entregó el niño y se marchó hacia el palacio a grandes zancadas. Entró en la gran sala, buscando un oponente más aguerrido que una mujer o un sacerdote. Necesitaba una batalla con urgencia, algo a lo que pudiera arrojarse con desenfreno.

Se detuvo en seco ante lo que vio. Había una vieja fregona arrodillada, raspando cenizas del hogar con las manos nudosas. Una cortina de pelo gris y desordenado le cubría los ojos legañosos. Cuando la mujer lo vio, sonrió, abriendo las fauces desdentadas. Suddhodana tembló. Allí estaba su propio demonio personal. Se quedó paralizado, preguntándose con pesar qué daño habría de hacerle.

La vieja sacudió la cabeza, como si comprendiera. Con parsimonia, tomó un puñado de cenizas de las brasas frías y lo sostuvo sobre su cabeza, dejando que cayeran poco a poco en su pelo. Se burlaba de los dolientes que estaban afuera y del rey al mismo tiempo.

—Tu pobre esposa, tan bonita. Ahora está con nosotros. Y la amamos tanto como la amaste tú.

La fregona se frotó la ceniza por la cara, tanto que sólo la boca arrugada y los ojos penetrantes quedaron libres de manchones y franjas negras. Lo tenía atrapado. Si él perdía el control y liberaba toda la pena y el horror que había reprimido, se abriría una brecha que podrían utilizar los demonios. Cada vez que pensara en Maya, su mente se vería invadida por imágenes monstruosas. Pero si resistía la tentación y guardaba su pena en una prisión de acero, jamás la liberaría, y los demonios flotarían a su alrededor, esperando el día en que el dolor lo destruyese desde dentro.

La vieja sabía todo esto y esperaba la reacción del rey. Los ojos de Suddhodana perdieron todo rastro de ansiedad y se volvieron duros como el pedernal. Invocó en su mente el rostro de Maya, tomó un hacha y destruyó el recuerdo, de una vez y para siempre. El aire que lo rodeaba estaba viciado con el humo funerario que llegaba desde los jardines. Había elegido el camino del guerrero.

En el salón de recepciones brillaban 100 lámparas de aceite con una luz débil, sostenidas en alto por los cortesanos, que se estiraban para ver mejor. Al principio, el espectáculo había sido bastante tranquilo; pero cuando empezaron los sacrificios de animales, los berridos de los cabritos y el brillo de los cuchillos cambiaron la atmósfera. Ya inquietos, los cortesanos empezaron a caminar y a dar vueltas, elevando un clamor sobre los cantos ceremoniales de los brahmanes.

Suddhodana estaba de pie en medio del tumulto, cada vez más impaciente. Era la ceremonia oficial en la que recibiría nombre su nuevo hijo, y los astrólogos de la corte, los *jyotishis*, leerían en voz alta la carta astral del bebé. El destino de Siddhartha sería desvelado, y su vida, a partir de ese momento, condicionada para siempre. Sin embargo, los astrólogos no revelaban demasiado. En lugar de ello, los cuatro ancianos se inclinaban sobre la cuna, rascándose la barba y balbuceando ambigüedades y lugares comunes. «La posición de Venus es beneficiosa. La décima casa parece prometedora, pero la luna llena está alineada con Saturno; necesitará tiempo para desarrollar su mente.»

—¿Cuántos de ustedes siguen vivos? —gruñó Suddhodana—. ¿Cuatro? Habría jurado que eran cinco.

Era inútil, no obstante, lanzar amenazas implícitas. Los astrólogos eran criaturas extrañas, pero respetadas; el rey sabía que era peligroso desafiarlos. Pertenecían a la casta de los brahmanes y, si bien trabajaban para el rey, él no era más que un miembro de la casta de los chatrias: a los ojos de dios, los sacerdotes eran superiores. Después del funeral de Maya, Suddhodana había pasado varios días solo, encerrado bajo llave en sus aposentos. Sin embargo, había un reino que cuidar y una línea de sucesión que mantener frente al mundo y los enemigos que acechaban. Cualquier cosa oscura que dijesen los astrólogos sería un estigma de debilidad para todo el linaje de Suddhodana.

—¿Está a salvo o morirá? Díganmelo ahora —exigió Suddhodana.

El jyotishi más anciano negó con la cabeza.

—La muerte era el karma de la madre, pero el hijo está a salvo. —Las palabras eran poderosas. Todos los presentes las oyeron y las aceptaron. Servirían para disuadir a los posibles asesinos, en caso de que alguien hubiera sido contratado para matar al príncipe furtivamente: las estrellas predecían que cualquier intento de ese tipo fracasaría.

—Continúa —volvió a exigir el rey. La expectación acalló el clamor circundante.

—Esta carta pertenece a alguien que algún día será un gran rey —declamó el mayor de los jyotishis, asegurándose de que las palabras llegaran a tantas personas como fuese posible.

—¿Por qué no empezaste por ahí? Continúa. Quiero oírlo todo. —Suddhodana ladraba, impaciente, pero en su interior sentía un inmenso alivio.

Los astrólogos se miraban entre sí, nerviosos.

—Hay… complicaciones.

—¿Qué quiere decir eso, exactamente? ¡Hablen! —La mirada de Suddhodana destilaba odio, desafiándolos a que se atrevieran a retirar siquiera una palabra del vaticinio. El jyotishi más anciano carraspeó. Canki, el brahmán principal, se acercó, movido por la sospecha de que tendría que intervenir.

—¿Confías en nosotros, alteza? —preguntó el jyotishi más anciano.

—Por supuesto. Sólo he ejecutado a un astrólogo, tal vez a dos. ¿Qué tienen que contarme?

—La carta vaticina que tu hijo no reinará en el reino de los sakya. —Se hizo una pausa dramática, mientras el rey maldecía entre dientes—. Dominará los cuatro rincones de la tierra.

La afirmación causó gran asombro entre la multitud. Algunos cortesanos quedaron boquiabiertos, otros aplaudieron, pero casi todos estaban anonadados. Las palabras del jyotishi habían tenido el efecto deseado. Suddhodana, sin embargo, no se dejó intimidar.

—¿Cuánto les pago por su labor? Debe de ser demasiado. ¿Realmente esperan que crea semejante cosa? —preguntó, con un tono burlón y afectado. Quería poner a prueba la firmeza del anciano.

Sin embargo, antes de que el jyotishi encontrara una respuesta, la multitud se estremeció. Las lámparas de aceite, que hasta entonces se habían mecido en el aire como estrellas errantes, se detuvieron repentinamente. Los cortesanos se apartaban y hacían reverencias, dejando paso a alguien que acababa de entrar en la sala, una eminencia.

—Asita, Asita.

No hizo falta que Suddhodana oyera el nombre que iba de boca en boca. Reconoció a Asita en cuanto lo vio; se habían conocido mucho tiempo antes. Cuando Suddhodana tenía siete años, los guardias lo habían despertado en mitad de la noche. Había un poni listo junto a su padre, que montaba un corcel negro. El viejo rey no dijo nada y se limitó a hacer gestos para que avanzara la caravana. Suddhodana estaba nervioso, como cada vez que se encontraba junto a su padre. Cabalgaban entre un grupo de guardias hacia las montañas. Cuando el pequeño pensó que estaba a punto de dormirse sobre la montura, el viejo rey se detuvo. Pidió que pusieran al niño en sus brazos y subió con él por el pedregal de una ladera, hacia una cueva que había sobre sus cabezas. La entrada estaba oculta con malezas y rocas caídas, pero su padre parecía conocer el camino.

De pie bajo la luz del alba, el rey gritó:

—¡Asita!

Tras una pausa, salió un ermitaño desnudo, con una actitud que no delataba ni obediencia ni rebeldía.

—Has bendecido a mi familia durante generaciones. Ahora bendice a mi hijo —dijo el rey. El niño miró con atención al hombre desnudo. A juzgar por la barba, que todavía no era del todo gris, no podía tener más de 50 años. ¿Cómo era posible que hubiese bendecido a la familia durante generaciones? Luego, el viejo rey depositó a su hijo en el suelo; Suddhodana corrió y se arrodilló frente al eremita.

Asita se inclinó.

—¿Realmente quieres que te bendiga? —El niño estaba confundido—. Sé sincero.

Suddhodana había recibido muchas bendiciones en su corta vida; convocaban a los brahmanes incluso cuando el heredero tenía un pequeño resfriado.

—Sí, quiero que me bendigas —respondió automáticamente.

Asita le clavó la mirada.

—No, tú quieres matar. Y conquistar. —El niño trató de contestar, pero Asita lo interrumpió—. Sólo te digo lo que veo. No necesitas una bendición para destruir. —Mientras decía esas palabras, el ermitaño sostuvo su mano sobre la cabeza del niño, como haciendo lo que le habían solicitado. Asintió en dirección del viejo rey, que estaba a cierta distancia y no podía oírlo.

—Te doy por tanto la bendición de la muerte —le dijo Asita al muchacho—. Es la que te mereces, y te servirá en el futuro. Ahora ve con tu padre.

Sorprendido, pero sin sentirse insultado, el chico se puso de pie y volvió corriendo junto a su padre, que parecía satisfecho. Pero con el paso del tiempo, Suddhodana se dio cuenta de que su padre era un rey débil, un vasallo de los soberanos del lugar, que dominaban con mayor energía y decisión y ejércitos más poderosos. Acabó avergonzándose de ello y, aunque nunca supo qué había querido decir Asita cuando le dio la bendición de la muerte, no le molestó advertir que su propio carácter había resultado ser feroz y ambicioso.

—Tu presencia nos honra. —Suddhodana se arrodilló mientras Asita se acercaba. Aunque el ermitaño parecía más viejo, no se le notaban las tres décadas que habían pasado desde su último encuentro. Asita ignoró al rey y caminó directamente hacia la cuna. Miró en el interior; luego se volvió para dirigirse a los jyotishis.

—La carta. —Asita esperó a que le entregaran el pergamino de piel de oveja. Lo estudió unos instantes.

—Un gran rey, un gran rey… —dijo Asita, repitiendo las palabras con voz monótona y carente de emoción—. Jamás será un gran rey.

Silencio tenso. Los cortesanos sabían lo que podía suscitar la ira de Suddhodana. Pero el rey no estaba furioso. Asita ya había acertado en sus predicciones antes.

—Entonces… ¿mi trono está perdido? ¿Soy el último?

Asita respondió:

—¿Y por qué habría de importarme un trono? —Tal vez Asita ignoraba al rey, pero no podía despegar los ojos del bebé.

—No hay duda de que se ve un gran líder en esta carta —insistió el más anciano de los jyotishis.

—¿Lo ves tú? —preguntó Suddhodana.

Pero el ermitaño actuaba de manera extraña. Sin responder, se arrodilló frente al bebé con la cabeza inclinada en una reverencia. Siddhartha, que hasta entonces había estado tranquilo, se interesó por el nuevo visitante; movió los pies, y uno de ellos rozó la cabeza de Asita. De pronto brotaban lágrimas de los ojos del ermitaño. Suddhodana se inclinó para ayudarlo a ponerse de pie. El venerado asceta no rechazó la atención, a pesar de que en circunstancias normales habría sido una grave ofensa para un hombre santo.

—¿Qué preguntaste? —dijo. En ese momento parecía un hombre viejo y marchito.

—Mi hijo… ¿Por qué no gobernará? Si su destino es la muerte temprana, dímelo.

Asita miró al rey como si acabara de advertir su presencia.

—Sí, morirá… para ti.

El revuelo y la agitación se habían apoderado de la corte, pero Suddhodana, que debería haber preguntado esas cosas en privado, estaba demasiado excitado para temer que lo oyeran.

—Explícate —dijo.

—Es imposible hacer una predicción certera: es Siddhartha, el que puede satisfacer cualquier deseo. Pero eso no es suficiente. El deseo puede traer la ruina, en especial en el caso de este niño, porque está dividido en su interior. —Asita hizo una pausa cuando advirtió la confusión y la desazón en la cara del rey—. Tiene dos destinos. Tus jyotishis no vieron más que uno, sin advertir el otro.

Aunque Asita hablaba con el rey, no apartó en ningún momento la vista de la cuna.

—Tú quieres que sea rey, pero quizás cuando crezca elija el otro rumbo. Su segundo destino.

La expresión de Suddhodana delataba una confusión absoluta.

—¿Cuál es su segundo destino?

—Dominar su propia alma.

En la cara del rey se esbozó una sonrisa de alivio.

—¿Crees que es tan fácil? —preguntó Asita.

—Creo que sólo un tonto cambiaría el mundo por un destino como ése, y me encargaré personalmente de que mi hijo no sea un tonto.

—Una vez que haya muerto para ti, no estarás seguro de nada ni podrás encargarte de nada. —La sonrisa del rey se desvaneció—. Cometes un error. Dominar el mundo es un juego de niños. Dominar de verdad tu alma es como dominar la creación. Es algo que está incluso por encima de los dioses.

El viejo ermitaño no había terminado.

—Tú también estás en esta carta. Dice que sufrirás por tu hijo como ningún padre ha sufrido jamás, o te inclinarás ante él con reverencia.

Suddhodana soltó un rugido de furia e incredulidad.

—Estás equivocado, viejo monje. Él será lo que yo quiera. —La cara del rey estaba lívida de ira—. ¡Fuera de aquí ahora mismo! ¡Todos ustedes! ¡Váyanse!

La situación había sido demasiado dramática, incluso para los cortesanos, siempre ávidos de sucesos que alimentaran el cotilleo. La mitad de las lámparas de aceite ya se había extinguido. Bajo la luz mortecina, las siluetas eran como sombras incorpóreas que se apartaban de la vista del rey haciendo reverencias. Los jyotishis ocupaban la parte delantera de la comitiva, deshaciéndose en disculpas y bendiciones nerviosas. Canki quería ser el último en retirarse, pero le pareció más prudente esfumarse en cuanto el rey le lanzó una mirada incandescente. Apenas unos instantes después, Asita era el único que quedaba.

Sin el público, Suddhodana podía hablar sin tapujos.

—¿Es cierto todo lo que dijiste? ¿No hay nada que yo pueda hacer?

—No importa lo que te diga, lo harás de todos modos. —Al no recibir respuesta, Asita se dispuso a retirarse, pero el rey lo retuvo una vez más.

—Sólo dime una cosa más. ¿Por qué lloraste cuando viste a mi hijo? —preguntó Suddhodana.

—Porque no viviré lo suficiente para escuchar las verdades de Buda —contestó Asita.

A la mañana siguiente, Suddhodana cabalgó en su corcel de guerra colina arriba, hacia el imponente templo dedicado a Shiva que había construido su padre en la cima. La melancolía del rey había desaparecido durante la noche, y fue reemplazada por una resolución furiosa. Junto a las puertas del templo había un grupo de carros tirados por bueyes. Las bestias, grandes y pacientes, pastaban con desgana, y buscaban brotes de hierba entre la tierra apisonada por las sandalias de los devotos.

Suddhodana desmontó y dejó que su caballo pastara con los bueyes. Entró en el patio central del templo, que bullía de adoradores y vendedores de sándalo y ghi para las ofrendas rituales. Decenas de ojos azorados lo seguían mientras avanzaba, pero Suddhodana no tenía tiempo para ceremonias. Había cabalgado sin comitiva porque tenía un propósito secreto en mente; prefirió no convocar a Canki porque estaba demasiado impaciente para esperar.

Entró como una tromba al sanctasanctórum, donde el aire era un velo denso de aroma dulce. Un sacerdote solitario realizaba el ritual de Rudravishek. Con parsimonia, vertía cucharadas de leche sobre una piedra alta y pulida, el lingam de Shiva. El líquido dejaba un sutil rastro azulado sobre el antiguo canto rodado. Suddhodana entornó los ojos en la oscuridad: le ardían por el vaho de incienso y brea suspendido en el aire.

—¡Canki!

El sacerdote detuvo la oblación y se volvió hacia el lugar del que procedían los gritos. En cuanto los ojos se acostumbraron a la penumbra, el rey advirtió que el sacerdote del altar no era otro que el sumo brahmán. Era de suponer que algún devoto rico había pagado generosamente por aquella ceremonia, quizá para casarse con una tercera o cuarta esposa.

Canki lo miró por un instante y volvió a sus tareas.

—Aún no he terminado —dijo.

El rey se acercó y le arrebató el cucharón de las manos.

—Ahora sí.

Canki hizo una reverencia y condujo al rey fuera de allí. Los pies descalzos casi no hacían ruido al pisar el suelo de piedra. El sacerdote era muy capaz de desafiar a la realeza, escudándose en sus privilegios de brahmán. Tenía un porte sólido e imponente, a pesar de los rollos de grasa que quedaban al descubierto mientras cruzaba el patio de adoquines con el torso desnudo, en dirección al claustro donde vivían los monjes. Una vez dentro de su celda, el brahmán dejó caer su pesado cuerpo sobre un taburete de cuero, poniendo de manifiesto que no tenía intención de esperar a que el rey tomara asiento antes. Suddhodana pasó por alto el insulto.

—Si hablas con dios, ya sabes por qué he venido —dijo.

—Sé que dios quiere complacerte en todos los sentidos, alteza. —Canki desplegó una sonrisa lisonjera, capaz de ganar el favor incluso de un rey enojado.

—Quiero que mi hijo sea el amo del mundo. —Suddhodana pronunció las palabras sin vacilar—. ¿Es posible?

—Todo padre quiere...

—¡No! O es la voluntad de dios o no lo es. Tú me lo dirás. Esto es muy importante. Más importante que tu vida, de hecho. —Suddhodana se le acercó para acentuar la amenaza—. ¿Qué debo hacer?

El equilibrio entre las castas era delicado. Si los gobernantes tenían razones políticas para apoyar la religión, lo hacían; si los sacerdotes necesitaban tener al pueblo bajo su manto, ejercían su influencia sobre los soberanos con promesas de favores divinos. Canki conocía el sistema a la perfección. También sabía, a pesar de pertenecer a una casta privilegiada, de quién era la mano que empuñaba la espada.

—Te enfrentas a muchos obstáculos en esta empresa. Sin embargo, puede lograrse.

—¿Cómo?

—Tratar de controlar la mente del pequeño príncipe. Debes enseñarle a que piense como tú. A que crea como tú. Y también a que tenga tu lujuria.

Suddhodana se sintió incómodo con el último comentario, pero esperó, paciente, y creía en las palabras del brahmán. Si alguien sabía cómo controlar la mente de los demás, esa persona era Canki.

—Entrénalo bien, como a un guerrero completo. Que sólo encuentre justificación en la batalla, y en ti. Rechaza todo signo de debilidad. Enséñale que los valores más importantes de un chatria son la lealtad y el coraje. —Canki hizo una pausa—. ¿Te estoy siendo de ayuda? —El interlocutor asintió con un gesto seco—. Entonces debes estar listo para lo que sigue: aleja a todos los sacerdotes de tu hijo.

Cuando advirtió la reacción de Suddhodana, que lo acusaba de hipócrita, Canki levantó la mano.

—Con excepción de mí, claro. Tu hijo muestra una gran inclinación hacia dios, y debes reprimirla si pretendes tener éxito.

Suddhodana reflexionó.

—Esta inclinación, como tú le dices... ¿Sería algo extremo?

—Sí.

Suddhodana comprendió entonces por qué habían estado tan nerviosos los jyotishis. Sin duda consultaron al sumo brahmán en cuanto terminaron la carta del príncipe. No había duda de que presintieron el enojo del rey.

—¿Eso es todo lo que tengo que hacer? —El tono de Suddhodana era cortante; los dos sabían que despreciaba a los sacerdotes.

—No. Falta la parte más complicada. —Canki se acercó a la ventana y señaló hacia fuera, hacia una gran estatua de piedra de Shiva—. Esto me recuerda la historia de nuestro señor Shiva. Tú la recordarás también.

Ése también fue un comentario incómodo. El brahmán prosiguió, sin esperar la respuesta del rey.

—Un grupo de sabios venerables se había reunido en el bosque para meditar, y Shiva deseaba aprender de ellos. Pero fue pícaro y llevó a una mujer con él al retiro. Era una prueba, porque la mujer era en realidad Vishnu disfrazado. Pero los sabios estaban demasiado cegados por la ira para darse cuenta. Juraron matar al intruso sacrílego y para ello invocaron un tigre monstruoso en el fuego sagrado. La bestia saltó hacia Shiva, pero éste le arrancó la piel con la uña de un dedo y se la puso sobre los hombros. Hecho esto, les dio las gracias a los sabios por la cortesía de haberle regalado una capa para meditar. La furia de los sabios se redobló ante aquella exhibición de descaro. El fuego sagrado absorbió su furia, y surgió un segundo monstruo, una enorme serpiente.

Pero Shiva la estranguló con las manos, se la puso alrededor del cuello y les dio las gracias a los sabios por el collar que le habían regalado. En ese momento, la indignación fue tan grande que un tercer monstruo surgió del fuego...

—¡Basta! —La paciencia de Suddhodana se había agotado—. Ya conozco las enseñanzas de Shiva. Es el señor de la destrucción; gobierna el universo con poder absoluto. Si crees que lo que debo hacer es demasiado difícil, ahórrame tus parábolas. Sólo dime qué debo hacer.

—Haz de tu hijo un prisionero.

La crudeza de las palabras se estrelló como una piedra contra el pecho de Suddhodana. Canki advirtió la desazón del rey y se apresuró a proseguir.

—La carta no te fue develada en su totalidad. Las tendencias espirituales de esta alma serán casi incontrolables, y habrás perdido la oportunidad de reprimirlas una vez que el niño crezca. Si deseas que Siddhartha sea un gran rey, no dejes que transponga las murallas —dijo el sumo brahmán—. Debe creer que esto es un paraíso. Si alguna vez ve el sufrimiento, no te obedecerá nunca más. Lo habrás perdido para siempre.

Suddhodana estaba absorto. Sin contar la crueldad que supondría encerrar a su hijo tras los muros del palacio, debía ofrecerle una imagen completamente falsa del mundo, de la vida humana en el mundo. Tendría que ocultar todo lo que implicase sufrimiento. ¿Cómo se suponía que podía hacer eso un hombre que se había pasado la vida haciendo sufrir a los demás?

—¿Durante cuánto tiempo debo hacerlo?

—Durante 32 años.

—¿Y no hay otra manera? —Suddhodana había adoptado una actitud mucho más reflexiva y cuidadosa, como la de quien sopesa una sentencia de muerte. Sin pronunciar palabra, Canki hizo una reverencia. Al rey se le revolvía el estómago simplemente con pensar que se había asociado con un conspirador, alguien que tendría poder sobre él desde ese día en adelante. Se sentía asfixiado por la furia y la impotencia que bullían en su interior.

El brazo del rey que blandía la espada se movió con voluntad propia y en un instante puso al brahmán contra el suelo, bajo el filo de la hoja.

—¿Crees que has logrado algo hoy? Recuerda entonces el resto de la historia de Shiva: del fuego sagrado surgió un tercer monstruo, un enano horrible. Shiva saltó sobre él, le puso los talones sobre la garganta y lo estranguló. ¿Quién era ese enano?

—Ignorancia. —Canki escupió la palabra, casi ahogándose.

—Bien, no intentes aprovecharte de mi ignorancia. Sé más de lo que supones. —El rey quitó el pie de encima del sacerdote. El carácter de Suddhodana era incontrolable, y sólo lo atenuaba el deseo que lo carcomía, un deseo que no tenía más que un día de vida, pero que ya le quemaba el pecho: anhelaba ser el padre del soberano del mundo.

Suddhodana partió con una última advertencia para Canki:

—Procura vivir lo suficiente para ver lo que haré contigo si este plan falla.

El rey no tardó más de un día en dar órdenes, dispersar al pueblo y desterrar de su ciudad a los que no debía conocer el príncipe. Su hijo jamás vería sufrimiento alguno: ni enfermedad, ni vejez ni muerte. De pie sobre las murallas del castillo, Suddhodana podía ver las largas filas de carromatos que abandonaban Kapilavastu. El clima pareció sumarse a su voluntad. Las lluvias ya habían llegado, creando torrentes que se llevaban las cosechas e inundaban las casas. Los que menos posibilidades tenían de sobrevivir eran los viejos y los enfermos. Los leprosos se encorvaban bajo la lluvia, envueltos en trapos sucios para ocultar la cara. Los tullidos que no podían caminar eran lanzados como ganado a los carromatos de víveres del ejército, junto con los soldados, que se los llevarían lejos y los dejarían tirados en aldeas remotas. Los más viejos eran los otros desplazados, y a ellos los echaban en carromatos aparte. Les habían dicho que en un lugar mejor los esperaba un nuevo hogar, una manera cruel de disfrazar la verdad: los abandonarían en el bosque tras un día de viaje.

Sólo los nobles quedarían exentos, pero con condiciones estrictas. Las personalidades venerables, como los astrólogos, tendrían que jurar que Siddhartha jamás los vería, bajo pena de destierro. Otros, que aún no eran ancianos, tendrían permitido quedarse, pero si envejecían o enfermaban serían puestos bajo arresto en sus propias casas. Todos los funerales tendrían lugar de noche, sin ceremonia pública. Los ghats de cremación fueron trasladados unos dos kilómetros río abajo. Suddhodana sabía cómo organizar una campaña militar y no ignoraba que la primera regla es que la victoria debe ser más importante que el precio para obtenerla. Esta campaña no sería diferente.

«Dominará los cuatro rincones de la tierra.» Había guardado en su memoria las palabras de la carta. «¿Cómo será eso? ¿Qué se sentirá?», se preguntó. Luego sonrió para sí: confiaba en que algún día lo sabría. Pasados tres días fueron cerradas las grandes puertas de madera de Kapilavastu y se silenciaron los gritos amargos de quienes debían partir y quienes debían dejar partir. El trabajo estaba terminado.

Tres mujeres perseguían a un niñito en el parque. Corrían por grandes extensiones de césped inmaculado, cuidado por esclavos que trabajaban con las tijeras, arrodillados. Atravesaban jardines repletos de jazmines en flor cuyos pétalos, esparcidos por el camino, se barrían todas las mañanas. No era una persecución, pero el niño, Siddhartha, fingía que sí. Cuando aceleraba o viraba de improviso, sus perseguidoras también lo hacían. Pero no era difícil darse cuenta de que nunca lo atrapaban.

Además, las tres mujeres siempre corrían en el mismo orden. Primero iba Prajapati con su sari azul eléctrico con bordados de oro, aunque a veces era bermellón o esmeralda. Prajapati era la tía del príncipe, hermana de su difunta madre. Suddhodana le había otorgado formalmente estatus de esposa, pero no mantenían relaciones conyugales. El rey se limitaba a rendirle honores y a reconocer su papel de madrastra del príncipe.

Las pesadas alhajas de oro que llevaba Prajapati en las orejas tintineaban suavemente cuando corría. Detrás iban dos campesinas, bastante más jóvenes y delgadas que la tía de Siddhartha. Llevaban saris de algodón basto sin bordados y pequeñas argollas de plata en las orejas, y procuraban ir tan despacio como fuese necesario para que Prajapati siempre llevase la delantera.

—¡Channa, Channa! —exclamó el niño, llamando a su amigo.

En días como ése, cuando el sol brillaba y el aire matinal era fresco, el mundo que su padre le había construido era suficientemente grande, y Siddhartha no se preguntaba qué había tras las altas murallas que cercaban las tierras del palacio.

—¡Príncipe, detente! —gritó una de las tías.

—Ay, príncipe, ¡regresa, por favor! —rogó otra.

Siddhartha dio la vuelta hacia los establos. No escapaba de las mujeres por diversión. Había descubierto algo que deseaba mostrarle a Channa. Con la condición de que estuviese vigilado, el rey le daba esa libertad. De cualquier modo, los establos eran un lugar mucho más sugestivo que el palacio para un niño, y una vez que transponía la puerta, sus tías dejaban de seguirlo. Prajapati jamás había pisado un establo, y aunque las campesinas sin duda lo habían hecho, su nueva posición como sirvientes reales les prohibía entrar en un lugar que era sólo para hombres.

Al oír su nombre, Channa apareció en la puerta de los establos. Saltaba y agitaba los puños, alentando a Siddhartha. Si hubiera sido él quien persiguiera al príncipe, lo habría alcanzado con facilidad: era más alto y más fuerte, a pesar de que nacieron casi a la vez, en la misma semana.

Siddhartha entró corriendo.

—¡Escóndeme! —exclamó.

No había necesidad de que se escondiese. Todos conocían las reglas de las persecuciones, pero Channa tomó a Siddhartha del brazo y tiró de él hacia dentro, como el soldado que rescata a un camarada de la batalla y lo deposita en la seguridad de una fortaleza armada. Los dos niños pasaron corriendo junto a los compartimientos en los que guardaban a los corceles de guerra cuando estaban en celo o dando a luz a sus potrillos. Con los pies levantaban nubes de estiércol seco que el sol convertía en auras brillantes que los envolvían. Siddhartha estaba acostumbrado a ese olor —incluso lo disfrutaba— y no prestaba atención a los sementales, que pateaban el suelo y relinchaban para acercarse a las yeguas.

—¡Aquí! —Channa lo condujo hasta un comedero, que olía a heno fresco mezclado con un leve aroma de heno podrido. Era uno de sus refugios favoritos, porque allí podían hundirse tanto como quisieran en el heno, para ocultarse. Siddhartha se subió a un fardo y metió la mano en sus pantalones. Sacó una pequeña criatura.

Channa se mostró decepcionado.

—No es más que una hormiga —dijo.

—No. Acércate más.

El comedero estaba en penumbra, pero Channa vio que el insecto, una hormiga soldado grande y negra, de las que era común encontrar en los establos, seguía aferrada con las mandíbulas a su presa, una termita muerta. La termita, que aún conservaba las alas tiesas, como si fueran de papel, acababa de salir del cascarón y era dos veces más grande que la hormiga.

—¿Dónde la encontraste? —preguntó Channa, que aún no parecía impresionado, aunque vio que Siddhartha estaba entusiasmado.

—Junto al fuerte del agua. —Se refería a una de las glorietas que flotaban al borde del estanque de los lotos, en el parque—. Vi toda la batalla.

Había ocurrido esa mañana, cuando Prajapati encontró a Siddhartha mientras él deambulaba lejos del palacio. Estaba sentado en la tierra, junto a la glorieta, con la vista fija en el suelo. Un batallón de negras hormigas soldado se batía con otro de termitas centinelas en la entrada de una pequeña colonia. El comienzo de la primavera había dado paso a la creación de las colonias de termitas. En algún lugar debía encontrarse una nueva reina, a la que protegían, pero las hormigas invasoras habían superado ya a los centinelas, y Siddhartha miraba a una que se retiraba con su presa.

Prajapati se detuvo a unos metros del niño.

—¿Quién va ganando? —preguntó.

—Eso no importa. Lo importante es otra cosa.

Ella se acercó en cuanto el príncipe se lo indicó. Prajapati lo había criado en lugar de la difunta reina, pero cuando el niño empezó a llamarla «mamá» ella le enseñó con recato que tenía que decirle «tía». Ese mismo recato le impedía, a pesar de la corta edad del muchacho, regañarle y hasta ser demasiado directa en el trato con él.

Siddhartha tenía la vista clavada en una hormiga soldado que llevaba una termita muerta en las mandíbulas. La hormiga se había encontrado con un obstáculo en su camino, un guijarro grande. El obstáculo tenía cinco veces el tamaño de la hormiga, que llevaba una carga que pesaba dos veces más que ella. Durante una fracción de segundo, la hormiga vaciló, pero luego empezó a trepar por el guijarro, que era demasiado empinado. Cayó, pero no se dio por vencida. Trepó una vez más y volvió a caer y trepó por tercera vez.

—¡Qué tonta! Debería dar un rodeo —dijo Prajapati.

Siddhartha negó con la cabeza.

—Los poderosos no dan rodeos.

—¿Y crees que una hormiga es tan poderosa?

El muchacho ignoró el tono burlón.

—Ella lo cree. Eso es lo importante.

—Podría pisarla. ¿Tan poderosa sería entonces?

En ese momento, el niño dijo algo sorprendente.

—Dios podría pisar a mi padre, pero aun así él se cree poderoso.

Prajapati estaba perpleja.

—No es lo mismo.

—¿Por qué no?

Siddhartha la miró con los grandes ojos castaños, que en su primera infancia parecían dos veces más grandes. Antes de que su tía pudiese responder, volvió a concentrarse en la hormiga y la levantó con la mano. Toda su atención estaba centrada en el insecto, con esa sorprendente facilidad que tienen los niños para dedicarse a algo con todo su ser.

—Si crees que eres poderoso, no importa nada más. Nadie es poderoso de verdad. —Prajapati no salía de su estupefacción. El niño prosiguió—. Pensaba en eso ayer. Había un conejo junto al agua, allí donde los pastos altos. Estaba comiendo. El pasto era tan alto que el conejo tenía que alzarse sobre las patas traseras. Entonces pensé: ningún hombre puede comer de un árbol de bambú que sea más alto que él. Así que el conejo es más poderoso que el hombre más fuerte. —Levantó la mirada una vez más—. Una hormiga es poderosa en su mundo. Podría dominarlo.

«Vaya, en verdad eres extraño», pensó Prajapati, pero no fue eso lo que le dijo al príncipe.

—Nunca lo había pensado de ese modo.

El niño sonrió complacido y, en cuanto vio que sus otras dos tías venían por el sendero, guardó su tesoro en los pantalones y se preparó para escapar a la carrera.

—¿Qué crees tú? —le preguntó a Channa, después de haberle contado todo aquello.

Sin pronunciar palabra, el amigo del príncipe tomó a la hormiga entre dos dedos y la partió por la mitad.

—Creo que necesitamos otro juego. Éste es aburrido.

Empujó a Siddhartha en el heno, y cuando éste salió escupiendo briznas de pasto, lo empujo una vez más. El juego físico de los niños se vio interrumpido.

—¡Channa! —Los pequeños levantaron la vista como si se lo hubiese ordenado el dios de los establos.

Bikram apareció en la entrada del comedero, cubriéndola casi por completo con su voluminoso cuerpo. Llevaba un delantal de cuero grueso y unos pantalones con apliques de metal, que siempre usaba durante la temporada de apareamiento, cuando había riesgo de que un semental lo acometiera con los cascos de improviso.

Bikram se agachó, levantó un montón de estiércol de caballo y se lo arrojó a las dos campesinas, que se habían quedado junto a la puerta del establo. Prajapati las había dejado allí para que esperaran a que saliera Siddhartha. Las muchachas gritaron cuando vieron cuán cerca les había pasado el estiércol y ya comenzaban a alejarse. Siddhartha y Channa celebraron el triunfo a gritos.

Bikram no sonreía.

—Te necesito, muchacho.

Channa corrió tras su padre, que estaba a cargo de los establos del rey cuando no había batallas que librar. No hubo muchas, a decir verdad, desde el nacimiento del príncipe. Los reinos de Kosala y Magadha, hacia el este, habían hecho las paces con Suddhodana, y él ya había saciado su sed de invasión de aldeas fronterizas para añadirlas a sus dominios.

Aunque el cuerpo de Channa estaba aún muy lejos de ser tan ancho e imponente como el de su padre, el niño prometía tener la misma altura y volumen algún día. Su oído era fino, podía captar cualquier movimiento en un compartimento alejado, y distinguirlo de las típicas conmociones de los caballos en celo. Bikram advirtió que Siddhartha estaba siguiéndolos.

—No puedes venir, joven príncipe —dijo—. Sólo puede hacerlo el muchacho.

Siddhartha se detuvo, perplejo.

—¿Por qué no?

—Porque tu padre me desollará si vienes. No puedes ver esto. Quédate aquí hasta que el muchacho y yo regresemos. —Bikram no estaba siendo severo con el niño de siete años, al que jamás habían llamado «muchacho». Sólo decía claramente lo que era necesario. Siddhartha obedeció sin poner objeción alguna.

Se quedó atrás mientras Channa y su padre doblaban por el pasillo y entraban en un compartimento abierto. La puerta se cerró detrás de ellos. Siddhartha se sentó en cuclillas en la tierra cubierta de paja. Sus ojos recorrían la plétora de monturas y bridas que colgaban de las paredes; oyó el sonido metálico de los martillos en la forja del herrero, fuera de los establos. Escuchando con atención, creyó oír los susurros de Bikram, seguidos por los de Channa. Pero no estaba seguro.

El niño no se sentía cómodo solo. Tenía un secreto, no de los que daba vergüenza revelar, sino de los que no podía comprender. Para no pensar en eso, fijó la vista en el techo del establo. Era viejo, y las vigas, que se habían combado durante el invierno, dejaban paso a la lluvia y, cuando el cielo estaba despejado, a los rayos solares.

Siddhartha vio un rayo de sol y se concentró en las motas de polvo que danzaban en él.

«Mira bien.»

Siddhartha tembló y trató de no prestar atención. Sentía que las palabras que sonaban en su cabeza no eran suyas. Tampoco eran como los pensamientos comunes. La voz había aparecido una semana antes —ése era el secreto del príncipe— y casi siempre decía lo mismo: «Mira bien».

Gracias a esa voz había descubierto la hormiga negra y el conejo en los pastos altos. Ahora la oía una vez más, mientras se acercaba para ver mejor el rayo de sol y las motas de polvo que flotaban en él. Si hacía lo que la voz le pedía, ésta parecía quedar satisfecha. El rayo de sol caía con tibieza sobre sus párpados, y el príncipe se sentía presa de una ensoñación. Las motas de polvo parecían atraer su atención y crecer más cuanto más las contemplaba.

«¿Y qué, si estamos hechos de polvo? Todo lo que sale de la tierra es polvo y nada más.»

Siddhartha miró su brazo y limpió la capa de estiércol seco que se había depositado en él. Una nueva nube de polvo empezó a danzar en la luz del sol.

«Yo soy polvo y nada más», pensó.

Se puso en pie de un salto y echó a correr.

«Polvo y nada más.»

La voz se había puesto en su contra: de pronto era dura y burlona. Siddhartha quería dejar de oírla. Apenas podía contener el llanto. Corrió hacia el compartimento donde había entrado Channa. Se detuvo en la entrada. No quería que lo vieran en ese estado, débil y agitado. Sobre él, en la penumbra de las vigas, había una figura oculta, sentada. Los ojos de la figura observaban al niño que trataba de calmarse, y una mente calculadora analizaba cuál sería su siguiente jugada.

Siddhartha empujó la puerta, pero estaba cerrada desde dentro.

Al otro lado, se oía la voz firme de Bikram.

—¡Te dije que la sostuvieras!

Siddhartha oyó relinchos doloridos y un fuerte golpear de cascos de caballo contra el suelo. Espió por una grieta de la puerta y vio una yegua vieja y enferma echada sobre un costado, que temblaba y respiraba con dificultad. A un lado de la yegua estaba Channa, que hacía todo lo que podía para sostenerle la cabeza. En el otro extremo se encontraba Bikram, que le ataba las patas traseras con una cuerda; las delanteras ya estaban amarradas y golpeaban el suelo en vano. Bikram se puso de pie. Siddhartha vio la desazón de su cara y el miedo de la cara de Channa.

—Todo saldrá bien —susurró el niño al oído de la yegua, que se estremeció como si hubiese oído a un depredador. Los ojos giraban sin control y estaban blancos por el miedo: el animal sabía lo que ocurriría.

—Necesito que seas fuerte —dijo Bikram—. ¿Sabes por qué no puede estar aquí el príncipe?

—No.

El padre se encogió de hombros.

—Da igual. Sólo recuerda que no puede estar aquí. ¿Entendido? —Channa asintió—. Esta noche, cuando todos duerman, la sacaremos y la enterraremos. El príncipe ni siquiera debe saber que está muerta.

Channa asintió una vez más.

Sobre la cabeza de Siddhartha, la figura oculta —que no era otro que Mara— veía hacia abajo y analizaba cuál sería su siguiente jugada. Dejó pasar un tiempo para volver a visitar al niño, y no esperó mucho desde que decidiera acercarse, lo suficiente como para ser una voz en su cabeza y un pintor de imágenes en su mente. El demonio aplaudió, preguntándose si el muchacho miraría hacia arriba, pero los ojos de Siddhartha no se despegaban de lo que ocurría en el establo. Bikram recogió un hacha pesada y puso hacia afuera el extremo plano de la hoja, para usarla como garrote. Se acercó lentamente a la cabeza de la yegua.

—No mires, muchacho.

Channa obedeció. Su padre levantó el garrote sobre la cabeza, y en los brazos desnudos se marcaron nudos musculosos. Con el rabillo del ojo, Channa vio cómo bajaba el hacha; hubo un sonido seco y fuerte y un crujido de huesos, pero en el instante previo, como si hubiese presentido su destino de manera sobrenatural, la vieja yegua gritó.

Siddhartha lo oyó mientras corría. Fue un grito desgarrador y doloroso que hizo que los demás caballos temblaran en sus compartimentos. Estaba aterrado, pero no había visto el golpe. Algo lo había arrancado de allí en el momento justo —¿debilidad, quizás, u otro impulso mejor?— y lo había salvado de la imagen cruenta. Salió corriendo, presa del pánico, tratando de alejarse de los establos tanto como pudiera. Las dos sirvientes de Prajapati lo vieron y lo persiguieron.

Mara supo que era el momento indicado. De pronto estaba corriendo junto a Siddhartha, moviendo brazos y rodillas con fuerza, sin darle un paso de ventaja.

—¡Vamos! —gritó el demonio—. ¡Arre! ¡Veamos cómo corres!

Siddhartha volvió la vista, y sus ojos se agrandaron. No fue más que una mirada rápida y aterrada, pero Mara estaba seguro de que el niño lo había visto. Fue la primera vez, un hito.

Siddhartha evitó la imagen horrible y se concentró en el palacio que se erguía delante de él. Era una construcción enorme y ornamentada, con una belleza acorde a todos los visitantes que habían tenido audiencia con el joven príncipe. Atravesó corriendo el arco de la entrada, sin detenerse. Se abrió camino a través de la planta inferior y no tardó en llegar a la puerta cerrada de la alcoba de su padre. Nadie lo había seguido y, poco a poco, la respiración dejó de quemarle el pecho. Oyó murmullo de voces dentro de la habitación y, con cautela, trató de abrir el cerrojo. Estaba abierto. Moviéndose con sigilo de niño, abrió la puerta y espió dentro.

Los aposentos privados de su padre también eran enormes y ornamentados. La decoración y el mobiliario estaban hechos de las mejores sedas y el oro más fino. Los suelos pulidos brillaban bajo la luz de las velas, y un pequeño grupo de hombres se hallaba reunido alrededor de la cama del monarca.

Suddhodana estaba sentado, recostado contra unas almohadas. Los hombres que lo rodeaban eran los médicos de la corte, que tocaban y palpaban con cuidado al paciente real.

—Dénse prisa —gruñó Suddhodana—. Si están aquí para acercarme a la muerte, no se molesten. El tiempo se encarga de eso mejor que ustedes.

Siddhartha se echó atrás. Jamás había visto enfermo a su padre, y a duras penas reconocía a esos hombres como médicos. En su corta vida, sólo los había visto aparecer unas pocas veces, siempre antes del alba. El rey no quería recibir cuidados mientras su hijo estaba despierto. Sin embargo,

Siddhartha recordaba vagamente, como una alucinación que trae la fiebre, esas mismas atenciones que ahora veía.

Uno de los médicos le hizo un gesto a otro, que tenía un gran balde de madera con una tapa. Éste lo abrió, metió la mano y sacó una sanguijuela enorme, gorda.

—Acuéstese, majestad. Le prometo que será la última vez —el jefe de los médicos era un hombre grande, de manos delicadas. Siddhartha recordaba que se llamaba Gandhik. Gandhik tomó la sanguijuela y la depositó exactamente sobre el corazón del rey. Siddhartha apenas pudo quedarse callado cuando vio las seis sanguijuelas que ya se estaban alimentando del pecho de su padre. Oscuras e hinchadas, daban la impresión de querer meterse dentro del cuerpo del rey.

—Me dan asco —exclamó Suddhodana—. Ustedes y sus supuestas artes… —suspiró con resignación—.

—Quédese quieto, alteza —recomendó Gandhik con tono tranquilo y paciente.

—Quiero volver a ser fuerte —dijo Suddhodana. Luego sacudió la cabeza—. ¿A quién engaño? Quiero volver a ser joven.

Recostado sobre las almohadas, con el pelo cano desperdigado alrededor de él, el rey consentía las humillaciones de la medicina para distraerse: evitaban que tuviera que lidiar con el paso del tiempo. Cada día que pasaba representaba una nueva carga que debía soportar sobre los hombros, un poco menos de fuerza.

—Estará fuerte después de esto —prometió Gandhik, sosteniendo entre sus dedos pulgar e índice otra sanguijuela, que se retorcía para escapar. Había algo falso en sus palabras de consuelo, algo que hasta él advertía.

—¡Idiotas! —explotó el rey—. ¡Aduladores! ¡Da igual si yo mismo me saco la sangre! —Miró con furia la sanguijuela y luchó con la idea de renunciar a todo ese condenado asunto de la medicina. Se recostó una vez más, con los ojos cerrados, ya sin voluntad de seguir mirando—. Continúen.

Con cuidado, Gandhik aplicó la última sanguijuela sobre el pecho del rey.

Siddhartha tenía los ojos fijos en eso, pero su mente estaba concentrada en algo que no podía comprender: que su padre se mostrara asustado. La idea le provocaba escalofríos. Era como si hubiese estado de pie sobre una montaña que, de golpe, empezaba a derrumbarse bajo sus pies. Siddhartha caminó hacia atrás y cerró la puerta sin hacer ruido.

Cuando se volvió, estuvo a punto de tropezar con otro niño en el pasillo.

—¿Qué eres? ¿Un espía? —dijo el extraño. Tenía una voz desafiante y unos ojos desdeñosos, que miraban al príncipe bastante por encima de su cabeza.

En cuanto oyó la palabra «espía», Siddhartha reaccionó.

—No —tartamudeó—. Nada de eso.

Los ojos del niño mayor se entrecerraron, llenos de desconfianza. Siddhartha enrojeció de vergüenza, y de repente supo, sin que se lo dijeran, que alguien importante acababa de entrar en su vida.

capítulo
5

Pasaron unos instantes hasta que Siddhartha reunió el aplomo suficiente para preguntar:

—¿Quién eres? ¿Por qué te me apareciste así?

El otro niño se quedó mirándolo sin responder. Llevaba ropas con muchos bordados que lo señalaban como el favorito de la corte de algún rey. Debajo de las ropas, el cuerpo ya desarrollaba músculos sobre un tronco esbelto. Debía tener por lo menos 12 años.

—No me aparecí. Es que tú estás demasiado ciego como para ver.

—Perdona.

La mansedumbre de Siddhartha hizo que el otro niño se irguiera en toda su estatura y se cruzara de brazos.

—Vine a buscarte. ¿No te dijeron nada? —Siddhartha negó con la cabeza, lo que le valió una mirada lastimera—. No hablas mucho. ¿Pasas el día debajo de una piedra? Se te ve muy pálido.

Cada provocación surtía menos efecto. Siddhartha sabía que no era pálido y, aunque al principio se había sentido acobardado, ahora no tenía miedo del extraño.

—Tú debes ser mi primo —dijo—. Me dijeron que vendrías.

—¿Ves? Incluso tú puedes ser coherente si te lo propones.

Siddhartha no dijo nada. La llegada de esta agresiva visita sumaba otra sorpresa poco agradable al día. Suddhodana restringía el número de personas que veían a su hijo y todavía más el de las personas que llegaban a tener una conversación con él.

—¿Crees que puedes recordar un nombre? El mío es Devadatta y valgo tanto como tú. Trata de recordar eso también.

Siddhartha habría saludado con una reverencia y estuvo tentado de hacerlo incluso después de semejante afrenta. Recordó lo que le había dicho su padre: «Te estás quedando demasiado solo. Tenemos que hacer algo al respecto.»

Al día siguiente, se ordenó convocar a un compañero adecuado, y Suddhodana se felicitó por la elección. Devadatta había nacido en una rama de la descendencia real de los sakya y tenía edad suficiente para viajar a caballo desde su reino por senderos empinados. El muchacho ostentaba el título de príncipe.

Devadatta estaba cansado de hacer bromas, así que le quitó la gorra a Siddhartha y la puso lejos de su alcance, mientras la sacudía y miraba cómo trataba de saltar y alcanzarla el niño más pequeño.

—Tenemos que llegar a un acuerdo, tú y yo —dijo—. Me obligaron a irme de mi hogar contra mi voluntad. No tengo edad para imponer mi deseo. No siempre, quiero decir. —Devadatta sonrió, convirtiendo su boca en una especie de línea angosta, apretada—. No quería venir a este lugar que hasta dios ha olvidado. Ni verte a ti. —Volvió a ponerle la gorra en la cabeza con un ademán brusco.

Siddhartha dio un paso atrás para echar a correr hacia el pasillo si era necesario.

—Le tienes miedo a las sanguijuelas, ¿verdad? —dijo Devadatta, provocándolo.

—No —respondió Siddhartha, avergonzado de que lo hubieran visto, pero deseando que nadie pensara que tenía miedo, en especial alguien que se presentaba como enemigo y que viviría bajo su mismo techo. No podía consentirlo.

Devadatta se levantó la camisa y mostró una docena de heridas sin cicatrizar que le cubrían todo el pecho. Eran medias lunas de un color rosado brillante que resaltaban contra la piel morena.

—Tuve fiebre el mes pasado; me sacaron sangre para que no me muriera. Por eso están ahí adentro con tu papá. Es probable que se muera. —Devadatta lanzó una mirada furiosa al pequeño—. No me porté como un niño. No como tú. Vamos, tócalas si es que no tienes miedo.

Siddhartha no estaba dispuesto a seguir soportando las provocaciones, por lo que dio media vuelta y se alejó a toda velocidad por el largo pasillo. Quería escaparse de todo: de su primo, de los médicos y su balde de hematófagos y, sobre todo, de la impotencia que le provocaba sentirse atrapado en una pesadilla. Una risa burlona le ardía en los oídos mientras corría.

Al poco tiempo, Suddhodana se regocijaba con la desenvuelta presencia de Devadatta en la corte.

—Este príncipe lleva mi sangre. Tratadlo como si fuera mi segundo hijo —ordenó el rey, solemne y públicamente, a toda la corte. En privado, designó a los espías de siempre para que vigilaran al recién llegado, que probablemente también tenía el encargo de espiar. El rey pensaba que había matado dos pájaros de un tiro. Su hijo, que mostraba signos de una pasividad peligrosa, tendría un modelo que imitar, alguien de su edad, pero más fuerte. Además, un reino vecino, intimidado por la ira que podía despertar en el monarca si no accedía, había puesto a su heredero bajo el control de Suddhodana. Con Devadatta metido en su trampa, Suddhodana no escatimaba sonrisas al muchacho y le consentía todos los caprichos, que prometían ser precoces y abundantes.

Ese año, cuando llegó la primavera, el rey dio un banquete para celebrarlo. Siddhartha se despertó antes de que amaneciera, animado por la idea de lo que esperaba. Sabía que había gente que vivía fuera de los muros del palacio, pero apenas podía imaginar cómo serían esas personas. La actividad más simple y mundana —pasear por un camino de tierra de un lado a otro de un pueblo— tenía que ser increíble (aunque él nunca había visto un pueblo y sólo conocía la existencia de los caminos que conducían a lugares distantes por los libros). Lo único que tenía que hacer era preguntar a cualquiera sobre sí mismo y, sin duda, esa persona le contaría historias maravillosas.

Sin embargo, cuando empezaron las celebraciones, el torrente de nuevas sensaciones fue mucho mayor de lo que había imaginado. Los coloridos lienzos con imágenes estampadas de los dioses, los faroles brillantes y las decoraciones con relieves dorados transformaban el palacio en un recinto mítico. Siddhartha atravesó a la carrera tropeles de malabaristas y acróbatas; escuchó, boquiabierto, a los narradores itinerantes de máscaras estridentes, que habían pasado años aprendiendo a cautivar a los aldeanos mientras describían cómo Hanuman, rey de los monos, voló con una montaña en las manos, porque necesitaban una hierba extraña que crecía allí para curar a Lakshmano, hermano del divino señor Rama, herido en la batalla. El mono no pudo encontrar la hierba, así que arrancó la montaña entera para regresar a tiempo. ¿Lo lograría? El público contenía la respiración, sin que a nadie le importase haber oído la historia cientos de veces.

Pero nada superaba la hora frenética en que los asistentes corrían por todo el palacio tirándose unos a otros puñados de polvo teñido de colores. Unas nubes de brillantes tonos rojo, verde y azul llenaban el aire. Las damas huían de sus agitados perseguidores dando pequeños gritos, pero se dejaban cazar con timidez fingida y luego se reían a carcajadas cuando echaban tintura en la cara a sus enamorados. En cuestión de minutos, todos estaban cubiertos de una extraordinaria gama de tonalidades.

De pronto, dos chicas más grandes que estaban algo alejadas de él llamaron la atención de Siddhartha. Conversaban junto a una de las mesas repletas de comida y fingían que no estaban mirando al príncipe.

«Saben que soy un príncipe», pensó Siddhartha, esbozando una sonrisa. Esto le dio confianza y se acercó, con las bolsas de polvo escarlata escondidas tras la espalda. Se esforzó por seguir pareciendo inocente. Cuando estaba a unos metros, les dio una sorpresa. Una nube roja quedó flotando en el aire unos instantes, antes de que se la llevara el viento. Las dos chicas gritaban y reían mientras disfrutaban de la atención inesperada de Siddhartha mucho más que de la broma. Cuando se disipó la nube, se hizo una pausa incómoda.

—Hola —dijo al fin Siddhartha. Las dos chicas intercambiaron miradas, como si trataran de descifrar el mensaje oculto tras el saludo.

La más valiente respiró hondo.

—Hola —contestó. No acudieron los guardias; no explotó nada. Nada ocurrió, como habían temido, de modo que la otra también se atrevió a decir unas palabras.

—¿Eres el príncipe? —No lo dijo como si lo dudara, sino tímidamente, como si no tuviera derecho a preguntar.

Siddhartha asintió con la cabeza.

—Mi padre es el rey.

La chicas se quedaron calladas. Siddhartha no estaba seguro de si las cosas iban saliendo bien. Deseó no haber estado solo.

—¡Eh, primo!

Siddhartha se dio la vuelta y vio a Devadatta a unos metros de distancia. Tenía el puño en el aire y, un segundo después, lo sacudía con todas sus fuerzas. A su alrededor se formó una nube verde. Siddhartha estaba por meter la mano en su propia bolsa, feliz de unírsele en la festiva lucha, cuando sintió un fuerte dolor en la frente. Se tambaleó dando un paso hacia atrás, luego se tocó la parte dolorida. Cuando miró la mano, estaba manchada de un líquido rojo tibio, pegajoso. Devadatta había puesto una piedra en el polvo antes de tirarlo.

Otra sorpresa, distinta del dolor, llamó la atención de Siddhartha. Nunca había visto su propia sangre. Su primo se reía de él y miraba en dirección a las chicas, esperando que apreciaran la broma. Pero ellas habían huido corriendo, asustadas. Devadatta se encogió de hombros y volvió su atención a Siddhartha.

—Juguemos de nuevo, esta vez sólo para mantenernos entretenidos, ¿te parece bien? —Se agachó para buscar otra piedra puntiaguda.

Siddhartha nunca estaba lejos de un par de ojos que lo vigilaran, y Suddhodana apareció en escena justo cuando Devadatta lanzaba el segundo guijarro, sin molestarse en disfrazarlo con tintura. El proyectil fue a dar en el pecho de Siddhartha y le hizo gritar. El príncipe se dobló haciendo una mueca de dolor. Devadatta consideró que el resultado era favorable y ya tenía otra piedra preparada en la mano, pero vio al rey de reojo y dudó. Alrededor de ellos se había agolpado ahora una pequeña multitud. Suddhodana hizo un gesto con la cabeza a Devadatta.

—Adelante.

El chico no necesitó más aliento. Tiró de nuevo y le dio a Siddhartha en el hombro, con fuerza suficiente como para que volviera a brotar sangre. Ninguno de los espectadores acudió al rescate del agredido; incluso Prajapati, que había llegado tarde, se quedó contemplando al rey y supo que no podía interferir en lo que ocurría. Siddhartha miró a su alrededor. Tenía la cara roja de vergüenza, y quiso echar a correr, pero lo detuvo la voz de su padre.

—¡No! Quédate.

Los cortesanos intercambiaron miradas nerviosas; las damas más compasivas apretaban los puños contra el pecho. Suddhodana tenía los ojos fijos en su hijo, y lo observaba con una mirada fría como respuesta a lo sucedido. Cuando vio que el chico no se movía, que tenía los ojos perdidos en la distancia, soltó un gruñido leve, casi indescifrable, que Devadatta interpretó como confirmación de su propia victoria. Devadatta se relajó y tiró la piedra que tenía en el puño, lanzando una última mirada de lástima a su víctima. Se abrió paso entre los espectadores y desapareció.

Suddhodana dio un paso adelante y se arrodilló junto a su hijo.

—Escúchame. No puedes dejar que haga eso. En esta familia se pelea. —Siddhartha agachó la cabeza y se mordió el labio—. Eres mi único hijo, ¿no es cierto?

—Sí, papá.

—A partir de ahora, nada de «papá», ¿me entiendes? De ahora en adelante me dirás, «señor».

Siddhartha sintió que le ponía una piedra en su mano, y la mano de su padre, mucho más grande que la de él, la cerraba hasta formar un puño.

—Ve.

El rey se puso de pie y los cortesanos le abrieron paso, formando un camino hacia donde había desaparecido Devadatta. Siddhartha sintió los bordes afilados de la piedra silícea contra la palma de la mano. Se dispuso a correr, pero no había dado más que un paso cuando lo detuvo la voz de su padre.

—Espera, déjame limpiarte primero. —Suddhodana se inclinó y limpió la sangre que tenía el niño en la frente—. Tienes que verle bien para hacerle frente. Esto se te podría meter en los ojos. —El tono de voz seguía siendo tenso, pero Siddhartha supo instintivamente que en esos pocos segundos su padre había cambiado, había sentido una pizca de remordimiento o de ternura. Un instante después, le daban un empujón y él se encontraba corriendo con todas sus fuerzas hacia una glorieta que estaba junto al estanque, por donde había desaparecido Devadatta.

Siddhartha dobló la esquina de la glorieta que estaba junto al lago de los lotos y su padre lo perdió de vista. Se escabulló por un pasadizo que llevaba hacia el interior, luego se escapó hasta la orilla del estanque. No le importaba dónde estaba su primo. Dejó caer la piedra que apretaba con el puño; los bordes silíceos le habían dejado unos surcos rojos en la palma de la mano. Le latían las otras heridas, las verdaderas, pero Siddhartha no hizo caso al dolor. Se dejó caer entre los altos juncos que rodeaban el estanque. Era casi el único verdadero escondite que había encontrado jamás. El pánico distorsiona el tiempo, así que Siddhartha no tenía idea de cuánto tardó en empezar a sentirse mejor. Pero, al final, el corazón dejó de latirle a toda velocidad y, cuando se le pasó la angustia, se sintió mejor, aunque somnoliento y agotado.

Siddhartha era hijo de su padre, y a la vez no lo era. No había palabras para explicar por qué era así. Las esperanzas depositadas en él le pesaban sobre los hombros y desconcertaban a Siddhartha. Las piedras que le habían tirado, la humillación que vino luego, todo le dolía. Pero era peor saber que Devadatta, un cruel extraño, satisfacía las expectativas de su padre más que él. Siddhartha observó un halcón que en lo alto del cielo describía círculos con las alas inmóviles. Incapaz de ver más allá de los muros del palacio, aún podía contemplar lo que había por encima de ellos. Luego el halcón plegó las alas de repente y se lanzó en picado. En menos de un segundo, dejó de ser un símbolo de la fuga, de la libertad, y se transformó en un proyectil mortífero que se precipitaba a toda velocidad hacia una presa inocente.

En ese momento, aunque Siddhartha no lo sospechara lo más mínimo, la presa no era él, sino Devadatta. Éste había huido animado por su victoria, aunque con el sabor amargo que le producía saber que seguía siendo prisionero del rey. El chico estaba aburrido por la puerilidad del festival. Aminoró el paso y entonces advirtió que, de la nada, había surgido ante él un hombre, un extraño. Era alto y tenía los hombros cubiertos con una capa de cáñamo, basta, típica de los viajeros. A pesar del sigilo del hombre y la diferencia de tamaño, Devadatta no estaba asustado; lo protegía su arrogancia. Tanteó con la mano la daga que llevaba a un costado.

El extraño de la capa levantó una ceja en señal de sorpresa, como si dijera: «Después de todo, tenemos a alguien aquí.» Sacó su propia daga.

—Vamos —dijo—. Te mereces morir.

Devadatta retrocedió, perplejo.

—¿Por qué? —Su voz todavía no delataba miedo, y desenfundó su arma, listo para pelear.

—No por algo que hayas hecho, sino por lo que te voy a obligar a hacer. —Con una rapidez que engañaba al ojo, el extraño se lanzó adelante, cogió la daga de Devadatta por la hoja y se la quitó de la mano. Después se echó a reír ante el asombro del muchacho. La mano del extraño sostenía con fuerza la hoja afilada, pero no caía ni una sola gota de sangre.

—Fuiste muy poco amable provocándome así —dijo el extraño con calma—, pero Mara tiene amabilidad de sobra para los dos. —Le devolvió el cuchillo a Devadatta. Estaba tan caliente como un carbón encendido, y el chico lo dejó caer con un grito de dolor.

—¡Maldito seas, demonio!

Mara hizo una reverencia irónica ante tan rápido reconocimiento.

—No muchos tienen la valentía suficiente para insultarme. Y menos en el primer encuentro. Por lo general, están más ocupados con el terror que los embarga.

Devadatta le lanzó una mirada desafiante.

—¿A qué has venido? Yo no voy a morir. —Dijo esas palabras con una certeza admirable. Mara no respondió. Levantó un brazo y, junto con él, se alzó el borde de su capa, que estaba forrada de negro. Los ojos de Devadatta repararon en ella unos segundos antes de que la negrura pareciera expandirse. En apenas un instante, la capa, que describía un circulito pequeño alrededor de la cabeza de Mara, se hinchó hasta encerrar al chico, antes de que desapareciera la glorieta entera y Devadatta se encontrara en una oscuridad absoluta, tibia y asfixiante.

Después de lanzar un grito, cayó en picado a un vacío amenazador. No había modo de saber cuánto cayó, pero sin duda el aterrizaje fue tan duro que le hizo resonar los huesos.

Por un instante, Devadatta se retorció en vano, sin poder respirar, antes de notar la piedra dura, fría, que tenía debajo.

—¿Dónde estoy? ¡Habla! —gritó.

—Ah, claro que hablaré, no temas.

La voz de Mara sonaba junto a él. Devadatta estiró el brazo para asestarle un golpe, con tanta rabia como miedo. O, para ser más precisos, dominaba el miedo convirtiéndolo en rabia. Sus puños daban golpes al aire. Mara admiraba al chico. Era raro que alguien tan joven no tuviera miedo ante el peligro, aunque muchas de sus reacciones fueran apenas bravuconadas. Mara necesitaba a alguien que reuniera ciertas características: exaltado, temerario, incapaz de juzgar los límites de su propio peligro, astuto pero lo suficientemente estúpido como para caer en la trampa de la arrogancia. Éste era el indicado.

—¿Qué quieres? —gritó Devadatta en medio de la negrura vacía. Poco a poco fue dándose cuenta de que la negrura no era absoluta; podía ver un brillo pálido a lo lejos. Por eso y por la piedra sobre la que estaba tirado, supuso que se encontraba en una cueva y, como el aire era glacial, dentro de una montaña.

Mara podría haber explicado todo lo que ocurría al chico, pero prefería observar y esperar. La arrogancia y la bravuconada tenían sus límites, así que esperó —una hora, después dos, luego seis— hasta que oyó que a Devadatta le rechinaban los dientes y percibió la desesperación que se le acumulaba en el pecho. Ahora sí era el momento de hablar.

—Estás aquí para aprender —dijo Mara.

Devadatta dio un salto cuando se quebró el silencio. Esta vez controló el enojo; su mente había tenido tiempo para trabajar, y ya sabía que estaba en poder de un demonio. No quedaba claro todavía de quién ni por qué exactamente, pero debía mantenerse alerta por si le tendían otra trampa. Dos eran suficientes.

—Soy un príncipe; no puedo negociar contigo —dijo, mientras paseaba la mirada de un lado a otro por si el demonio se dejaba ver. Cosa que hizo: Mara apareció tal como lo había hecho en la glorieta, con la forma de un esbelto extraño ataviado con una capa negra.

—No me estás escuchando. Dije que estás aquí para aprender.

—¿Aprender qué? —Hizo una pausa—. Soy todo oídos.

Mara notó el tono de derrota que había en la voz del chico; Devadatta no podía seguir engañándose: no controlaba la situación.

—Aprender a ser rey —aseguró Mara.

—No digas ridiculeces —bufó el chico—. Voy a ser rey, en cualquier caso. No te necesito a ti para eso, seas quien seas.

—¿Ridiculeces? Mi querido tonto, renunciaste a tu oportunidad en cuanto te alejaste de tu morada. Allí no te espera ningún trono, ni ahora ni nunca.

—¡Mentiroso!

A la vista de ese arrebato de ira, Mara decidió esperar de nuevo, así que dejó pasar otras horas, mientras Devadatta iba sintiendo más frío y más soledad y se convencía de lo que había dicho el demonio. Entonces, como sabía que la gratitud puede ser tan efectiva como el miedo, Mara dio unas palmadas y apareció una pequeña fogata en la cueva, a unos metros del chico. Devadatta se apresuró a acercarse y se calentó el cuerpo, que ya estaba tiritando.

—El único trono que puedes aspirar a ocupar es el de Siddhartha —dijo Mara. La luz del fuego hacía que a Devadatta le brillaran los ojos. Como siempre hacía, el demonio había aprovechado una idea que ya estaba en la mente de su víctima—. Su padre es demasiado fuerte. No puedes derrocarlo. Pero, valiéndote de él, destronarás al hijo.

Cada nueva palabra enardecía a Devadatta, que olvidó la angustia y el peligro en que estaba. No había odiado de verdad a su pequeño primo; hasta el momento, sus sentimientos fueron sólo una mezcla de lástima y celos.

—No me costará mucho librarme de él —dijo.

El extraño de la capa levantó el dedo.

—Más de lo que crees. Mucho más.

El chico tomó esas palabras como un desprecio a su fuerza física, la única ventaja que tenía sobre el primo.

—¿No crees que pueda vencerlo? Lo único que me hace falta es un puñal o una flecha cuando salgamos a cazar.

—Piénsalo bien. El rey te mandaría matar de inmediato. Ni siquiera se preocuparía por averiguar si fuiste tú. Sabría que fuiste tú.

Devadatta hizo una pausa. Él y Suddhodana se parecían bastante, así que se dio cuenta de que Mara tenía razón. ¿Acaso no mataría él mismo a cualquiera que estuviera cerca del príncipe, si fuera él el padre y su hijo hubiera muerto misteriosamente? Después de pensarlo un instante, Devadatta dijo:

—Si dejo que me enseñes, ¿cuánto me costará?

Mara se rió.

—No tienes nada que ofrecerme, excepto tu vida. Un príncipe sin trono es también un príncipe sin fortuna. Si no lo pensaste antes, eres bastante poco despierto. Y eso no es bueno para negociar. Me retiro.

—Espera, ¡no puedes dejarme aquí!

El chico parecía tan aterrorizado que daba gusto al demonio. Mara aplaudió de nuevo, y se apagó el chisporroteo de la fogata. Estaba satisfecho con la primera función. Que el chico durmiera en la cueva. Tendría miedo de morir congelado, pero Mara podía mantener encendida la chispa vital. Tenía el más minucioso control sobre la muerte, después de todo.

—¡Espera!

El chico gritó más fuerte, pero su corazón desesperanzado sabía que ahora estaba solo. No había cerca nada más que la negrura que se iba instalando con creciente pesadez y una luz trémula que venía de la entrada de la cueva. Devadatta se dirigió hacia allí lentamente, apoyándose con una mano en el muro de piedra para mantener el equilibrio. Pisó pedruscos y sintió que algo —¿una rata?— se le subía al pie. Cuando llegó hasta la luz, vio que ésta se abría hasta transformarse en una entrada de proporciones considerables. Devadatta salió de la cueva y pisó nieve hecha hielo, que se extendía en todas las direcciones. Estaba cerca de la cumbre de un pico del Himalaya, el tipo de lugar que buscaban los yoguis verdaderamente intrépidos para estar en soledad. Pero Devadatta no sintió ninguna presencia sagrada en ese paisaje hostil. No había señales de que ningún ser humano hubiese estado allí alguna vez, ni la huella más ínfima de un sendero que llevara a la base de la gigantesca montaña. Lo único que podía divisar Devadatta era el último atisbo del sol poniente antes de que desapareciera debajo del horizonte. Buscó palabras en su mente y no las encontró. Entre él y la negrura que descendía sin cesar se encontraba la nada.

capítulo
6

Devadatta tardó la mayor parte de la noche en descubrir la forma de escapar de la cueva. Aunque todavía había un atisbo de luz en el cielo, engañó a la desesperación recorriendo las grietas en busca de ramas y astillas para encender el fuego y restos de vegetación para roerlos. No podía encender una fogata con las manos vacías. Por último, abandonó esa actividad poco fructífera y se dedicó a odiar a Mara. Fantaseó con la venganza que se tomaría si lograba sobrevivir. La noche era tan espesa que perdió toda noción del tiempo. No había nada que hacer, salvo acurrucarse, tembloroso y desafiante, en el suelo de piedra de la cueva, y esperar así la muerte.

Aún tardó un poco más en darse por vencido del todo. Sólo cuando creyó que no había salida posible su mente dejó de enredarse en el pánico, y entonces Devadatta pensó en algo simple: ¿podían los demonios transportar físicamente a una persona a cualquier parte? ¿Y si la cueva no era sino una ilusión? En cuanto hubo considerado esa posibilidad, sucedieron dos cosas. Oyó, como si fuera un eco apenas perceptible, que Mara se reía de él, y se quedó profundamente dormido. Cuando despertó, estaba tendido en el suelo, cerca de la glorieta, en el mismo lugar donde se le había aparecido el demonio. Se sentó y se frotó las extremidades tiesas, doloridas. El sol se estaba poniendo, así que debía de haber permanecido inconsciente allí durante horas.

Se subió a la barandilla que rodeaba la glorieta. En el agua del estanque de los lotos se reflejaban las llamas de las antorchas. A lo lejos, se oían risas etílicas: el jolgorio del rey se prolongaba hasta entrada la noche. Devadatta se dirigió hacia el lugar del que venía el sonido. Por alguna misteriosa razón, su aventura en la cueva no lo había agotado. Al contrario: se sentía más fuerte. Ansiaba más que nunca hacer exactamente lo que se había propuesto esa mañana: arrinconar a una doncella y atormentar a Siddhartha. Ambos deseos le habían vuelto a la cabeza y lo excitaron hasta tal punto que se echó a correr. A Devadatta no le importaba si encontraba primero a una chica o a Siddhartha. Ninguno se olvidaría del encuentro.

¿Por qué pueden los demonios vagar por la mente de esa manera, aprovechándose de los inocentes? Lo que convertía a Devadatta en presa fácil de los terrores de la cueva era algo casi insignificante: el muchacho era claustrofóbico. De chico, casi se había asfixiado en sus ropas pesadas y llenas de pliegues cuando una nodriza poco cuidadosa lo dejó envuelto al sol. Mara conocía esa debilidad, y lo único que tuvo que hacer fue envolver al chico con su capa. La mente de Devadatta se encargaría del resto. Entraría en erupción con el recuerdo de la asfixia y empezaría a desesperarse. Al demonio le resultó sencillo transformar el pánico tonto en una pesadilla. El chico no podía despertarse del terrible sueño, que lo retenía con fuerza durante todo el tiempo que Mara quisiera. Un instante de terror podía convertirse en una semana en la tan temida cueva.

Y Mara era capaz de hacer lo mismo con cualquiera.

Solitario y desconsolado, Siddhartha vagaba por los jardines del palacio. Se había acostumbrado a estar solo siempre que podía. Sentía que no tenía otra opción.

—La gente parece tenerme miedo. Procuran no mirarme, o salen corriendo. ¿Por qué? —le había preguntado a Channa no hacía mucho.

—¿Crees que yo te tengo miedo? —respondió Channa.

—Tú no. El resto del mundo.

Pero eso no era del todo cierto. Si sostienes un frágil huevo y tienes miedo de que se caiga, no le tienes miedo al huevo sino a las consecuencias de sostenerlo. Lo mismo sucedía con los cortesanos que rodeaban a Siddhartha.

Tantas puertas se le cerraban a Siddhartha, había tantas caras que bajaban la vista, tantos ojos que se apartaban, que él se sentía perplejo y confundía su actitud con miedo. Incluso Bikram se ponía de rodillas y se postraba, preocupado, cuando Siddhartha entraba en los establos. Lo hacía siempre, salvo cuando Channa también estaba presente; el rey le había dicho a Bikram que podía quedarse de pie en ese caso, porque un padre no debe ser humillado ante su propio hijo.

—Tienen miedo de no ser perfectos —dijo Channa cuando vio que Siddhartha se resistía a aceptarlo—. El rey los descubriría.

—¿Y entonces qué pasaría?

Channa señaló los altos muros del palacio.

—Los echaría. Eso es lo que dicen. —Channa pensó en los caballos que habían enterrado él y su padre fuera del perímetro amurallado. Les pasaría lo mismo que a los caballos, aunque no estuvieran muertos.

Siddhartha sabía en lo más profundo de su corazón que los caballos que desaparecían de los establos no se iban con vida, y le preocupaba que algo oscuro le ocurriera a un señor o a una dama que se desvaneciera de pronto, una mañana, cuando el rey reunía a su corte para saludarlos y les permitía mirar en silencio cómo desayunaba. Menos mal que ninguno de los favoritos de Siddhartha había desaparecido aún.

—Cuando sea rey, no se echará a nadie fuera del muro —dijo, aunque era una afirmación extraña; Channa no recordaría jamás otra oportunidad en la que Siddhartha se hubiera referido a su llegada al trono, ni en el futuro cercano ni en el futuro lejano, nunca más.

La mente de Siddhartha se paseaba por esos pensamientos sombríos, mientras permanecía de pie y solo junto a su estanque preferido, el que estaba rodeado de altos juncos. Se arrodilló y se mojó las manos en el agua fresca. El estanque no era profundo en esa parte, y Siddhartha vio algo en la sombra de un loto flotante: la larva de una libélula que se deslizaba lentamente sobre el barro. El príncipe la observó. El monstruo en miniatura se movía seguro, intrépido, en su recorrido. Se le acercó nadando un pececito plateado y, con un salto extraordinario, la larva lo atrapó en sus fauces. El pececito se estremeció una vez y luego se quedó quieto, con los ojos abiertos y brillantes incluso cuando se moría. Siddhartha se estremeció junto con él. ¿Por qué sentía el dolor de una criatura tan pequeña, tan insignificante?

—Muy buena pregunta. Tal vez sea tu don —dijo una voz.

Perplejo, Siddhartha se puso de pie y se encontró con un anciano que estaba frente a él, un ermitaño. Tenía la piel marrón y curtida. Llevaba un mantón de seda fina sobre el torso y una falda rudimentaria de cáñamo. El ermitaño estaba apoyado en su bastón junto a la orilla y miraba al chico, con ojos ilegibles de tan profundos que eran.

—Me encontraste. Y muy rápidamente.

—Yo no encontré a nadie —se quejó Siddhartha—. Estaba aquí.

El ermitaño sonrió, y en el rabillo del ojo se le marcaron arrugas como de papel, cosa que Siddhartha no había visto nunca. Todo lo que había en el extraño lo hacía similar a un espectro, una aparición.

—Estas cosas no funcionan como tú crees. Me oíste. Sabías que tenías que hacer caso a mi mensaje. No hizo falta más. Soy Asita.

Un chico de más edad, o muy distinto, habría querido saber cómo se había metido la voz de otra persona en su cabeza. Siddhartha aceptaba que algo inexplicable no tenía por qué ser irreal.

—¿Por qué estás aquí? ¿Lo sabe mi padre?

—Dos buenas preguntas. A la primera puedo dar una respuesta simple. Sin embargo, la otra pregunta es más complicada. Tu padre se disgustaría mucho si me viera aquí. ¿Importa? —Antes de que Siddhartha pudiera contestar, Asita volvió a hablar—. Claro que sí. Es la persona que admiras.

Siddhartha sintió que lo criticaba.

—Todo el mundo lo admira. Es el rey.

—No nos preocupemos por eso ahora. ¿Has oído otras voces en tu cabeza? Dime la verdad. —Siddhartha agachó la cabeza—. Eso imaginé. Tienes una naturaleza sensible, muy profunda. Sentirás cosas que otras personas no pueden sentir. Por desgracia, no todas esas cosas serán buenas para ti. No puedo hacer nada al respecto, ¿comprendes? ¿Sabes de qué te estoy hablando?

—No quiero ser diferente, pero tú dices que así tiene que ser. No, no comprendo.

Asita se acercó al chico y le puso su tosca mano en el hombro.

—Estás sin madre, y tienes un padre en el que confías plenamente. Hemos de tener eso en cuenta.

Siddhartha se sintió más incómodo.

—Oigo que vienen los guardias. Tienes que irte. Dijiste que no deberías estar aquí. —Los soldados se gritaban unos a otros desde el otro lado del estanque, y las voces se estaban acercando.

El extraño sacudió la cabeza.

—Puedo ocuparme de ellos.

Todo lo que decía era un misterio para Siddhartha, porque Asita no hacía nada que él pudiera ver. Pero cuando se acercaron tres guardias peinando los juncos, no vieron a ninguno de los dos allí, pese a que eran muy visibles. El chico vaciló.

—Tú eliges —dijo Asita con calma—. Llámalos o quédate y escúchame. —Sin decir palabra, el chico esperó hasta que los guardias estuvieron a una distancia prudente—. Bien —dijo Asita—, estoy aquí para mostrarte algunas cosas, nada más. Si sigo protegiéndote, no encontrarás tu propio camino, y es preciso que lo hagas.

—¿Cómo has estado protegiéndome? ¿Eres tú el que me retiene aquí, entre estas paredes?

—No. Te he estado protegiendo de muchas formas, pero no físicamente. —Asita se inclinó y miró al niño a los ojos—. Tu padre quiere vivir a través de ti. Pero no tiene derecho. Créeme. —Siddhartha desvió la mirada, mordiéndose el labio—. Eres tan joven… Si tan sólo pudiera… —Se le fue apagando la voz, y volvió a erguirse—. Jamás se decidió el destino de nadie con palabras. Tengo algo que mostrarte, y éste es el momento.

Del agua sobresalía un enorme yambo en plena floración.

—Te dije que tienes un don, pero no es un don cualquiera. Ya has empezado a experimentarlo, pero cada vez que lo haces, sientes la tentación de salir corriendo. ¿Te recuerda a algo este árbol?

Siddhartha sacudió la cabeza.

—Apenas tenías cuatro años. Era primavera, época de arar la tierra, y tu padre había dado un banquete como éste. De pronto tuvo una idea, se le ocurrió salir a los campos y arar con los granjeros comunes. Sería, pensó, un gran espectáculo. Todos querían verlo, incluso tus nodrizas. Así que te dejaron debajo de un yambo igual que éste. ¿De verdad no recuerdas nada de nada?

Siddhartha no sabía qué decir. En su interior, una extraña sensación, como una niebla que se disipa, lo hacía sentirse inseguro. Asita continuó.

—Nadie se dio cuenta, pero tú observabas con atención y, mientras las cuchillas del arado removían la tierra fresca, viste algo muy pequeño pero muy perturbador. El arado había cortado en pedazos el cuerpo de insectos y gusanos, junto con otras criaturitas recién nacidas. ¿Cómo te sentiste?

—No puedo recordar cómo me sentía de bebé. —Asita no apartó la mirada, y Siddhartha bajó la cabeza. Unos instantes después, habló en un murmullo—. Quería llorar. ¿Por qué habría de llorar por medio gusano?

—Te sentiste como si hubieras visto herida a tu propia familia, y eso te asustó, ¿verdad? No hace falta que respondas. Ambos lo sabemos. El sentimiento era demasiado grande para ti. Pero luego ocurrió otra cosa…

En ese momento, Siddhartha dejó de oír la voz de Asita, porque la niebla que se disipaba en su interior reveló la escena que el ermitaño describía. Siddhartha se vio a sí mismo envuelto en sus ropas de bebé, sentado bajo el árbol. Vio cómo alzaba la vista para mirar las flores que se abrían sobre su cabeza. De pronto estaba de vuelta en el pasado. Pero notó que ya no sentía angustia por las pequeñas criaturas cortadas en pedacitos bajo el arado. Lo había invadido algo nuevo. La belleza del árbol, el inmenso cielo azul, la llegada del espíritu de la primavera: todo le volvía a provocar dolor, pero esta vez había un atisbo de felicidad pura. Y aun así, de alguna manera, las dos cosas estaban conectadas entre sí. El espectáculo de la violencia, que tanto le dolía, se transformaba en una felicidad que quería salir de su pecho como una explosión.

Siddhartha volvió en sí y miró a Asita, que parecía leer sus pensamientos.

—Ése era tu don. No debes huir de él.

—¿Huí en aquel entonces?

—No, por aquel entonces no tenías conciencia. —Asita se rió—. No sabías lo suficiente como para tener vergüenza o sentirte diferente. Te entregaste a esa belleza durante horas y, cuando te encontraron, todos estaban asombrados de que no te hubieras movido de ese lugar en todo el día. Pero estaban tan acostumbrados a tu tranquilidad que tampoco le dieron muchas vueltas al asunto. No obstante...

Siddhartha levantó la mano.

—No lo digas.

—Ah. Así que alguien sí lo notó.

—¡Te digo que lo dejes! —El chico se había puesto nervioso.

Aunque permaneció sentado debajo del yambo todo el día, la sombra del árbol no se había movido: estaba en el mismo lugar, sobre su cabeza. Así que el chico estuvo protegido del calor feroz del sol hasta que sus nodrizas volvieron corriendo.

—¿A eso le llamas protegerme? —preguntó Siddhartha, sin saber muy bien si tomarlo como un milagro o como otra circunstancia más que lo diferenciaba del resto de los niños.

—Estás contrariado, y no tienes por qué. Ven.

Asita se sentó debajo del árbol. Siddhartha miró cómo cruzaba las piernas y se enderezaba hasta que la columna quedó perfectamente erguida. Como practicaba aquel ejercicio desde hacía mucho, parecía que no hiciera el menor esfuerzo.

—Ahora prueba tú —dijo Asita.

El chico imitó la postura y se sintió extrañamente cómodo, teniendo en cuenta que jamás la había visto ni puesto en práctica.

—Las manos así. —Asita tenía una mano apoyada en cada rodilla y formaba un círculo con el pulgar y el índice. Siddhartha hizo lo mismo y luego cerró los ojos cuando vio que el ermitaño cerraba los suyos. Ambos estaban callados. Al principio, el chico apenas era consciente de lo que lo rodeaba. El aire estaba más fresco debajo del árbol; el sol del mediodía se filtraba con pereza por el dosel inmóvil de hojas y flores. Siddhartha se sintió adormilado, y por un instante tal vez llegó a dormirse. Pero estaba despierto cuando la voz que oía dentro de su cabeza dijo: «¿Puedes quedarte quieto, sin pensar? No hables contigo mismo. Limítate a respirar con cuidado.»

Esas palabras le vinieron a la cabeza como si fueran sus propios pensamientos, pero Siddhartha sabía que tenían que ser de Asita. Al parecer, los dos estaban conectados. El príncipe aceptó este hecho sin cuestionarlo. El viejo ermitaño no se parecía a nadie que conociera. Desde luego no se parecía a Canki, a quien el chico temía hasta cierto punto. Entonces Siddhartha se contuvo. Se suponía que no debía pensar. Enseguida su mente se quedó quieta. Fue algo natural, como una brisa que apacigua un lago fresco. Tomó conciencia de su respiración, de cómo inhalaba y exhalaba con un ritmo suave. Todo era agradable, tranquilizador. Tenía la sensación casi física de que se hundía en la tierra o descendía suavemente al fondo de un pozo. Pero su descenso no era aterrador y abajo no lo esperaba una oscuridad absoluta: era más bien un sueño lo que le esperaba, lo que le recibía, aunque él siguiera despierto en sus brazos, en los brazos del propio sueño.

Siddhartha perdió la noción del tiempo. Cuando volvió a abrir los ojos, Asita estaba apoyado en su bastón, observándolo.

—Vienen por ti —dijo, serio. Siddhartha sabía que se refería a los guardias enviados por su padre—. ¿Puedes recordar lo que te acabo de mostrar?

Siddhartha asintió con la cabeza, pero no estaba realmente seguro de que le hubiera mostrado nada. Asita notó que dudaba.

—Aquí está tu seguridad. Éste será tu lugar especial. Cuando te sientas confundido o cuando alguien trate de convertirte en algo que no eres, regresa a este árbol. Siéntate y cierra los ojos. Espera el silencio. No hagas nada para que venga. Vendrá por sí solo.

Podían oír el regreso de los soldados que se gritaban unos a otros junto al estanque.

—¿Te encontraré aquí? —preguntó Siddhartha.

Asita negó con la cabeza.

—Tuve que pensármelo mucho para venir aquí hoy. Todavía corres peligro.

—¿Por qué? —Siddhartha tenía el espíritu tan tranquilo que apenas lo perturbaba la advertencia velada de Asita.

—Por todos los que piensan que saben cuál debe ser tu futuro. No estás solo. Siempre te están vigilando.

—Lo sé. —La voz de Siddhartha sonaba tan seria como la del ermitaño.

—Bien, que así sea. Ahora te voy a retirar mi protección, a partir de este momento. No quiero convertirme en uno de ellos.

La voz de Asita se había tornado suave y algo extraña. Siddhartha no entendía por qué la mirada del viejo parecía tan triste ni por qué se tomó el trabajo de agacharse y tocar los pies de Siddhartha. En cuanto hizo eso, el chico cerró los ojos de nuevo y, una vez más, descendió por el pozo de silencio, más profundo que antes, lo suficiente como para no oír que Asita partía.

—¡Eh, aquí!

El grito venía de muy cerca, y Siddhartha oyó pasos que corrían y se acercaban. Lentamente, abrió los ojos y vio un anillo de guardias que lo rodeaba. Algunos parecían muy nerviosos; otros, aliviados. El oficial que los mandaba dio una orden:

—Corran y avisen al rey. —Se arrodilló junto a Siddhartha—. ¿Dónde has estado? ¿Te llevó alguien consigo?

Siddhartha negó con la cabeza. Quería que se fueran todos. Sería mucho mejor si así lo hicieran, si no tuviese que regresar con ellos.

Quería volver a cerrar los ojos, pero en cambio oyó su propia voz que decía:

—Estuve aquí. Sentado, solo.

El oficial tenía una expresión dubitativa.

—Hemos mirado en este lugar una docena de veces.

Si se trataba de una pregunta implícita, Siddhartha no la respondió. Era demasiado consciente de que su cuerpo se estaba poniendo de pie, como si otra persona se hubiera hecho cargo de sus músculos. Él seguía dentro del silencio. Ahora venían corriendo más personas, incluso varios cortesanos ataviados para el banquete, y algunos se tambaleaban por la bebida. ¿Qué hora era? Siddhartha estaba sorprendido por ver el sol tan abajo, sobre la línea del horizonte.

Los soldados fueron delante, precediéndole, y Siddhartha sintió que regresaba al mundo. Todo volvía a estar centrado. Su padre lo recibió con los brazos abiertos y no le preguntó siquiera si había peleado con Devadatta. Aplacada la tensión, el jolgorio se tornó doblemente escandaloso, y se prolongó hasta pasada la medianoche. A Siddhartha se le permitió quedarse levantado. Vigilado de cerca por guardias, pasó una hora mirando a los bailarines y los acróbatas; luego se retiró a su cuarto y se tiró en la cama, exhausto pero con la cabeza llena de imágenes que lo mantuvieron despierto un largo rato.

Borrar un recuerdo no es un proceso sencillo. Es muy diferente a borrar garabatos de un pizarrón. Los ojos tienen una memoria muy duradera, más incluso que el olfato. ¿Quién no recuerda las blancas nieves cegadoras de ayer, el perfume evanescente de una rosa, el esplendor de la cola desplegada de un pavo real? Pero trata de imitar el canto de un petirrojo, algo que has oído miles de veces. Muy pocos pueden. Muchos menos aún son capaces de recordar algo sabio que les hayan dicho. Siddhartha se juró a sí mismo que nunca olvidaría las palabras de Asita, pero pasaron los años y el mensaje del ermitaño se volvió cada vez más lejano, más vago. Además, ¿qué son unas cuantas frases profundas en comparación con los miles de días que siguen? En el caso del príncipe, cada uno estaba repleto de cosas nuevas y, cuando se acercó a la adolescencia, Siddhartha había olvidado que una vez estuvo bajo la protección de Asita y que alguna vez esa protección se la retiraron.

El rey cumplió su palabra y dejó que la educación de su hijo quedara a cargo del sumo brahmán. La cara de Canki era la primera que veía el príncipe cuando salía de su habitación por la mañana y la última cuando regresaba, por la noche. Lógicamente, esta familiaridad constante hacía que el chico confiara en su maestro. Aquel hombre enorme lo trataba bien y le decía muchas cosas útiles. Era como si lo siguiera un buey culto dondequiera que fuese. Pero, lógicamente también, Siddhartha tendía a rehuir su educación cada vez que se le presentaba la oportunidad. Para cuando tuvo seis años, ya había dejado marcado un sendero que llevaba a los establos y que se hacía más profundo con el correr de los años. Allí podía pasar horas eternas con Channa, ya tendido en la paja y analizando el futuro, ya ensillando un caballo para montarlo (ambos chicos juntos, uno que sostenía las riendas, el otro que pateaba con los estribos), ya cepillando un animal que echaba espuma y temblaba por haber hecho mucho ejercicio. La mayor parte del tiempo, sin embargo, se ejercitaban en la lucha. Era lo único de lo que nunca se cansaba Channa.

Si por casualidad Bikram los estaba vigilando, la pelea de los chicos seguía reglas estrictas.

—Tal vez tengamos que matar, pero no haremos una carnicería. Peleemos con estilo —insistía Bikram—. El estilo es lo que humaniza la batalla.

Sólo creía a medias en esa máxima, pero ésta le daba un sentido de dignidad a la lucha, y cuando no podía evitar imaginarse la matanza de batallas pasadas, el único refugio de Bikram era su dignidad. Había matado a demasiados enemigos usando tácticas sucias.

Antes de que le entregaran una espada, cada chico se envolvía el pecho con una almohadilla gruesa de paja atada por fuera con yute. Sus espadas, más cortas y livianas que la de un guerrero, tenían los bordes romos y la punta cubierta con una bola de plomo. Así garantizaban que ninguno recibiría heridas graves.

—No las desafiles tanto, porque al final no las van a sentir —ordenó Bikram al armero—. Que les hagan moretones, pero sin llegar a derramar sangre.

Haciendo las veces de árbitro, gritaba «¡Toque!» para que los niños se separaran cada vez que una espada asestaba un golpe. Pero no había mucho que pudiera hacer para controlar el temperamento feroz de Channa. El chico seguía atacando incluso cuando su adversario había recibido un golpe, y Bikram lo tenía que retener con una reprimenda y un tirón de orejas. Ambos sabían que en el fondo era orgulloso.

Siddhartha solía sentirse mal si derrotaba a su amigo. Pero Channa se lo tenía merecido. Cada pequeña victoria que conseguía significaba días escuchándolo alardear de la hazaña. Además, Siddhartha había aprendido que Channa no aceptaba ninguna derrota a menos que estuviera acompañada de dolor físico. Ambos lucían numerosos moretones coloridos, causados por las espadas sin filo.

Un día, cuando los chicos acababan de cumplir 14 años, el ejercicio empezó como una pelea típica. Channa no se cansaba de embestir y golpear, que era su estilo favorito. Siddhartha observaba y le esquivaba cuando podía, jugando a la pantera serpenteante frente al buey torpe, que era Channa.

—¡Golpea! —gritaba Channa, rabioso por la agilidad del adversario. Apenas le había dado un golpe de refilón a Siddhartha en la túnica de cáñamo. De pronto embistió con todas sus fuerzas. Dio demasiado impulso a la temeraria estocada y, cuando pasaba a toda velocidad, Siddhartha le propinó un golpe en las nalgas con la cara de su espada.

—Te pedí que golpearas de verdad —gruñó Channa, humillado. Siddhartha se encogió de hombros, divertido. Channa detestaba la sonrisa dibujada en la cara de su amigo y, en lugar de discutir, arremetió por segunda vez y volvió a fallar. Siddhartha cogió la camiseta de Channa con la mano libre, levantó la espada hasta la garganta de su amigo y lo empujó contra la pared del establo. La respiración de uno explotaba en la cara del otro mientras se lanzaban miradas furiosas.

«¿Es esto lo que tanto disfruta mi padre?», se preguntó Siddhartha. Sabía, por la manera en que su padre hablaba de la guerra y la batalla, qué se sentía al estar sumido en la lucha por sobrevivir en condiciones sangrientas.

Ese día no había árbitro, porque Bikram tuvo que ir a la herrería para ayudar a controlar un caballo de guerra rebelde al que tenían que herrar. Los chicos aprovecharon para pelear con más rudeza y poner a prueba los límites del otro.

Siddhartha se preparó, con los pies separados y el peso equilibrado, tal como le habían enseñado, y atacó con su espada. Ya había aprendido que la altura y la envergadura le daban ventaja. Se había convertido en el más delgado y alto de los dos. Dio una estocada rápida, usando todos los músculos que pudo. Channa levantó su espada y lo bloqueó; el acero resonó contra el acero: ese ruido discordante siempre hacía que algunos caballos resoplaran y dieran patadas en sus establos.

—¡Ja! ¡Fallaste! —gritó Channa. Mientras hacía su cabeza para atrás, se pavoneó, como si esquivar un golpe fuera lo mismo que ganar. Usaba todo recurso a su alcance para alimentar su enorme confianza en sí mismo. Quizá nunca llegara a tener la resistencia férrea de su padre, pero ya era más ancho de hombros y torso.

—Avísame cuando quieras que me deje de jueguitos —lo provocó Siddhartha. Ambos estaban sudando muchísimo tras una hora de práctica. Los músculos hinchados de sus extremidades sugerían el contorno de dos hombres, no de dos niños.

—¿Jueguitos? Ya me estoy cansando de contenerme para que no pierdas la pelea sin más.

Aunque le flaqueaban las fuerzas y el aire le quemaba los pulmones cuando respiraba, Siddhartha buscó a Channa y, haciendo esfuerzos súbitos, inevitables, atrajo a su adversario ante sí como el viento empuja una pluma a la deriva.

Channa lanzó un gruñido feroz y trató de mantener su posición. Pero cada vez que intentaba repeler el ataque de Siddhartha, la espada volvía a acercarse más y más a él. Sin decir una palabra, ambos sabían que estaba pasando algo distinto. Ya no era una pelea en la que iban y venían los golpes. Siddhartha había ideado una estrategia. Los hábitos de lucha de Channa se habían vuelto automáticos, y él ya sabía cómo contrarrestar cada uno de ellos. El aire le quemaba los pulmones, pero estaba decidido y, cuantos más signos de desesperación mostraba Channa, al devolver las estocadas como podía y agitar la espada con silbidos inofensivos, más se apasionaba Siddhartha.

—¡Toque!

Esta vez era Channa el que gritaba porque Siddhartha le había dado con la punta de la espada en el pecho. El príncipe esbozó una sonrisa forzada y sacudió la cabeza. «Vamos a ver si te sales con la tuya», decía la sonrisa. Viendo que Channa perdía el equilibrio, Siddhartha sacudió su espada con un rápido giro de muñeca y cogió la empuñadura por encima de la cabeza, usándola como una daga, para enterrarla en el corazón de Channa. Sintió una intensa excitación por su dominio, y enseguida estaba arrodillado sobre el cuerpo de Channa, con el filo de la espada contra la garganta de su amigo.

Hasta ese momento, no sabía si alguna vez haría algo más que practicar el manejo de la espada. Dejó que Channa se pusiera de pie, sin mirarlo a los ojos. Estaba seguro de que si se encontraban sus miradas, Channa no podría disfrazar un atisbo de odio, la mirada desdeñosa del derrotado. También había algo más. Siddhartha creyó haber oído que se acercaba alguien en silencio. Pero antes de que pudiera averiguarlo, sintió que ya no lo sostenían las piernas. Se había dado la vuelta y, en ese momento, Channa lo había hecho tropezar metiendo la bota entre sus pies. Siddhartha cayó de bruces al suelo, escupiendo estiércol. Cuando quiso reaccionar, Channa lo había puesto boca arriba y le incrustaba la punta de la espada en la garganta. Por más que estuviera recubierta con plomo, la punta se le enterraba dolorosamente en la carne.

—Olvidaste rematarme —dijo Channa. Lucía ahora su habitual sonrisa burlona, la que reservaba para cuando se recuperaba de la amenaza de la derrota. Pero tenía los ojos sombríos por un sentimiento que enfrió el corazón de Siddhartha—. ¿Ves? —le preguntó, inclinándose de tal manera que quedaron a apenas unos centímetros de distancia—. Ésa es la diferencia entre tú y yo, Siddhartha —sonrió con confianza—. A mí no se me pasa por la cabeza no matarte.

—¿Alguna de ustedes, niñas, dijo algo acerca de matar? —Los dos chicos estaban perplejos. Sin hacer el menor ruido, había aparecido Devadatta—. Jamás verán ese día, créanme. —Se acercó, mientras lanzaba una mirada lastimera a ambos.

—¿Quieres probar? —espetó Channa con ímpetu. Levantó la espada y la puso debajo de la barbilla de Devadatta.

Siddhartha se puso tenso. Los tres lo hacían todo juntos, todo el tiempo.

—Reúne a los tres —había aconsejado Canki a Suddhodana—. Si aislamos al príncipe, se dará cuenta de que tenemos los ojos puestos en él. —Otra de las pequeñas cosas que fastidiaban al rey en su relación con el brahmán era que éste no dejara de hablar como un conspirador—. ¿Por qué enseñarle a odiar a los enemigos de los sakya, cuando lo único que tenemos que hacer es encerrarlo en la misma habitación con uno de los suyos? —Los celos que tenía Devadatta de su primo menor eran más que conocidos por todos.

—No tengo problema con el chico y su primo. Ambos tienen sangre real —concedió Suddhodana—. Pero ¿por qué Channa?

—Como reserva. Le daremos al príncipe alguien en quien pueda confiar. Llegará el día en que no podrás leerle la mente y él dejará de decirte lo que piensa de verdad. Entonces podremos recurrir a Channa y averiguarlo todo.

Secretamente, el rey dudaba del plan, pero tenía sus buenas razones para aceptar las sugerencias del brahmán. Devadatta podría informarle de las clases del sacerdote en caso de que se excedieran en encomios al brahmán en desdoro de los guerreros. Y Channa serviría de informante sobre la vida privada de Siddhartha. Canki tenía razón en eso.

Este arreglo hizo que Devadatta se sintiera profundamente humillado desde el primer momento. Él, un *chatria*, jamás había tocado a nadie como Channa ni compartido comida con nadie que fuera un mestizo despreciable. Ése era el término con que se designaba a quien tenía ascendencia desconocida, y era cierto que Channa no conoció a su madre. Jamás se había mencionado su nombre y su padre nunca había dicho por qué los había abandonado. El propio Bikram había nacido en los establos de los que ahora se encargaba. Cuando Canki reunía a los tres alumnos para sus clases, Devadatta le daba la espalda a Channa; nunca se dirigía a él personalmente. Que Channa se atreviera a buscar pelea con él ahora era un atropello intolerable.

Devadatta pensó qué podía hacer. Las dos posibilidades obvias eran hacer caso omiso de la provocación con un silencio gélido o atacar sin advertencia. Hacerle un tajo con la daga bastaría. Pero Devadatta tenía 18 años, ya era un hombre. Los hombres no responden a las amenazas de los chicos. La sutileza del asunto lo fastidiaba, y resolvió que lo mejor era ignorar el insulto.

—¿Qué tipo de prueba tienes en mente? —preguntó. Hablaba despacio y, mientras lo hacía, levantaba la punta de la espada de Channa y desenroscaba la pelota de plomo—. Ya basta de fingir. No más juegos.

Channa era valiente, pero por otro lado tenía 14 años. Miró, nervioso, la punta desnuda de su espada, mientras Devadatta desenfundaba su propia arma.

—Depende de ti, niño —dijo Devadatta. Cargó sus palabras de veneno, seguro de que no habría pelea alguna. Miró cómo le temblaba la nuez a Channa. Ambos sabían que Devadatta podía atravesarlo de lado a lado sin temor a represalia alguna.

Pero había otra cosa que no sabía nadie más que Devadatta. El temor que inspiraba no procedía de sus propias amenazas. Tal vez Siddhartha hubiera olvidado a Asita, pero su primo no había olvidado a Mara. No tenía permiso para hacerlo. El demonio avivaba cada brasa de resentimiento que había en él, hasta que ésta brillaba al rojo vivo. Sin lugar a dudas, había un elemento demoniaco en el carácter de Devadatta. Cuando el joven buscaba pelea, podía captar intuitivamente la debilidad de su oponente, y no daba respiro una vez que empezaba el enfrentamiento. Mara también lo había convertido en un seductor extraordinario. Devadatta siempre estaba en disposición de excitarse con las mujeres. Se movía con una confianza inquebrantable, capaz de usar la adulación melosa o la propuesta más grosera, y no se rendía hasta que obtenía el trofeo. Sus pasiones lo habían arrastrado a los sitios más bajos: callejones y tabernas donde se olvidaban las pretensiones de castidad. Sin embargo, no era eso lo que lo hacía extraordinario en lo que a la lujuria se refería. Era su voracidad absoluta frente a cualquier rival que se pusiera en su camino, incluso un esposo. A Devadatta no le importaba usar una espada para convencer a otro hombre de que su mujer estaba ahí para quien decidiera tomarla. Corrían rumores de asesinatos clandestinos que habían ocurrido cuando el hombre se había resistido demasiado. Fueran ciertos o no los rumores, unos cuantos aldeanos andaban por ahí con cicatrices moradas en la cara o, peor aún, atravesándoles de un lado a otro el pecho.

—No quiero pelear contigo. Sólo estábamos practicando —balbuceó Channa.

—No me satisface. Tú me desafiaste. Ahora tienes que elegir. Pide disculpas de rodillas o prepárate para despertarte muerto mañana. —Devadatta sonrió, pero no insistía para su propia diversión. Quería dar una lección sobre lo que significaba cruzar líneas que no se debían cruzar. Si Channa hubiera podido ver más allá de las amenazas de Devadatta, se habría dado cuenta de que su enemigo no estaba lo suficientemente seguro en la corte como para matar al mejor amigo de Siddhartha.

—¡Ya basta! —Siddhartha se interpuso entre ambos. Había dudado por un instante, sabiendo que si intervenía la lucha se desviaría hacia él. Channa negaría rotundamente que estuviera a punto de retroceder; Devadatta maldeciría a Siddhartha por arrebatarle a su presa. Pero eso no sucedió. En cambio, ambos oponentes lo hicieron a un lado con sendas miradas furibundas.

—No, esto ha ido demasiado lejos. —Siddhartha volvió a meterse por medio y esta vez Devadatta le gritó con malevolencia depurada:

—¡Apártate del camino!

Pero la mano que lo mandó hacia atrás de un puñetazo duro, seco, era de Channa. La mirada que le lanzaban los ojos de su amigo parecía decir: «¡No te atrevas a salvarme de ésta! No te perdonaré jamás.»

Siddhartha estaba anonadado. No podía ver a Mara mientras éste trabajaba en el interior de su primo, pero veía que Devadatta no era un aristócrata arrogante. Era un esclavo de sus violentas pasiones. Y Channa también estaba ciego de ira. En ese momento, no había diferencia alguna entre ellos.

«Ni siquiera son personas. ¿Qué les ha ocurrido?» Siddhartha se hizo esa pregunta, y su visión parecía atravesar a ambos. Sus cuerpos se volvieron transparentes, como la membrana pelicular de la cola de un pez, pero en lugar de ver sangre circular por la membrana, Siddhartha veía vidas. Cada persona era un paquete que contenía muchas vidas, todas apretujadas en el espacio diminuto de un cuerpo. Cuando Devadatta dijo: «Pelea conmigo», las palabras parecieron surgir de todas esas vidas escondidas dentro de él. Una ola de hostilidad brotó del pasado más oscuro de ambos luchadores. Devadatta sólo portaba esa ola, su instrumento, como los enfermos portan la fiebre tifoidea. ¿Pero Channa? ¿Cómo podía ser portador de algo semejante él también?

Siddhartha no razonó nada de esto: lo sintió. Ni Devadatta ni Channa habían mirado donde estaba él. Siddhartha sacó su espada y la puso entre ambos.

—Adelante, peleen —dijo, mirándolos fijamente hasta que apartaron la vista—. Pero tendrán que hacerlo con mi espada en medio y, si la tocan, me habrán desafiado, y eso es lo mismo que enfrentarse al trono. ¿Es eso lo que quieren?

Ninguno de los dos sabía si se trataba de una treta ridícula o de diplomacia brillante. Ambos oponentes retrocedieron y prolongaron su combate con miradas de odio.

Devadatta enfundó su arma, hizo una reverencia arrogante y se retiró sin decir palabra. Channa echó a correr con una mirada que apenas ocultaba el desprecio. El viento sopló y se metió por las ventanas del establo; poco a poco, el aire se despejó. Siddhartha se quedó pensando si su don lo había visitado de nuevo. Si así había sido, ¿por qué tenía que soportar el dolor que otros negaban sentir?

«Me van a culpar a mí y a nadie más. Evité que se mataran, pero sólo recordarán la humillación y el odio.»

La herida más profunda, la que no sanaría durante años, era el desprecio que había visto en los ojos de Channa. Si él era portador de odio como Devadatta, entonces no había diferencia alguna entre ellos, y la distinción entre amigo y enemigo no tenía sentido. En ese momento empezó a morir algo entre Siddhartha y Channa: la promesa implícita que hicieron dos chicos de que nada se interpondría entre ellos. No había modo de evitarlo. Pero si Siddhartha hubiera podido encontrar la manera de borrar sólo un recuerdo, habría borrado éste.

E sto quizás te quede bien. Un segundo.

—¿Quizás? Muchas gracias. —El chico del espejo sonrió con la broma. Por lo menos Kumbira todavía lo creía un niño, ya que nadie más lo hacía.

—Por venir de mí, es mucho decir —respondió ella.

Kumbira miraba a Siddhartha con ojos evaluadores. Su vestimenta ceremonial le quedaba a la perfección. Él estaba de pie frente a su reflejo, rodeado por un incesante revoloteo de jóvenes damas de compañía. Esa mañana, el día que cumplía 18 años, sería reconocido como heredero del viejo Suddhodana. Había empezado el ritual de la vestidura con el torso desnudo y los pies descalzos, antes de que se apilaran sobre su cuerpo todas las capas de ropas, aceites y perfumes propios de la ocasión. Kumbira imaginó que, de atreverse, todas las mujeres lo habrían mirado con ojos lujuriosos.

«¿Y por qué no?», se preguntó. Seguramente habría príncipes más altos y más ricos en el mundo, pero no en su mundo. Aun así, Kumbira podía ver aún el chico que había en Siddhartha. Seguía teniendo una gran dosis de inocencia, y Kumbira apreciaba eso en el muchacho, aunque se guardaba de señalárselo a otros. Lo que su padre quería alentar en él era lo opuesto a la inocencia.

—Déjame hacerte una pregunta, Kumbira. ¿Cuán feliz debería estar? Si alguien lo sabe, ésa eres tú.

—¡No digas tonterías! —Kumbira entornó los ojos y le olfateó—. ¿Qué es ese olor? El chico no huele bien. ¡Más sándalo! —Inmediatamente, una de las jóvenes asistentes salió a la carrera hacia el depósito real de ungüentos y especias.

—No importa cómo huela, Kumbira. No soy el postre.

—No estés tan seguro.

Las chicas ahogaron una risita, y Kumbira vio que la sonrisa breve de Siddhartha se desvanecía en el momento en que se miraba al espejo. No parecía sentir la felicidad que auguraban las vísperas de aquel gran día, al fin llegado. Kumbira lo había sorprendido con la guardia baja en momentos en que la tristeza le ensombrecía los ojos y le hacía torcer un poco la boca, en una extraña mueca. Casi le partía el alma verlo tan retraído.

Se acercó desde atrás y le rodeó el pecho con una suntuosa faja de seda.

—¿Qué te ocurre? Díselo al oído a Kumbira. Yo enviaré tus problemas a los dioses, y ellos no se atreverán a mandarlos de vuelta. —Siddhartha negó con la cabeza. Kumbira soltó un suspiro—. ¿Te has propuesto arruinarlo todo? El resto del palacio y toda la gente ha estado esperando este momento durante mucho tiempo.

Siddhartha no respondió.

—Más tonterías. Jovencito, ¡eso es lo que son! ¡Tonterías! —Kumbira hizo un chasquido con los dedos para llamar la atención de la chica que estaba sentada junto al tocador, jovencita cuya excitación había cesado con el humor del príncipe—. Agua de rosas para endulzar el ánimo. —La chica cogió el frasco correspondiente y se apresuró a ungir el cabello negro, largo y suelto de Siddhartha, que se rizaba debajo de la nuca. Kumbira sujetó un mechón suelto. Había que cuidar cada detalle con precisión. El rey iba a presentar a su hijo al mundo. Por mucho que Kumbira temiera la ira real, quería que el príncipe viviera ese día con el mismo fervor con que lo hubiera deseado si se tratara de su propio hijo.

Siddhartha se puso el abrigo con incrustaciones de joyas que le alcanzaban. Gruñó y se acomodó bajo su peso.

—Alguien tiene que haberse equivocado. Esto está hecho para uno de los elefantes.

Una chica se rió, y Kumbira le lanzó una mirada furibunda. Aunque había estado rodeado de mujeres risueñas durante dos horas, algo hizo que Siddhartha se diera la vuelta ante aquella muestra de alegría. El chico vio que una de las asistentes más jóvenes trataba de ocultar lo divertida que estaba, tosiendo y poniéndose una mano delante de la cara, como si se estuviera ahogando. Kumbira parecía decidida a sacar a la chica de la habitación. El príncipe notó entonces en ella algo más perturbador que una simple falta de decoro: era evidente que Siddhartha había escogido ese momento para descubrir cuán bonita era la joven. Los ojos se le abrieron, enormes, e inconscientemente adoptó una postura más ruda, como el pavo real que se acicala frente a una hembra.

Kumbira era sabia en esas cuestiones. Había sido testigo del comportamiento varonil durante muchos años, y esa reacción era inconfundible. Contuvo la lengua y el deseo de echar a la muchacha y esperó a ver qué pasaba. Aunque se estaba haciendo vieja, Prajapati vigilaba de cerca al chico que tenía a su cargo, y todos se percataban, no sin reprobación, de la castidad que conservaba Siddhartha. Ahora Kumbira se daba cuenta de que los ojos de Siddhartha seguían absortos a la chica que se había reído de él. Sujata era joven y suave, rellenita donde tenía que serlo, tenía el cabello largo y la piel tersa. Sorprendentemente, su incomodidad era incluso más atractiva. Ahora se ruborizaba ante el interés que mostraba el príncipe por ella. Kumbira sabía por experiencia que ése era un desafío que ningún guerrero podía resistir.

Pero en lugar de hacer frente al comportamiento de la chica con la arrogancia que exhibían los hombres de alta alcurnia ante una potencial conquista, Siddhartha también se ruborizó. Durante unos incómodos instantes, el silencio que se hizo entre los dos jóvenes dominó el cuarto de vestir. A toda prisa, Kumbira se adelantó y se puso entre ambos, haciendo que sus miradas perdieran contacto. Empezó a enroscar a Siddhartha un turbante rojo en la cabeza.

—Dame —dijo el muchacho, quitándole el turbante de las manos—. Tienes que dejar que haga algo solo. —Con maestría, se enroscó el turbante, y mientras lo hacía mantuvo los ojos fijos en Sujata.

¿De dónde era? Kumbira no lo podía recordar. Era antigua costumbre llevar a las chicas del campo a la corte para que hicieran de criadas, y ésta era nueva. Kumbira se había habituado a las muchachas como ella. El rey reponía constantemente la oferta de caras nuevas que rodeaban al príncipe, del mismo modo en que uno dotaría de nuevas truchas un estanque de pesca.

—No estás aquí para cazar moscas, niña —advirtió Kumbira, lanzándole una mirada reprobatoria a Sujata.

La chica bajó la vista.

—No estaba cazando moscas, mi señora.

—No contestes. Tienes mucho que aprender. Tal vez puedas empezar ahora, en otro lado. —Con ademanes nerviosos, Kumbira la echó de la estancia—. ¡Vete! ¡Vete! —Desconcertada, Sujata hizo una reverencia y salió de la habitación.

—Podría haberse quedado —murmuró Siddhartha.
Kumbira no dijo nada. No estaba enojada con la chica; sólo
la había echado para evitar que el príncipe actuara impulsi-
vamente frente a lenguas que esparcirían rumores por todo
el palacio. Si de verdad le interesaba Sujata o sentía una inclinación pasajera por ella, él podría mandarla llamar en privado.

Siddhartha volvió a hundirse en un silencio malhumo-
rado mientras le agregaban los últimos detalles al traje: una
pluma de pavo real clavada con elegancia en su turbante y
unas zapatillas de delicado satén blanco en los pies. Después
de fruncir el ceño por última vez ante la imagen que le de-
volvía el espejo, se dirigió a la puerta y luego se volteó.

—¿Cómo se llama? —Hablaba en voz casi demasiado
baja como para que lo oyeran.

—Sujata —contestó Kumbira. Él lo repitió en un susurro—. Así que te fijaste en una mujer —dijo Kumbira—.
Por fin. —A pesar de la pequeña sensación de aprensión que
la aquejaba, no podía evitar burlarse de él. Siddhartha frunció el ceño, pero estaba demasiado inseguro de sí mismo en
esos menesteres como para esforzarse mucho. Metió la mano dentro de su túnica y le puso algo a Kumbira en la palma
de la mano, una moneda pesada.

—El silencio es de oro —dijo con una expresión tímida, seria.

Kumbira asintió con la cabeza, y Siddhartha se retiró
sin hacer ruido, con sus ricas zapatillas en los pies. Ahora
compartían un pequeño secreto, aunque Kumbira tenía la
inexplicable sensación de que él se alejaba de ella para siempre. No había por qué, pero apretó el oro que tenía en la mano como si fuera el recuerdo de una relación perdida. Cuánto daría por entender al chico.

* * *

Tal vez a un tigre que merodea y acecha a la espera de su presa, o a un águila en su nido, les resulte sencillo estar solos, pero a los seres humanos no. Tenemos muchas formas de estar solos, y cada una tiene sus complicaciones particulares. El día en que Siddhartha cumplió 18 años, tres personas se sintieron completamente solas en el palacio. Siddhartha estaba solo porque no sabía quién era y no podía preguntárselo a nadie. El rey estaba solo porque temía que su proyecto estuviera a punto de fallar. Devadatta estaba solo porque había sido arrastrado al tormento privado sin la menor esperanza de que lo rescataran. Los tres experimentaban formas muy distintas de soledad, pero los tres tenían algo en común: se esforzaban por asegurarse de que nadie lo sospechara.

Suddhodana estaba de pie en las murallas del palacio, mirando cómo llegaban sus invitados, en numerosas comitivas, a la capital, formando un largo e intermitente convoy de literas, carros y carretas. Desde abajo, algunos lo habían visto y saludado, o se habían bajado de sus vehículos para hacerle una reverencia. Él seguía inmóvil, sin darse cuenta de sus saludos. Hacía buen tiempo, los caminos a Kapilavastu estaban despejados. El rey había enviado tropas a que patrullaran los pasos de montaña donde acechaban bandidos. En su mente, ese día no era una fiesta porque su hijo alcanzaba la mayoría de edad, sino un acontecimiento político de mucho calado. Habría pavo real al horno, cubierto con la piel emplumada, como si estuviese vivo aún, arroz con azafrán hecho al vapor con la misma cantidad de semillas de sésamo, cabritos enteros asados en manteca, hojas de betel envueltas en papel de aluminio, vino de miel para beber, confitura de rosas cuyo perfume casi derretía; sacarían cerveza de cebada en toneles enormes a medida que transcurriera la noche, y finalmente habría carne de mujer servida como postre en oscuras alcobas privadas. Pero toda esa exhibición de riqueza era en realidad un despliegue de poder. Sus invitados lo sabían. La mayoría apareció por orden de Suddhodana y no por invitación. En esa memorable ocasión tenían ante sí la delicada obligación de transferir al hijo el miedo y el respeto que le habían tributado durante muchos sangrientos años al padre. La idea llenaba al rey de melancolía.

Dirigió los ojos hacia la torre donde esperaba Siddhartha antes de hacer su aparición oficial.

—No quiero que te mezcles con ellos. No saludes a nadie, no dejes que nadie te vea. Queremos que se sientan sobrecogidos cuando posen sus ojos en ti por primera vez. Éste es tu escenario, y tienes que dominarlo por completo.

—Haré todo lo que me pides —contestó Siddhartha.

—Basta, no quiero palabras. ¿De qué me han servido las palabras? Éste es el primer día de tu futuro. A menos que los llenes de temor, estas personas se convertirán un día en tus enemigos, te lo prometo.

—¿Temor? —Siddhartha pensó en la palabra como si procediera de otra lengua—. No soy una amenaza. ¿Por qué no pueden seguir siendo las cosas así?

—Porque el temor es un arma política. Es protección. Las personas estarán a tus pies o prendidas de tu cuello. De ti depende. —Suddhodana pronunciaba esos axiomas con absoluta convicción.

—Tú me proteges, y yo no te tengo miedo —le recordó Siddhartha. Eso era cierto. La distancia entre padre e hijo había variado con los años: a veces llegaba a un extremo de total incomprensión, a veces se acercaba al respeto mutuo. Pero Siddhartha jamás había tenido miedo de su padre ni de lo que podría provocar en él la desobediencia. A medida que fue creciendo, el príncipe adquirió una combinación de cualidades que desconcertaba al rey: afabilidad paralela al coraje, paciencia apuntalada por la voluntad, confianza combinada con perspicacia. Suddhodana no podía predecir cuál predominaría. Todos los días uno u otro detalle le hacía patente que en una misma piel parecían convivir dos personas distintas.

—¿No te ha enseñado nada el brahmán? —le espetó el rey con impaciencia—. Lo que te digo es verdad, es cierto. Sin sembrar miedo, no puedes hacer que te respeten. Sin respeto, no puede haber paz entre enemigos potenciales. Una vez que se derrama sangre, el miedo no tiene límites. La pasión fuerza a los hombres a luchar hasta la muerte, y el miedo, en la batalla, se olvida o se desprecia. No tiene sentido una vez que se desenfundan las espadas. Pero el miedo evita que los hombres lleguen a derramar sangre, si sabes cómo manejarlo.

Éste no era un discurso estudiado, sino más bien un exabrupto impulsivo. Suddhodana había planeado enfrentar a su hijo con las realidades de la existencia de un rey. Tenía que escoger el momento correcto; el chico debía tener la edad suficiente para asimilar la lección, pero no ser demasiado adulto como para creerse más sabio que su padre. Suddhodana no podía hacer otra cosa que rezar por que ése fuera el momento indicado. Estudió la cara de Siddhartha en busca de una reacción.

—¿Cómo se maneja el miedo? —preguntó Siddhartha. Su tono vacilante no era alentador, pero por lo menos había hecho la pregunta adecuada.

—El miedo debería administrarse como una medicina —respondió su padre—. Usar lo necesario como remedio, pero no demasiado, para que no se convierta en veneno. La medicina no es agradable, pero el malestar que provoca cura un dolor mayor. —Suddhodana había dado vueltas a esta analogía hasta que pensó que era fácil de comprender y lo suficientemente contundente como para ser recordada.

—El destino nos ha echado una buena mano —prosiguió Suddhodana—. Tenemos las montañas al norte, y el oeste nos cuida las espaldas. He peleado en ese frente alguna que otra vez, pero mis ojos siguen mirando al este. Allí, hacia oriente, tienes reyes fuertes, en Magadha y Kosala. Juntos podrían aplastarnos simplemente por su número de soldados. Son casi tan poderosos como para prescindir de aliados. Pero no atacan porque yo les infligí dolor primero. Les mordí la garganta como un perrito que es capaz de ahuyentar a uno más grande porque es más feroz. El perro grande recuerda el mordisco y olvida que su enemigo es en realidad más pequeño.

—Los hechizaste —dijo Siddhartha. Era una observación extraña, y dejó helado a su padre.

—Más que eso. Maté a hombres de carne y hueso. Un día tú también lo harás.

«Ahí está, lo dije.» Había puesto frente a su hijo algo inevitable, no solamente posible.

—No ha existido rey en el mundo que no haya peleado y matado —dijo con énfasis.

—Así que tendré que decidir —dijo Siddhartha. Su tono pensativo enfureció al rey.

—No, no hay nada que decidir. Si no te entra eso en la cabeza... —Suddhodana se contuvo. Recordó que tenía a los dioses de su parte. Por muy confundido que estuviera, el príncipe seguía siendo joven, y su carta natal prometía explícitamente lo que estaba por venir. No había necesidad de intimidar ni acosar al chico. Suddhodana cambió de táctica—. No tendría que haber dicho eso. Lo que quise decir fue que, si no puedes hacer esto por mí, no eres el hijo que creo que eres.

Siddhartha aceptó aquella reprimenda más ligera con calma. Se apartó respetuosamente de la presencia de su padre, cada cual convencido de que había logrado disimular lo solo y abandonado que en realidad se sentía. Ahora, mientras el rey dirigía una mirada sombría hacia la torre donde esperaba Siddhartha, no había vuelta atrás. Su hijo se había tirado al suelo, librándose de las asfixiantes vestiduras y ese absurdo turbante con plumas. Enterró la cabeza en una pila de almohadas y trató de no pensar en nada en absoluto. Su miserable condición sería más fácil de soportar si hubiera odiado a su padre o querido contradecir su voluntad. Pero Siddhartha estaba enredado en un aprieto más sutil: no hallaba su propia voluntad. No tenía el impulso suficiente para emprender un camino distinto ni la fuerza necesaria para evitar que su padre lo convirtiera en un guerrero.

Había seguido los dictados de su crianza al pie de la letra, había dominado las artes marciales y era insuperable en los simulacros de batalla. Había sentido la euforia de derrotar a un oponente en el campo, de derribarlo de su caballo con el asta acolchada de una pica, o darle justo en el pecho con una flecha que infligía apenas una herida superficial cuando perforaba la gruesa armadura de cuero. Así que, ¿por qué se sentía acobardado, como alguien que marcha con confianza al borde de un acantilado y se encuentra con que no puede dar el último paso? El último paso era inevitable. Todos los días de su vida estaban encaminados a eso. Siddhartha sintió un terror nauseabundo en la boca del estómago.

El banquete llevaba ya por lo menos dos horas enteras y los invitados se atragantaban y emborrachaban a medida que se servían los platos, uno tras otro. El único que no bebía nada era Suddhodana, y cuando sintió que era el momento indicado, levantó su copa.

—En honor de mi hijo, he gastado la mitad de mis te-soros en este banquete. —Hizo una pausa—. He supervisado cada detalle para su comodidad y entretenimiento. Examiné en persona a cada mujer de la corte y mandé desterrar a las feas al reino de mi amigo Bimbisara... —Hubo carcajadas agradecidas; Suddhodana esperó que amainaran—, donde se consideran las más bellas de todo el territorio.

Se oyeron más risas, esta vez escandalosas y mezcladas con aplausos. Incluso Bimbisara, el poderoso gobernante de Magadha, sonrió y aplaudió, aunque su sonrisa era forzada y desagradable a la vista. Bimbisara era uno de los pocos in-vitados que había acudido por propia voluntad, aunque sin duda por razones ocultas.

Cuando estuvo seguro de que los invitados embriaga-dos estaban tranquilos y los astutos prestaban mucha aten-ción, Suddhodana dijo:

—Estoy aquí para revelar un preciado secreto, un se-creto que he guardado durante la mitad de mi reino. —Alzó la voz drásticamente—. ¡Escúchenme, todos ustedes! —Gol-peó su copa con energía y puso fin a las últimas conversa-ciones dispersas que aún se oían.

—Tras la muerte de su amada madre, convoqué a varios profetas para que acudieran a la cuna de Siddhartha. Y ellos me dieron las noticias más increíbles, acerca de alguien que es-taba destinado a dominar el mundo. —Suddhodana hizo una pausa y dejó que volviera el silencio—. Esa alma no estaba destinada a gobernar un reino diminuto. ¡Iba a recibir el mun-do por dominio! ¿Tienen idea, acaso, de lo que eso significa?

Suddhodana abandonó su trono y bajó al nivel de su público. Los dos leopardos encadenados que lo flanqueaban lo siguieron hasta donde les permitieron los grilletes y lue-go se detuvieron con una sacudida. Gruñían, y la cola se les movía con pereza.

—Significa que ya no importará que sus tierras sean más importantes que las mías —dijo Suddhodana, señalando a uno de sus pares—, ni que sus ejércitos sean dos veces más grandes —señaló a otro—, ni que su padre fuera un maldito asesino maquinador que trató de destronar a mi padre.

El último hombre que había señalado retrocedió. Bajó la mano hasta empuñar la espada que llevaba sujeta a la cintura. Por un instante, se debatió consigo mismo. Finalmente, dejó de mirar a sus invitados y sacó la mano de su arma. Suddhodana se relajó con una sonrisa triunfal. El miedo le había favorecido de nuevo.

—Ódienme todo lo que quieran —dijo, desafiante—. Conspiren todo lo que se atrevan. —Se volvió hacia su trono—. Mi hijo se tragará todos sus reinos para cenar. Comprará y venderá océanos, ¡continentes!

Los susurros de confusión e intranquilidad que siguieron a Suddhodana cedieron a medida que cuchicheos inquietantes recorrieron la multitud de invitados. Todos eran tan supersticiosos respecto de los dioses como Suddhodana.

—¿Les parece increíble? —preguntó—. ¡No! Yo lo he visto. He visto todo lo que ocurrirá.

En ese momento, en la entrada, alguien hizo un movimiento que le llamó la atención. Siddhartha estaba de pie junto a la puerta, resplandeciente en su nueva túnica labrada con joyas.

—Ah —dijo Suddhodana, haciendo un gesto en dirección a su hijo—, aquí está. —Pensó para sí: «He hecho todo lo posible. Sal al escenario o paga el precio.»

Siddhartha miró a su alrededor. En todos esos años había visto apenas algunas de aquellas caras. Dio un paso y se sumó a la reunión. Nadie le tendió la mano ni hizo el menor ruido. Miró a su padre buscando una señal y recibió un imperceptible gesto de conformidad con la cabeza. Siddhartha se obligó a adelantarse, deseando nada menos que retirarse a su habitación. Los pensamientos le pasaban por la cabeza a toda prisa; eran tan fuertes que le resultaban ensordecedores en el silencio de la tienda.

—¡Ven!

Su padre lo llamó, viendo que esta vez el hijo no fallaría. Siddhartha empezó a notar la presencia de las personas que lo rodeaban. Algunas miradas parecían desconfiadas y otras, un tanto severas, hablaban de sobrecogimiento y temor.

«¿Qué les habrá dicho?».

Siddhartha sabía ahora que todo era posible. Su padre era un hombre de grandes palabras cuando se lo proponía. Suddhodana extendió la mano.

—Ven, gran rey, ¡ven!

Mientras tenía la extraña sensación de que estaba viendo cómo avanzaba el cuerpo de otra persona, Siddhartha dio otro paso y sintió que le flaqueaban las rodillas, como si no fueran a aguantar. Dio otro paso más, y luego otro. Cuando casi había llegado junto a su padre, el rey empezó a aplaudir, despacio al principio, pero luego con más rapidez. Uno o dos invitados se le unieron, vacilantes, pero Suddhodana no se detuvo, y entonces se sumaron otros, poniendo más entusiasmo en sus esfuerzos. Las palmadas iniciales se convirtieron en clamor. Un ruido atronador se apoderó del banquete y ahogó todos los demás sonidos.

Cuando llegó junto al rey, éste apretó a Siddhartha en un abrazo feroz y lo retuvo contra su pecho. Al monarca se le veía encantado, triunfal.

—Te has ganado tu futuro —susurró—. Nadie podía hacerlo sino tú mismo. —Enjugó las lágrimas que rodaban por las mejillas de su hijo.

«Padre», pensó Siddhartha, «¿qué has hecho?»

* * *

En el tumulto de ovaciones y aclamaciones a Siddhartha, uno de los hombres presentes sentía tanto odio como alegría y orgullo embargaban al rey. Devadatta salió corriendo de la tienda. Le temblaban las manos por el esfuerzo que le costaba no abalanzarse sobre su primo. Por primera vez en su vida, se dio cuenta de cuán solo estaba y de cuán desesperada era su situación.

Esa injusticia lo estaba asfixiando. Ya había permanecido atrapado en la corte 10 largos años, dando miles de oportunidades al rey para que comparara al alfeñique de su hijo con alguien que se tomaba en serio la ambición. Incapaz de contenerse, Devadatta gritó: «¡Necios! ¡Bastardos!» Pero sus imprecaciones quedaron sofocadas bajo el clamor de la celebración.

Se tropezó con dos sirvientes que llevaban bandejas de vino de miel, brevas y granadas, y los mandó al suelo junto con los víveres. Los criados dieron un grito, y los pies de Devadatta resbalaron sobre un manchón marrón de pulpa de breva. Devadatta se irguió de inmediato, casi sin percibir el caos que había provocado.

Ambos eran unos idiotas: el rey y su príncipe guerrero de fantasía, que heredaría el mundo. La idea habría sido nauseabunda de no haber resultado tan ridícula.

Mara había invadido hacía tiempo la mente de Devadatta, daba vida y color a sus percepciones negativas y alimentaba su resentimiento. Sólo faltaba una cosa. El príncipe cautivo jamás lo había invitado a él, su demonio, nunca se había aliado conscientemente con la oscuridad. Eso podía cambiar ahora. Mara tenía la ventaja, al igual que todos los demonios, de saber cuán frágil es la realidad, construida por las manos invisibles de la imaginación y la fe.

Mientras Mara no fuese más que un fantasma, Siddhartha podía mantenerlo reprimido con otros productos de su imaginación más oscura. Las briznas venenosas de la mente, aunque tóxicas, no representan amenazas mortales. Mara no podía enloquecer al chico; Siddhartha no albergaba las semillas necesarias para llevarle al delirio. Para destruirlo, el demonio precisaba un aliado abnegado, un vehículo para la maldad que no tuviera conciencia de su propia alma. Ese aliado tenía que ser malvado hasta el extremo de llegar a la temeridad, pero en eso no sería único. Su singularidad radicaría en su falta de emoción ante la compasión de Siddhartha; lo odiaría y querría verlo destruido. ¿Le daría Devadatta esa preciada oportunidad?

Mientras abrazaba a su hijo, Suddhodana podía saborear la victoria. La primera impresión que el mundo había tenido de Siddhartha estaba teñida de misterio, y una vez que las personas te consideran misterioso, es decir, dotado de fuerzas sobrenaturales, desean y hasta suplican que las domines. Basta con lograr que estén asustadas, sobrecogidas. El rey Siddhartha conquistaría cada vez más territorios. Todos sentirían que resistirse a Siddhartha sería como resistirse a los mismísimos dioses. La conciencia de que uno ha sido derrotado por un dios venido a la tierra enaltece a cualquiera. ¿Qué mejor destino para un simple noble que unir su fortuna al todopoderoso?

Al ver cómo Devadatta seguía su camino iracundo hacia los aposentos reales, Mara decidió provocar una crisis. No podía usar la fuerza bruta, pero un oportuno y tentador accidente ofreció otras posibilidades. Por casualidad, Devadatta pasó junto a la habitación donde esperaba cierta muchacha, desprevenida y vulnerable. Para que un demonio se haga carne, no hay nada mejor que la carne misma.

A Mara no le costó nada desviar la ira de Devadatta hacia la lujuria. Hizo flotar un leve perfume en la nariz de

Devadatta, puso ante él una imagen excitante de pechos turgentes, le susurró al oído que no podría descansar esa noche hasta que impusiera su voluntad sobre alguien cuyo sufrimiento le proporcionaría placer. Pulsó las teclas necesarias. Devadatta no sospechaba que lo estaban manipulando. Sólo sabía que tenía que tomar a una mujer en ese preciso momento. Se había puesto en marcha el mecanismo insidioso del demonio, de tan sutil creación y tan violento resultado.

Sujata miraba con nostalgia por la alta ventana abierta, ubicada lo suficientemente cerca de la tienda en la que tenía lugar el banquete como para oír que la música subía y bajaba con la brisa nocturna. A la luz de las antorchas, vio que Siddhartha se acercaba con su resplandeciente atuendo, y sus tensas emociones le hicieron creer que lo había visto temblar cuando entraba. Pero fue ella quien tembló. No podía entender del todo qué significaba aquello. Apenas tenía 15 años, aunque 15 años bastan para entender muchas cosas. Por ejemplo, entendía que no debía contar a nadie su verdadera historia.

Kumbira había reunido a Sujata con el resto de las jóvenes solteras para que mirara el espectáculo de lejos. Ésa sería su única participación en la fiesta hasta la hora en que dejarían que los hombres se acercaran secretamente a ellas.

—Aquí hay una crema para eliminar las manchas oscuras y zumo de lima para disimular las arrugas —dijo Kumbira, poniéndolas en la mesa cual matrona ansiosa cuyas muchachas deben complacer a los hombres para que la paguen a ella. Jamás había seducido a un hombre, pero estaba obsesionada con los trucos de la seducción. Habían traído de la montaña cubos de nieve atados con paja para que las muchachas mojaran sus pechos en agua helada y los reafirmaran—.

Si son listas, no coman esta noche. Si ven que se mueren de hambre, nada de cebollas, sólo coman semillas de hinojo dulce.

Sólo Sujata se había quedado en su aposento, aburrida y alejada del entusiasmo de los preparativos. Incluso pensó en pagar a una criada de inferior rango que ella para que le llevara a escondidas rabanitos y cebollas a su habitación, ya que no quería atraer a ningún hombre aquella noche. Salvo a uno. Una vez arregladas, las otras damas de compañía se sentaron sobre unos almohadones cerca del balcón, envueltas en batas de dormir confeccionadas de seda y alimentando sus fantasías con aire soñador.

Los sofás del centro de la habitación estaban llenos de platos de comida. Algunas mujeres mordisqueaban algo mientras chismorreaban con pereza.

«¿Fui tan joven yo alguna vez?», se preguntó Kumbira, que las miraba con envidia y desagrado. Junto a ella pasaban retazos de conversación, flotaban cual plumas llevadas por el viento. «¿Viste lo que llevaba puesto? Le quedaría bien hace 10 años.» «¿Crees que sabe?» «¿Saber? Su amante la golpea y no le da dinero para nada.» Kumbira no recordaba haber sido así nunca, pero seguramente así había sido. Y ahora sabía tanto del reino como el propio rey, aunque se jugaba la cabeza si alguna vez abría la boca.

Kumbira vigilaba a la joven que estaba sentada aparte, mientras se servía uvas de un plato. Desde que llegara a la corte, de noche, en un carro destartalado flanqueado por antorchas, y luego fuera llevada a toda prisa a las dependencias de las mujeres sin que la presentaran como corresponde, Sujata había sido muy reservada. Kumbira esperaba que la chica, quienquiera que fuese, tuviera un fuerte instinto de supervivencia. Tenía que darse cuenta de lo peligroso que era atraer las atenciones de un príncipe como Siddhartha.

De pronto, las cortinas de la puerta explotaron en olas de terciopelo y a través de ellas irrumpió Devadatta. Era demasiado pronto, y Kumbira vio de inmediato que estaba como loco.

—¡Silencio! —advirtió a las chicas, que habían empezado a gritar y a amontonarse como ratones asustados. Devadatta llevaba consigo peligro, no seducción. Kumbira se adelantó, interponiéndose entre el intruso y sus muchachas—. No tienes permiso para entrar aquí —espetó.

Devadatta frunció el ceño, insolente.

—No vine por ti, vieja. Quiero a una de ellas. Ésa —señaló a Sujata.

El primer impulso de Kumbira fue dejar que la tomara. No podía convencerlo de que se marchara, era imposible en su estado de excitación y furia. Si llamaba a los guardias, que posiblemente estarían demasiado ebrios como para hacer algo, serviría de poco, pues no podían ponerle las manos encima a alguien que gozaba de la protección real. Tal vez fuera mejor que Devadatta gozara de Sujata y que Siddhartha lo supiera. Eso acabaría de raíz con el interés del príncipe. El rey no querría ninguna complicación.

Pero Sujata se echó atrás, con sus ojos enormes llenos de temor, y la mano ahogando un grito en la boca. El pulso le latía a toda velocidad en el hueco de la garganta. Los ojos de Kumbira no eran tan viejos como para no verlo. Sintió el impulso de proteger a la chica. Y quizás también al príncipe.

Devadatta atravesó la habitación. Las otras chicas le abrieron paso como si fueran la estela que dejaba atrás la ira del joven. Devadatta agarró a Sujata del brazo. Aterrorizada, ella trató de soltarse. No se atrevía a forcejear, porque correría peligro si golpeaba a un miembro de la familia real.

Su miedo hizo que a Devadatta le brillaran los ojos. Incluso la ínfima resistencia que oponía le dibujaba una lujuriosa sonrisa predadora.

—Joven príncipe —dijo Kumbira con un tono tranquilo que esperaba que no fuera provocador—. Aprecio su lujuria, pero esta muchacha no le conviene.

Devadatta le lanzó una mirada furibunda.

—¿Por qué no?

Kumbira se inclinó hacia él y le susurró:

—Tiene uno de esos días.

—Estás mintiendo. —Devadatta estudió la cara de Kumbira con desconfianza. No estaba en la naturaleza del príncipe admitir que le impidieran desahogarse; esa noche necesitaba una vía de escape, y que todo se fuese al diablo—. Si está sucia, ¿por qué se encuentra aquí, con las limpias?

Pero Kumbira había aprendido a mentir hacía dos generaciones. Mintió con una voz monótona y sin rastro alguno de actitud defensiva, sosteniéndole la mirada.

—Sí, es verdad, debería estar aislada, pero soy vieja y buena, y como hoy hay un banquete real…

Devadatta la cortó en seco.

—Buena como una cobra, vieja prostituta.

Kumbira le sostuvo la mirada, sin dar muestra alguna de que reprobaba la manera en que la trataba. Sabía cómo mantener una mentira. Devadatta se dio la vuelta y cogió a otra chica, que fue con él por propia voluntad, aunque él casi se la llevó a rastras.

Sujata se volvió a Kumbira presa del pánico. Sin previo aviso, se recostó contra ella, asiéndola con tanta fuerza que bien podría haberla lastimado.

—Gracias —susurró con ansiedad—. Gracias, miles de gracias. —La voz ahogada se tragaba las palabras, pero no la gratitud desesperada de Sujata.

La desnudez de los sentimientos de la chica conmovió a Kumbira. En su larga vida de dura resistencia e infinitos disimulos, sólo Siddhartha había tenido alguna vez semejante efecto en ella. Casi envolvió en un abrazo a la muchacha, que se había echado a llorar.

Entonces se contuvo y se dio cuenta de lo que estaba a punto de hacer: todas las demás miraban, y eran chicas que no sentían pena alguna por Sujata y que se burlarían de ella en cuanto estuvieran solas. Cogiendo a Sujata por los hombros, Kumbira la empujó lejos de sí.

—¿Crees que hice eso por ti?

Sujata estaba extremadamente confusa. Se enjugó las lágrimas con la palma de la mano.

—¿Qué clase de tontas están enviando a la corte? —preguntó Kumbira. Metió la mano en su sari y sacó la moneda de oro que le había dado Siddhartha—. Ya pagaron por ti —le dijo con brutalidad—. Fue el príncipe.

—Ah, bien. —La voz de Sujata era débil.

—Él jamás me habría perdonado si no hubiese cumplido el trato —agregó Kumbira—. Especialmente si no le hubiese consultado primero.

La habitación permanecía en silencio. Las demás sabían que estaban presenciando una humillación exquisita, comidilla para chismes sin cuento a puertas cerradas. Recobrando el control imperceptiblemente, Sujata encontró fuerzas para hablar.

—En dos segundos has sido amable y cruel conmigo. ¿Qué se supone que debo pensar?

—Considérate afortunada —gruñó Kumbira—. Es lo que debes pensar. —Volvió su atención a las demás—. Ahora vuelvan a lo suyo, todas. Y asegúrensse de no tener mal aliento —advirtió.

Sujata siguió allí de pie, con la mirada clavada en Kumbira.

«Insolente», pensó Kumbira. Aun así, la muchacha tenía algo de entereza, y la vieja no quería aplastarla por completo.

—Tienes los pechos como una vaca lechera. Ve a tu cuarto y llévate contigo algo de agua helada. Va a ser una larga noche.

Se oyeron risitas generalizadas y Sujata ahogó un grito de dolor y vergüenza. Dio media vuelta y salió de la habitación a toda prisa. Kumbira no quiso ver cómo se iba. Le había hecho un favor secreto al alejarla de allí a la fuerza, y ninguna de las demás jóvenes lo sospechaba. La función de Kumbira no era unir a Siddhartha y a la chica, pero por lo menos podía mantener alejadas de ella las manos codiciosas de otros hombres.

Kumbira se dirigió a la ventana y quiso contemplar a Siddhartha en su gloria. Resonaron una vez más desde abajo vítores y aplausos. Debía de ser pasada la medianoche. Kumbira sonrió y pensó en cuán orgulloso y ebrio debía de estar el viejo rey.

El gran banquete estaba llegando a su fin. El grueso de los invitados ya se había retirado o desplomado por el sopor alcohólico. Faltaban unas horas para que amaneciese. Siddhartha pasó por encima de los invitados y salió de la tienda sin que lo notara su padre. El rey estaba muy adormilado, y la cabeza se le balanceaba sobre el pecho, de un lado a otro. Siddhartha había fingido beber con cada brindis estridente, pero en realidad tomó muy poquito licor. Necesitaba tener la mente clara para escaparse.

Esa noche, después de pasar años encerrado en una jaula como un ruiseñor, sería libre. Le invadía la excitación. Se apresuró a regresar a sus aposentos y no se molestó en encender una vela. Había vivido toda la vida dentro de esas habitaciones y podía caminar por ellas perfectamente en la oscuridad. Con movimientos rápidos, buscó un saco de viaje y metió dentro algunas ropas. No sabía qué llevar, ni cuánto. No quería que lo reconocieran como el hijo del rey, así que guardó los pantalones y las camisetas que usaba en los establos.

Se puso la espada a la cintura. Todos los viajeros con los que había hablado coincidían en que los caminos eran peligrosos. Compartiría con ellos el riesgo de que lo asaltaran, pero si alguna vez se descubría su identidad, correría también peligro de que lo secuestraran para pedir rescate. Agregó algo de pan, frutas secas y las pocas monedas que tenía. Dentro de los muros del palacio jamás había necesitado dinero; afuera, era pobre de verdad. Había obtenido las monedas en sus juegos de azar con Channa y otros jóvenes nobles, o vendiéndoles baratijas que sabía que su padre no echaría de menos.

Cuando estaba terminando, resonó en su cuarto el ruido lento y pesado de las puertas principales al cerrarse. Siddhartha corrió a la ventana y miró afuera. La luz de la luna ardía, fresca, sobre su piel desnuda. Debajo, en el patio central, los guardias se tambaleaban al dirigirse hacia sus puestos, revelando que el licor había llegado a los cuarteles. Los recién llegados cerraron el pasador de las puertas; el ruido era fuerte, daba sensación de solidez. Aquellos portones habían resistido a ejércitos que pelearon contra su padre, tal como declaraban los hachazos que decoraban el exterior.

Siddhartha se echó el saco lleno al hombro y salió corriendo. Bajó las escaleras sin hacer ruido. Un latido desbocado resonaba en sus oídos. Cuando hubo avanzado un poco, se detuvo y oyó voces sordas a través de las paredes. Parecían hombres que discutían. Siddhartha se cambió de hombro el saco y siguió adelante. Tenía la mano firme en el puño de su espada, para que no golpeara nada al moverse. El pasillo estaba repleto de sombras oscuras; las antorchas ya se habían apagado en sus candelabros.

De pronto, un movimiento súbito entre las sombras lo obligó a esconderse pegado a la pared. Siddhartha se quedó inmóvil y dejó de respirar. El frío muro de piedra le absorbía el calor del cuerpo. Siddhartha miró atentamente unos minutos antes de relajarse lo suficiente como para volver a respirar libremente. Pero cuando empezó a caminar, la forma cambiante volvió, como un títere de sombra proyectada contra una pantalla negra. Esta vez vio que se trataba de una mujer. Tenía las caderas angostas y se movía con rapidez y ligereza. La cara y los ojos brillantes se dejaron ver por un fugaz instante en un rayo de luz de luna.

«¿Sujata?»

La mujer se detuvo como si pudiera oír que él pronunciaba su nombre con el pensamiento. ¿Qué estaba haciendo allí? Siddhartha se dispuso a llamarla en voz baja, pero antes de que pudiera hacerlo, ella se dio la vuelta y echó a correr por el pasillo, como presa del pánico. Siddhartha olvidó de inmediato su plan de fuga. Dejó que el saco cayera al suelo desde su hombro y corrió tras ella.

Cuando dobló la esquina siguiente vio que la figura —ahora estaba seguro de que se trataba de Sujata— desaparecía por una puerta. La siguió hasta los jardines reales, sin atreverse a llamarla, por saber que había amantes escondidos en los recovecos, entre las camelias y las rosas. Los jardines habían sido diseñados por su madre. Maya, al hacerlos, quiso que fueran un lugar de eterna fascinación, y el centro del recinto era un nudo intrincado, un laberinto labrado con dragones y elefantes hechos de arbustos, junto con fabulosos monstruos marinos como el magan y el mítico *karaweik*, ave de canto hipnótico. El dulce perfume de los capullos en la noche espesaba el aire. Sujata se detuvo en la entrada del laberinto y miró hacia atrás con aire huidizo. Su expresión era inescrutable.

—¡Espera! —Siddhartha alzó la voz, más interesado en la chica asustada que en preservar su anonimato. Trató de usar el tono imperativo que solía exhibir su padre. Pero Sujata desapareció en el laberinto.

Siddhartha no pudo contenerse; corrió hacia la entrada y se metió en las callejuelas. Las altas paredes se cerraban a su alrededor, y la oscuridad se volvió casi absoluta. Siddhartha corrió, trató de escuchar los pasos de la chica, dio vueltas por recodos y esquinas para seguir los ruidos que hacía. Entonces se detuvieron. Si hubiera estado tan cerca como él creía, Siddhartha ya se habría tropezado con ella. Oía pasos a su izquierda, al otro lado de la pared de seto. Trató de escabullirse por la maraña crecida, pero el arbusto era demasiado compacto.

—Soy yo, Sujata. Quédate donde estás. Estás a salvo.

Siddhartha puso la mano en la pared izquierda del laberinto, que lo guió de regreso al último recodo, y esta vez tomó el camino por el que había pasado antes. En ese momento, la luna desapareció detrás de una nube, y en la oscuridad total Siddhartha se llevó a alguien por delante.

—¿Sujata? —susurró.

Le respondió la voz de ella, que estaba a su lado.

—Qué coincidencia. Estás perdido en el laberinto de tu mente y ahora estás perdido también en un laberinto de verdad.

Siddhartha se quedó perplejo ante el tono arrogante de Sujata, pero sin duda era su voz.

—Vi que huías. ¿Tienes problemas?

—Yo nunca tengo problemas. Los causo.

La voz de Sujata era más profunda y, a pesar de la atracción que sentía por ella, Siddhartha dio un paso atrás instintivamente. Los ojos se le habían adaptado a la oscuridad, y percibió que la figura que tenía delante no era la de una muchacha con curvas y caderas estrechas.

—¿Quién eres? —Siddhartha llevó la mano a la empuñadura de su espada, aunque se preguntó de qué le podía servir un arma para enfrentarse a un mago, si era eso a lo que se enfrentaba. Canki le había dicho que esos seres existían y que había que repelerlos con prácticas rituales que hacían que la persona se volviera inmune a los hechizos y la magia maléfica. Siddhartha ya no quería más rituales. Ese día ya había tenido bastantes ceremonias.

—Puedo ser ella si eso te sirve para estar más cómodo. Puedo ser quienquiera que te imagines —la figura sombría se acercó y no cabía duda de que ahora su voz era la de un hombre.

—¿Le has hecho daño? ¿Dónde está?

El extraño se irguió; se pasó unos dedos de uñas largas por el costado de la túnica.

—¿Cómo sabes que no soy ella? ¿Cómo sabemos quién es quién realmente?

—Me voy con ella. —Siddhartha se dispuso a marcharse, pero la voz del extraño volvió a hablar con un atractivo especial.

—¿Crees que si adopto su forma ella estará en peligro? Quizá tengas razón. De todos modos, el mayor peligro al que se enfrenta ahora eres tú.

El ánimo de Siddhartha se enardeció.

—¡Impostor! Quienquiera que seas, pelea contra mí o déjame en paz.

La voz del extraño adoptó un tono ofendido.

—Te equivocas conmigo, jovencito. He venido a traerte paz, nada más que paz. ¿Cómo puedo convencerte de ello?

La luna había vuelto a salir, y Siddhartha vio que se enfrentaba a un hombre joven y alto, algo mayor que él, que bien podría haber sido su primo, Devadatta. Por un instante, casi gritó el nombre de Devadatta, pero se dio cuenta de que ese encuentro no podía ser sino sobrenatural.

—¿No me reconoces? —dijo el hombre joven y alto—. Soy el hijo que tu padre siempre quiso, el hijo en el que podrías convertirte.

La oscuridad no podía ocultar la verdad que decía el extraño. Siddhartha se veía a sí mismo con unos años más.

—¿Qué es lo que te propones? Ya soy el hijo que mi padre quiere. —A pesar de que intentó usar un tono firme, el extraño se rió de él.

—¿Tu padre quiere un hijo que se escapa en medio de la noche sin decir palabra? Estoy sorprendido. Él se ha esforzado tanto por retenerte. Pero entiendo. Los padres no lo saben todo. Y está bien que así sea. —La voz del extraño tenía una sinuosa capacidad de pasar de la arrogancia a la familiaridad y la zalamería. Era penetrante y tranquilizadora al mismo tiempo. Siddhartha estaba inseguro y, aunque el extraño no hacía gesto amenazador alguno, la mera imagen de él le agotaba; se sentía flojo y débil.

—No lo lograrás, ¿sabes? —dijo el extraño—. Escapar, quiero decir. Éste es tu sitio. Sólo tenemos que decidir cómo lo ocuparás.

A Siddhartha se le enardeció el ánimo otra vez. El extraño lo estaba provocando y no hacía el menor esfuerzo por disimularlo.

—Dime cómo te llamas —exigió Siddhartha.

—Siddhartha.

—Entonces no eres más que un demonio imitador, y yo te he tomado por alguien poderoso.

Los dedos del extraño se crisparon como las uñas de un gato que duda si usar sus garras o mantenerlas retraídas.

—No seas imprudente. Estoy aquí porque te conozco. No te hagas el sorprendido tampoco. Es hora de ser francos, ¿no? Un príncipe que huye de su trono tiene que estar muy confundido, ¿no te parece?

Mara miró cómo dudaba Siddhartha antes de responder. No había estado bromeando con el chico para su diversión. La razón era más profunda. Las formas que adoptaba, las palabras que decía, todo era parte de una prueba. Quería encontrar la mejor manera de penetrar en la mente de Siddhartha, así que la rodeaba y la tanteaba como un cirujano que busca el lugar exacto para hacer el primer corte.

—No te dije mi nombre porque estaba un poquito ofendido —dijo Mara—. Me conoces muy bien y aun así no me saludaste. ¿Qué modales son ésos?

Siddhartha tembló levemente. Nunca había visto esa forma, pero la voz que hablaba en la oscuridad le traía recuerdos vagos, atribulados, de la que había sonado una vez en su cabeza. Por su mente pasaron, entre rgitos, visiones del cuerpo sin vida de su madre.

—¿Ves? —susurró Mara—. Empieza a convencerte.

Entonces el cuerpo del demonio se sacudió como si estuviera poseído, doblándose y torciéndose en las partes que no tenían articulaciones. El hombre joven y alto se convirtió en un muñeco de trapo, que se desplomó en el suelo. Ahora sus extremidades se plegaron una sobre la otra hasta que pareció un enano en cuclillas. Siddhartha se quedó petrificado, y luego el montículo de trapo se transformó en una masa informe que palpitaba, esperando adoptar la forma que dictara su terror. Ya fuera gracias al propio miedo o por una reserva de fortaleza de la que no se sabía poseedor, Siddhartha dejó su mente en silencio, vacía de pensamientos.

—¿No tienes nada que decirme? ¿De veras? —preguntó Mara, intentando provocarle—. Después de todo lo que hemos pasado. —Ahora Siddhartha veía una pira funeraria, un cráneo que se deshacía convertido en cenizas. Tenía las fosas nasales llenas del hedor de la muerte.

Mara confiaba en que esos recordatorios abrirían una fisura, que al subirse Siddhartha a la ola del terror él podría penetrar en su mente. Para Mara era importante hacer eso, porque derrotar al príncipe por su propio temor era mucho mejor que hacerlo con una herramienta externa, incluso aunque se tratara de una tan apta como Devadatta.

—No sé de qué estás hablando —dijo Siddhartha con calma. Era una calma aparente, porque por dentro sentía que se libraba una batalla en los límites de la conciencia. No era una lucha de palabras ni de imágenes; todo sucedía en silencio, como una epidemia sigilosa o como una ráfaga fétida, nociva, que se cuela por un vidrio roto. Siddhartha no sabía cómo librar esa batalla. Lo único que sabía, mientras experimentaba una mezcla de pánico e instinto de supervivencia, era que necesitaba repeler al enemigo.

Trastabilló, no por miedo, sino por alguna fuerza increíble que provenía del demonio y que actuó sobre él. No podía mover los pies con la suficiente rapidez para equilibrar su cuerpo, y sintió que caía de espaldas. Esperaba que el suelo amortiguara la caída, pero la sensación de hundirse en el vacío continuaba. Gritó pidiendo ayuda; sin embargo, no tenía voz. La parálisis le congelaba los músculos; un peso aplastante le oprimía el pecho y lo asfixiaba.

Parecía una caída infinita.

Cuando por fin pudo volver a moverse, Siddhartha se irguió, con la certeza de estar hecho trizas. Sin embargo, después se encontró en la cama, enredado entre las sábanas.

«¡No!», gritó su mente. Había huido de esa habitación. Recordaba cada detalle. Lo recorrió un escalofrío y, al mismo tiempo, notó que ardía de fiebre. Tenía la garganta reseca, como si hubiera tragado arena del desierto. Por un instante, Siddhartha se debatió entre la enfermedad y la muerte. Mientras temblaba, tiró las mantas y se obligó a ponerse de pie; las débiles piernas lo llevaron al lavabo, donde tomó una jarra de agua fría y se mojó la cabeza. La ola de náuseas que le asaltaba cedió.

Se inclinó para refrescarse la cara de nuevo, pero retrocedió con un grito. El lavabo estaba lleno de víboras que se retorcían, levantando las cabezas chatas sobre los bordes mientras sacaban las inquietantes lenguas.

Siddhartha se apartó, conteniéndose para no volver a gritar. Buscó de nuevo el silencio que había repelido al demonio. Sabía por instinto que otra cosa no le serviría. Cerró la mente y trató de expulsar las imágenes que la invadían. Pero volvían de todas formas. Las víboras reaparecían en su imaginación y luego se convertían en cuerpos humanos que reptaban en agonía. Eran escenas que jamás había presenciado, ni remotamente, en la vida real. Siddhartha intentó poner las ideas en orden. Si tenía una pesadilla despierto, ¿qué sabía él sobre todo eso?

Las figuras atormentadas empezaron a gritar y ahogaban todo sonido a su alrededor. El grito que había muerto en su propia garganta recobró fuerzas de pronto e hizo eco en torno a él. Los ojos se le cerraron, doloridos, y Siddhartha sintió que se lo tragaba la masa de cuerpos reptantes. Por primera vez en su vida, sintió un terror mortal, pero luego abrió los ojos y descubrió que no sólo seguía vivo, sino que otra vez estaba en el laberinto.

De rodillas, ya sin fuerzas, cayó de boca y frenó el golpe con las manos. Respiró con ansia una y otra vez. Levantó la vista y se encontró con el hombre joven y alto, que se cernía sobre él. Con una pizca de desesperación, aceptó lo que había afirmado el demonio. No era ningún extraño. Siddhartha supo en realidad todo el tiempo quién era y que se llamaba Mara. Se sentía atrapado e indefenso. Toda su vida había resistido las atenciones que le prodigaba el demonio en la periferia de su mente.

—¿Qué quieres de mí?

Mara le ofreció la mano.

—Quiero enseñarte. Quiero ayudar —sonrió, pero sus malas intenciones arruinaron el esfuerzo. Siddhartha no tomó la mano que le ofrecían. Se hundió en el suelo y enterró la cara entre las rodillas. No sabía por qué lo perseguía el demonio con tanta perseverancia. ¿Acosaba así a todos los seres humanos? No, no se hubieran quedado callados todos esos años. Si su padre o Canki o Channa hubieran tenido que soportar lo que le había deparado a él esa noche, el tormento se les habría notado en la cara. Comprender eso le despejó un poco la mente. Tenía que haber una razón para que él fuera el blanco especial de las maquinaciones de Mara. Quizá fuera un pecado enorme o una gran debilidad suya, pero en el fondo Siddhartha sabía que no se trataba de eso. El demonio no se sentía atraído por algo que hubiera hecho Siddhartha. Por lo tanto, tenía que ser algo que Siddhartha podría hacer. La claridad mental del príncipe empezó a ampliarse. Lo que podría hacer todavía no era un hecho, así que tenía la posibilidad de elegir su camino. Podía volverse más fuerte y puro. Que no hubiera derrotado a Mara en una sola noche no quería decir que siempre hubiera de fallar.

Mara frunció el ceño, mirando al joven inmóvil que estaba acurrucado frente a él. Era un momento delicado. Sentía cómo trabajaba la mente de Siddhartha. Poco a poco, la grieta que había encontrado Mara empezó a cerrarse de nuevo. El demonio trató de encontrar otra, y al principio vio destellos de miedo, pero nada con suficiente intensidad. Mara se estremeció. Nadie lo había dejado jamás llegar tan lejos como para generarle pesadillas y expulsarlo unos instantes después. Tal como había predicho Asita, esa víctima no era común y corriente, y los medios comunes y corrientes no podían vencerlo.

Siddhartha empezó a sentirse más tranquilo. Su mente había dado paso a un razonamiento en el que podía creer. Vencería al demonio, no al resistir ante él, sino al encontrar un lugar para estar a salvo. Siddhartha no sabía aún dónde se encontraba ese lugar, pero estaba seguro de que existía. Tenía una certeza extraña.

Siddhartha levantó la vista y percibió la luna llena; se dio cuenta de que ya nadie se cernía sobre él y de que no había más sombra que la proyectada por las altas paredes del laberinto. Y también percibió algo más: el demonio le había dicho la verdad, el palacio era su sitio. Representaba su futuro, del que no podía escapar. La diferencia radicaba en que ahora el futuro no lo aterrorizaba.

Mara, que se había deshecho de su forma mortal, miró cómo se iba el príncipe, sin perseguirlo. Sintió que le habían robado un gran secreto, y que se lo había robado un hombre inocente y joven. Siddhartha descubrió en su día que los demonios entran en la mente cuando nos resistimos a ellos. Cuanto más nos esforzamos por guarecernos de la tentación, con más fuerza se apodera la tentación de nosotros. Mara suspiró, pero no había perdido la confianza. Todavía tenía a sus aliados. La siguiente batalla sería interesante, cosa que no solía ocurrir. Estaba fastidiado, pero no se dejaría vencer. De eso estaba seguro.

capítulo
8

E l día después del banquete todos concentraron su atención en los entretenimientos que había preparado el rey y en el papel que desempeñaría su hijo, ya elevado a los ojos del mundo. Sin embargo, nadie vio al príncipe. Esa mañana, Canki fue convocado a los aposentos de Suddhodana, donde encontró al padre y al hijo reunidos. La atmósfera de la habitación era tensa. Siddhartha miraba hacia otro lado, perdido en su propio mundo. Era evidente que su padre había estado hostigándolo, cada vez con menos éxito.

—Dile algo —ordenó Suddhodana al viejo cuando Canki entró en la habitación—. Haz que entienda. Tiene que comprender cuán serio es todo esto.

—El príncipe conoce sus deberes a la perfección, alteza… —empezó a decir Canki.

Poniéndose de pie de un salto, Suddhodana estalló.

—¡Basta! No necesito un político. El muchacho no entiende nada.

—¿Cuál es el problema, exactamente? —Canki recurrió a su tono más conciliador.

Suddhodana, que odiaba que lo manipularan, lo miró con odio.

—He organizado unos simulacros de batalla para mañana. El ejército ya está listo. Quiero que él pelee como se supone que debe hacerlo —dijo, mientras señalaba a su hijo—.

Canki se volvió para dirigirse a Siddhartha.

—¿Y tú te niegas? Estoy sorprendido.

Siddhartha bajó la mirada y se mantuvo en silencio. Canki ya tenía noticias del simulacro y del celo con que lo había organizado Suddhodana. El rey no quería conformarse con inspirar respeto reverencial en sus invitados: quería que fuesen testigos presenciales de lo que le ocurriría a cualquiera que albergara planes secretos para derrotar al hijo tras la muerte del padre.

Era como volver a los viejos tiempos. El ejército fue sacado de su largo y perezoso letargo. «Díganles que pelearán de verdad», había ordenado Suddhodana. «Tres piezas de oro para los guerreros más sangrientos al final del día. Nada impresiona tanto como la sangre.» Entonces, en lugar de embotar sus espadas y cubrirse de paja para protegerse, los soldados se prepararon para provocar y recibir heridas de verdad. La única regla era que ningún golpe podía ser intencionadamente mortal. «Si golpean a su enemigo y éste no se levanta, dénlo por muerto, sólo por hoy», ordenaron los generales.

Desde el observatorio panorámico que era el templo de Shiva, sobre la colina, Canki había estudiado la planicie que se extendía frente al palacio, ocupada día tras día por ejercicios militares. Los soldados se tomaban las órdenes a pecho. Estaban sedientos de violencia. Todos los días, en las prácticas, había soldados que salían heridos, casi muertos, y el entusiasmo por pelear era cada vez mayor. Suddhodana cabalgaba entre sus tropas, demostrando su aprobación a medida que los simulacros se hacían más y más violentos. Detrás de él cabalgaba Siddhartha, con expresión pensativa, pero sin poner objeciones. Sin embargo, no hace falta decir que cuando llegó el momento de que él dirigiese el combate, rehusó.

Canki no quería quedar mal con ninguno, pero no se atrevía a desobedecer al rey.

—¿Tienes miedo de pelear? —le preguntó a Siddhartha. El príncipe negó con la cabeza, pero no dijo nada para defenderse.

—Lo he visto con Channa. Se esfuerzan. Hasta se hacen sangre, un poco. No, es otra cosa, algo que no quiere decirme —gruñó Suddhodana.

Canki tocó la barbilla de Siddhartha y lo obligó a que lo mirase.

—El silencio puede ser una forma de traición —dijo, con seriedad. Sorprendido, Siddhartha rompió el silencio.

—Ser el príncipe no es lo mismo que ser el rey.

Si Siddhartha pretendía que con eso lo comprendieran, lo único que logró fue que el rey estallara una vez más.

—¿Qué se supone que eres ahora? ¿Un oráculo? ¡Habla claro cuando te diriges a mí! ¡Te lo exijo!

Sin tomar en cuenta la presencia del sacerdote, Siddhartha se echó de bruces al suelo y se agarró a los pies de su padre. Suddhodana desvió la mirada, avergonzado por ese gesto de humildad, que para él era un signo de debilidad.

—¡Por dios, levántate!

—No lo haré, a menos que pueda hablar libremente.

Los ojos de Suddhodana recorrían toda la habitación, confundidos.

—Lo que tú quieras, pero levántate.

Siddhartha no se levantó. Con la cara contra el suelo, dijo:

—Nunca he sido lo que tú quieres que sea, y cuanto más exiges, menos soy.

—Si no eres lo que yo quiero, ¿qué eres? —preguntó el rey, más sorprendido que furioso.

—No lo sé.

—¡Es ridículo! Yo sé quién eres. Él sabe quién eres —Suddhodana miró a Canki, buscando apoyo. El sacerdote no supo cómo reaccionar. Canki estaba al servicio de un rey guerrero, pero en su interior despreciaba la violencia y sentía desdén por quienes la usaban para conseguir todo lo que querían. Los reyes no eran mejores que los asesinos. La única diferencia es que tenían el monopolio legal sobre la muerte. Los métodos del brahmán eran la astucia, la paciencia y la persuasión. Para él, ésos eran los signos de auténtica superioridad.

Tras un momento, se arrodilló junto a Siddhartha y le puso una mano en el hombro.

—Haz lo que te piden. Si lo haces poco a poco, todo será más fácil. Esto no es más que un espejismo, una farsa de guerra. ¿Cómo puedes saber acerca de ti mismo, conocer tu propia naturaleza, antes de haber tratado de ponerte a prueba?

Por muy habilidoso que se creyera, Canki no logró convencer al príncipe, que lo ignoró y mantuvo los ojos fijos en su padre.

—Quiero irme —le dijo.

Un escalofrío, heraldo gélido del fracaso, recorrió el cuerpo de Suddhodana.

—No, eso no es posible —respondió, con voz ahora monótona y carente de emoción—. Pídeme cualquier cosa menos eso.

La repentina debilidad de la voz de su padre estremeció a Siddhartha, que se puso de pie con lentitud.

—¿Qué he dicho para que estés tan perturbado? Si me amas, déjame ver qué hay al otro lado de estas paredes.

—No sabes nada del amor —espetó Suddhodana. Miró a su hijo a los ojos. Pero no había respuesta para lo que vio en ellos. De improviso, se dio la vuelta y salió de la habitación; se detuvo junto a la puerta por un momento para hacerle un gesto al sumo brahmán.

—Basta de palabras. Déjalo en paz.

Canki estaba sentado en su estudio, con un plato de arroz con sésamo intacto a su lado. Ocupaban su mente los problemas que vendrían cuando el mundo descubriese la brecha abierta entre el rey y el príncipe, cosa que sin duda ocurriría. Los pensamientos del brahmán se vieron interrumpidos por un golpe suave en la puerta. El sacerdote tuvo que ocultar su sorpresa cuando la abrió y entró Siddhartha, solo y sin haberse anunciado.

—Háblame de los dioses —dijo.

Canki sonrió sin demostrar inquietud. Echó a un lado el plato de arroz con sésamo, preguntándose si no debía preocuparse por la visita. Ponerse del lado del príncipe o incluso aparentar estar de su lado podría considerarse una traición en muy poco tiempo.

—Yo me encargo de los dioses —dijo Canki—. Tú no debes preocuparte por ellos.

—Pero ¿qué quieren los dioses? —preguntó Siddhartha—. ¿Por qué habrían de maldecir a alguien? ¿Puede una persona pecar sin darse cuenta?

Canki carraspeó para ocultar su confusión momentánea. No sabía que Siddhartha lo considerara un confidente, y nunca lo había visto en ese estado de ansiedad. El joven era comedido, como deben ser los príncipes. El sacerdote decidió no preguntar el porqué de ese repentino interés por las maldiciones.

—¿Deseas saber cómo ganar el favor de los dioses? —preguntó—. Deberías hacerlo. Es admirable.

Por primera vez, Siddhartha se puso a los pies del sacerdote y adoptó la típica pose del discípulo que busca la sabiduría de su maestro.

—Los dioses consienten grandes sufrimientos, guerras, hambrunas, crímenes e inmoralidad, porque la gente ha olvidado cómo complacerlos —dijo Canki—. Como nadie puede ser completamente bueno, hay muchos pecados en el mundo. Los rituales y los sacrificios honran a los dioses y borran esos pecados.

—Pero todos honran a los dioses, y no todos son felices —respondió Siddhartha—. ¿Por qué nos visita la desgracia?

Canki sacudió las manos, señalando los montones de escritos en hojas de palma secas y pergaminos, los cientos de rollos que ocupaban los estantes del estudio estrecho y viciado.

—Todo pecado es un karma, y cada karma tiene su remedio. Se necesitan años para aprender lo suficiente. Estudia y trata de comprender cada detalle. El mundo invisible es complejo, y los dioses son caprichosos. Incluso así, al estudiar en profundidad, es posible que te equivoques.

—¿Te has equivocado alguna vez?

Canki estaba desconcertado.

—Los brahmanes nunca nos equivocamos. No hay palabra de las escrituras que nunca haya recibido cada brahmán.

—¿Y nadie más? ¿Los dioses no hablan si no encuentran un sacerdote?

Canki tenía una respuesta preparada. Su trabajo era saber la respuesta a todas las preguntas, pero vaciló mientras su mente buscaba una solución al problema que se dibujaba ante él. A pesar de todos los esfuerzos del rey, el muchacho estaba tomando el otro camino. No habían podido desviar la parte más profunda de su carácter. Sin embargo, Canki no estaba alarmado. Ahora tenía una oportunidad de influir en Siddhartha, quizá la última. Miró al muchacho sentado a sus pies y decidió que la opción más astuta, por una vez, era decir la verdad.

—Eres de los pocos que pueden comprender. Siempre lo presentí, desde que eras un niño —dijo. Se acercó y le puso la mano en el hombro. No sentía ningún aprecio real por su alumno, pero la experiencia dictaba que el contacto físico era un vínculo más fuerte que las palabras—. Quiero contarte algo acerca de la Edad de Oro. —Ignoró la expresión de desconcierto de Siddhartha, apretando con los dedos la carne del joven—. Sólo escucha. Hubo una época, hace mucho, mucho tiempo, en la que el mundo era perfecto. Las escrituras nos dicen que nadie pasaba penurias. No había maldades ni fechorías. Las personas sólo conocían la vida de abundancia. Pero luego, poco a poco, todo comenzó a decaer. Ese mundo perfecto sólo era posible porque los dioses mantenían a raya a los demonios, que no podían acercarse a los seres humanos ni hacer año. ¿Te gustaría traer de vuelta una época como ésa?

Siddhartha se estremeció.

—¿Yo?

—Cuando naciste, las profecías indicaron que podrías convertirte en el rey de una nueva Edad de Oro. Tu padre lo sabe. De lo contrario, ¿por qué habría de protegerte con tanto celo y poner tu seguridad por encima de todo lo demás?

Siddhartha se perdía en las palabras del brahmán, y Canki sonreía, satisfecho, para sí. El príncipe escuchaba con tanta atención porque se sentía culpable. Creía que había cometido un pecado ignoto y que estaba prisionero en el palacio a modo de castigo.

—Tu padre te ama, pero también siente un temor reverencial. Si arruina la posibilidad de traer de vuelta la Edad de Oro, ¿cuánta culpa sentirá en sus próximas 100 vidas?

Siddhartha reflexionó con expresión seria.

—Entonces, ¿no está decepcionado conmigo?

—Todo lo contrario: el fracaso que lo desazona es el suyo. Debes demostrarle que te ha criado como las estrellas y los dioses profetizaron. Si puedes hacer eso, ambos serán favorecidos durante el resto de sus vidas. Si no… —Canki contuvo el aliento, esperaba una reacción. Tenía sus propias dudas acerca del destino que le esperaba a Siddhartha. Por el momento, no había dado demasiados indicios de que hubiese un gran guerrero o un gran santo en él.

—Háblame de los demonios —dijo Siddhartha de pronto.

Ahora era Canki quien estaba sorprendido. «¿Demonios?» El brahmán estuvo a punto de preguntarle si había visto alguno, pero se contuvo; no podía ser tan directo con un muchacho retraído que acababa de salir del cascarón.

—Los demonios son eternos, siempre han existido y siempre existirán. Su batalla con los dioses es interminable, no hay nada que se pueda hacer al respecto. Pero en la Edad de Oro estuvieron controlados, como el río que no puede superar una represa. ¿Comprendes?

—¿Ninguno de los bandos ganará jamás?

—No deben ganar. Ni el bien ni el mal pueden prevalecer. Eso destruiría el equilibrio de la creación. —Canki estaba diciendo algo que creía de verdad. los Vedas le habían dicho que el mundo había sido creado mezclando leche en un mantequero cósmico. Había dos cuerdas que accionaban el mecanismo. A un lado, los ángeles o *devas* tiraban en una dirección, mientras que los demonios o *asuras* lo hacían en la otra, en el lado opuesto. La paleta giratoria del mantequero era una montaña conocida como monte Meru, que para algunas eminencias estaba en el Himalaya y que para otras era la residencia mítica de los dioses. De cualquier modo, la creación surgió como una serie de cuajadas hechas a partir de aquella leche batida. Por lo tanto, los ángeles fueron tan necesarios como los demonios para generar el orden en el caos espumoso, y así sería siempre. El bien y el mal, la luz y la oscuridad, eran los ingredientes primordiales de la existencia, la materia fundamental de la naturaleza humana.

—No te preocupes por los demonios; son indestructibles y tú no puedes derrotarlos. Preocúpate por los hombres que se han dado al mal. No habrá Edad de Oro hasta que ellos sean derrotados. Tal vez no creas que todo esto depende de ti, pero estoy dispuesto a apostar que terminarás por aceptar la verdad.

Siddhartha se puso de pie, con expresión más seria. Canki pudo ver que sus palabras habían surtido efecto. Había planteado un misterio ante el joven, y pocos pueden resistirse a un misterio, en especial si son los protagonistas.

Suddhodana se había quedado solo y enfadado en sus aposentos. En un principio estaba furioso con su hijo, pero poco a poco fue hundiéndose en un estado de ánimo taciturno. Enfrentarse con la rebeldía del príncipe en un momento tan cercano a la victoria era un trago demasiado amargo. El talante taciturno dio paso a la pena. Suddhodana estaba seguro de que había perdido a su hijo.

Esa noche, el rey se despertó sobresaltado. Una silueta había entrado en sus aposentos, envuelta en las sombras. Suddhodana buscó a tientas en la mesa que estaba junto a su cama, tratando de encontrar una campana para llamar a los guardias.

—No temas, padre —dijo Siddhartha en la oscuridad, con voz suave—. Lucharé.

* * *

Canki estaba sentado en las gradas con los demás dignatarios, abanicado por esclavos que agitaban hojas de palma, y encantado con las muchachas con velos que entregaban dulces. Supuso que su charla con Siddhartha había logrado cambiar las cosas. Aun así, todavía había peligro. El príncipe pareció entrar en razón, pero… ¿por cuánto tiempo? Era errático e impredecible.

El brahmán recordó la amenaza que le había hecho el rey años antes: «Procura vivir lo suficiente para ver lo que haré contigo si este plan falla.»

Como demostración pública de fuerza, los simulacros de combate fueron un éxito. El increíble tamaño del ejército de Suddhodana, combinado con la ferocidad de sus guerreros, impresionaron a los soberanos de las naciones vecinas y deprimieron a sus generales. Hubo un estremecimiento general cuando uno de los arqueros a caballo cayó muerto, pero entonces Canki se había retirado y no vio nada, ni siquiera a las damas de compañía que se desmayaron y tuvieron que ser retiradas de la escena.

Por haberse ido antes, Canki se había perdido la única parte de los combates que en verdad importaba.

La rendición de Siddhartha ante la voluntad de su padre no era falsa. La gran queja del muchacho ante la vida siempre estaba a punto de estallar en su interior: «¿Por qué soy diferente?» De niño, no podía poner su inquietud en palabras. Sólo sabía que los demás niños tenían madre; él tenía tías, que con el tiempo desaparecieron. Los otros niños lo saludaban con reverencias, pero luego salían corriendo y lo dejaban solo. Channa podía trasponer las puertas del palacio montado en un corcel acabado y medio ciego, y él tenía un hermoso semental blanco que sólo podía usar dentro de las murallas.

«Lucharé», se había dicho Siddhartha, porque no luchar era otra manera, desastrosa, de ser diferente. Lo desastroso radicaba en lo que le había advertido su padre, en todos esos invitados sonrientes que devoraban el banquete y, en secreto, deseaban tener un vecino débil que pudiesen invadir y saquear.

Siddhartha llegó a esa conclusión por su cuenta y, una vez que vio cuál era su deber real, creyó que allí podría encontrar serenidad. Esa mañana se levantó temprano y se puso su armadura. Despidió a los mozos de su padre: lo avergonzaba que lo vieran con tantas almohadillas y protecciones. Era el único guerrero que no podía correr el riesgo de recibir heridas. Suddhodana se había jactado de que el príncipe llevaría la misma armadura que los soldados comunes, pero ésa era una mentira calculada. Los armeros del rey habían descubierto una manera de construir una coraza y unas grebas que parecían finas pero que en realidad ocultaban una docena de capas de piel de buey, dura y comprimida.

—No es que nadie vaya a acercarse a ti, mucho menos a atacarte.

Siddhartha se volvió. Devadatta había entrado sin tomarse la molestia de golpear la puerta. Sonrió con malicia.

—Te tienen bastante cubierto. ¿Para qué se molestan? Podrías salir desnudo de pies a cabeza y nadie se atrevería a hacerte un rasguño. A menos que quieran que mañana por la mañana los arranquen de la cama para saludar al verdugo.

Siddhartha apretó las mandíbulas.

—Tendrán que defenderse si yo los ataco. No voy a salir a mirar y nada más.

—Seguro que no. —El desdén de Devadatta se había vuelto más evidente de un tiempo a esa parte. Se agachó y empezó a lidiar con los intrincados nudos de correas que sujetaban sus grebas.

—Puedes desafiarme, si quieres —dijo Siddhartha, con tono calmo.

Devadatta estalló en carcajadas.

—No hablas en serio.

—¿Qué te hace pensar que no? —Siddhartha se puso de pie y se colocó frente a su primo. Los dos ya casi tenían la misma altura y fuerza, a pesar de los cuatro años que los separaban. Devadatta no sería tan fácil de derrotar como Channa; el primo del príncipe peleaba con habilidad y controlaba su furia fríamente. Sin embargo, Siddhartha sabía que tenía una gran ventaja: Devadatta era tan arrogante que casi nunca practicaba. Era posible que hubiese perdido su destreza sin darse cuenta o sin poder reconocerlo.

—¿Con qué arma? —Devadatta parecía interesado ahora.

—Espada y daga —Siddhartha había terminado de preparar su equipo, y sostenía el yelmo en el brazo doblado—. Me están esperando.

—Por supuesto. La farsa continúa.

Los dos primos se saludaron con un gesto de falsa cortesía y Siddhartha salió. Cuando llegó a los establos encontró a Channa, con las riendas de su corcel blanco favorito en la mano. El caballo era un animal salvaje que, al principio, nadie podía domar. Pero Siddhartha descubrió y aprovechó el miedo del animal. Siempre que llevaba una caña de azúcar para el corcel, se sentaba y esperaba tanto como fuera necesario que el caballo se acercara. El príncipe nunca iba hacia el animal, ni siquiera si el corcel tardaba una hora en calmarse.

Si estaba suficientemente tentado, el caballo trataba de tomar el dulce y escapar, pero Siddhartha siempre procuraba tocar al caballo antes de soltar la comida. Con el tiempo, el corcel blanco aceptó que lo acariciaran a cambio de la recompensa, hasta que un día Siddhartha se le acercó en público y le puso una brida, hazaña que nadie había logrado antes. A partir de ese momento, fue cuestión de tiempo que comenzaran a correr rumores de que el príncipe había domado a un potro salvaje indomable. El día en el que el caballo permitió que lo montaran, Siddhartha lo llamó Kanthaka.

Channa parecía inquieto y molesto.

—Espero que no estés demasiado cargado con todo ese equipo. Recuerda que debes cabalgar bien —refunfuñó.

—No te preocupes. —Siddhartha sabía que el resentimiento de Channa no era algo personal. A pesar de todas las horas de entrenamiento militar que había recibido junto a Siddhartha, técnicamente Channa seguía siendo un mozo de cuadra y no un guerrero.

—Supuse que querías éste —dijo Channa—. El rey no quiere poner en peligro los mejores caballos, pero no dijo explícitamente que tú no pudieras. Te llevará mejor que cualquiera de los otros. —Channa posó su ojo experto sobre los hombros altos y la cincha amplia del corcel. Siddhartha asintió con la cabeza mientras acariciaba los flancos de Kanthaka. El animal necesitaba el contacto, y aunque había estado temblando, nervioso, ante todos los relinchos y los galopes que llenaban el establo esa mañana, se calmó y esperó.

Channa se las ingenió para sonreír.

—También supongo que sabes que alguien te está mirando. Estoy seguro de que es un error. Debe de haberte confundido conmigo.

Una muchacha había seguido a Siddhartha hasta los establos sin que nadie la viera. Channa no sabía quién era, pero Siddhartha reconoció a Sujata en cuanto se volvió. Estaba parada tímidamente bajo la sombra de un gran árbol, pero en el instante en que su mirada se encontró con la del príncipe, dejó caer la seda azul que cubría su rostro a medias. Siddhartha estaba azorado.

—¿Qué está haciendo aquí? —balbuceó.

—No lo sé. Supongo que no pudo resistir la tentación. —Channa rió y golpeó a Siddhartha en el hombro—. Todavía tienes un poco de tiempo. Ve.

—No es lo que piensas.

—No importa lo que piense. Ve. —La sonrisa de Channa ya era burlona, y como suele ocurrir entre dos muchachos que hablan de todo menos de eso, su mirada parecía decir: «¿Aún no sabes todo lo que hay que saber sobre las mujeres? Te aseguro que yo sí.» Ambos estaban bastante seguros de que el otro aún era virgen, pero Siddhartha sospechaba que Channa había tenido más oportunidades que él entre la servidumbre, en las cocinas; Channa, por su parte, sospechaba que Siddhartha había tenido más oportunidades que él en la glorieta del placer, junto al estanque de los lotos. Esta duda sorda creaba un secreto entre ambos, que en realidad tenía muy poco de secreto. Ninguno de los dos se atrevía a constatar que el otro no sabía casi nada de mujeres.

—Que ella venga a mí si quiere —declaró Siddhartha. Esperaba evitar la vergüenza de tomar la iniciativa. No quería arriesgarse a acercarse a Sujata; al menos en ese momento, con testigos. Por fortuna, no fue necesario. Ella respiró hondo y se acercó. Dejó de lado la delicadeza de las mujeres de la corte, que actuaban como si el establo fuese un lugar profano, Sujata caminó hasta donde estaban los muchachos, sin despegar la mirada de Siddhartha.

—Vine a desearte suerte. Por favor, ten cuidado hoy —dijo ella, hablando demasiado rápido y demasiado alto, como se hace cuando se ha preparado el discurso de antemano.

Siddhartha se maldijo: sabía que Channa podía ver cómo se sonrojaba. Lo único que tenía que decir era «gracias», pero la confusión lo hizo tartamudear.

—¿Por qué piensas que debo tener cuidado? —El tono de voz era brusco, y Sujata se puso colorada. Se quedó sin aliento ante la humillación, y Siddhartha sintió que moría por dentro cuando advirtió que él era el culpable—. Quiero decir… —empezó a balbucear, pero calló. Nadie sabía qué quería decir, mucho menos él.

No está claro si Channa escogió ese momento para tener su primer ataque de caballerosidad, pero tosió y murmuró:

—Debo buscar otra brida, la que tengo está demasiado floja.

Luego desapareció, y los dos se quedaron solos. La vergüenza cegó a Siddhartha por un momento, pero cuando se le aclaró la vista, lo primero que advirtió fue la belleza de Sujata. Había bastado para que él reparara en ella y luego la siguiera por el laberinto. Sintió que lo cubría una nube cuando recordó el episodio. Dio un paso atrás.

Sujata había estado esperando el más leve gesto de aprobación, y ese paso atrás destruyó sus esperanzas.

—No debería haber venido. Si puedes perdonarme…

—No hay nada que perdonar. En ningún caso habría nada que perdonar. —Siddhartha no sabía por qué había pronunciado esas últimas palabras, pero ahora que ya estaban dichas, decidió arriesgarse—. Hace tiempo que deseaba verte. No sabía si estaba bien o no, pero me alegra que hayas venido. Me alegra mucho.

Aunque Sujata mantuvo su postura tímida y alarmada, con la cabeza gacha entre los hombros caídos, se sentía extasiada. Algo la había mantenido despierta por la noche. Ella había decidido confiar en ese algo, y ahora Siddhartha le sonreía. Se sintió torturada en cuanto reparó en el cuerpo musculoso y esbelto del príncipe, no del todo oculto para ella bajo la armadura. Hay represas que se resquebrajan y hay represas que se derrumban sin aviso. La represa de Sujata era del segundo tipo.

—Pienso en ti todo el tiempo. He ido a tus aposentos por las noches, pero luego escapaba corriendo. ¿Qué puedo hacer? Esto es demasiado, es imposible. No podemos estar juntos, pero pienso en ti todo el tiempo. Ah, ya había dicho eso. Debes creer que soy estúpida.

—No, de ninguna manera —Siddhartha, de hecho, estaba encantado con todo lo que decía Sujata. Cuando los balbuceos son música para los oídos, el amor no puede estar muy lejos. Quería quitarse la armadura y abrazarla, porque era tan consciente de los senos pálidos de Sujata y del movimiento suave de sus caderas como ella del cuerpo del príncipe. Siddhartha jamás había oído hablar del deseo carnal, pero en ese momento lo sentía con más fuerza que cualquier sensación que hubiese experimentado en su vida. Llevado por el instinto, acercó la mano al costado de su coraza, buscando a tientas las correas de cuero.

—¿Por qué no podemos estar juntos? Mi padre no tiene por qué enterarse.

—Oh…

Una sombra oscureció de forma intempestiva la expresión de Sujata. Siddhartha parecía lleno de ansias, y aun así pensaba en su padre y en la desaprobación que caería sobre ambos si alguien sospechaba que ella amaba a un príncipe. Eso tenía una implicación de la cual Siddhartha era consciente, incluso en ese momento, es decir, la enorme diferencia que los separaba.

—No puedo quedarme —murmuró ella. Ya podía sentir el dolor del desdén con el que la trataría la corte. Y además estaba su secreto, lo que nadie sospechaba.

Siddhartha la sujetó por el brazo antes de que pudiera darse la vuelta.

—¿Qué ocurre? Parece como si fueras a desmayarte. ¿Dije algo malo?

—El rey. —Dicho eso, Sujata rompió en llanto y huyó. Siddhartha estaba azorado y dolido, pero en ese momento Channa regresó con una nueva brida.

—¿Quieres esto?

—Claro que no. Lo sabes tan bien como yo. —En lugar de agradecerle a Channa su discreción, Siddhartha hablaba como enojado. Sin darse cuenta, había cometido un error desastroso con Sujata, pero no había tiempo de correr tras ella—. Ayúdame a subir —dijo, con tono cortante.

Sin decir palabra, Channa se agachó y formó un escalón con sus manos para que Siddhartha pudiese montar a Kanthaka con todo el peso de la armadura. Las capas de protección de cuero de buey crujían mientras Siddhartha se acomodaba en la montura. Siddhartha galopó en dirección del campo, sin esperar a los secretarios que debían rodearlo en la procesión. Tenía la mente ocupada con la expresión de dolor de Sujata y con la culpa de saber que él era el motivo de ese dolor. Por más que estuviese de ese ánimo, de pronto reparó en lo que había a su alrededor: personas reunidas a ambos lados del campo del torneo; los nobles en las gradas, la gente común de pie o sentada en el suelo, en el lado opuesto, sin ninguna protección para el sol. La multitud clamó alegremente cuando advirtió la presencia del príncipe, y él desplegó , de forma automática, los movimientos de una farsa bien ensayada.

El rey esperaba impaciente la llegada de su hijo. El día había resultado caluroso, y el sol brillaba como un disco blanco y feroz en medio del cielo. Suddhodana estaba empapado de sudor debajo de sus ropajes; temía que los guerreros flaquearan a causa de la sed y el calor. Se puso de pie mientras Siddhartha se acercaba, no podía negar que el muchacho estaba dando un gran espectáculo sobre el corcel blanco. Ojalá no perdiera el valor e hiciera lo debido.

Siddhartha hizo una reverencia.

—Dedico mis victorias a su majestad, y prometo que cada gloria que logre en batalla, sin importar cuántas tenga el honor de librar, serán para ti y para tu reino.

Suddhodana respondió con una sonrisa elegante y le indicó a Siddhartha que cabalgara hacia el campo de combate. Él mismo había escrito el discurso, pero el muchacho podría haberlo declamado con más ímpetu. Además había olvidado levantarse sobre los estribos y girarse para que lo vieran todos los espectadores nobles. «No importa», pensó Suddhodana, para ahuyentar de su mente el miedo de que Siddhartha le fallara.

Para alivio del rey, todo salió según lo planeado. No tardó en derramarse sangre en los combates cuerpo a cuerpo, la suficiente para avivar el apetito de los espectadores. Suddhodana había ordenado que se permitiera blandir armas peligrosas, del tipo que no suele usarse en los simulacros de combate: un disco afilado que podía lanzarse con fuerza bastante para decapitar a un enemigo, un látigo con ganchos en las puntas que desgarraba la carne con la que entraba en contacto, un hacha doble y pesada capaz de penetrar cualquier armadura (incluso las de bronce), una maza con clavos y una daga ondulada que rasgaba los músculos cuando entraba y cuando salía del cuerpo. Sus soldados no habrían aceptado utilizar esas armas horrendas en circunstancias normales, pero Suddhodana había procurado tentarlos con enormes recompensas. Además, dejó adrede que se agotara su suministro de comida; de ese modo, cuando esa mañana no encontraran nada en las despensas de arroz y los cajones de carne, recordarían quién los mantenía.

Con estos incentivos, sus hombres pelearon duro, y fue algo muy afortunado que, a pesar de las muchas heridas cruentas, nadie resultara muerto. Es decir, que nadie hubiera muerto hasta que llegó el momento de los arqueros a caballo. Era el más espectacular de los combates. Siddhartha había participado con vigor en los enfrentamientos con espadas, pero, fuera de eso, se había quedado en la periferia. Ahora debía mostrar de qué estaba hecho en realidad. En un lado del campo se alinearon nueve arqueros a caballo. Siddhartha se enfrentó a ellos solo, montado sobre Kanthaka. Uno por uno, los arqueros debían separarse del grupo y cargar contra Siddhartha, disparando flechas tan rápido como pudieran. El objetivo de Siddhartha era derribar a cada oponente mientras esquivaba las flechas.

Poco a poco, la multitud guardó silencio. Era una prueba de habilidad que ningún príncipe malcriado podría superar a menos que hubiese nacido para la batalla, y a pesar de que las flechas habían sido emboladas para que no pudiesen penetrar la armadura de Siddhartha, era imposible que estuviera protegido del todo. Los espectadores se asombraron cuando el príncipe, haciendo gala de gran temeridad, se quitó el yelmo y lo tiró al suelo. La multitud aplaudió, pero Siddhartha no se conformó con eso y se deshizo de la amplia coraza. Todos estaban azorados, incluso el rey. Suddhodana se puso de pie de un salto, listo para ordenar que detuvieran los simulacros, pero sabía que no podía. La humillación borraría todo lo que había tratado de lograr en esa semana. ¿Qué le ocurría a Siddhartha? ¿Estaba desesperado por demostrar su valía? Cualesquiera que fuesen sus motivos, Suddhodana se dio cuenta de que lo que su hijo hacía era necesario: los simulacros de batalla podían intimidar a la gente siempre que implicaran cierto peligro de muerte.

El primer arquero se separó del grupo y cabalgó raudo hacia Siddhartha, que espoleó a Kanthaka en los flancos y cargó para enfrentarse a su enemigo. Ambos dispararon la primera flecha al mismo tiempo. La que iba destinada a Siddhartha le raspó las grebas, pero la del príncipe hizo blanco: el jinete recibió el flechazo en medio del pecho y cayó de la montura. En ese momento, un segundo arquero empezó a cabalgar y levantó su arco. Siddhartha tomó rápidamente otra flecha de su carcaj y se preparó para volver a disparar.

En su mente, entendía a la perfección por qué había dado ese espectáculo de coraje quitándose el yelmo y la coraza. Sabía que el rey había ordenado a los arqueros que se dejaran caer si las flechas del príncipe los tocaban en cualquier parte del cuerpo, incluso si era un roce en el hombro, que cualquier jinete diestro puede soportar sin problemas. Siddhartha sólo podía sentir que no iba a participar en una farsa si se exponía a un riesgo real. «Ya no importa nada más», pensó, con la secreta esperanza de ser herido. Si había de convertirse alguna vez en un verdadero guerrero, no existía razón para posponerlo. Disparó, y, una vez más, la flecha llegó a su destino: el segundo arquero se desplomó al recibir el golpe en el pecho. Siddhartha hizo girar a Kanthaka. El potro todavía no jadeaba, pero quedaban siete arqueros más.

—¡Atáquenme con más fuerza! —gritó, y su voz cruzó todo el campo—. El que me hiera será perdonado por el rey, si pelea limpio. —Eso no era cierto, pero Siddhartha había visto las miradas nerviosas que intercambiaron los arqueros cuando él se quitó la armadura. Ya incitados, sus adversarios querían probar al rey que eran los mejores. Los dos siguientes cargaron con más velocidad y apuntaron mejor. Pero Siddhartha se había tomado en serio su entrenamiento y era diestro para cabalgar. Falló su siguiente disparo, pero mantuvo la calma y volvió a disparar, derribando a su oponente cuando los separaban apenas unos metros. La multitud estaba cada vez más impresionada y, para cuando quedaban sólo dos arqueros por derribar, ya se había puesto de pie y festejaba con sinceridad la gesta del joven príncipe.

Kanthaka ya respiraba con un poco más de dificultad, hinchando los flancos, y Siddhartha estaba un poco mareado. No había comido nada esa mañana, y las vueltas y maniobras constantes hacían que todo girara a su alrededor. Se preparó, porque la última parte del combate era la más dura. Los dos arqueros restantes cargaron al unísono. Siddhartha tenía una flecha lista, pero los nervios lo traicionaron y disparó muy lejos del hombre al que apuntaba. Buscó a tientas otra flecha, pero tardó en encontrarla.

El más audaz de los arqueros ya había disparado dos flechas, y la segunda fue certera: encontró una brecha entre las mantas acolchadas que protegían el pecho de Kanthaka y penetró bastante la piel del animal. Siddhartha sintió que el caballo retrocedía y a duras penas pudo mantenerse sobre la montura. Tiró con fuerza de las riendas y apretó con los muslos los flancos del caballo, para que se calmara y olvidara el miedo. Kanthaka no flaqueó y galopó directamente hacia la amenaza doble, que ahora se acercaba, un enemigo por cada lado.

Estaban demasiado cerca para que Siddhartha buscara las flechas. Oyó una cacofonía de cascos contra la tierra apisonada, y se le nubló la vista. Sacudió la cabeza y vio a Mara en la grupa de uno de los caballos, abrazado a la cintura de uno de los arqueros. El demonio rió y desapareció de pronto. Siddhartha no tenía demasiado tiempo para volver a enfocar la mirada. Se agachó sobre la montura cuando ambos enemigos pasaron como rayos por ambos lados. Dispararon, pero Siddhartha tuvo suerte. Las flechas pasaron silbando en el aire por encima de su cuerpo.

Se dio la vuelta y, en cuanto recuperó el control, disparó rápido, primero a la espalda de uno de los jinetes y luego a la del otro. La sincronización fue perfecta. Aún estaban tratando de girar sus monturas cuando las flechas los golpearon y los hicieron caer. Siddhartha había tirado con tanta velocidad que los dos jinetes cayeron casi al mismo tiempo. La multitud enloqueció. Por primera vez en su vida, Siddhartha se regocijaba en una batalla; se levantó sobre los estribos y agradeció el reconocimiento. Era algo, lo primero, que ganaba por sus propios medios.

Sin embargo, a pesar del triunfo, la risa de Mara resonaba aún en sus oídos. Siddhartha estaba desorientado y recorría con la vista el campo de batalla. Sólo uno de los arqueros se había puesto de pie. El otro seguía tendido, retorciéndose en su agonía. Siddhartha desmontó, corrió hacia él y vio con horror que la flecha le había penetrado en la garganta y la atravesaba subiendo hasta la nuca.

Los brazos levantaron al hombre herido y lo sentaron, mientras las manos trataban de quitarle la flecha. El hombre emitió un quejido y estuvo a punto de desmayarse. La mente de Siddhartha se hundía en la confusión. A duras penas advirtió que alguien había roto la punta de la flecha para poder sacar el asta del cuello del hombre. Eso hizo que brotara un terrible chorro de sangre, con la violencia suficiente para manchar el pecho de Siddhartha.

—Hagan algo —rogó, consciente, entre tanta confusión, de que su voz sonaba aguda y aterrada, más similar a la de un niño que a la de un hombre. Levantó la vista y vio que había llegado el rey. Los soldados le abrían paso. Suddhodana ordenaba a gritos que alguien buscara a un médico, pero para entonces el hombre herido ya había perdido el conocimiento, y la cabeza le colgaba hacia un lado, como la de un muñeco roto. La fuente de sangre seguía manando, pero cada vez con menos ímpetu: era evidente que no había nada que hacer. Suddhodana tomó un pañuelo de seda y lo apretó contra la herida del hombre.

—¿Lo conocías? —preguntó Siddhartha, aunque no sabía qué importancia tenía eso. Su padre negó con la cabeza, con talante sombrío. La presencia de la muerte acalló a los que estaban por allí, hasta que una nueva voz rompió el silencio.

—Increíble. Alguien se las arregló para salir herido. Despidan al que montó esta farsa.

Devadatta se abría paso entre la multitud que rodeaba el cadáver. Lo miró con frialdad.

—Es culpa suya, por entrar a escena cuando no le correspondía, ¿no? —Se volvió hacia Siddhartha, que temblaba de pies a cabeza—. Es imposible que tú hayas decidido luchar en serio.

Los que rodeaban el cuerpo estaban azorados y esperaban que el rey estallara de furia, pero Suddhodana se quedó en silencio. La culpa que sentía le decía que Devadatta estaba en lo cierto; se suponía que nadie tenía que resultar lastimado si participaba el príncipe. Fijó la mirada en su hijo, y el príncipe advirtió la verdad al instante.

Siddhartha se esforzó por dejar de temblar y ponerse en pie. Desenvainó su espada, mirando con furia a Devadatta.

—Hoy querías pelear conmigo. Acepto el desafío.

—¡No!

Por un momento, Siddhartha creyó que era su padre quien había gritado, pero entonces vio a Channa, que se abría paso entre la multitud.

—No, yo pelearé con el bastardo. Ya es hora.

La ira de Channa era evidente para todos. Antes de que nadie pudiera detenerlo, dio dos zancadas y levantó el puño para golpear a Devadatta. Pero en el descontrol de su ataque perdió el equilibrio y sólo logró rozarle la mejilla.

Devadatta no se movió, se escupió la palma de la mano y se limpió la mejilla con expresión de asco, como si lo hubiesen cubierto de excremento.

—Le imploro mis derechos, majestad. —Devadatta se apoyó sobre una de sus rodillas frente a Suddhodana—. Esta escoria de casta baja me tocó. Todos lo vieron. Reclamo mis derechos. —La multitud se sobresaltó y esperó incómoda mientras el rey permanecía inmóvil y en silencio varios segundos.

—El rey reconoce los derechos de Devadatta —dijo Suddhodana al fin, pero no con el ímpetu que lo caracterizaba—. Puede decidir la suerte de cualquier miembro de una casta inferior que lo haya mancillado.

Devadatta sonrió.

—Muerte —dijo.

Suddhodana frunció el ceño.

—Piénsalo bien. Apenas te tocó, joven príncipe. Déjame que te recuerde que buscamos justicia.

—Lo único que quiero es justicia. Esta escoria trató de atacarme cuando yo estaba con la guardia baja, quiso derribarme y apuñalarme. Vea el arma.

Dos guardias ya habían reducido a Channa y le habían quitado la daga. Postrado a la fuerza, Channa gritó:

—¡Si eso iba a hacer, déjenme terminarlo!

Devadatta se encogió de hombros y le ofreció las palmas de las manos al rey.

—He demostrado mi argumento. Déjeme ejercer mis derechos, como prometió.

—No, deja que yo ejerza los míos.

Sin advertencia, Siddhartha se había arrodillado a los pies del rey, junto a su primo, con la voz a punto de transformarse en un grito de ira.

—Tengo derecho a luchar en lugar de mi hermano, y Channa es mi hermano en todo menos en el nombre. Todos lo saben, ¿para qué fingir? Si un hombre de casta se atreve a difamar a Channa, lucharé con ese hombre, sea quien sea.

Éste era el momento que Canki no debería haberse perdido por irse antes. Como sumo brahmán, tenía autoridad absoluta, incluso por encima de la del rey, para resolver disputas relacionadas con las castas, que eran muchas y muy complicadas. Las escrituras decían, por ejemplo, que si la sombra de un intocable cruzaba el camino de un brahmán, eso implicaba que se había producido un contacto impuro y que el brahmán debía volver a su hogar para bañarse. Si un miembro de una casta baja tocaba comida, los miembros de castas superiores no podían comerla. Eso es bastante claro, ¿pero qué ocurre si la persona de la casta privilegiada está muriendo y la comida es necesaria para salvarle la vida? Canki debía dar su veredicto sobre estos temas desconcertantes. Pero se había ido.

—Levántense ambos —ordenó Suddhodana. Le repugnaba saber que la petición de Devadatta estaba más justificada que la del príncipe. A menudo, en el fragor de la batalla, el arma de un miembro de las castas bajas rozaba a un camarada de una casta superior. Aunque sólo le sacara unas pocas gotas de sangre, era suficiente para condenar a muerte al culpable, si así lo exigía el soldado de la casta superior. Era evidente que Channa había intentado herir a Devadatta, y las cosas estuvieron claras hasta que Siddhartha se entrometió con tanta imprudencia. Suddhodana no tenía opción.

—Los dos príncipes están en lo cierto —anunció—. No haría verdadera justicia si fallara a favor de alguno de los dos, así que dejemos que la naturaleza los juzgue. Los príncipes pelearán.

Ninguno esperaba ese fallo, pero el primero en recuperarse de la confusión general fue Devadatta, que esbozó una sonrisa feroz. Entre la arrogancia y la desesperación que le provocaba su situación, sabía que no tenía futuro, por lo menos un porvenir acorde a su valía. Su vena fatalista quedaría satisfecha si lograba matar a ese primo detestable, que había provocado su encarcelamiento, o si moría en el intento.

—Espada y daga —dijo.

Siddhartha asintió con expresión sombría. Ya sin yelmo y coraza, empezó a quitarse el resto de la armadura para tener más movilidad. Pero más que eso, deseaba que la batalla fuera decisiva. La verdad era que cada uno de ellos —Siddhartha, su padre y Devadatta— estaba atrapado por los demás. Para sorpresa de todos, los tres se dieron cuenta de esto en el mismo momento, cuando ya no había vuelta atrás.

capítulo
9

El cielo se debatía entre sol y nubes mientras los luchadores describían círculos uno alrededor del otro. Se habían desvestido hasta quedar en pantalones de algodón, con el pecho desnudo y los pies descalzos. Nadie intervino para detenerlos; parecía inevitable que se enfrentaran. Siddhartha tenía los ojos fijos en los de Devadatta porque, por muy tentador que fuese mirar las manos de su oponente, sabía que la mirada de Devadatta desvelaría sus intenciones.

El príncipe sentía que se movía en un sueño. Una parte de su mente flotaba en lo alto, mirando hacia abajo, maravillada de que fuera a librarse una batalla a muerte. Pero Siddhartha tenía fuertes instintos de supervivencia. Se sacudió y abrió la pelea con una embestida, la mano de la espada delante y la daga atrás para que, al rechazar el primer filo, Devadatta quedara expuesto al segundo. Devadatta era ágil y estaba preparado; saltó a un lado al grito de «¡Ja!», y atinó a embestir con su propia espada. Siddhartha se desplazó con enorme rapidez y se zafó.

Devadatta empezó una ronda incansable de defensiva y ofensiva, que obligaba a Siddhartha a resistir golpe tras golpe con la espada. Cada vez que el metal resonaba contra el metal, le sacudía el brazo una seca onda expansiva.

A Siddhartha le dolían los músculos, y sabía que Devadatta le llevaba ventaja. Éste era el primer combate del día para su primo, mientras que él había estado peleando durante horas. Tenía que ganar cuanto antes o se le acabarían las energías. Sabiendo que Devadatta también le seguía los ojos, hizo una finta, mirando a la derecha y dando medio paso en esa dirección. Cuando lo siguió la daga de Devadatta, el movimiento dejó su cuerpo al descubierto y Siddhartha apuntó la espada al diafragma, que había quedado expuesto. Tuvo una suerte increíble. Si la estocada hubiera dado en el blanco, habría sido fatal.

Un momento antes de que la hoja penetrara el cuerpo de Devadatta, Siddhartha oyó el latido de su propio corazón en los oídos, separado por largas pausas. Sintió que la brisa le movía el vello del antebrazo con suavidad, con delicadeza, de un lado a otro, y cada movimiento era como una puerta que se cerraba, que llevaba a la negrura, antes de volver a abrirse para que reapareciera el mundo.

Se sintió muy distinto, tranquilo, libre de ira. Por el rabillo del ojo podía ver que el humor del rey había cambiado. Suddhodana recobraba la razón y, mientras lo hacía, la pérdida de su único hijo se volvía insoportable. Suddhodana estaba a punto de detener la pelea. Todavía tenía que darse cuenta de que Siddhartha estaba a punto de ganar.

Lo último que vio Siddhartha fue su espada que se acercaba cada vez más a su blanco perfecto. Y así como el gorrión muere incluso antes de que el águila vuelva al nido, Siddhartha supo que si su espada se hubiera salido con la suya, Devadatta ya habría muerto. La punta se topó con el hueco que había debajo del esternón de Devadatta, pero apenas le raspó la piel. Algo le había parado el brazo a un instante de causarle la muerte.

Suddhodana gritó:

—¡Atrás! ¡Uno de los luchadores ha caído! —Quería correr y abrazar a su hijo. Con ojos de guerrero, sabía lo que había pasado. La certeza de estar a punto de matar a un adversario lleva a un cruce de caminos. La ira y la exaltación te pueden llevar por un lado: sigues el instinto y matas a un hombre porque tienes derecho; la violencia es tu gloria. La generosidad te lleva por el camino opuesto: perdonas a tu enemigo porque puedes hacer lo que te plazca con su vida, y te place entregársela como si fuera un regalo. El príncipe se quedó de pie sobre el cuerpo caído de Devadatta, jadeando.

—Ponte de pie —dijo. Devadatta sacudía la cabeza. Escupió el polvo que había tragado en la caída, apuntando deliberadamente a los pies de Siddhartha. Los ojos de Siddhartha se clavaron en la mancha viscosa.

El príncipe tendió la mano a Devadatta.

—Eres el vencedor, si eso te hace feliz.

Devadatta le negó la mano con desprecio.

—No será tan fácil, muchacho —siseó. Siddhartha ignoró la provocación y se dio la vuelta.

—Abandono esta pelea —dijo en voz alta, apartando la vista del rey—. No puedo prevalecer sobre un hombre que me supera. Dén el honor a mi primo.

Suddhodana sacudió la cabeza.

—Tú has prevalecido. Ha terminado el combate —gritó, pero pocos lo oyeron. Los gritos desgarraron el aire porque, en el preciso momento en que Siddhartha se alejaba, Devadatta levantó su daga y pasó el filo dentado por lo más bajo de la espalda de su contrincante. Siddhartha se tambaleó. Devadatta echó el brazo atrás para embestir contra el estómago de su enemigo mientras éste se doblaba maltrecho.

Siddhartha no le dio la oportunidad. Estiró el brazo y cogió a Devadatta del pelo con una mano mientras con la otra tiraba lejos la daga amenazadora. El tajo que se hizo de un lado a otro de la palma era insignificante; la ira anulaba el dolor. Golpeó el cráneo de Devadatta contra el suelo de tierra compacta. Una vez bastó para que su oponente quedara medio inconsciente, pero Siddhartha repitió la acción dos veces más. Los ojos de Devadatta revelaban el pánico que sentía cuando se dio cuenta de que estaba solo e indefenso. La segunda vez que la cabeza dio contra el suelo, se le nublaron los ojos; con el tercer golpe, se le pusieron en blanco.

Siddhartha no prestaba atención. Levantó el cuerpo flojo cogiéndolo del pecho como un luchador y quitándole el aliento. Era extremadamente fácil, como sacudir un muñeco de trapo. Siddhartha cruzó los brazos y se echó hacia atrás, con la cara alzada al cielo. En su interior, una voz le decía: «Esto es la libertad. Esto es lo que sienten los dioses cuando imponen la muerte.» Siddhartha creyó en la voz y esperó el momento en que dejaría caer el cuerpo de Devadatta.

A medida que volvía la cara hacia el cielo, que se debatía aún entre el sol y las nubes, sus brazos sintieron que el cuerpo de Devadatta se ponía cada vez más rígido.

«Ríndete y serás libre.»

Por primera vez desde que tenía memoria, le llegó una voz que venía de otro sitio. Siddhartha aflojó el puño apenas un poco.

«Ríndete y serás libre.»

Cuando volvió la voz, Siddhartha casi no podía contener su respuesta: «¿No me he rendido acaso?» Había concedido la victoria a su enemigo, pero en lugar de liberarlo, lo había empujado a la traición. ¿Qué era esta nueva rendición? ¿Adónde lo llevaría? Siddhartha se sintió presa del miedo. Si soltaba a Devadatta, su vieja enemistad sería doblemente grande; habría fallado a su padre y convertido la victoria en humillación. Ahora no le importaba nada de eso. En el fondo sabía a qué tenía que renunciar. La voz quería que se arrojara al abismo, un lugar en lo profundo de su interior y completamente desconocido para él. Era la única salida.

Devadatta temblaba y gemía en voz baja. Siddhartha lo dejó caer sin darse cuenta. Caminó hasta el borde de un acantilado —la imagen instalada en su mente era más real para él que cualquier cosa que hubiera visto antes— y saltó. Vio sus brazos, que volaban, y la sima enorme, como una boca monstruosa, debajo. Su primer impulso fue gritar, de tan vertiginosa que era la caída libre a la nada. «Esto debe de ser como morir», pensó. Ya no sentía el cuerpo; no veía ni oía nada del mundo exterior. Pero sus peores temores eran infundados. El vacío no era un lugar de destrucción y caos. Era algo muy distinto.

Vio a su madre, que sostenía un bebé en brazos, y su cara era el sol. Vio a Mara sentado en su trono y rodeado de entes que se apiñaban y zumbaban, y su cara era la noche. Vio a su padre, un niño envuelto en una armadura, que gritaba para que lo dejaran salir porque se estaba asfixiando. Vio a Sujata, las estrellas, a Channa que montaba a Kanthaka, el corcel blanco. El espectáculo se arremolinaba y pasaba ante él como una telaraña visual, y Siddhartha se rió, lleno de júbilo. Las cosas que habían significado tanto eran tan finas y frágiles como el papel de seda.

Seguía cayendo. Las imágenes, como el papel de seda, se esparcieron en el vuelo. Era como ver el viento desparramar las hojas, y las hojas eran su vida. Mientras se evaporaba esa vida ante sus ojos, Siddhartha sintió un escalofrío, como si alguien le hubiera arrancado su abrigo de invierno y lo hubiera dejado desnudo en el frío. Pero no estaba desnudo ni cerca de morir. En lugar de la máscara de imágenes y recuerdos, lo rodeaba por los cuatro costados algo puro y libre: la vida misma. No podía recordar quién era. No quedaba nada de sus miedos y sueños, nada que hacer, nada que querer. Estaba vivo, sólo eso, el aliento del aliento, el ojo del ojo.

Ya no sentía que estuviera cayendo. Se encontraba suspendido, como una araña invisible que pendía de una telaraña invisible. Hubiera sido maravilloso quedarse así. Hubiera sido todo. Entonces, se oyó una vibración suave como un trueno distante, que rodó hacia él, una onda estruendosa que resonó en la noche hasta que el ruido sofocado se volvió palabra.

—¿Hijo?

Siddhartha abrió los ojos. La cara afligida de su padre cubría el cielo. Siddhartha quería decir: «Estoy bien», al ver la preocupación enfermiza de los ojos de su padre. No le salieron las palabras. Las ahogaban las emociones. Retrocedió mentalmente, tratando de regresar a donde había estado antes de saltar al abismo. No había nada allí.

Sintió que su padre levantaba su cabeza; había otros brazos debajo de sus piernas y su torso. Lo pusieron en una litera, y luego los porteadores lo zarandearon arriba y abajo, a un lado y otro, mientras corrían con él hacia el palacio. Ahora Siddhartha volvía en sí, lleno de imágenes y recuerdos otra vez. ¿Qué le había hecho a Devadatta? ¿Qué pasaría con Channa? Le parecía que su cuerpo pesaba más; volvía a estar atado a la tierra con miles de hilos. Siddhartha luchó, desesperado, por liberarse. Entonces la voz tranquilizadora de un médico dijo: «Trata de calmarte. Deja de pelear», alguien le puso algo frío y viscoso en la frente, y lo último que vio Siddhartha antes de desmayarse fue el techo pintado de la habitación de su padre, como si fuera el cielo.

* * *

—Un golpe de calor, eso es todo. ¿Le viste la cara? Estaba sudando como loco, y después se puso pálido como el papel antes de que se lo llevaran. Podría haber muerto.

—Se volvió loco. Era sabido que iba a pasar. ¿No tienes idea de toda la presión que le ponen? Tú también entrarías en crisis si sufrieras algo semejante.

—El pobre está maldito. Mi esposa tiene una mucama que ve demonios. El que vio alrededor de él casi la mata de un susto.

La fábrica de rumores de la corte bullía de especulación entusiasta. Nadie podía hacer que prevalecieran sus teorías favoritas. Todos estaban demasiado desconcertados con el repentino ataque de violencia de Siddhartha. ¿Volvería alguna vez a ser el mismo? Los dioses del chisme no estaban seguros. Tres días después acabaron de sangrarle, y los médicos reales, con la sangre coagulada chorreante entre los dedos, declararon que se habían extraído los peores venenos. Los astrólogos parecían cautelosamente optimistas respecto del final del tránsito de Mercurio tras haberse quemado con el sol. A sus ojos, las fuerzas maléficas se habían apoderado de Siddhartha. Suddhodana no creía ni una palabra. Pero no había muerto nadie importante, y el hecho de que sus invitados se fueran creyendo que él había criado a un hijo medio demente era mejor que si creían que había criado a un hijo débil.

Aunque la daga de Devadatta había derramado bastante sangre, y perder más era peligroso, Siddhartha no estaba angustiado por las extracciones de las sanguijuelas, al menos en comparación con la mortaja de tristeza que se negaba a desenvolver su corazón. Una y otra vez, volvía a su extraordinaria experiencia. Su padre se negaba a dejarlo solo, pero entrada la noche, cuando a la enfermera se le mecía la cabeza sobre el pecho —Siddhartha se aseguró de que le dieran una doble copa de licor con la cena— se levantaba de la cama con sigilo y caminaba por la habitación. En su imaginación, se acercaba de nuevo al borde de un abismo pero, cuando saltaba, no pasaba nada. Era tan sólo su imaginación.

Siddhartha consiguió que permitieran, no sin reticencia, que Channa lo visitara en su habitación. Dio un suspiro de alivio cuando posó los ojos en él. Todavía estaba vivo. El alivio de Siddhartha era demasiado enorme como para disimularlo. Channa se sentía avergonzado; levantó la voz y se refirió a todo el asunto con bravuconadas.

—Nadie me va a matar. Tengo amigos en todas partes. Estoy protegido. —Pero Siddhartha vio unas señales en los hombros de Channa y cuando lo presionó para que le diera una explicación, surgió la verdad.

Había consternación en el campo de batalla cuando se llevaron a Siddhartha y Devadatta. El rey ordenó que los soldados concentrados se quedaran en su lugar, lo que sumó un aire de amenaza a la confusión, pero él quería asegurarse de que todos los invitados supieran que su ejército siempre estaba preparado. Nadie tuvo tiempo, al parecer, de ocuparse de Channa, que huyó a los establos y cargó a su mejor caballo de montar para marcharse. Mientras guardaba provisiones y mantas en unos sacos de cuero, sintió que alguien había entrado en el compartimento.

—¿Padre? —Se dio la vuelta, esperando encontrarse con Bikram, que jamás le perdonaría que hubiera tocado a un miembro de una casta superior. Pero era el rey, que no se había olvidado de Channa ni un minuto. Blandía un látigo en las manos.

—Espero que soportes lo que está por venir y que luego mantengas la boca cerrada.

Sin esperar reacción, Suddhodana azotó al joven en el pecho con las puntas terminadas en acero: el látigo tenía tres, una versión más amable del látigo mortífero de siete puntas que se utilizaba en la batalla. El dolor era atroz; Channa cayó al suelo y rodó, afortunadamente, porque el rey estaba poseído por una ira genuina y la desahogaba azotándolo, una y otra vez, en la espalda y los hombros en lugar de la cara.

La única manera de que Channa no se desmayara era obligarse a no contar los latigazos. «Éste es el último», pensaba cada vez que los ganchos de acero le laceraban la carne. Pero nunca era el último, o eso parecía. Entonces se dio cuenta de que el dolor punzante ya no era producto del látigo, sino de las heridas que ya tenía. Se arriesgó a levantar la vista y vio que el rey estaba encorvado, jadeando, y que el látigo yacía tirado en el establo.

—Camina por ahí, procura que todos vean tus heridas. No las cubras hasta dentro de dos días. —Suddhodana lo miraba, pero no con rabia ni odio frío e implacable. Channa casi podía ver empatía, como si el rey hubiera castigado a su propio hijo—. Después pide a Bikram que te oculte durante un mes, en algún lugar lejano, algún sitio donde no te encuentre un asesino a sueldo. Son perezosos; no se molestarán en buscarte muy lejos. Y no vuelvas a acercarte a Devadatta, ¿comprendes?

El rey hizo una pausa, como si fuera a decir algo más. Ambos sabían que Channa se estaba salvando. Por derecho, debería haber sido entregado a los sacerdotes, quienes le habrían impuesto la pena máxima, como exhibición de poder sobre el propio rey. Cuando Suddhodana se dio la vuelta, Channa balbuceó:

—Gracias.

El rey se volvió para mirarlo y ahora sus ojos eran duros como una piedra.

—Tu padre era un ladrón de caballos cuando lo conocí. Esa ofensa merece la horca, y si alguna vez tengo ganas de matarlo, ¿por qué no matar al hijo también?

Channa relató sólo a grandes rasgos el incidente a Siddhartha. El príncipe estaba bastante atribulado ante la imagen de la carne viva de las heridas que llevaba Channa. Pasaron varios días antes de que le contara a Channa su propia experiencia misteriosa.

Su amigo estaba asombrado.

—Te convertiste en un dios. ¿Qué otra cosa puede ser? No encuentro otra explicación.

—¡Channa! —Siddhartha no sabía si espantarse o reírse, pero cuando vio que la cara de su amigo seguía seria, incluso un poco sobrecogida, volvió a hablar—. No tendría que haberte contado nada. Debería buscar al viejo Canki y pedirle que me purifique.

—Yo no lo haría. Al menos hasta que alguien lo purificara a él. —El desprecio que sentía Channa por el brahmán era abierto, a pesar del riesgo que corría si el sacerdote se enteraba—. ¿Cuánto tiempo hace que es mi maestro? Desde que tenemos memoria. ¿Crees que eso le importa? Preferiría verme atado a un potro de tortura. Piensa que soy un animal, y tiene escrituras para fundamentar la creencia.

Siddhartha tenía la expresión adusta.

—Y yo no soy mucho mejor. —Channa estaba atónito; se le fue todo el color a las mejillas. Siddhartha se apresuró a explicarse—. O sea, gracias a mi casta mi vida es perfecta. Ésa es la palabra que usaste, ¿verdad? No importa si eres más fuerte que yo, o más listo, o más valiente. El abrazo que nos dimos cuando entraste por la puerta hoy podría significar una sentencia de muerte si mi padre lo decreta.

Channa se irguió.

—Soy más fuerte que tú, esa parte es cierta.

—El resto es verdad también. —Siddhartha no pudo evitar sonreír.

—Tú puedes cambiar el mundo porque es tu juguete. El resto de nosotros tiene que vivir en él —dijo Channa.

—¿Crees que voy a heredar el mundo?

—No es que lo crea yo, lo dicen todos.

Siddhartha sabía que era mejor dejar el tema. Había vivido mucho tiempo con la certeza de que incluso su mejor amigo, en algún plano que la razón no podía alcanzar, lo veía con sobrecogimiento supersticioso. No importaba que Channa hubiera visto lo peor de Siddhartha, que lo hubiera visto llorar, huir, quejarse de su padre con amargura. No importaba que el príncipe fuera un ser de carne y hueso ni que, a menudo, el propio Channa, en el fragor de la práctica de espada, derramara su sangre. Ser amigo de un miembro de la familia real le daba a Channa la condición y protección especiales de las que gozaba. Pero la protección real tenía un límite frente a un enemigo tan astuto como Devadatta.

La imagen de la cara apuesta, arrogante, cruel de Devadatta perduraba. Sin embargo, había algo que estaba mal en esa cara y, en lugar de ahuyentar la visión, Siddhartha se aferró a ella. Se dio cuenta de que lo que estaba mal era una ausencia, como si faltase una pieza. La cara era la misma que la cara verdadera de Devadatta, pero aun así…

Siddhartha comprendió que siempre vio a su primo con preocupación. Devadatta había sido como una espada contra su garganta. Eso era lo que faltaba ahora. Miedo. Siddhartha no podía recuperar la vieja percepción de una amenaza.

Si ya no temía a Devadatta, ¿a qué más no temía? Siddhartha buscó en su interior y abrió los baúles escondidos de la memoria, esperó que salieran fantasmas hechos de antiguo pavor. Pero el baúl estaba vacío. Había sido un niño perseguido por la muerte, un chico lleno de miedos, sin madre.

Su madre… Siddhartha sabía que el verdadero pavor residía allí. Respiró hondo y buscó más adentro, tratando de encontrar el único horror que jamás había podido exorcizar, la imagen de su nacimiento, que provocaba la muerte de la madre. Lo había hecho huir corriendo de los establos por el terror que le causaba. La mente de Siddhartha retrocedió. Seguía paralizado de terror; tras todos esos años, no había avanzado ni se había curado, sino que sólo había disimulado su pavor como los yeseros deshonestos cubren con papel un hueco de la pared y fingen que está arreglado. «Tal vez ya no tenga más miedo», pensó Siddhartha.

Tenía que llegar más hondo para averiguarlo. La puerta cerrada de su mente parecía imposible de abrir. Siddhartha se preparó y giró el picaporte. La puerta se abrió. El cuerpo de Maya estaba tendido, arrugado, en el suelo, en un estado de descomposición avanzada. Los ojos de Siddhartha se posaron en la carne macilenta y las cositas pálidas que reptaban y se retorcían sobre ella.

Era hermoso. Increíblemente, Siddhartha sintió amor por lo que veía. No amor a pesar del horror, sino porque el horror era irrelevante. La carne que se pudría no era más que una máscara; su madre era de verdad. En ese momento, Siddhartha se dio cuenta de que sólo lo que está detrás de la máscara, y nunca la máscara en sí, es amor. Sintió que se le humedecían los ojos con lágrimas. Cuando nos enamoramos de la máscara, no pasa nada verdadero. Pero cuando no hay máscara, entonces el amor es posible. Sólo entonces.

Ahora las lágrimas le bañaban las mejillas. Era la primera vez en su vida que la verdad lo hacía llorar. Eso era lo que había cambiado cuando saltó al abismo. Cambió ilusión por verdad. Se sintió purificado, y aun así alguna parte de él no podía regocijarse por eso. ¿Cómo sería la experiencia de ser el único hombre que no tenía miedo? Su padre tenía miedo a pesar de las batallas ganadas; Canki tenía miedo a pesar del favor de los dioses; Channa tenía miedo a pesar de sus bravuconadas. Ninguno podría entender el cambio que se había producido en Siddhartha. Quizás incluso lo odiaran por eso.

Con las cortinas cerradas y una vela parpadeante que no era más que una chispa, la habitación de Sujata permanecía casi a oscuras. Ella estaba tendida en la cama y miraba el techo. En su mente, repasaba lo que tendría que haberle dicho a Siddhartha. Todo había salido mal. Había quedado como una tonta. Incluso cuando ella lo deseaba de corazón y él mostraba que la quería, ella acabó huyendo. A veces, cuando se levantaba en medio de la noche, lo único en lo que podía pensar era que Siddhartha la había mirado con nostalgia. La joven se grabó esa mirada en la cabeza y juró que nunca se olvidaría de ella.

A decir verdad, Sujata estaba esperando que Siddhartha volviera a ella por su cuenta. Así que cuando se quedó medio dormida tras semanas de sufrir y la puerta se abrió con un chirrido, Sujata se despertó al instante. Temblaba bajo las sábanas y abría bien los ojos para verlo en la oscuridad, para asegurarse de que no fuera otro fantasma de su imaginación.

Vio la silueta de un hombre joven y fuerte que avanzaba hacia la cama, erguido, con movimientos rápidos porque la deseaba con mucha vehemencia. El miedo y la euforia se debatían salvajemente en el pecho de Sujata. Si al menos su cama hubiera estado preparada como correspondía para el amor, cubierta con pétalos de rosa, agua de rosas y especias que, se sabía, excitaban a cualquier hombre.

Por un instante fugaz, Sujata pensó en su madre y se preguntó si ella había estado alguna vez en la misma situación. Ahuyentó ese pensamiento tan pronto como vino. No quería pensar en nada cuando la mano de Siddhartha tomara la suya; él se inclinaba sobre ella, reclinaba la cabeza para besarla.

—No te muevas. Si gritas, te mato.

Gritar era lo único que quería hacer, en ese instante en el que supo que no se trataba de Siddhartha y que el horror había penetrado en su santuario. El hombre le tapó la cara con una mano, cubriendo la boca y la nariz para que no pudiera respirar, y así tampoco gritar, ni siquiera pensar. Pero el pánico ya se había encargado de eso.

—Has estado esperándome durante mucho tiempo. He visto tu luz. Quería que el momento fuese perfecto, querida.

Sin duda era Devadatta. Él le rasgó el canesú con una eficiencia veloz y empezó a sobarle los pechos con las manos, con violencia y sin pensar en absoluto cuánto la lastimaba.

«Por favor, detente… Haré todo lo que quieras.»

Como no podía respirar, Sujata no sabía si había dicho esas palabras o si eran una oración desesperada. Devadatta le había abierto el vestido a pesar de la resistencia, de todas formas débil, y ella sintió que le abría las piernas. Medio asfixiada como estaba, no podía llorar. Devadatta la tomaba, y sus embestidas eran violentas señales de su salvajismo y su desdén.

Relajó los músculos, con la esperanza de que su violador le ahorrara algo de violencia. De pronto, Devadatta dejó de hacer lo que le estaba haciendo.

—¡Yo sé a quién quieres! —dijo, y la amenaza latente en su voz debería haberle causado más terror del que ya sentía. Pero Sujata, sabiendo que estaba muerta, notó que la invadía una oleada de alivio.

Lo único que esperaba ya era que Devadatta actuara con rapidez en la oscuridad. No podía ver, no obstante, que él estaba sacando su daga dentada.

—Recuerda que lo último que viste fui yo —gruñó en el momento en que la hoja cruzó por delante de sus ojos. Sujata oyó un grito que debía de ser suyo, después vino el dolor punzante y enseguida dejó de respirar. No tuvo que presenciar el espectáculo que daba Devadatta cuando hacía rodar su cuerpo con un gruñido. Devadatta trató de controlarse, pero le temblaban las manos.

Oyó la voz de Mara, pero ésta ya no venía de fuera. A Devadatta se le movían involuntariamente las extremidades, los músculos eran estirados por los espasmos con tanta fuerza como correas de cuero tensadas alrededor de un barril de vino. Estaba aterrorizado y ya no controlaba su cuerpo.

Devadatta se dio cuenta del apuro en el que se encontraba: alguien vendría tarde o temprano y no había tiempo que perder. Trató de calmarse y empezó la tarea que le aguardaba. Envolvió a Sujata en las sábanas y ató el cuerpo amortajado con las cuerdas de la cortina. Burló con facilidad a los guardias y encontró el caballo de uno de los centinelas atado junto a las puertas. Cargó el cadáver sobre las ancas y cabalgó despacio hacia el río. Mara ya estaba allí; se quedó de pie cerca de Devadatta mientras el joven, lo suficientemente fuerte como para que el peso de un cuerpo muerto no le hiciera gruñir por el esfuerzo, se acercaba al agua. Aún no hablaba.

—Ponle piedras para que se hunda —ordenó Mara. Sintió que era amable con su nueva posesión, ese joven acomodaticio que pensaba de forma tan parecida a él. Pero Devadatta le lanzó una mirada de odio y tiró el bulto en el agua. Las sábanas no estaban bien atadas y se inflaron sobre la superficie del río. Era un bulto blanco, espectral, como velas de barco fantasma bajo la luz de la luna. Retuvieron tanto aire en globos y burbujas que Sujata no se hundió de inmediato, y la corriente rápida la arrastró. Devadatta no esperó. Quería olvidarse de que Mara estaba junto a él.

—No junto, querido, adentro —dijo Mara con satisfacción, mientras leía su pensamiento.

Devadatta tembló, desesperado. No tenía duda de que los dioses no existían. Pero en ese momento entendió por qué. Cuando el horror de la vida se revela por fin, alguien tiene que inventarlos.

capítulo
10

No se conoció la desaparición de Sujata hasta varios días después. El primer día, una criada corrió a contarle a Kumbira que la bandeja de comida que habían dejado a la puerta de la muchacha estaba intacta.

—Ella siempre hace mohínes con la comida. Espera a que tenga hambre.

Que Sujata se quedara en su habitación no había servido para ocultarle sus penas a Kumbira, que sabía muy bien que estaba enferma de amor. Pero cuando pasaron dos días sin que probara la comida, Kumbira llamó a la puerta y entró. Lo que vio la hizo reaccionar por fin.

—Corre. Ahora.

Kumbira empujó por la puerta a la criada que la había seguido, con la esperanza de que las cortinas cerradas ocultaran el espectáculo de la sangre sobre la cama revuelta. Pero la chica, asustada, sin duda vio algo, y eso le dejó muy poco tiempo a Kumbira para evitar que los rumores del palacio se esparcieran como un reguero de pólvora. Fue de inmediato ante el rey y le contó todo lo que había sucedido entre Sujata y el príncipe.

Dado que la mujer no le había hablado a nadie de la sangre, para proteger al joven príncipe, Suddhodana se tomó las noticias con más tranquilidad de la que ella esperaba. Y si el rey estaba preocupado por el destino de Sujata, ciertamente no se notaba.

—Le daba demasiada vergüenza quedarse. Envía a algunos hombres por ella. No demasiados.

No había pasado media hora cuando Channa llevó la noticia al príncipe Siddhartha, que de inmediato corrió a la habitación de Sujata. Kumbira había actuado antes con la suficiente presteza y había hecho retirar la cama; aun así, Siddhartha estaba preocupado por la desaparición súbita de la muchacha.

—Envié a mis hombres a que la buscaran —le dijo Suddhodana—. ¿Qué más pretendes que haga? Ella quería irse a su casa. Alguien tendría que haber previsto lo que podía ocurrir si se quedaba tan sola.

Siddhartha estaba dolido por la insinuación de su padre. Tenía acceso al pabellón del placer desde los 16 años, pero nunca había hecho uso de él. Suddhodana estaba molesto y ofendido por esa extraña muestra de castidad.

—Yo no puse a esas chicas allí para que rezaras con ellas —le dijo una vez, para provocarle.

Frustrado por la indiferencia de su padre hacia Sujata, Siddhartha corrió a buscar la ayuda de Channa.

—Tenemos que encontrarla.

—¿Sí? Para un momento y piensa —dijo Channa—. Es muy posible que tu padre esté detrás de todo esto. Él quiere que ella se vaya.

—¿Tú crees que ella es como un caballo viejo? —dijo Siddhartha con frialdad. Sabía muy bien que su padre hacía que las personas desaparecieran de su vista cuando superaban cierta edad, cosa que no difería mucho de lo que pasaba en los establos.

Channa no respondió. Puso la montura en su caballo favorito y lo llevó afuera.

—No le digas a nadie que he salido —le pidió—. Tú te quedas aquí. —Vio que Siddhartha se ponía de color escarlata—. Vamos, déjame a mí —dijo Channa—. Tú no puedes arriesgarte a irte de aquí.

Siddhartha sabía demasiado bien que, si cabalgaba más allá de las puertas del palacio en busca de Sujata, nadie podría predecir la reacción de su padre. Todas las personas de la corte habían actuado como cómplices para mantenerlo prisionero, o quizá secuestrado. Pero eso no lo iba a detener. Siddhartha caminó con paso firme hasta el depósito de las monturas, sacó una y empezó a preparar a Kanthaka. El semental solía quedarse quieto con él, pero esta vez dio un respingo y corcoveó.

—Tranquilo —susurró Siddhartha.

Cuando hubo montado, Siddhartha se dirigió al bosque, tomando la delantera. En sus salidas de cacería, Channa había señalado una vez un arroyo que corría pendiente abajo por una colina y en más de una ocasión, a pesar de que los soldados del rey estaban de patrulla, el príncipe se preguntó si era una posible vía de escape. Channa dijo:

—Hay un cauce seco en el fondo. Si alguna vez quisiera irme sin que nadie lo supiera, llevaría a los caballos por el arroyo primero, para matar el olor. Más allá es incluso más empinado. Nadie se molesta en patrullarlo.

Ahora se dirigían hacia allí, porque, si él se ausentaba aunque sólo fuera una hora, enviarían a un grupo de soldados tras sus pasos. No cabía duda de eso. El arroyo era fácil de encontrar, y tan empinado y rocoso que ambos jinetes iban callados, concentrados en las pisadas de los caballos. El cauce seco, tal como había anunciado Channa, se empinaba por momentos. Decidieron desmontar y caminar junto a los animales para el descenso. Bajo el techo de la jungla negra, formado por árboles y viñedos, el sol les doraba la piel en puntitos, como brillantes motas, pero cada manchita resultaba abrasadora en pleno mediodía. No era así como Siddhartha se había imaginado su huida hacia la libertad. La realidad dictaba otra cosa.

Channa empezó a hablar de nuevo, dejaba que las frases le brotaran poco a poco mientras bajaba la pendiente llena de pedregal.

—Mi padre me hizo jurar que jamás diría nada sobre lo que me contó sobre la época en que tú y yo éramos niños de pecho. El rey los echó a todos. A todos los viejos y los enfermos. Fueron malas épocas.

Siddhartha había llegado a esa conclusión por su cuenta. Después de la muerte de su madre, era el hecho más negro de lo que sabía de la época de su nacimiento. Channa dejó de hablar, intentaba tranquilizar a su caballo a medida que el suelo se hacía más resbaladizo debajo de sus cascos. El cauce seco daba a un matorral de bambúes demasiado crecidos, y el espacio que había entre los árboles era excesivamente estrecho para que pasara por allí un caballo.

—Hay un viejo camino un poco más allá. Se las llevaron por ahí.

—¿A quiénes?

—A unas mujeres que el rey ya no necesitaba. —Channa relataba el pasado con una voz monótona y entrecortada, objetiva por decirlo así, como observa un médico la causa de una muerte—. Le dijo a Bikram que las sacara por un camino secreto, el que estamos siguiendo nosotros ahora. No quería que nadie los viera.

Siddhartha se dio cuenta entonces de algo.

—Lo odias, ¿verdad?

—¿De veras quieres saberlo? —Sin darse la vuelta, Channa se levantó la camiseta y dejó al descubierto las heridas de los latigazos en toda su magnitud—. Un rey no es más que un asesino. —Se hizo el silencio hasta que llegaron al final del matorral. Channa frenó a su caballo y miró a Siddhartha—. Puedes volver, ¿sabes? Nadie se va a dar cuenta.

—¿Por qué habría de volver?

Channa parecía más meditabundo que nunca. Siddhartha pensaba que jamás lo había visto así.

—Tal vez tu padre sea un bastardo, pero pudo haber tenido razón en hacer lo que hizo. Mantuvo la miseria lejos de ti. ¿No es eso algo bueno, ciertamente? Estoy tratando de entenderlo.

—No tuvo razón. No debió hacerlo.

La firmeza de la voz de Siddhartha llamó la atención de Channa.

—Pasaron tres días. Una de las mujeres tuvo un bebé. La vida era demasiado dura y la mujer murió. El bebé sobrevivió. Así que, año tras año, tu padre le enviaba dinero y comida manchados de culpa.

—Hasta que tuvo edad suficiente para traerla a la corte —dijo Siddhartha.

—Alégrate de que no sea tu media hermana. —Ahora Channa tenía otro tono de voz. Se había quitado un peso de encima—. Entonces, la aldea queda más adelante. Ahí es donde tenemos más oportunidades de encontrar a Sujata, si ella huyó. No es que yo crea eso.

Siddhartha no le preguntó qué creía. Tenía sus propias premoniciones. No podía menos que reconocer que no había visto a Devadatta en los últimos días. Sería muy propio de él secuestrar a Sujata para vengarse. Mucho más que la posibilidad de que el rey la hubiera echado en medio de la noche.

Siddhartha bajó la mirada y vio la aldea, que parecía normal desde lejos: un solo camino de tierra serpenteaba entre chocitas bajas de bambú, y la única rareza eran los páramos resecos y los campos abandonados de los alrededores. «¿Por qué no atienden sus cultivos los campesinos?»

—Vamos. No se puede ver mucho desde aquí arriba —dijo Channa. Empezó a caminar cuesta abajo por un sendero angosto. Los hierbajos, yuyos sobre todo, llegaban a las panzas de los caballos. Channa los señaló—. No viene nadie por aquí. Probablemente no hayan tenido visitas en medio año.

—¿Por qué no? —No había plaga alguna en la zona y la exuberancia de la maleza significaba que no se había producido una sequía reciente.

—Porque ésta es la «ciudad olvidada». Así la llaman todos. Yo prefiero decirle «la ciudad del rey». No me preguntes nada más —dijo Channa.

A medio kilómetro el sendero se nivelaba, y pronto cabalgaban por delante de las primeras chozas, al borde de la aldea. Los techos eran grises y estaban manchados por la lluvia, las jambas de madera se caían a pedazos sobre las puertas combadas. Parecía que nadie vivía dentro, o que quienes lo hacían estaban acostumbrados a esconderse de los extraños. El siguiente montón de chozas estaba igual de ruinoso. Siddhartha divisó en una ventana caras que se echaron atrás en cuanto él las vio.

—Ven —dijo Channa. Desmontó del caballo enfrente de una choza más arruinada que las demás, sin puerta y con ornamentos tallados de dioses y demonios caídos del alero—. Ésta era la de ella, la de la madre.

«Sujata no podría estar aquí, viviendo en estas condiciones», pensó Siddhartha. Pero se bajó y siguió a Channa hasta el interior del esqueleto sombrío de casa. La presencia de alimañas y agujeros enormes en el suelo le decían que allí no había entrado nadie en meses. Las únicas señales de que alguna vez una mujer hubiera tenido su hogar ahí eran un trozo rasgado de seda roja sobre la ventana trasera y una taza de té rota junto al hoyo de carbón que se usaba para cocinar.

—Volvamos. Exigiré a mi padre que me diga dónde está —murmuró Siddhartha, acongojado. Presentía una verdad que no podría afrontar.

Cuando salieron, las cosas habían cambiado. Aparecieron personas de la nada, como conejos de sus conejeras. Un puñado de hombres rodeaba los caballos.

—¡Deténganse! ¡Eh, deténganse! —gritó Channa. Algunos trataban de quitar las monturas de los caballos. Channa estaba armado y ellos no, pero cuando desenfundó la espada, Siddhartha le retuvo el brazo.

—¿Quiénes son? —preguntó con tono grave.

Las personas, quizás una docena en total, estaban famélicas y vestidas con harapos que les colgaban de los huesos. Todas tenían el pelo gris, y a algunas apenas les quedaba un mechón sobre los cráneos desnudos.

—Son los olvidados —dijo Channa—. Hemos venido a su ciudad.

—¿Y mi padre los envió aquí?

Channa asintió con la cabeza. Los viejos decrépitos que trataban de robar las monturas habían caído al suelo y estaban tendidos allí, postrados. Las mujeres se adelantaron y, sin decir una palabra, extendieron las manos para pedir comida.

—Dales lo que tengamos —dijo Siddhartha. Había unas pocas provisiones en las alforjas. Siddhartha desvió la mirada cuando Channa sacó pan y carne para dárselo; no resistiría ver cómo se arañaban por unas migajas.

La refriega se hizo más audible y Siddhartha vio que otros se acercaban desde la parte principal de la aldea.

—Vámonos —instó Channa.

—¿Por qué? No son peligrosos. —De más estaba decirlo, ya que los recién llegados era tan viejos como los que ya habían conocido.

No obstante, Channa estaba ansioso.

—Podría derribarlos a todos con un solo golpe de mi espada —dijo—, pero aun así quedarse no es seguro.

—¿Por qué no? ¿Qué tienen de malo?

Channa no sabía cuánto ignoraba o no ignoraba Siddhartha, así que habló como si se estuviera dirigiendo a un niño pequeño.

—Estas personas estaban en la corte cuando tú naciste, y aun entonces eran demasiado viejas para quedarse. Esos que están ahí, que caminan con muletas, son tullidos. Estuvieron enfermos, pero nadie los curó. A los que tosen y se cubren la boca con una tela, no los toques. Están enfermos; portan una enfermedad, y nosotros podríamos contagiarnos. Todavía soy joven y saludable, y no quiero dejar de serlo.

—¿Vamos a ser como ellos? —preguntó Siddhartha, con verdadera sorpresa.

—Algún día.

—¿Todos nosotros?

—Todos nosotros —contestó Channa. Sin saber qué pensaría Siddhartha, ahuyentó con el pie a una vieja descalza que se había arrastrado para tocar sus sandalias.

Siddhartha murmuraba para sí palabras que hasta entonces jamás había oído decir a nadie. «Viejo. Tullido. Enfermo.» ¿Cómo pudo pensar que él había sufrido de verdad? Lo suyo no era nada en comparación con eso que veía ahora.

—¿Cómo lo soportan? —balbuceó. Ahora el humor de la muchedumbre que se reunía había cambiado. Las caras cadavéricas se ensombrecieron, y había un murmullo que dejaba ver el enojo de la gente.

—Se dan cuenta de que hemos venido de la corte —dijo Channa. Él y Siddhartha estaban vestidos con ropas de algodón blanco, muy modestas, pero los jaeces de las monturas tenían estampada la insignia real—. Súbete al caballo. Nos vamos.

Siddhartha volvió a montar pero, en lugar de hacer girar a Kanthaka en dirección al palacio, siguió adentrándose en la ciudad olvidada. Las calles estaban llenas de fantasmas demacrados, y los ojos, saltones y dilatados por el hambre, lo miraban. Siddhartha rezó por que no hubieran desterrado a sus tías a ese lugar cuando desaparecieron de la corte.

Vio un edificio que estaba en mejores condiciones que los demás, y no había nadie frente a él. Por algún motivo, le llamaron la atención las ventanas cubiertas y una estatua de Shiva en la puerta, decorada con flores silvestres, ya marchitas.

—Quiero entrar —dijo.

—No, no quieres —replicó Channa.

El olor que procedía del edificio era inconfundible. Siddhartha se había topado con ese hedor en el bosque, donde yacía el cuerpo de un ciervo en proceso de descomposición. Desmontó y abrió la puerta de un golpe. Entró en una habitación en penumbra, húmeda, fétida. Gracias a los sucios rayos de luz que entraban por las persianas, Siddhartha pudo ver que había alguien dormido sobre una mesa, desnudo, con una liviana sábana que le cubría el torso. No, no dormía. Estaba tendido, inmóvil. La cara del hombre tenía un color entre blanquecino y grisáceo, los ojos cerrados, y la boca fina, torcida. Parecía enojado y triste a la vez.

—¿Qué es este lugar? —preguntó Siddhartha. Bien lo imaginaba, pero hablar lo ayudaba a evitar las náuseas.

—La casa de los muertos. No te acerques. No están bendecidos.

A medida que los ojos se le acostumbraban a la luz, Siddhartha vio que había otros cadáveres en el suelo, tendidos uno junto al otro y cubiertos con arpillera; el olor más hediondo provenía de esos cuerpos. El hombre que estaba sobre la mesa debía de haber muerto hacía poco.

Siddhartha se aproximó casi sin darse cuenta. Estiró el brazo y tocó el cadáver, con la certeza inquietante de que el viejo no se despertaría con el intento. La frialdad de la carne lo sorprendió; estaba incluso más frío que el aire de la habitación. A pesar de que el hombre estaba muerto, Siddhartha quería disculparse. No había pedido permiso para tocarlo, y ellos eran extraños.

—¿Así terminan? —preguntó—. ¿Los muertos viven después en su casa?

—No, se pudrirán si se quedan aquí. Los cuerpos son cremados —explicó Channa.

Siddhartha se estremeció.

—Así que un día tú me puedes cremar a mí —murmuró. Channa se había quedado en la puerta y, como reacción ante la curiosidad de Siddhartha, se estaba poniendo cada vez más nervioso, más impaciente.

—¿Y eso qué tiene de malo? Yo estoy contento de que me vayan a cremar. Mis cenizas irán al río. Cuando no quede nada a lo que puedan aferrarse los demonios, me iré al cielo. Pero primero tendrás que romperme el cráneo con un hacha para liberar a mi espíritu.

Si Channa pretendía espantar a Siddhartha, no lo logró. Desconcertado, el príncipe murmuró:

—¿Así se hace? ¿Entonces por qué siguen aquí? ¿Acaso no tienen hachas?

Channa se encogió de hombros.

—No hay leña y nadie es lo suficientemente fuerte para cortarla. Probablemente estén esperando a que vengan monjes errantes.

La impaciencia de Channa no les permitió quedarse más tiempo. Siddhartha tomó la mano del cadáver, que había caído, lánguida, a un lado, y volvió a ponerla sobre el pecho del hombre. Cuando salió de la casa de los muertos, la multitud parecía más enojada que antes.

—¿Príncipe? —gritó uno—. ¿Eres tú el hijo del rey? ¿Te gusta lo que nos han hecho? —Siddhartha no esperaba que lo reconocieran. Un gran sentido de la vergüenza le impedía hablar.

«Trataré de ayudarlos, lo prometo», pensó. Un murmullo amenazador rodeaba a Siddhartha mientras caminaba en dirección a Kanthaka. Una vieja escupió en el suelo mientras otra voz, oculta, dijo:

—Ojalá tu madre se hubiera muerto antes, ¿me oyes? ¿Para qué naciste?

—¡Basta! —Uno de los viejos se adelantó y levantó las manos para callar a los demás. Su débil cuerpo estaba envuelto en una arpillera sucia, pero Siddhartha alcanzó a ver que debajo llevaba jirones de tono azafrán, del color de las vestimentas de Canki—. Los dioses, no este joven noble, nos han deparado nuestra mala suerte. Deberíamos darle dinero para que lo lleve al palacio y haga ofrendas por nosotros.

—La sugerencia del sacerdote fue recibida con desdén; el anciano serpenteó entre la muchedumbre—. Bendiciones, bendiciones —murmuró, mientras se acercaba a Siddhartha.

El viejo sacerdote olía casi tan mal como los cadáveres. Sonrió sin dientes y Siddhartha se sintió avergonzado de sí mismo por retroceder.

—Acércate, joven príncipe, y deja que te susurre una bendición especial al oído.

Siddhartha se sintió obligado a agacharse y cerró los ojos al sentir el aliento fétido del anciano.

—Acepto tu bendición —dijo con amabilidad.

—Y yo te condenaré al infierno si no me llevas de regreso contigo. —La vehemencia de la voz del viejo sacerdote era como el veneno de una cobra. Siddhartha dio un salto atrás. Sin decir palabra, trepó a la montura. Sintió la mano huesuda del sacerdote que se agarraba con fuerza a su tobillo, pero se soltó de una patada y se fue al galope. A sus espaldas, los habitantes de la ciudad olvidada lo abucheaban e insultaban. Otros gritaban lastimeramente, y cuando ya no pudo oír a ninguno, Siddhartha se detuvo. Kanthaka respiraba agitado, igual que Siddhartha. El príncipe se agachó y, aunque no lo había montado con especial violencia, le susurró:

—Perdóname.

Channa lo alcanzó cuando el camino empezaba a subir y a convertirse otra vez en un sendero de montaña. Siddhartha lo esperaba.

—¿Cuántas veces has venido aquí? —preguntó.

—Una o dos. Pero tú no vas a volver. ¿Qué hay allí que te interese? Tu padre no dejará que los salves y, para cuando seas rey, ya estarán muertos. Acéptalo, bastaría con un viento fuerte este invierno para que, en su débil estado, pereciesen todos.

Siddhartha rechazó en su interior esas palabras, pero no las contradijo. El sol seguía abrasando sin piedad y ellos les habían dado los odres de agua a los viejos. los Vedas dicen que la mente es tan imposible de controlar como una vela al viento. A Siddhartha se le vino de pronto algo a la mente: «la Edad de Oro», la época en la que nadie sufría y la vida era abundancia. Se dio la vuelta y echó un último vistazo a los campos y páramos resecos visibles entre los árboles.

«Channa tiene razón. Debería llamarse la ciudad del rey.» Su conciencia trabajaba, pensaba qué podría hacer.

¿Debía volver y cultivar él mismo los campos con algunos esclavos del palacio, y contradecir así los deseos de su padre? ¿Por qué habría que forzar a los esclavos a trabajar por los moribundos? Jamás había tenido dinero, salvo algunas monedas. ¿Serviría de algo que las enviara a la ciudad olvidada? Debajo de todo eso estaba Sujata, cuyo recuerdo lo perseguía ahora más que en el momento en que se enteró de que ya no estaba. Por un instante fugaz, pudo verla sobre una mesa, en la casa de los muertos.

En ese momento doloroso, Siddhartha avistó a alguien. Había un ermitaño desnudo oculto entre la espesa maleza, sentado en cuclillas sobre los talones. Su piel, muy tostada por el sol, lo hacía casi invisible sobre el terreno, salvo por la barba, que era casi blanca. Si Siddhartha no se hubiera dado la vuelta para echar un último vistazo, no lo habría visto.

—¡Asita! —gritó Siddhartha y se bajó del caballo de un salto. El movimiento repentino seguramente asustó al ermitaño, que se alejó escabulléndose entre el matorral, hasta perderse de vista—. Espera, ¿no me conoces? —Siddhartha estaba frustrado. Se sumergió en la maleza e hizo caso omiso de la abundancia de espinas y víboras. El ermitaño se escapaba, silencioso como un venado. Siddhartha se detuvo e hizo un esfuerzo por oír algún sonido revelador. Channa se acercó a sus espaldas.

—¿Qué ocurre?

—¿No lo viste? Era Asita.

—Si era Asita, tiene un millón de años. Creí ver a un viejo, eso es todo. Probablemente nos siguiera desde la aldea —dijo Channa.

Pero ambos sabían que un viejo no podía seguir el paso de los caballos. Siddhartha estaba demasiado excitado para detenerse y tratar de convencer a Channa.

—¡Asita! —gritó.

Se dirigió colina arriba y siguió ese camino mientras le decía a Channa que lo esperara abajo. Ya no había rastro que seguir y, momentos después, estaba inmerso en la jungla más profunda. Loros rojos lo regañaban desde lo alto; un mono solitario que registraba el suelo en busca de frutas caídas se sorprendió y saltó a un árbol dando un grito. Siddhartha siguió la búsqueda con más energía, aunque sabía que corría sin rumbo, impulsado por lo que quería encontrar más que por lo que encontraría. Entonces, justo cuando ya no se podía negar que la jungla se había tragado todos los rastros del ermitaño, se topó con algo.

Escondido en la tupida vegetación se abría un pequeño claro, tan cubierto por las sombras de los árboles que parecía una caverna verde. Agitado, Siddhartha se detuvo y recorrió el lugar con la vista. Sin duda, alguien vivía allí. De un círculo de fuego se elevaban jirones de humo. Había un cobertizo de bambú en un rincón, y musgo esparcido a modo de cama. Le llamó la atención un montoncillo de piedras convertido en una especie de santuario. Sobre él estaba el único signo de que alguien, quizás un ser primitivo, tenía por hogar ese sitio: una pequeña imagen de Shiva pintada con los colores de las piedras preciosas, igual a la que había visto abandonada en la casa de los muertos.

Pero este dios estaba bien atendido, y tenía orquídeas rosadas frescas en la base. Shiva estaba sentado en posición de loto, con los hombros envueltos en una piel de tigre. Tenía los ojos cerrados; una sonrisa misteriosa le atravesaba la cara, juguetona. Al mirarlo, Siddhartha se sintió exhausto. No sabía dónde estaba y no tenía deseos de regresar a ningún lado. Tal vez le vino a la mente el vago recuerdo de un yambo cuando él era niño. Sintió que las piernas cedían, y se sentó en el suelo, de cara a Shiva. Puso las piernas en la misma posición que el dios y cerró los ojos.

La cueva verde era fresca y tranquilizadora. Siddhartha sentía que pertenecía a ese lugar, pero hubo poco tiempo para pensar. Una especie de silencio seductor quería tragárselo. Lo rodeó suavemente y él se entregó al abrazo. Sentía cómo iba y venía el aire por los pulmones, cada vez más imperceptible. Se le posó una mosca en el brazo, y fue como si pudiera sentir cada paso que daba antes de salir volando de nuevo.

No cambió nada durante un rato —no podía estimar cuánto tiempo había pasado— y después Siddhartha abrió los ojos. Ante él estaba el viejo ermitaño, en cuclillas sobre los talones. No era Asita, pero lo habían hecho con el mismo molde. El ermitaño tenía ojos de un color castaño oscuro, cuya serenidad ocultaban los pliegues de su piel curtida. Ninguno de los dos se movió. Entonces el ermitaño se llevó un dedo a los labios y Siddhartha asintió de forma imperceptible, dejó que se le cerraran los párpados de nuevo y se hundió otra vez en el silencio. Ahora veía con claridad la imagen del niño sentado bajo un yambo mientras el mundo, ansioso, se arremolinaba a su alrededor. ¿Cómo había podido olvidarse de lo que le dijo Asita aquella vez: que siempre habría un lugar adonde ir cuando tuviera problemas?

Al suspirar y sentir alivio, Siddhartha supo que estaba de regreso. No había recordado el silencio, sino que el silencio lo había recordado a él. Y el silencio lo esperó. Qué fácil sería estar sentado para siempre. Una corriente suave fluyó por su cuerpo y, cuando surgía un pensamiento, escapaba como un diente de león que vuela con la brisa.

Siddhartha se dio cuenta de que la corriente que fluía por su cuerpo se centraba en la columna; se transformó en un hilo visible de luz que subía por ella. Vio que salía por la cabeza, sintió su calidez sutil. Quería seguirlo allá donde fuera, pero no podía. El silencio seductor lo retenía dentro de su cuerpo, así que volvió a suspirar y se entregó a él incluso más de lleno.

Antes de que el tiempo y el espacio desaparecieran como ladrones en la noche, tuvo una percepción fugaz. Algo que no podía identificar —¿una nube de motas doradas?, ¿un fantasma sonriente?, ¿un dios?— le sobrevolaba a unos centímetros de la cabeza, justo en el lugar por donde se había escapado la corriente. La nube o el dios brilló un segundo. Siddhartha tenía la clara sensación de que lo estaba mirando.

Después, sin advertencia alguna, empezó a descender.

BUDA

Gautama, el monje
parte 2

capítulo
11

Los cielos habían dado muchas señales durante todo el día. Las nubes, de vientres grises y pronunciados, casi tocaban las copas de los árboles. Pero la noche cayó rápido, antes de que fuera posible encontrar refugio. La lluvia halló al joven monje acurrucado bajo un árbol en el bosque. No fueron unas pocas gotas tibias, sino un torrente, como si los traviesos monos de los árboles le hubieran volcado un balde en la cabeza. El monje despertó escupiendo. Estaba en cuclillas sobre el barro, mojado hasta los huesos y temblaba. Había vivido 29 años como el príncipe Siddhartha; como monje, sin un céntimo, no llevaba más que un mes.

Advirtió que había algo cerca. Un pequeño grupo de hombres había encendido una fogata, y la luz que ésta despedía se colaba entre las grietas de la espesura. El monje se acercó con sigilo y vio que estaban refugiados en la boca de una caverna. Se aproximó un poco más, pero enseguida vaciló. Era peligroso importunarlos. Quizá fueran *dacoits*, bandidos, que no tenían miramientos a la hora de matar a un hombre santo, aunque sólo fuera para quitarle las sandalias. Además, pedir ayuda no formaba parte de las reglas. Si aparecía un monje errante en la puerta trasera de un hogar, los dueños de la casa estaban obligados a darle comida y a ofrecerle refugio por esa noche; el deber sagrado así lo exigía. Pero el mendigo de la puerta debía permanecer en silencio. No podía hablar sino a través de su presencia, sentándose a meditar, por muy hambriento que estuviese, por más que estuviera muriéndose de hambre.

Sentarse a meditar, con hambre, mientras el olfato recibía el aroma del arroz y el cordero sobre el fuego era una agonía absoluta. Comparada con eso, la disciplina de un guerrero era un juego de niños. El joven monje siempre perdía la concentración: salivaba, le gruñía el estómago. Y la mente, siempre dispuesta a jugarle malas pasadas, recordaba las escenas del pasado, los banquetes suntuosos del palacio. Sin embargo, esa noche no tuvo que mendigar. Uno de los hombres sentados en torno al fuego reparó en él y se compadeció. Siddhartha se estremeció cuando vio que el hombre se acercaba con un hacha, pero luego comprendió que era un grupo de leñadores.

—Namaste —murmuró e hizo una reverencia. El leñador, un hombre enorme y fornido, no respondió. «Namaste» era la forma más sencilla de saludar, pero si venía de un monje también era una bendición: «Saludo lo sagrado que hay en ti.» Siddhartha advirtió que, sin proponérselo, había puesto un toque de desamparo en su tono de voz. De ese modo, con sólo una palabra había dicho: «Hola. Me inclino ante tu sacralidad. Por favor, no me lastimes.»

—¿Qué haces merodeando por aquí? —dijo el hombre, con tono brusco.

—Vi su fuego —contestó Siddhartha—. Tenía que ir a un poblado, pero oscureció demasiado pronto.

—Alguien como tú no llegará muy lejos. —El hombre tenía ahora una mueca de disgusto—. ¿Cómo te llamas?

—Gautama. —Siddhartha contuvo la respiración. Había usado el nombre de su familia, que todos conocían. Por fortuna, hacía siglos que también era el nombre de un clan, de modo que muchas personas comunes lo llevaban.

—Bueno, es evidente que hoy no has comido, Gautama.

El joven monje había practicado en solitario cómo decir su nombre —«Gautama, Gautama»—, pero ésa era la primera vez que lo pronunciaba ante él otra persona. La pérdida de su nombre anterior fue un auto de fe, el comienzo del abandono de su viejo yo. Se sentía desamparado y victorioso al mismo tiempo.

—Estarías mejor si te ganaras la vida honestamente, sin depender del sudor de otros hombres —dijo el leñador.

Gautama inclinó la cabeza. No podía contradecir al hombre, y si lo que había dicho era una provocación, le convenía no mirarlo a los ojos. Exhausto o no, Gautama aún sabía defenderse como guerrero. (En sus primeros días de peregrinaje, cuando algún personaje sospechoso lo miraba fijo y esperaba junto al camino que él pasara, su mano buscaba instintivamente la empuñadura de su espada, antes de recordar que ya no estaba allí). Se esforzó en pensar con humildad. «Eres un hombre santo, deja que dios te proteja.»

Ahora el extraño le ofrecía algo.

—Tómalo. No puedes esperar comida sin tener un cuenco, ¿no? —Le metió entre las manos una calabaza hueca y lisa, partida en dos y llena de arroz y papas asadas—. Te invitaría a venir junto al fuego, pero algunos de los demás han tenido algunos encontronazos con otros monjes… —Hizo un gesto en dirección al grupo apiñado en la boca de la caverna. Ninguno había vuelto la vista para mirarlo cuando estaba agachado en el barro—.

Gautama asintió. En el mes que llevaba como monje errante, había escuchado historias de asesinos y locos que se disfrazaban de monjes para recorrer el campo sin que los molestaran ni sospecharan de ellos.

—Una bendición para ti, hermano —dijo Gautama con absoluta sinceridad, mientras seguía mirando a su benefactor a los ojos, en lugar de arremeter contra la comida. Sabía que su acento delataba que era miembro de una casta alta. Tocó el brazo del hombre para demostrarle su gratitud, y el leñador pareció sorprenderse. A veces, muy raramente, un guerrero o un noble de una casta alta adoptaba la vida de monje errante, pero nunca tocaba a un miembro de una casta baja, ni siquiera actuando en calidad de mendigo.

—Otra bendición para ti —dijo el hombre. Se puso de pie y regresó al fuego.

Como *sannyasi*, un hombre que ha renunciado completamente al mundo, Gautama no tenía permitido llevar más posesiones que su túnica de color azafrán, un bastón para caminar, un collar de cuentas para rezar colgado del cuello y un cuenco para mendigar. Los monjes comían de su cuenco y, cuando terminaban la comida, lo lavaban en el río y lo usaban como sombrero para protegerse del sol y de la lluvia. El cuenco era lo que usaban también para beber y, cuando se bañaban en el río, lo utilizaban para enjuagarse. Gautama examinó la calabaza y admiró su simpleza.

Una vez que terminó la comida que le había dado el leñador, Gautama se puso de pie, tratando de no gemir por el dolor que le causaban las ampollas reventadas en la planta de los pies. Dedicó una última mirada de deseo al fuego —los hombres bebían y reían en voz muy alta— y empezó a deslizarse por el barro hacia el camino. No se podía dormir demasiado cerca de los caminos, por los bandidos. Mientras caminaba, se envolvió el cuerpo enjuto con los brazos, buscando calor. Cuando vio que no funcionaba, trató de resignarse. «No es más que lluvia. No es nada importante.

Lo acepto. Estoy en paz.» Pero la resignación era una paz vacía, sin satisfacción real. ¿Qué más podía probar? La reverencia.

«Dioses santos, protegan a su servidor en este momento de necesidad».

Repetir una plegaria parecía un poco mejor, pero la reverencia tampoco podía engañar la mente de Gautama. Pensó, en repentino arrebato irónico: «Si los dioses querían protegerte, ¿por qué te dejaron bajo la lluvia?» Estaba sorprendido por la cantidad de métodos que tenía su mente para torturarlo. Lo culpaba de todo: de las ampollas de los pies, de haberse perdido en el bosque, de hacer una cama con ramas de árboles que resultaron infestadas de piojos... ¿No había más serenidad en la mente del príncipe Siddhartha antes de que abandonara su hogar? Gautama suspiró profundamente. Si eso hubiera sido cierto, no habría estado donde estaba ahora, solo y en busca de algo invisible y quizás inalcanzable. Cansado de discutir consigo mismo, empezó a contar sus pasos.

«Uno, dos, tres...»

Era un truco pobre para mantener a raya las dudas. Pero tenía demasiados recuerdos, del tipo de los que no podía abandonar ni en el camino más largo.

«Cuatro, cinco, seis...»

El peor recuerdo era el del momento en el que abandonó a su esposa, Yashodhara. Ella se había negado a mirar cómo traspasaba las puertas Siddhartha.

—Vete por la noche. No me digas cuándo. Sería como si me rompieran el corazón dos veces —había dicho. La decisión de Siddhartha de transformarse en sannyasi parecía haberle sumado muchos años a su esposa, prácticamente de un día para otro. Estuvieron casados casi 10 años. El amor de la pareja había sido tal que jamás pasaron una noche separados.

Yashodhara guardó absoluto silencio durante los primeros días después de que él anunciara lo que se proponía. Sin embargo, compartían la cama, y una noche ella recuperó el habla, en voz baja, junto al oído del príncipe.

—¿No es suficiente amor el que supone estar aquí conmigo?

Siddhartha le rodeó los hombros con el brazo. Sabía que la pregunta le costaba un gran esfuerzo. Se habían prometido sinceridad. Si respondía que no, que ella no era suficiente, Yashodhara se sentiría como una viuda cuando él se fuera. Si respondía que sí, no tendría argumentos para partir. Tras una pausa, contestó:

—Eres suficiente para esta vida.

—¿Estás pensando en la próxima? —preguntó.

—No, no es eso. Esta vida no es sino una parte de quien soy. Necesito saberlo todo y no puedo hacerlo si me quedo aquí. —Tenía una expresión de absoluta seriedad, aunque ella no podía verlo en la oscuridad—. ¿Cómo puedo saber si tengo alma? Desde pequeño doy por sentado que sí, sólo porque todos lo dicen. ¿Cómo puedo saber si los dioses existen? ¿O si provengo de ellos?

—No se puede saber todo —dijo ella.

Siddhartha suspiró y la acercó hacia él.

—No será para siempre —prometió. Yashodhara trató de creerle a pesar de su experiencia. Todos conocían las historias de esposos que escapan al bosque y nunca regresan. Que se convirtiera en sannyasi era un acto de santidad, pero los hombres respetables esperaban a ser viejos para hacerlo.

Muchos no se iban hasta los 70 años, en especial si tenían dinero, y los más ricos construían ostentosas casas de veraneo, que ciertamente eran una farsa como lugar de retiro espiritual. Había gran variedad de hombres, no especialmente buenos, que escapaban antes. Era algo que se solía hacer cuando la vida se tornaba demasiado difícil o había demasiadas bocas que alimentar.

Yashodhara sabía que algunos monjes tenían una vocación verdadera. Un día, a pesar de su dolor, le dijo al esposo:

—Sé que debes irte. Soy tu esposa. Siento lo que tú sientes. —Pero la vergüenza le incendiaba las mejillas de todos modos: que un príncipe con sangre real renunciara a su reino era peor, infinitamente peor, que la decisión de un granjero que abandona sus campos de arroz yermos.

«Siete, ocho, nueve…»

La mente de Gautama no se creía el pobre truco. «Casi la matas», decía, y lo acusaba con amargura.

«10, 11, 12…»

«La gente puede morir de pena. ¿Cómo te sentirías entonces?»

Gautama hizo una mueca de dolor cuando recordó cuánto había sufrido Yashodhara a medida que se acercaba el momento de la partida. Todas las noches ella pensaba con terror que podía despertar sola por la mañana. No había nada que pudiera hacer por él, ni siquiera prepararle un hatillo con cosas para su nueva vida. Al otro lado de las murallas del palacio, llevaría la vida de un mendigo. Suddhodana, muy debilitado por la artritis, había logrado reunir fuerzas para soltar una breve y furiosa arenga llena de reproches, como en los viejos tiempos.

—No puedes darme ni una buena razón —dijo, pero el fuego no tardó en extinguirse, y su padre ignoró el asunto a partir de entonces.

Cuando al fin llegó la hora, el príncipe hizo dos rituales de despedida. Entró en los aposentos de su esposa y la besó mientras ella dormía, con los labios bañados por un suave haz de luz de luna. Era como una ceremonia familiar, de los días en los que había empezado a salir a caballo antes del alba para llegar a poblados pobres y alejados. La ciudad olvidada fue reducida a la nada, y el príncipe tenía a su cuidado a los últimos desterrados. Se arrodilló día tras día junto al lecho de los mismos que lo maldijeron el día que entró en la aldea por primera vez.

Había una mujer marchita y arrugada llamada Gutta, tan vieja como Kumbira, una antigua dama de compañía que se sentía en éxtasis ante la posibilidad de regresar al palacio. Sabía que iba allí para morir. Siddhartha llegaba a imaginar a veces que Gutta podría haber sido una de sus tías, mucho tiempo antes. Durante los últimos días de la mujer, el príncipe había velado por ella en su lecho, y una noche sintió suficiente confianza en la anciana como para hacerle una pregunta.

—¿Es doloroso morir?

Ella negó con la cabeza.

—No tan doloroso como lo que tú sientes.

—¿Por qué es doloroso lo que siento? —preguntó él.

—¿Cómo puedo saber eso? —Siddhartha sabía que la vieja doncella marchita siempre había sido gruñona, y la agonía no le había atenuado el temperamento. Tras una pausa, agregó—: Tengo más suerte que tú. Yo me estoy librando de mi carga, pero tú sigues agregando más y más peso a la tuya.

—¿Es eso lo que ves? —El príncipe había oído que los que agonizan dicen la verdad y que incluso tienen poderes proféticos.

La anciana resolló con sorna.

—Todos lo ven. Basta con mirarte. Eres bueno, pero crees que no es suficiente. Ayudas a los pobres y a los enfermos, pero no te sientes feliz por ello. —La voz se hizo un poco más suave—. Guardas luto por una niña muerta que nadie tenía esperanzas de encontrar.

El príncipe desvió la mirada, y sintió cada palabra como una puñalada. Su misión piadosa había comenzado cuando estaba buscando a Sujata. Se acostumbró a llevar una mula de carga atiborrada de comida, semillas y ropas detrás de su magnífico corcel blanco, y se convirtieron en una imagen habitual del paisaje. Por razones de seguridad, una guardia armada cabalgaba detrás, pero el príncipe procuraba que los hombres se mantuvieran lejos, donde nadie los viera.

—¿Qué pensará la gente si entro en la aldea con soldados? —le preguntó a su padre.

—Entenderán que les conviene no ponerte una mano encima —respondió el viejo rey, que pretendía destinar media guarnición a la comitiva de su hijo.

Sin embargo, su hijo no soportaba la idea de mostrar compasión en una mano y una espada en la otra. Su amabilidad no tardó en convertirse en lo único que lo mantenía a salvo. Los ladrones y bandidos locales pertenecían a la casta de dacoits, y muchos se beneficiaban de la comida que llevaba el príncipe a las aldeas hambrientas, ya que allí vivían sus parientes. Los ladrones más jóvenes y testarudos sostenían que aun así tenían derecho a quedarse con el oro que llevara cualquier viajero, pero los más ancianos sabían que Siddhartha no llevaba oro. «Los de su tipo no pueden contenerse. Basta con que vean un bebé con cólicos para que tiren todo el dinero que tengan sobre la cuna. Así, nunca guardan nada», decían, para calmar a los más exaltados.

El segundo ritual de despedida que hizo Siddhartha fue besar a su pequeño hijo. Era un niño de cuatro años, suficientes para que tuviera su propio cuarto. El príncipe había entrado de puntillas, iluminando sus pasos con una vela. Rahula no solía dormir acurrucado como la mayoría de los niños, sino boca abajo, con los brazos desplegados a modo de alas, como si estuviera a punto de levantar vuelo. En esa posición estaba entonces, y su padre lo miró largo rato antes de darse la vuelta y partir sin besarlo. Por muy decidido que estuviese, el príncipe sabía que se arrepentiría. «Si despierta y me ve, no me iré jamás.»

La misma noche de la partida, Channa condujo una carroza para proteger al príncipe, pero éste, en lugar de ir de pie detrás de su amigo como habría hecho en una batalla, montó a Kanthaka, que era viejo pero no había perdido la fuerza. El joven monje recordó el ruido nítido de los cascos del caballo al golpear los adoquines antes de que Channa ordenara con un grito que los centinelas abrieran las puertas. Los dos guardias soñolientos, que no esperaban recibir órdenes después de medianoche, gruñeron un poco, pero se callaron en cuanto vieron de quién se trataba y acataron al instante lo que se les solicitaba.

Cuando las puertas de Kapilavastu se cerraron a sus espaldas y los dos jóvenes llegaron al camino de tierra principal, los cascos de Kanthaka empezaron a hacer un ruido sordo, como el de los tambores apagados de los funerales.

Ellos se movían con lentitud hacia el río. La espalda de Channa estaba rígida de furia; se negaba a romper su silencio hosco. Cuando amaneció, el príncipe ya estaba bañándose en las corrientes calmas y verdes del río. Salió y se envolvió la cintura con una falda de color azafrán.

—¿Qué hago con eso? —preguntó Channa, mientras señalaba la camisa de seda y los ropajes bordados que colgaban de la rama de un árbol. En realidad, no había necesidad de indicarle qué hacer: las galas reales se quemaban una vez descartadas. Channa buscaba una excusa para empezar una discusión.

—Es un desperdicio quemarlas si en verdad vas a regresar —dijo—. ¿O es sólo algo que dijiste para calmarla?

Siddhartha ignoró la provocación.

—Haz lo que quieras. Pertenecen a alguien que ya no soy yo. —Tomó una navaja de hoja corta y empezó a cortarse el largo cabello tan al ras como pudo.

—¿Alguien que ya no eres? —Channa sacudió la cabeza sin poder creer lo que oía. No tenía idea de por qué se había vuelto loco Siddhartha. Sólo sabía que había perdido la razón.

Siddhartha siguió cortándose el pelo en silencio. No había advertido cuánta pena causaba su decisión de partir. Todos parecían azorados o enojados. Su padre echaba humo y gritaba a los sirvientes. Channa fustigaba a los caballos con demasiado ímpetu. Las sonrientes damas de la corte lo trataban con indiferencia, como despechadas. Lo que en realidad sentían, en su fuero más íntimo, era que él había muerto.

Siddhartha le ofreció la navaja.

—¿Me ayudas? —preguntó.

Channa parecía sorprendido.

—Has hecho mucho por mí, amigo. Esto es lo último que te pido. —Siddhartha señaló la parte de atrás de su cabeza, donde no había tenido demasiado éxito en su intento de cortarse el pelo. Channa tomó la navaja sin convicción. Se arrodilló detrás de Siddhartha, apoyándose sobre los talones, y empezó a cortar como un experto. Era algo que no hacían las mujeres: la barbería era tarea de hombres, y en el campo de batalla los soldados se cortaban el pelo que estaba demasiado largo y sobresalía del yelmo.

Al principio fue bastante brusco, y Siddhartha, sin decir nada, le lanzó una mirada crítica.

—Perdón —masculló Channa. Pero enseguida se tranquilizó. Aquel sencillo acto íntimo le permitía olvidarse de la pena que sentía. El contacto físico siempre había sido parte de la amistad que los unía, desde los días en que peleaban en los establos bajo la mirada vigilante de Bikram. Y Siddhartha, cuando creció, jamás lo obligó a respetar los privilegios de casta. Channa sabía, al igual que el resto de la corte, que sólo él estaba autorizado a tocar al príncipe —palmearle el hombro para reforzar un argumento, quitarle la tierra de la chaqueta de caza, abrazarlo cuando Siddhartha cabalgaba hacia las aldeas—, pero nadie hablaba abiertamente de esa violación del sistema de castas.

—Es suficiente. —Siddhartha tomó la navaja de manos de Channa—. No quiero que nadie piense que tengo un barbero experto a mi servicio.

—No, no eres más que otro monje sin nada que ponerse —dijo Channa.

Se despidieron allí, junto al río, cuando el sol ya se alzaba sobre las copas. Channa se negó a decir adiós; permaneció con los brazos firmes a los lados para que Siddhartha no pudiese abrazarlo. El príncipe, mientras se alejaba, mantuvo la vista fija en lo que tenía delante. Así prosiguió durante la primera hora de caminata. Cerca del río encontró una vez más el camino principal, que lo llevaría de vuelta al palacio si doblaba a la derecha. Avanzó en la dirección opuesta. El techo que formaban las copas de los árboles de la jungla era bastante espeso, aunque se habían talado muchos para hacer el camino. Durante un tiempo, a duras penas supo cómo se sentía, más allá de las sensaciones físicas más básicas. Notaba el cuerpo más liviano; la más leve brisa agitaba la seda fina de su mantón y le refrescaba la piel. El hecho novedoso de no llevar el pelo largo ni ropajes pesados era estimulante y desconcertante a la vez.

El día resultó caluroso, y el monje no tenía más que una vaga idea de cómo viviría su nuevo yo. Gracias a su experiencia como cazador, sabía cómo buscar frutas y verduras silvestres; en esos últimos años había dado largas caminatas sin provisiones. Sabía cómo seguir la ladera de una colina hasta encontrar un arroyo y, como los monjes tenían permitido comer carne, siempre podía cavar un pozo y preparar una trampa para animales pequeños si el hambre lo obligaba a hacerlo.

Pero no eran las necesidades físicas las que lo preocupaban. Para transformarse de verdad en Gautama necesitaría un maestro. Había ermitas en los bosques o desperdigadas por todo el campo, la mayoría cerca de aldeas o pueblos grandes. Las túnicas de color azafrán de los mendigos se habían convertido en una imagen usual en las calles amplias, más allá del reino de los sakya. La cantidad de mendigos, cada vez mayor, desconcertaba a la gente, y entre los sacerdotes corrían rumores de que se trataba de impostores holgazanes. Se estaba produciendo una especia de fermentación espiritual. Antes de abandonar su hogar, Siddhartha había reparado en esto y estaba muy intrigado por el nuevo movimiento, que aún no había sido bautizado.

En un principio, debía conformarse con los rumores de los viajeros que pasaban la noche en Kapilavastu, el punto más septentrional al que se atrevía a llegar la mayoría de los mercaderes. Pasando la ciudad, el terreno era demasiado salvaje, y los caminos demasiado peligrosos para ellos.

—Estos supuestos santos, no son más que ladrones—se quejó un mercader de seda—. Huyen del trabajo como de la peste. Abandonan las granjas y a sus padres. Parece que nada es suficiente para retenerlos. Ni siquiera el respeto, eso es seguro.

El mercader retenía a duras penas a su hijo con constantes ruegos y un poco de dinero, insuficiente para evitar que se marchara o se casara antes de que el padre pudiese arreglar un matrimonio.

—¿Cómo viven? —preguntó Siddhartha.

—Como cualquier otro holgazán. Yo jamás dejo carne colgada en la fachada de mi casa —dijo el mercader—. Nunca se sabe cuándo podrían quererla los dioses.

Siddhartha ignoró el rasgo de cinismo.

—¿Quién les enseña?

—¿A eso llamas enseñanzas? ¿Para qué están los templos? Eso sí, no vaya a pensar que los sacerdotes son mucho mejores. —Siddhartha insistió, y el mercader terminó por entender que el príncipe no pretendía dar rienda suelta a los prejuicios de las castas privilegiadas—. Me sorprende que le preocupe, alteza. Hasta donde yo sé, los jóvenes buscan a los más viejos. Se mueven por el bosque, de campamento en campamento, y el día en que llegan a una escuela improvisada, se inclinan ante el maestro y le preguntan por el dharma, sea cual fuere su punto de vista. ¿Dharma? Los sacerdotes ya nos hartaron con eso.

«Dharma» podía significar muchas cosas: la ocupación de un hombre, las reglas de la buena conducta, los deberes sagrados de una persona según las escrituras. En este caso, se trataba de una filosofía, una enseñanza determinada que los discípulos se comprometían a aprender.

—¿Y qué dharma atrae la mayor cantidad de seguidores? —preguntó Siddhartha.

El mercader se encogió de hombros.

—¿Quién sabe? Los jóvenes no dejan de errar. Son impacientes y nunca se quedan mucho tiempo en un lugar.

Los demás viajeros con los que hablaba Siddhartha no eran menos hostiles. Se habrían sorprendido si hubiesen podido penetrar en las defensas de Siddhartha y ver lo que ocultaba su sonrisa hospitalaria. Él también era uno de esos jóvenes inquietos que desaparecía durante años en el bosque. Él lo sabía, aunque jamás los había visto. Su secreto siguió siendo un misterio, incluso para él. Parecía una compulsión que crecía con los años. Sin embargo, con cada día que pasaba, Siddhartha reparaba más y más en su vocación. El tiempo apremiaba. Si se quedaba en el palacio unos pocos años más, el rey sería suficientemente viejo como para hacerse a un lado y entregarle el trono. No podía dejar que pasara eso. Ni el amor, ni la familia ni su propia conciencia podían obligarlo a traicionarse.

«¿Y a esto lo llamas no traicionarte?»

La mente de Gautama no parecía convencida. La lluvia seguía cayendo a cántaros, y el camino estaba tan oscuro que más de una vez el monje resbaló y cayó en los canales angostos que había a los lados. No tenía sentido que discutiera con su mente, que de cualquier modo parecía indomable. Gautama se preguntó si estaba solo entre los mortales, si era el único que deseaba abandonar todo lo bueno para sufrir los tormentos y la falta de certezas de la vida a la intemperie. Agregaría ese interrogante a la larga lista de preguntas que le haría a su maestro cuando lo encontrara, si es que lo encontraba alguna vez.

«10, 11, 12...»

G autama pasó junto a varios viajeros en el camino, que podrían haberlo guiado a uno de los *ashrams* del bosque, los lugares donde estaban los maestros. No lo hicieron. Los saludó con humildad y dejó que decidieran si querían su compañía unos kilómetros o no; un puñado le ofreció comida de su cuenco. Pero se resistía a arrojarse en medio de un grupo de discípulos. Gautama deseaba aprender, pero no quería renunciar a lo que era. Su único modelo de maestro espiritual era Canki, que siempre tenía un propósito oculto para todo lo que decía, ya fuera para obligar a sus alumnos a ajustarse a las tradiciones o para persuadirlos de que el mayor deber religioso de la vida era el respeto a la casta de los brahmanes.

No pasó mucho tiempo antes de que se topara con un monje errante, un hombre delgado, tostado por el sol, que parecía lo bastante mayor como para haber tenido una familia con hijos ya crecidos. Gautama esperaba que los sannyasis que conociera fuesen muy serios o muy excéntricos. Era realista, y sabía que la vida religiosa atraía a inadaptados y holgazanes junto con todo tipo de personalidades inusuales. Pero ese monje, que decía llamarse Ganaka, resultó ser alegre y sociable.

—He estado lejos de casa durante 12 años, muchacho —dijo mientras caminaban—. Hay de todo. Ahora, al cabo del tiempo, los lugareños me conocen y me tratan muy bien. Pero la primera vez que te asaltan es un trauma. A los dacoits les gusta que sepas quién manda.

—¿Formas parte de un ashram? —preguntó Gautama.

Ganaka se encogió de hombros.

—Los he visitado. A veces te da demasiada hambre.

—¿Qué dharma sigues?

El monje, más viejo que él, lo miró.

—¿Eso es lo que buscas? No sabía que eras uno de ésos. —No tuvo nada más que decir durante un rato, y Gautama se preguntó con algo de asombro si la palabra «dharma» lo había ofendido.

—¿Cómo puedes ser monje sin enseñanza?

Cuando se decidió a hablar de nuevo, el monje más viejo dijo:

—No dejes que te engañen.

—¿Quiénes?

—Estos maestros que prometen la iluminación. Escucha la voz de la experiencia. Yo no soy un iluminado, y tú tampoco lo serás. Te darán de comer un montón de ideas altisonantes, tú trabajarás para ellos año tras año y luego, cuando te hayan exprimido, te irás con el gusto de la ceniza en la boca.

Había mucho que interpretar en el tono amargo de Ganaka. Con voz dispuesta, Gautama dijo:

—Cuéntame tu experiencia. Quiero saber.

Ganaka suspiró.

—En ese caso, mejor será que te sirvas un poco de mi pan. Lo iba a guardar hasta que te perdieras de vista. —Metió la mano en su mantón y sacó un *roti* enorme y redondo, una especie de pan plano, doblado en cuartos. Lo partió en dos y le dio una mitad a Gautama, no sin antes bendecir-la—. Me veo a mí mismo en ti —empezó a decir el monje más viejo—. Me fui de casa después de que muriera mi esposa. Vendía ghi y especias en una aldea, y nunca fui lo suficientemente rico para abrir un negocio como hace otra gente, aunque tampoco era pobre.

—¿Y eras devoto?

—Sí, claro. Fui criado por un padre estricto que nos envió al templo para que nos dieran clase en cuanto aprendimos a caminar. De chico, yo creía. Incluso cuando murió mi querida Bhadda, padeciendo tanto dolor, gimiendo lastimeramente para que terminara su sufrimiento, yo creía. Me deshice de todas mis posesiones materiales y, con la bendición de los sacerdotes, emprendí mi viaje.

—Yo creo que sigues siendo devoto —dijo Gautama—. Bendices tu comida, y me imagino que lo haces incluso cuando nadie te ve. Eso es una señal inequívoca.

—Es la costumbre —dijo el viejo monje, cortante—. De todas maneras, vivir viajando es duro. Fui a visitar los ashrams del bosque, ansioso como un novio la noche antes de la boda. Me senté a los pies del gurú y esperé, con la boca abierta como un pez que boquea anhelante de aire. Por eso me veo en ti. Tú quieres que ellos viertan su sabiduría en tu boca abierta. Probablemente seas filósofo. Sin ánimo de ofender, puedo adivinar por tu acento que nunca vendiste basura en un puesto del bazar.

—No puedo contradecirte —dijo Gautama con diplomacia. El joven no sabía si sonreír al monje más viejo, que sin duda había estado mucho tiempo deseando encontrar a alguien con quien hablar. Le preocupaba la historia de desilusión que estaba a punto de escuchar.

Ganaka arrancó un pedazo de roti con sus dientes amarillos.

—Esos gurús no tienen vergüenza. ¡La basura que escupen como si fuera la verdad! ¿Acaso creen que somos tontos? Seguro que sí, y yo lo averigüé de la peor manera. Aparté a algunos de los discípulos más jóvenes y me puse a hacer bromas con ellos un rato. Pequeñeces. ¿A este gurú le pagan por cuento, como a un bardo itinerante? ¿Se cree que puedes alimentar a las vacas con rayos de luna? Cuando quise darme cuenta, me echaban a la fuerza, como si hubiera ido a robarles los zapatos. Qué hipocresía. —Su voz se apagaba con un rastro de tristeza a medida que cedía la ira—. Rayos de luna e hipocresía.

—¿Qué decidiste hacer?

—No podía volver a casa. Había dado casi todo a los sacerdotes, y ellos no devuelven nada. Pero tú eres bastante sensato, pudiste ver que todavía soy devoto. Rezo y hay un montón de dueños de casas que me alimentan y me dan refugio de la tormenta.

—Discúlpame, pero… ¿acaso sólo esperas que la muerte llegue pronto? —preguntó Gautama.

Ganaka se encogió de hombros.

—Es un modo de vivir.

Antes de que Gautama pudiera plantear otra pregunta, oyeron una conmoción un poco más adelante. Había un hombre que gritaba maldiciones y una mujer que lloraba. Gautama apuró el paso y, cuando dobló la curva siguiente, vio cuál era el problema. Un carro tirado por bueyes que llevaba carga al mercado se había caído en la cuneta. Se habían desparramado varias bolsas de grano. Se veía una mujer en cuclillas en el suelo, tratando de recoger los granos con las manos, mientras su marido, furioso, se cernía sobre ella.

—¿Eres idiota? Estás metiendo tierra en los sacos. ¡Basta! —gritaba. Empezó a golpearla en los hombros con el látigo de los bueyes.

Gautama se acercó. Cuando el hombre vio un monje, bajó la fusta de inmediato.

—¿Tu animal está herido ? —preguntó Gautama, y notó que el buey, viejo y tuerto, se había caído sobre las rodillas delanteras.

Sin responder, el hombre empezó a pegar violentamente al animal con la fusta, y el buey mugió de dolor mientras hacía un supremo esfuerzo para incorporarse. De tan asustado que estaba, tiró en la dirección equivocada e inclinó todavía más el carro; se abrieron más bolsas, y la mujer empezó a llorar y lamentarse en voz alta. Fuera de sí, el hombre no sabía a quién golpear, si al buey o a su esposa.

—Espera —suplicó Gautama—. Yo puedo ayudarte.

—¿Cómo? —gruñó el hombre—. Si tengo que darte una bolsa de arroz, seguro quieres estafarme.

—No pienses en eso, trata de calmarte —dijo Gautama, intentando convencerlo.

Pasaron unos instantes. Una vez que logró que el hombre dominara su ira, Gautama lo ayudó a liberar al buey de su yugo y a descargar el carro. Después, él y el hombre empujaron el carro con los hombros por la parte de atrás y, con muchos gruñidos y resoplidos, lo sacaron rodando de la cuneta. Mientras sudaban bajo el sol abrasador, la esposa permanecía sentada a la sombra, sosteniendo la soga del buey y abanicándose con una hoja de palmera.

—Muy bien. —Gautama dio un paso atrás después de haber puesto el último saco de grano en su lugar.

Sin decir palabra, el hombre trepó al asiento del conductor.

—¿Vienes o no? —le preguntó a su esposa con tono agrio.

Ella se puso las manos en la cadera.

—¿Para qué? ¿Para volver a casa con un hombre que golpea tanto a su buey que lo hace caer en una cuneta y es tan estúpido que tiene que venir un monje a mostrarle cómo sacarlo?

Gautama podía ver que el hombre quería golpearla de nuevo con el látigo, pero su vergüenza le impedía hacerlo frente a un hombre santo. Se mordió el labio mientras su esposa subía al carro, lanzándole una sonrisa despectiva al joven monje. El carro empezó a avanzar con lentitud. El hombre se dio la vuelta.

—Te doy todo el arroz que puedas recoger del camino. Namaste.

Gautama se dio la vuelta y se encontró con Ganaka que, de pie a unos 12 metros, claramente se reía de él.

—¿Cuánto tiempo estuviste allí? —preguntó Gautama, sintiendo que se le subía la sangre a las mejillas.

—Todo el tiempo —dijo el monje más viejo, con indiferencia. Estaba mascando un tallo de acedera que había cortado de un lado del camino.

—¿Hay algún arroyo cerca? Necesito lavarme la cara —dijo Gautama con tono cortante. Pensó que no tenía sentido preguntarle a Ganaka por qué no les había ayudado o si había oído hablar del voto monástico de servicio. El monje más viejo lo guió a un riachuelo pequeño pero fresco que había en el bosque. Gautama recogió agua con su cuenco de mendigar y se la echó sobre los hombros y la cabeza mientras Ganaka lo miraba, en cuclillas sobre los talones.

—Esas personas no te quisieron un poco más por lo que hiciste —señaló.

—No esperaba que lo hicieran —contestó Gautama. El arroyo era tan poco hondo y estaba tan soleado que el agua que se tiraba en la espalda parecía tan cálida como la del baño en palacio. Sus músculos tensos empezaron a relajarse.

—Si no querías que te quisieran, por lo menos buscabas gratitud. Pero eres demasiado orgulloso para reconocerlo. Y estás enojado porque me reí de ti. Imagínate: actúas como santo, y un monje, nada menos que un monje, se burla de ti por eso.

Escuchar la verdad dolía, pero Gautama estaba demasiado exhausto para acumular resentimiento. En cambio, dijo:

—¿Era digno de burla a tus ojos?

—¿Por qué habría de importar eso? Un santo tiene que superar el ridículo. Tal vez estaba tratando de enseñarte eso.

—¿Ahora eres mi maestro? Creí que odiabas a los maestros. —Gautama sabía que había dejado que el despecho infantil se colara en su voz, pero no le importaba.

Esperaba que Ganaka siguiera burlándose de él, pero la voz del monje más viejo se puso seria de pronto.

—Yo soy parte del mundo. Si quieres un maestro, recurre al mundo.

Gautama salió del agua, más fresco pero aún irritado por la sensación de que se habían aprovechado de él.

—¿Tú guardas la sabiduría del mundo? Felicidades.

—No albergo toda la sabiduría del mundo, pero sí una parte. La parte que tú necesitas oír —dijo Ganaka con tranquilidad.

—¿Y cuál es esa parte?

—¿Estás lo bastante libre de ira como para escuchar? —preguntó Ganaka. Se topó con la mirada furiosa de Gautama—. Creo que no —se sentó bajo un árbol y miró a Gautama con la misma indiferencia con la que había mirado al hombre y a la mujer en apuros. Gautama pensó seriamente en marcharse, pero unos instantes después se sentía lo suficientemente tranquilo como para sentarse junto al monje más viejo. Se disponía a aprender.

—Todo lo que dices es verdad —reconoció.

—Lo que pasa es que no debería ser así. Ésa es tu postura, ¿no es cierto? Que cuando actúas como santo, deberías recibir amor, y quienquiera que te vea hacer buenas obras tendría que sentirse inspirado para seguirte.

—Está bien, así es —dijo Gautama, reticente—. ¿Cuál es tu pretensión? ¿Pretendes ser mi maestro sólo por quedarte cerca y dejarme hacer todo el trabajo?

—No había trabajo que hacer.

—Yo creo que sí —lo contradijo Gautama.

—Entonces dime en qué me equivoco. El hombre se habría calmado en algún momento y tarde o temprano habría encontrado la manera de liberar del yugo a su animal y vaciar el carro. Él y su esposa tenían la fuerza suficiente para empujar el carro y sacarlo de la cuneta y, si no, podrían haber vuelto caminando a su aldea y buscar ayuda. Así que, al ayudarlos, tú no dejaste que ellos se ayudaran a sí mismos.

—Sigue.

—Si creíste que estabas previniendo la violencia porque el hombre dejó de pegarle a su esposa, lo único que hiciste en realidad fue avergonzarlo. No sólo te odiará por eso, sino que golpeará con más fuerza a su esposa esta noche para dejar las cosas en claro. Él es el amo, ella es la esclava. Excitaste su rabia.

—¿Y nadie debería tratar de mostrarles otra manera mejor de hacer las cosas?

—Tal vez, pero ¿por qué deberías ser tú? Tuvieron padres y sacerdotes que les enseñaron a distinguir lo que está bien de lo que está mal. Seguramente conozcan a familias en la que la mujer no recibe una paliza cada vez que el esposo pierde la paciencia. O tal vez no. ¿Por qué debería depender de ti? Tú sólo eres un mendigo errante —señaló Ganaka.

Gautama estaba demasiado cansado para pelear contra la certeza del monje más viejo.

—Me entristece que pienses así —murmuró.

Ganaka se rió con un acento desdeñoso.

—Puedes decir algo mejor. Me doy cuenta de lo que estás pensando. Eres de alta alcurnia, así que eso hace que tengas razón. No cabe duda.

—¿Siempre provocas así a las personas? —preguntó Gautama, mientras decidía que no se dejaría convertir en el blanco de las puyas de aquel cínico fastidioso.

—¿Existe otra forma de aprender? —respondió Ganaka—. Si no quieres que haya más vergüenza, impotencia y esclavitud en el mundo, deja de hacer lo que hiciste. Lo único que hiciste fue contribuir a incrementarlas. —Se puso de pie, con la misma indiferencia con la que habría hablado de la posibilidad de que lloviera, y miró alrededor para buscar el atajo más corto y volver al camino principal.

—Gracias por el pan y la compañía —dijo Gautama, empujando las palabras para que salieran.

Ganaka se encogió de hombros.

—Tal vez no sea tan iluminado como para agradarte, mi querido muchacho idealista. Pero tampoco soy ningún tonto. No finjas que eres un santo. La experiencia me dice que quizá los santos ni siquiera existan. En cualquier caso, te falta mucho para serlo.

El viejo rey lloraba el día que vio a su hijo salir cabalgando por las puertas de Kapilavastu, pero no envió guardias para que irrumpieran en el templo de Shiva y arrestaran al sumo brahmán. Lo sabía, lo había visto venir mucho tiempo antes de que su plan fracasara. Canki se dio cuenta de que el destino se le había puesto en contra y decidió presentarse en los aposentos del rey una mañana, sin anunciarse. Hizo una reverencia sin postrarse en el suelo.

—Espero que no tengas el descaro de tratar de consolarme —gruñó Suddhodana. Se había acostumbrado a acostarse tarde y, las más de las veces, había una joven cortesana sobre la almohada que estaba a su lado. Era el único consuelo que quería Suddhodana esos días. Él se lo hubiera hecho notar al sumo brahmán si no hubiera sido porque su cama estaba vacía.

—No soy más que un sacerdote, que transmite a los dioses los deseos del rey —dijo Canki.

—Yo sólo tenía un deseo, y tú pudiste hacerlo realidad. Tu presencia me desagrada. Deberías quedarte en tu casa.

Habían urdido su conspiración casi 30 años antes, y Suddhodana no era dado a mirar atrás. Tenía poca fe en la promesa de que Siddhartha regresaría.

—¿Regresar como qué? —dijo—. Jamás volverá como rey. —No revelaba la última parte a nadie, como tampoco descubría su secreta intención de nombrar como su sucesor a Devadatta. Se le había ocurrido la idea en un sueño. Él solía visitar las batallas pasadas en sueños, pero no las soñaba tal como habían sido. Por el contrario, al soñar él sólo era un vagabundo entre los muertos.

Noche tras noche, Suddhodana se veía dormido en su tienda, con la armadura puesta aún. Se despertaba sofocado, sin aire. Hacía a un lado la entrada de la tienda, y desperdigados a su alrededor bajo la luz de la luna encontraba cadáveres, muchos cadáveres que llenaban el suelo en poses de brutal agonía. Él no lloraba por ellos; los odiaba por perturbar su paz. A veces se entrometían cosas grotescas. Él había estado caminando por ahí con una cabeza debajo del brazo, una cabeza que tenía la boca abierta para pronunciar una acusación horrenda. O lo seguía una vieja que revolvía entre los cadáveres y le ofrecía su bolsa. Se sentía obligado a mirar adentro y veía que la vieja había recogido, no monedas y botones, sino mechones de pelo, dientes ensangrentados y dedos que llevaban anillos de boda. En cierto punto del sueño, Suddhodana se daba cuenta de que estaba sumido en una pesadilla, y entonces peleaba con desesperación por escapar de ella.

Sin embargo, el nuevo sueño era distinto. Vagaba por el campo polvoriento con apatía y la cabeza gacha. Se topaba con una tumba poco profunda. Había un cuerpo boca arriba, con los brazos cruzados sobre el pecho. Se movía una nube que tapaba la luna, se hacía la luz y él retrocedía al ver el cadáver de Siddhartha. Del pecho le surgía un grito, y Suddhodana se arrojaba dentro de la tumba. Abrazaba el cadáver, que estaba horriblemente frío. Lo sacudía el llanto, con tanta violencia que estaba seguro de que se despertaría. El cadáver se movía. Suddhodana se aferraba a él con más fuerza, mientras suplicaba que su propia vida se infiltrara en su hijo y lo reviviera.

La cabeza del cadáver estaba junto a su oreja, y una voz decía:

—El príncipe no es el rey. —Éstas eran las palabras de Siddhartha, y en cuanto Siddhartha las pronunciaba, Suddhodana se despertaba con un sudor frío, pero no sin antes ver la cara de nuevo. Pero el rostro se había convertido en polvo.

Ahora se dirigía a Canki.

—Estoy libre. Por eso no voy a matarte —dijo.

—¿Libre?

—De nuestro viejo acuerdo. O de mi antigua promesa, llámalo como quieras. No soy un desalmado. Sé lo que he hecho, a mi hijo y a todas las personas que sufrieron.

Canki jamás había oído al rey hablar así; el remordimiento no formaba parte de su naturaleza. De hecho, el sumo brahmán se había introducido en los aposentos reales para recordar a Suddhodana que su hijo seguía teniendo un gran destino por delante. Resolvió decir otra cosa ahora.

—Seguramente tienes otro plan. Te ayudaré en todo lo que pueda. Presiento que has encontrado un resquicio de esperanza ¿verdad?

Suddhodana resopló con sorna.

—Entonces, no estás senil después de todo. Pensé que los sacerdotes se ablandaban cuando veían que el cielo estaba cerca. —No esperó ninguna respuesta—. ¿Y si Devadatta es rey? ¿Confiamos en él?

—¿Es realmente necesario? —respondió Canki con frialdad. Después de la desaparición de Sujata, cayeron sobre Devadatta muchas sospechas, reforzadas por las circunstancias, aunque quizá fuera una herramienta necesaria y por esa razón el rey no lo hubiera desterrado.

—Explícate —exigió Suddhodana.

—El chico vino como prisionero. Se volvió intrigante. No tienes idea de si te ama verdaderamente o nada más tiene temor de ti. Por mi parte, no creo que nadie pueda averiguar la verdad. Pero eso no importa. Lo que importa es la ambición. Si prometes el trono a Devadatta, servirás dos propósitos. Apagarás el fuego de su odio y darás a tu reino alguien tan sanguinario como tú mismo.

Ciertamente, el final tenía que estar cerca para alguien, sobre todo para un brahmán, si tenía el valor suficiente para decir esas últimas palabras. Suddhodana miró a Canki, que había perdido gran parte de su fibra imponente. Su altivez parecía haberse encogido junto con su cuerpo.

—Para ti es ser sanguinario, para mí es ser fuerte —dijo Suddhodana.

Canki y el rey inclinaron la cabeza al mismo tiempo, repensando cada aspecto del nuevo plan, meditando sobre todo aquello que pudiera arruinarlo. El antiguo acuerdo era su único vínculo y, ahora que esa nueva sangre fluía en él, el rey se sentía vivo por primera vez en mucho tiempo.

* * *

Suddhodana no sabría nunca si era un demonio o un dios el que le había enviado su sueño profético. Pero estaba claro que era un demonio el que quería que Devadatta fuera rey. De eso no cabía duda. Durante casi 10 años, Mara se aburrió con los asuntos de los mortales. Había visto a Devadatta y Siddhartha, como caballos gemelos, tratar de vencer el yugo que los unía. Odiaba el modo en que los humanos se aferraban a la indecisión. Sobrevolaban eternamente el abismo.

En cierta ocasión Mara se sentó en su trono después de una de las muchas grandes batallas libradas y miró cómo marchaban miles de almas quejosas a un infierno u otro, llenando el aire de maldiciones y gemidos. Muchas recordaban las agonías de su muerte, el último momento de lucidez. Pero ni siquiera esas almas se arrepentían de la violencia que ejercieron. El odio que sentían por su enemigo no hacía más que acentuarse.

Mara gozaba de la ironía de la situación: aquellos en los que el odio era más profundo volverían a nacer como los enemigos que aborrecían. Te conviertes en lo que desprecias. Era una de las leyes del karma que ni siquiera los dioses podían controlar. Mara estaba satisfecho; la ley parecía favorecer claramente a los demonios, porque no se perdía ni una sola pizca de odio. Y aun así, a veces, cientos de años después, cuando se equilibraban las posibilidades, esas mismas almas alababan a los dioses, llenas de dicha y amor mutuo. ¿Qué podía pensar de esas criaturas? No aprendían nunca, jamás dejaban de volver por más, sobrevolaban el abismo eternamente.

Con el correr de los años Devadatta se había vuelto más violento, si cabe. Sus excursiones nocturnas a las partes más pobres de la ciudad terminaban inevitablemente en homicidio y en violación. Como lo protegía la casta, nadie osaba asesinarlo, por temor a quedar maldito en la otra vida. Así que el común de la gente vigilaba y, cuando divisaba el caballo de Devadatta o si Devadatta se presentaba en una taberna, se corría la voz con rapidez y se cerraban las puertas con llave. Devadatta merodeaba por calles desiertas y, con el tiempo, su gran problema no fue su necesidad obsesiva de hacer daño, sino la soledad.

En esos días, su única distracción consistía en salir a caballo, ya a cazar ciervos, ya a cabalgar kilómetro tras kilómetro hasta que tanto jinete como caballo estuvieran exhaustos. Ese deporte temerario lastimó y dejó lisiados a varios buenos animales, pero era la única manera que había encontrado Devadatta para desahogarse. Un día, poco después de que Siddhartha se marchara para convertirse en sannyasi —decisión que Devadatta consideraba criminal para un príncipe por la sangre, pero que lo alegraba también, porque ahora tenía una puerta abierta, una posibilidad de tomar el control del reino—, Devadatta se apartó un poco del camino principal para obligar a su caballo a galopar bajo los árboles espesos, y aumentar así la adrenalina de su excursión.

De pronto, olió humo en el aire. Se detuvo y se irguió en los estribos, mientras pasaba la vista sobre los árboles, hasta que vio la fina voluta de humo de una fogata. Normalmente, no le hubiera importado. Los leñadores y otros trabajadores hacían fogatas, nunca las mujeres. Pero Devadatta oyó un leve susurro y, llevado por un misterioso impulso, cabalgó hacia el fuego.

Sentado junto a éste, dando la espalda al recién llegado, estaba Siddhartha, y no se había convertido en monje en absoluto. Todavía llevaba su atuendo de príncipe y su falda bordada. Su primo había huido, nada más ni nada menos, por algún motivo secreto. Sin embargo, un segundo después, el caballo de Devadatta pisó una ramita e hizo un fuerte ruido. El hombre sentado junto al fuego volvió la cabeza, y Devadatta vio que estaba equivocado. El hombre sonrió, nervioso, y sus dientes partidos y la barba de muchos días delataron que era un mendigo. Devadatta pudo ver que estaba asando un loro que seguramente habría encontrado muerto entre los yuyos del bosque.

—Amigo, ¿puedo ayudarle? —El hombre se puso de pie, sonriendo con ansiedad.

—No me digas amigo —dijo Devadatta con frialdad—. ¿Dónde robaste esa vestimenta? ¿Mataste a alguien para conseguirla o estás con los dacoits?

—¿Matar? —El hombre parecía sorprendido ahora, mientras Devadatta cabalgaba despacio hacia él—. No podría ser un asesino ni un dacoit, señor. Como puede ver, estoy completamente solo.

Era cierto que los ladrones del bosque siempre viajaban en grupo.

—¿Y qué pasa si no creo en lo que me dices? Cualquiera puede ver que tienes puestas ropas reales, por muy mugrientas que estén ahora —dijo Devadatta, tratando de que su voz sonara lo más amenazadora posible.

El hombre empezó a quitarse la vestimenta de Siddhartha.

—Puede quedarse con ella, señor. Jamás estuve en la corte. Sabía que eran ropas finas, pero nunca sospeché que fueran reales. Ni por un segundo, lo juro.

El pobre hombre estaba demasiado asustado para correr. Además no tenía posibilidad alguna de escapar a ningún sitio. Devadatta imaginó lo que había sucedido: un mendigo desgraciado tirado en una zanja y el tonto de su primo que le tiene lástima así que le brinda su vestimenta. ¿No había malgastado ya sus años ocupándose de los pobres? Sin dudarlo, levantó al mendigo y se quitó la ropa para dársela. Devadatta sacudió la cabeza.

—Deja de temblar —ordenó—. Y vuelve a ponerte la ropa. ¿Crees que yo la tocaría?

—Gracias, señor —El mendigo balbuceó su gratitud y con un ojo miró el fuego, donde había dejado al loro. Su comida se había asado hasta achicharrarse, y el hombre parecía apenado.

—Se arruinó —dijo Devadatta, sacudiendo la cabeza en dirección al fuego—. Olvídalo. Me encargaré de que no tengas que mendigar más.

El mendigo abrió desmesuradamente los ojos.

—¿De veras? Perdóneme, señor, pero no tenía idea de que fuera tan amable. Cuando lo vi cabalgar hacia mí, me dije que éste era el momento de tener miedo.

Devadatta sonrió.

—Pues no seré yo quien te contradiga.

La sonrisa del mendigo se habría convertido en una expresión de desconcierto, pero el hombre no tuvo tiempo para eso. En cuestión de segundos, Devadatta desenfundó la espada y en un instante decapitó al mendigo. Necesitó un sólo golpe. Se notaron sus muchos años de práctica con las armas.

Esa noche, Suddhodana oyó llanto de mujeres fuera de sus aposentos. Había algo desgarrador en él. No se trataba de otra formalidad funeraria para un cortesano entrado en años. Abrió la puerta y vio a todas las mujeres de la corte arrodilladas a lo largo de todo el corredor principal.

—¡Fuera de mi camino!

Atravesó dando zancadas la masa de cuerpos femeninos, inclinados casi a ras del suelo, como montículos en una pradera, preocupándose poco si los pisaba o no. En el patio principal del palacio, los hombres de la corte formaban una muchedumbre densa; algunos murmuraban en tono bajo, sombrío, y otros gritaban maldiciones e imprecaciones. La muchedumbre era una masa espesa, colérica, como un sólo ser. Para ese momento, a Suddhodana ya se le había helado la sangre. No podía ser más que una cosa. La muchedumbre le abrió paso cuando lo vio, y todos menos los asesores y generales más ancianos se postraron sobre los adoquines, que todavía estaban calientes como piedras para cocinar, ya que el sol acababa de ponerse.

—¿Dónde está? ¿Dónde está mi hijo?

Suddhodana siguió los ojos de los hombres que lo rodeaban. Sus miradas formaban un camino y al final de él estaba Devadatta. Había desmontado. Sobre su alto caballo, cuyos flancos temblaban agitados por una cabalgada dura, había un cuerpo envuelto. Al rey le llevó un segundo reconocer las ropas de su hijo, que colgaban del cadáver. Le habían cortado la cabeza y sólo quedaba un tronco espeluznante.

Suddhodana retrocedió, asqueado. No quería acercarse más ni echar otro vistazo. Se dio la vuelta y puso un pie delante del otro hasta que llegó a la seguridad de sus aposentos sumidos en penumbra. El calor de los adoquines se filtraba por sus sandalias. El viejo rey lo sentía y, en cierta forma, el calzado caliente se le grabó en la cabeza, como suelen hacer las cosas triviales, como lo primero que recordaría en el largo camino de sufrimiento que habría de extenderse ante él por toda la eternidad.

En cuanto Gautama pisó el pequeño claro supo que había encontrado lo que buscaba. Frente a él había un cobertizo rústico, bajo la sombra de un viejo árbol. La penumbra lo cubría casi todo, pero el monje podía ver a un ermitaño sentado en posición de loto. No se veía rastro alguno de huellas ni humo delator en el aire que hubieran guiado a Gautama hasta ese lugar. Llevaba tres meses lejos de su hogar, y ya era un diestro habitante del bosque. Su mente ya no lo torturaba por haber tomado la decisión de abandonar su casa. A medida que sus pensamientos dejaban de atormentarlo, empezó a sentirse más libre. Ya no despertaba sobresaltado a mitad de la noche, asustado por el simple ruido de una rama quebrada. Podía dejar que sus pasos lo llevaran a donde quisieran ir, y ahora había llegado allí.

Cruzó el claro y se paró frente al ermitaño, que bien podría haber sido Asita: delgado, de cuerpo correoso, piel aceitunada, pelo escaso y barba larga. Gautama se movía con el mayor sigilo posible, y no habló para saludar al viejo asceta, que por su parte no hizo ningún movimiento, ni siquiera un parpadeo, para demostrarle al visitante que había advertido su presencia. Gautama buscó la sombra de un árbol cercano y se sentó con las piernas cruzadas. Llevaba 10 años practicando la meditación y, tal como le había prometido Asita, la actividad se había transformado en un refugio del acoso del mundo exterior. La soledad era un lugar familiar. Pero eso era tan positivo como negativo: tampoco quería abandonar el mundo en pos de la soledad absoluta, como hacían los ascetas.

—Entonces no esperes encontrar un lugar intermedio —le había advertido Canki—. O estás en el mundo o no. Así funciona la realidad. Las reglas no se amoldarán a ti porque seas un príncipe.

—¿Por qué el mundo pide un precio tan alto? —preguntó Siddhartha—. Los que están en él deben sufrir todo lo que el mundo les pone por delante. ¿La única opción es escapar?

Canki frunció el ceño.

—Tergiversas lo que dije. Estar en el mundo es un deber espiritual. Tu deber espiritual.

—Pero todas las personas mundanas que he conocido desean riquezas, poder y placeres. ¿Qué hay de espiritual en eso?

—Los dioses nos dan abundancia —le recordó Canki.

—¿Entonces por qué todos nacen destinados a sufrir? —preguntó Siddhartha—. Cuando conozco a alguien que ha sido suficientemente afortunado como para tener más placer que dolor en su vida, esa persona no cree que su posición sea cuestión de suerte. Cree que es magia. Todos los demás nacieron para sufrir, pero él no.

—Hasta que se dan cuenta de que están equivocados —contestó Canki—. En eso consiste crecer.

Sentado a la sombra, frente al ermitaño, Gautama cerró los ojos y se concentró en su interior. Al principio había tenido problemas para tranquilizarse por completo. Como dicen las escrituras, la mente es como un carruaje que huye, cuyo cochero no deja nunca de fustigar a los caballos. Pero desde dentro del carruaje, una voz susurra: «Por favor, detente.» Al principio, el cochero y el tiro ignoran la voz. Es muy leve; jamás insiste. Sin embargo, con el tiempo, la voz consigue que la obedezcan, y el conductor y los caballos abandonan su carrera desenfrenada. Poco a poco bajan la velocidad, hasta que la mente encuentra reposo. Así aprendió Siddhartha una lección básica: si algo puede correr, también puede quedarse quieto.

De manera paulatina, la sombra del árbol se movía, y Gautama, expuesto al sol, empezó a sudar. Vio un resplandor anaranjado a través de sus párpados y supo que, al ponerse el sol, habían pasado horas. Miró y advirtió que el ermitaño seguía inmóvil bajo su cobertizo. No había garantía de que tuviese sabiduría alguna o de que pudiese enseñarle algo útil. Pero Gautama se había prometido buscar a alguien como Asita. ¿Quién, si no alguien libre, podría enseñarle lo que era la libertad?

La oscuridad se abatió sobre ambos, pero aún no había indicios de actividad. Gautama se puso de pie y se acercó a un arroyo que había cruzado cerca del claro. Cuando se agachó para beber, pensó que la espera podría ocupar más tiempo del que había previsto. Recogió algunos frutos de los árboles y regresó al claro. Hizo una tosca cama con ramas y se acostó a dormir. El ermitaño se convirtió en una silueta negra recortada contra el fondo casi negro del cielo nocturno.

Así pasaron tres días. Gautama estaba muy asombrado por la habilidad del ermitaño para mantenerse inmóvil como una de las estatuas de Shiva que había fuera del templo de Canki. Le dolía el cuerpo por las horas que había pasado sentado y esperando a que algo ocurriese. Se movía inquieto, hacía sus necesidades, comía y bebía si era necesario. Como muestra de un inmenso poder, el hombre viejo y fibroso permanecía inmóvil. Una o dos veces, Gautama tosió para anunciar su presencia. Al segundo día se atrevió a decir «namaste» en voz baja. Por la tarde del tercer día, se acercó al asceta, se puso en cuclillas a su lado y habló.

—¿Señor?

El ermitaño abrió los ojos.

—Hablas demasiado —dijo, con voz clara y alerta: el trance del que se despertaba no era nada común.

—¿Puedes enseñarme? —preguntó Gautama, tratando de aprovechar la oportunidad antes de que el ermitaño volviera a hundirse en su profundo *samadhi*. Pero ya era demasiado tarde. El ermitaño cerró los ojos, y el sol no tardó en ponerse. Gautama se estiró sobre el suelo para pasar la noche, sin saber si había logrado algo. Todo indicaba que sí. Cuando despertó al día siguiente, el ermitaño estaba en pie frente a él.

—Quizás —dijo el ermitaño.

Gautama se puso de pie de un salto.

—¿Qué debo hacer primero?

—Silencio.

El ermitaño regresó a su lugar bajo el cobertizo y retomó la meditación. Gautama sospechaba que no abriría los ojos en otros tres días. Fueron cuatro. Sin embargo, mientras tanto, el nuevo discípulo no se aburrió. Poco a poco, empezó a llenarse de la presencia de su maestro. Ocurrió sin que pudiese percibirlo. Gautama estaba de pronto obligado a meditar junto a su maestro. Imitar al gurú era el principal sendero que debía seguir el discípulo: comer cuando el gurú comía, dormir cuando el gurú dormía, escuchar cuando el gurú hablaba. Siddhartha había aprendido, cuando interrogaba a quienes visitaban la corte, que los más grandes maestros enseñaban en el más absoluto silencio.

Todo indicaba que Gautama había encontrado a uno de esos maestros: cada vez que cerraba los ojos ocurría algo nuevo. Encontró la quietud, al igual que antes, pero ahora era vibrante y viva, como una lluvia de luz blanca e intensa que bañaba su interior. La efervescencia le hacía sentir un suave cosquilleo en el cuerpo, una sensación deliciosa que le permitía sentarse a meditar durante horas sin el menor esfuerzo. En medio de tales trances, cuando se le agarrotaban las extremidades y se sentía demasiado inquieto para seguir sentado, se entretenía en los alrededores del claro, barriendo la basura, poniendo una calabaza con agua junto a su maestro, reuniendo frutas y leña para la noche. Estaba ansioso por preguntarle al ermitaño cómo lograba entrar en un discípulo y llenarlo con su presencia, pero luego recordó las reprimendas de su maestro por hablar demasiado. Cuando se acercaba la noche del cuarto día, el ermitaño salió de su samadhi.

—¿Y bien? —fue lo primero que dijo.

Gautama se postró a los pies del ermitaño. Podría haber dicho que estaba satisfecho, pero su gesto de reverencia fue suficiente. Su maestro le había dado una muestra de lo que vendría, y cuando dijo «¿Y bien?», en realidad quería saber si Gautama lo aceptaba. El vínculo entre un gurú y un *chela,* o discípulo, habita en lo más profundo del corazón. Gautama había adquirido una sensibilidad tal que esa sola pregunta, «¿y bien?», lo decía todo: «Así serán las cosas. Si quieres cumplidos y sonrisas, búscate a otro. No estoy aquí para halagarte.»

Gautama estaba satisfecho con el acuerdo; había pasado un proceso de fermentación durante 20 años, y ahora estaba listo para escapar de la barrica de su viejo yo y derramarse. En ese estado, una mente receptiva puede absorber enormes cantidades de conocimiento sin necesidad de palabras, así como un niño puede absorber muchísimo amor de las miradas de su madre o de la presencia reconfortante de su padre.

La rutina no tardó en establecerse en el campamento. El discípulo estaba a cargo de las tareas menores, aquellas destinadas a satisfacer las necesidades básicas. La mayor parte del tiempo se quedaban sentados los dos, enfrentados, con el claro por medio, como dos estatuas de tamaño real abandonadas por un escultor en el bosque. Después, la cara de Yashodhara empezó a aparecerse en la mente de Gautama. Ella sonreía, y él no podía evitar concentrarse en la sonrisa femenina. Las escrituras permitían meditar sobre diversas imágenes divinas, ¿por qué no sobre su esposa? Si el amor es divino, ¿no era posible que también lo fuera una mujer? Sin embargo, en cuanto Gautama lograba imaginar el rostro de Yashodhara, también aparecía el resto de su cuerpo, que no llevaba ropas. El joven monje se retorcía y rezaba para que su maestro no viera la reacción física que le provocaba eso, que no era su culpa.

Luchó contra la reacción. Las escrituras no permitían meditar en ese estado de excitación sexual. El rostro de Yashodhara cambió; empezó a burlarse de él. Ella se recorría el cuerpo con las manos, lo acariciaba. Él luchó con más ahínco. Quizá podía concentrarse en la pureza del amor que sentía por ella. Pensó en el día que la escogió para que fuera su esposa. Ella tenía 16 años y él 19. Ya había dejado de buscar a Sujata, pero estaba lejos de olvidarla. Cuando se anunció que el príncipe iba a comprometerse, los padres recorrieron grandes distancias para presentar a sus hijas en la lejana Kapilavastu. Muchos nobles, príncipes y reyes de los dominios vecinos cruzaron la frontera acompañados de ostentosas comitivas de esclavos y caballos. Siddhartha estaba sentado sobre las murallas, y desde ahí observaba la escena con Channa.

—Si las entrevistas son demasiado para ti, puedo echarte una mano con algunas —dijo Channa.

El anuncio de que tarde o temprano debía casarse no había mejorado en su momento el humor de Siddhartha. Se determinó que podía permanecer comprometido durante años. Algunas de las muchachas más jóvenes tenían apenas 12 años; no se esperaba que convivieran de inmediato: había que hacer arreglos. Pero el retraso sería sólo provisional. Era imposible disuadir a Suddhodana.

—Escoge a una niña que juegue con muñecas, si quieres, o si lo prefieres, a una vieja doncella de 19 —dijo el rey—. Pero no puedes irte sin haber elegido alguna mujer para ti. —Ambos sabían que, en ese renglón, lo que en verdad estaba en juego era el futuro de su dinastía.

El día de la ceremonia, cuando todas las muchachas esperanzadas estaban reunidas en la corte, Siddhartha entró en la sala con su abrigo pesado y lleno de adornos y el turbante rojo con plumas que había usado cuando cumplió 18 años. Las muchachas estaban postradas en el suelo y, mientras caminaba a lo largo de la fila, el príncipe notaba miradas tímidas o descaradas, brillos en algunos ojos que prometían placer sensual, una timidez fugaz en otros, que delataban inocencia y hasta asombro. Se recordó que esas jóvenes no estaban allí por propia voluntad, al menos no del todo. Sólo una chica no levantó la vista para mirarlo y la mantuvo fija en el suelo, con la cara cubierta por un velo. Despertó de inmediato la curiosidad de Siddhartha.

—¡Qué gran día! —declaró Suddhodana con voz alta y jovial. Pero cuando su hijo se acercó para abrazarlo, le susurró al oído—: No quiero que hagas ninguno de tus trucos. No vinieron aquí para rezar contigo.

Siddhartha se arrodilló.

—Conozco mis deberes, padre.

Había mantenido un estado de aparente obediencia desde el día del combate con Devadatta. «Ríndete y serás libre.» La frase aún resonaba en su cabeza. Era lo único a lo que podía aferrarse. Mientras se daba la vuelta, un chambelán se acercó y le entregó una ristra de collares de oro. Siddhartha tomó uno y se acercó a la primera muchacha.

—Eres muy hermosa. ¿Por qué quieres casarte conmigo? —le preguntó, al tiempo que la ayudaba a levantarse. La mirada directa de ella le dijo que no era tímida.

—Porque eres gentil y bueno. Y bien parecido. —Le lanzó una mirada seductora, gesto que había practicado mucho y muy bien. Siddhartha sabía que en los manuales de amor que les entregaban a las muchachas para que los leyeran la mirada se denominaba «el cuchillo del asesino». Hizo una reverencia y le entregó el collar de oro. Le ofreció una sonrisa elegante, pero él no había practicado cómo ocultar sus sentimientos, y la muchacha supo entonces que no tenía posibilidades. Su padre se pondría furioso.

A la siguiente muchacha le dijo:

—Si alguna puede ser incluso más hermosa que las demás, ésa eres tú. ¿Por qué quieres desposarme?

La segunda mujer había observado con atención lo que ocurrió con la primera.

—Para darte hijos tan magníficos como tú —respondió. La voz tenía un matiz de sinceridad, pero Siddhartha sospechó que sólo estaba mejor entrenada que la anterior. Los manuales de amor enseñaban que un hombre siempre debía sentir que tomaba sus propias decisiones, pero que al mismo tiempo había que manipularlo con sumo cuidado. Si la mujer era habilidosa, y aplicaba el erotismo en el momento indicado, el hombre ni siquiera se daría cuenta de lo que ocurría. Siddhartha se inclinó y le entregó un collar. Ella se lo puso con un movimiento altivo de la cabeza, mientras el príncipe reanudaba la ronda.

El rey estaba nervioso.

—No le gusta ninguna —le susurró a Canki.

El sumo brahmán estaba sereno. Sabía que las exigencias no podían dominar el deseo eternamente.

—Paciencia, mi señor. Es joven. Cuando los duraznos están maduros, nadie se va del mercado sin comprar uno.

Pero no había nada prometedor en la actitud de Siddhartha cuando llegó hasta la última muchacha. Ella lo miró, pero no se quitó el velo.

Desde atrás, el padre de la niña la empujó y susurró con ímpetu:

—¡Vamos! ¡Levántate y míralo!

Ella tardó en ponerse de pie. Siddhartha recordó entonces quién era: la única muchacha que había despertado su curiosidad.

—No puedo ver si eres hermosa —dijo—. ¿Cómo te llamas?

—Yashodhara.

—¿Puedo verte?

Ella no se quitó el velo.

—¿Sólo valgo por mi apariencia? Si es así, no me mires. Mi cara podría ocultar un corazón falso.

Siddhartha sonrió.

—Buena respuesta. ¿Por qué quieres desposarme?

—Todavía no estoy segura. No te conozco, y no me ofreciste ningún discurso bonito, como hiciste con las demás.

Siddhartha estaba intrigado por aquellas palabras, pero también necesitaba verla. Levantó el velo de Yashodhara: no tenía la misma belleza que las demás muchachas, modeladas en función de los manuales de amor. Pero el príncipe supo al instante lo que sentía.

—Eres maravillosa, porque fuiste hecha para que te amaran.

Hasta ese momento, ella había tenido la iniciativa. Pero al oír esas palabras Yashodhara se sonrojó. Sólo necesitó un segundo para poner en orden sus ideas.

—Eso fue bonito, pero demasiado corto como para considerar que me has elegido. Mi padre estará muy decepcionado si vuelvo con las manos vacías. ¿Me das un collar?

Extendió la mano, y Siddhartha frunció el ceño.

—¿Un collar justifica que hayas venido hasta aquí?

—Mi señor, vivo en la profundidad de los bosques, a cuatro días de viaje. Mi padre está desesperado porque me case contigo. Pero un collar de oro serviría para alimentar a 100 de los hambrientos habitantes de mi pueblo, a los que dejé atrás.

—¡Muchacha! —la reprendió su padre.

Siddhartha levantó la mano.

—Está bien. —Hizo una reverencia ante Yashodhara—. Con tus primeras palabras supe que eras sincera, y ahora también sé que tienes buen corazón. ¿Qué más puedo pedir? —La tomó de la mano y la llevó frente al rey, para que se arrodillase, mientras la sala se llenaba de voces de júbilo. No había necesidad de acordar un compromiso prolongado. Como Siddhartha había dicho, Yashodhara era una mujer que existía para que la amaran, y la unión entre ambos fue tan real como la de Suddhodana y Maya. Sin embargo, Siddhartha y Yashodhara eran los únicos que sabían cómo había llorado ella la noche de bodas.

Siddhartha se sonrojó.

—Si fui torpe o hice algo mal…

Ella le puso un dedo en los labios.

—No. No digas nada.

—¿Por qué eres tan desdichada, entonces? Hace una hora parecías enamorada.

—Hace una hora no me había dado cuenta de que me dejarás un día.

La ahogó en un mar de besos para devolverle la confianza y la reprendió con delicadeza por ser una muchacha supersticiosa, como las doncellas que corrían al templo a buscar un amuleto de buena suerte cada vez que derramaban leche. Jamás volvieron a hablar de las palabras de Yashodhara. Sin embargo, 10 años no bastaban para borrar el recuerdo, y cuando su esposo, de hecho, decidió dejarla, Yashodhara se sintió desolada por ver que se cumplía su premonición.

Todos estos recuerdos danzaban en la mente de Gautama junto con la imagen de su esposa. Rememorar la pena de Yashodhara fue lo único que le permitió vencer la excitación. A decir verdad, la reemplazó con melancolía. Gautama sintió que se desplomaba y se preguntó, por primera vez desde que encontró a su maestro, si abandonar a su familia no había sido un pecado imperdonable.

De pronto, Gautama sintió un dolor agudo en una mejilla. Abrió los ojos y vio a su maestro de pie ante él, con la mano levantada. La mano bajó con violencia y lo golpeó en la otra mejilla.

—¿Por qué hizo eso, señor? ¿Qué hice para ofenderlo?

El viejo ermitaño se encogió de hombros.

—Nada. Olías como un hombre que duerme con mujeres. Te quité la peste a golpes.

Ese episodio quedó en la memoria de Gautama por dos razones: porque desterró para siempre de su mente todas las imágenes de Yashodhara y porque fue la sucesión más larga de palabras que hasta entonces pronunciara el ermitaño.

Desde luego, al hablar su maestro no sentaba un precedente de locuacidad. Pasaron semanas, llegaron los monzones y no dijo otra palabra. Ése fue un periodo de gran serenidad para Gautama. Un día buscaba leña para el fuego, pero no pudo encontrar nada que no estuviese húmedo por las lluvias. Recordó una caverna formada por rocas caídas, donde quizás hubiera algunos troncos secos.

Mientras caminaba por el bosque, sintió que caía la lluvia, pero los monzones eran cálidos y él estaba curtido por meses de exposición a los elementos. No le temblaba el cuerpo, la mente no se quejaba. Sin embargo, mientras seguía su camino, Gautama advirtió que empezaba a sentir un frío intenso. Unos cuantos metros más adelante, su cuerpo ya era presa de violentos escalofríos. Cuando llegó a la caverna, se sentía bastante incómodo, y su mente lo atacaba sin piedad. «Vete a casa. Ese maestro loco te transformará en su esclavo o en un ermitaño desquiciado como él. ¡Corre!» Era como si de golpe lo hubiesen devuelto a la flaqueza de su primer día de monje errante.

Gautama decidió ignorar las incomodidades. Encontró unas cuantas ramas secas y, cuando la lluvia amainó, regresó al campamento. Ahora el proceso se revertía: cuanto más se acercaba al claro, mejor se sentía. Su mente se calmó, y cesaron los temblores de las extremidades. Cuando pisó el campamento y volvió a ver a su maestro, la serenidad más perfecta le cubrió todo el ser como un manto. Gautama dejó caer la leña al suelo y miró al viejo ermitaño con expresión confundida.

Durante varios días, batalló con cada idea loca que se le cruzaba por la cabeza. Perseguía todas las ideas hasta que ya no podía seguir su propia lógica. Su mente le jugaba malas pasadas y su ego recibía golpe tras golpe. Jamás había advertido que estar sentado pudiera ser tan doloroso.

Pasado un tiempo, sus pensamientos atribulados empezaron a resolverse solos. Él no había fracasado. Aceptó el camino de las enseñanzas silenciosas. Sólo se tenía a sí mismo, y todas las tormentas a las que debía enfrentarse estarían en su interior. Gautama ya había llegado a esas conclusiones cuando una mañana, de pronto, el ermitaño abrió los ojos y pronunció otra palabra.

—Mara.

Gautama estaba sorprendido.

—¿Qué?

Esperaba que su maestro cerrara los ojos una vez más y volviera a sumirse en el samadhi algunos días. En lugar de eso, sacudió la cabeza con desazón.

—Mara está interesado en ti. —Gautama abrió la boca, pero el ermitaño volvió a sacudir la cabeza abruptamente—. Sabes que es cierto. Lo sabías antes de venir aquí.

Gautama temblaba. Presentía que se abría un abismo entre él y su maestro. Estaba sorprendido por lo aterradora que parecía esa posibilidad.

—No he pensado en Mara en años —protestó.

—Y así lo mantuviste a raya. Por un tiempo.

—¿Pero no para siempre?

El ermitaño dejó escapar un profundo suspiro, como si hubiese tenido que recordarle a su cuerpo cómo regresar al mundo físico antes de poder decir otra palabra. Se hizo una pausa agónica. Siddhartha sintió que se le desplomaba el corazón. «Puede oler que tengo esposa, ¿cómo será el olor de un demonio?», pensó.

El ermitaño dijo:

—Mara no se acercará a mí. No le interesa alimentarse si el cuenco está vacío. Tú eres diferente.

—¿Por qué habría de interesarle yo? —preguntó Gautama.

—¿No lo sabes? —El viejo ermitaño vio la expresión de desconcierto que apareció en los ojos de su discípulo—. Hay algo que no puede dejar que descubras. Si lo descubrieses, sería fatal.

—Ayúdeme entonces, señor. Si hay algo que puede matar al demonio, dígame qué es —imploró Gautama.

El ermitaño lo miró y, por primera vez, había una chispa de emoción en sus ojos. Fue el único gesto personal que Gautama pudo ver en él.

—Debes superar cualquier cosa que pueda enseñarte yo. Ésa es la única forma de librarte del demonio —dijo su maestro.

Gautama sintió pánico. Se postró y abrazó los pies nudosos del ermitaño.

—Estoy perdido. Al menos dígame qué estoy buscando.

Cuando no recibió respuesta, Gautama levantó la vista y vio que el viejo ermitaño había cerrado los ojos y ya estaba muy lejos de allí. El discípulo casi no pudo dormir esa noche. Cuando despertó, antes del alba, no vio la silueta oscura recortarse contra el cielo oscuro de la noche: su maestro se había marchado. Gautama se sintió abrumado por la pena, pero, en el fondo, no estaba del todo sorprendido. Su maestro sólo podía hacer lo correcto. Ése era el vínculo que los unía, y el jamás lo rompería. En ese momento, abandonarlo había sido lo correcto.

Gautama podría haberse quedado en el campamento unas horas, o quizás un día, en caso de que el abandono fuera pasajero. Pero la tormenta que se abatía sobre su corazón y el regreso de los pensamientos de desesperación le dijeron algo definitivo: su maestro le había retirado su protección; por lo tanto, la relación entre ambos había terminado. Con cuidado, el joven monje ordenó el campamento. Barrió el suelo y puso una calabaza con agua fresca bajo el cobertizo, junto al lugar donde solía sentarse el ermitaño. Luego hizo una reverencia a la alfombra de pasto, que había sido el único trono de su maestro, y partió.

Mientras regresaba con dificultad al camino principal, muy alejado de allí, Gautama se entregó a sus profundas cavilaciones. Vio la cara del ermitaño y su expresión de lástima. Oyó su propio ruego desesperado: «Al menos dígame qué estoy buscando.» El ermitaño se volvió implacable; cerró los ojos y se negó a hablar. Sin embargo, esta vez, la respuesta apareció en silencio en la mente de Gautama.

«Hay una sola cosa que Mara no puede dejar que sepas jamás: la verdad de quién eres realmente.»

capítulo
14

Gautama vagaba por el camino con todo su ser sacudido por lo que le había dicho el ermitaño. El hecho de que Mara estuviera interesado en él no lo sorprendía. Gautama solía despertarse pasada la medianoche al oír un crujido leve, siniestro, que cualquiera hubiese atribuido a un tigre al acecho; pero él suponía que era Mara, que merodeaba cerca de él. Y tenía razón.

Antes de abandonar el reino de su padre, combatió el acoso de Mara de la única manera que conocía: tratando de aliviar el sufrimiento y la necesidad cada vez que le era posible. Su voz interior le dijo claramente que la caridad nunca bastaría. Los santos perseveran, aunque a pesar de su compasión vuelva la corriente de sufrimiento. Mara había sobrevivido a muchos santos. ¿Qué daño le hacía uno más?

Pero se había sumado un nuevo elemento, un elemento extraño. El ermitaño del bosque insinuó que el demonio tenía miedo de Gautama. ¿Por qué? Los demonios son inmortales; es imposible dañarlos físicamente. El acertijo era incluso más complejo. Gautama parecía ser la única persona a la que temía Mara.

Esos pensamientos le daban vueltas en la cabeza a Gautama, como ruedas que giran en el interior de otras ruedas. Él estaba demasiado distraído como para comer y al llegar el mediodía ya se encontraba exhausto; y todavía no tenía adónde ir. Halló un tronco caído en la sombra y se sentó. Qué increíble le resultaba que en un sólo día hubiera perdido toda la paz que había ganado con su maestro en el bosque. ¿Para qué buscar a un maestro si podía ocurrir lo mismo una y otra vez?

Pero cuando se quedó quieto, sentado, y dejó que la mente se apartara de sus dudas, Gautama pudo sentir muy levemente, cerca del centro del pecho, un atisbo de esperanza. Tenía que haber una salida. Tal vez, más que nada, fuera la esperanza lo que necesitó para marcharse de su hogar. Por desgracia, la esperanza es la más frágil y la menos visible de las guías. Los demonios siempre estaban dispuestos a aplastarla. En la vorágine de su confusión, Gautama murmuró las únicas palabras de consuelo que pudo recordar.

—Ríndete y serás libre.

—¿Dijiste algo, hermano?

—¿Qué? —Gautama levantó la vista y vio a un monje de su edad que estaba de pie junto a él—. ¿Cuánto tiempo has estado ahí?

—Unos minutos. ¿Quieres unirte a nosotros? Pareces hambriento. Hay un granjero adinerado que vive en este camino, más adelante, y su esposa no me odia precisamente. —El joven monje habló con media sonrisa, muy seguro de sí mismo. Gautama se puso de pie y lo siguió por el camino de tierra veteado de sombra. En la curva siguiente vio una mancha de color azafrán brillante que refulgía a través de los árboles, y cuando ésta, que no era sino un pequeño grupo de monjes, dobló la curva, el que estaba con Gautama los saludó—. ¡Sigue! —gritó.

Gautama permaneció en silencio, se fundía en el grupo como un pez extraviado que vuelve a integrarse al cardumen. El monje que lo había invitado a unírsele era mayor y más alto que los demás.

—¿Adónde te diriges? —le preguntó.

—Al este —respondió Gautama. Había pueblos grandes hacia oriente y, por sus grandes poblaciones, suponía que encontraría más ashrams, y que estarían allí todos los maestros famosos. Pediría ayuda para resolver su dilema.

—¿Quién eres? —preguntó el monje más alto.

Gautama le dijo su nombre y el monje más alto le contestó con el suyo: Pabbata.

—Te llevaremos lo más al este que lleguemos —dijo Pabbata—. Estarás más seguro si viajas en grupo. Estos cuatro harapientos son mis primos.

—¿Todos quieren ser monjes? —preguntó Gautama, sorprendido.

Pabbata se rió como si estuviera avergonzado.

—Todos queríamos ver más vida que la que encierra un campo de cuatro acres que la jungla trata de llevarse consigo todos los años. —Los primos asintieron con la cabeza. Se pusieron a conversar entre ellos, ignoraron al extraño, y no pasó mucho tiempo antes de que Gautama se hiciera una idea de quiénes eran. Se trataba de los típicos jóvenes, todos adolescentes, a excepción de Pabbata, que necesitaban salir y relajarse. Miraban a todas las granjeras bonitas que pasaban por el camino, bromeaban con cualquiera que hablase su dialecto, preguntaban ansiosos por las novedades y los chismes si tenían la suerte de toparse con alguien que viviera cerca de su casa. Gautama no tenía que cerrar los ojos para que se desvaneciera el disfraz de las vestimentas color azafrán.

—¿Encontraste un dharma? —le preguntó a Pabbata cuando el grupo se calmó y se quedó relativamente tranquilo.

Esperaba que el monje más alto respondiera con indiferencia o una broma, pero se le iluminó la cara.

—Pienso en el dharma día y noche —afirmó.

Sus primos rieron y uno de ellos dijo:

—Él es el serio. Nosotros lo dejamos que piense por el resto.

Pabbata se puso muy tenso.

—Si no tenemos una enseñanza, no somos mejores que los mendigos holgazanes. —El reproche, por muy suave que fuera, irritó a sus primos, que apresuraron el paso y dejaron a Gautama y Pabbata atrás. Gautama se alegró cuando los vio alejarse.

De pronto, Pabbata preguntó:

—¿Sabes por qué me detuve junto a ti?

—Tal vez por el bien que encuentras en estos caminos.

—No, fue otra cosa. Iba caminando con mucho esfuerzo detrás de mis primos, maldecía el calor, pensaba en alguien que dejé atrás, no sé si sabrás a qué me refiero. De pronto, sentí una brisa fresca y cuando miré entre las sombras, ahí estabas. ¿Entiendes?

—No.

Pabbata parecía incrédulo.

—Me tomas el pelo, ¿verdad?

Cuando Gautama no respondió, el monje más alto abrió los ojos, asombrado.

—¿Quieres decir que no sabes lo que estoy revelando? Fue por ti. Sentí tu presencia.

Siddhartha notó que las mejillas se le teñían de un rojo intenso.

—Es imposible. Déjame asegurarte…

Mientras reía, Pabbata le dijo a Gautama: —Tuve el presentimiento de que pertenecías a una casta alta. Mírate, la sola mención del asunto te sonroja.

Es extraño que el hecho de que se burlen de uno sea a veces motivo de agrado, pero Gautama se sentía atraído hacia el monje alto y rural.

—Estuve con un santo en el bosque. Sentí su presencia. Cada día, cada minuto. Me dejó… No sé cómo me dejó.

—Ebrio, quizá. Ese tipo de personas te puede hacer delirar, no cabe duda de ello. —Pabbata se detuvo un segundo y luego prosiguió—. Así que tú debes de ser santo también. Los semejantes se atraen, ¿no funciona así la santidad?

—No en este caso.

Pabbata sacudió la cabeza con el ceño fruncido.

—No debería hablar de ti de esa manera. El karma es tímido. Es fácil ahuyentar a los buenos. —Se apresuró a reunirse con sus primos. Gautama se quedó atrás y, unos instantes después, oyó risas y bromas. Estuvo tentado de quedarse y perder de vista a los otros monjes, pero no lo hizo. Pabbata miró hacia atrás y vio que Gautama estaba a unos metros de ellos.

—¡No seas tímida, princesa!

La burla, al igual que todo lo dicho por Pabbata, era bien intencionada. Gautama podía hacer cosas peores que viajar en compañía de personas como ésas. Tal vez el pueblo siguiente o el maestro siguiente le ofrecieran una respuesta. Y así, los viajeros vestidos de azafrán continuaron juntos su camino durante varios días. Como era eficiente para las tareas en el bosque, Gautama pasaba el tiempo entre las granjas, buscaba frutos y agua fresca que los otros no veían; a cambio, ellos eran mucho más persuasivos como mendigos y flirteaban con las mujeres de los campesinos para conseguir roti y arroz extra.

—Éste es bueno para hacer conserva de mango. Vale un beso detrás del granero —dijo uno de los primos al guiñar un ojo.

Una ocasión, Gautama se levantó antes del amanecer, como estaba acostumbrado a hacer con su maestro, y meditó en la tenue luz azul grisácea de aquella hora. Se lavó en un arroyo y se afeitó la barba con la concha afilada de un mejillón de agua dulce. Cuando regresaba al campamento, tuvo una extraña sensación. Instantes después, se dio cuenta de que una brisa fresca le hacía cosquillas en la nuca. La mañana ya era bochornosa, así que Gautama se detuvo. Levantó una mano y pudo sentir, sin duda alguna, una corriente de aire frío alrededor de la cabeza. Había tenido esa sensación cuando estaba cerca de su maestro, pero no entendía por qué.

Gautama retrocedió sobre sus pasos y volvió a dirigirse hacia el camino principal, en lugar de ir al campamento. Sabía que su reacción era irracional. Pabbata era abierto y franco. Gautama no había conocido persona mejor que él en todo el tiempo que había pasado como vagabundo. Y aun así, no podía quedarse ahora, sobre todo si eso significaba que lo convirtieran en un falso dios. También tenía que considerar algo mucho más profundo. El ermitaño del bosque nunca pensaba en los demonios. Se creía protegido incluso de Mara. Si el rey de los demonios dejaba tranquilo a Gautama por algún motivo, seguramente no sería por amabilidad. No: él temía la mera presencia que Pabbata veneraba y ante la cual quería hacer reverencias.

Cuando salió de las densas malezas de la jungla, Gautama vio que el camino principal estaba repleto de viajeros. Agachó la cabeza y se mantuvo lo más aislado que pudo. Pero los otros caminantes lo empujaban; no podía evitar convertirse en parte del desfile. Se veían todo el tiempo los carros de los granjeros, que avanzaban con lentitud hacia el mercado y luego de vuelta a casa. Era una caravana mercantil ocasional, que solía estar rodeada de guardias que protegían los preciosos fardos de seda y especias cargados en una carreta tirada por caballos. Lo más extraño eran los viajeros que iban a pie, demasiado pobres para pagar un caballo o un buey. A menos que fueras monje, viajar a pie era demasiado peligroso y la mayor parte de los pobres nunca salía de su casa si podía evitarlo.

Gautama los miraba con ojos atribulados. Eran como fantasmas para él: ya no estaban hechos de carne y hueso. Parecían imágenes oníricas que podía atravesar con la mano si se acercaban lo suficiente, o hacer volar de un soplido. A medida que se esfumaban los cuerpos, vio otra cosa con más claridad. Cada persona cargaba un peso invisible. El joven monje estaba asombrado por no haberlo visto antes. Todos caminaban o cabalgaban con la vida a cuestas, un montón de recuerdos que se desparramaban con desilusión y pena. Éste nunca se había recuperado de haber perdido a su esposa cuando nació el hijo. Aquél tenía miedo de morirse de hambre. Aquel otro se inquietaba por un hijo desaparecido que quizás hubiera muerto en una batalla. Y siempre estaba el paño mortuorio de la edad y la enfermedad, la preocupación sin fin por el dinero, las dudas incesantes sobre el futuro.

Gautama vio todo eso con la misma claridad que si hubiera oído la historia de los viajeros de boca de cada uno. No hacían falta las palabras si podías leer lo que estaba escrito en las caras agobiadas por las preocupaciones, las espaldas inclinadas, el paso lento. Debió de mirar demasiado, porque los primeros viajeros parecían desconfiados y pasaron junto a él por la margen opuesta del camino. Después, inexplicablemente, las cosas cambiaron. Las personas empezaron a mirar en dirección a él, incluso antes de que él mirara en dirección a ellos. Al principio, había desconcierto en sus ojos; después, amplias sonrisas en la cara.

—¡Miren!

Un niñito, más valiente que el resto, señaló a Gautama, después saltó del carro en el que viajaba. Corrió y tiró de la falda de color azafrán del monje con una sonrisa. El chico no pidió nada; se limitó a aferrarse a la falda y caminar junto a Gautama. En lugar de reprenderlo o llamarlo para que volviera, los padres asintieron con la cabeza, en un gesto benigno de conformidad.

—Tengo que reencontrarme con mis hermanos —balbuceó Gautama. Retiró la mano del niño y se dio la vuelta. Mientras se alejaba, pudo oír que el pequeño lloraba a sus espaldas, y eso, tanto como las miradas que le lanzaban todos, consternó a Gautama. Había oído el llanto de otros niños muchas veces, cuando no había comida o el amable príncipe Siddhartha se había quedado sin monedas para darles. Pero Gautama no le había dado ni quitado nada a este niño. Salvo su propia presencia, su propio yo.

Gautama halló el sendero que lo llevó al camino principal, y pronto se vio envuelto en la penumbra protectora de la jungla. Los cinco primos seguirían en el campamento. Jamás estaban ansiosos por viajar al calor del día. Cuando los encontró, notó que Pabbata parecía perplejo ante la larga ausencia de Gautama, pero se guardó el desconcierto para sí. La soledad era uno de los privilegios de todo monje, uno de los pocos que poseían. Gautama había tenido la precaución de reunir algunos mangos por el camino, que apaciguarían a los otros primos si tenían preguntas que hacer. Se recostó bajo un árbol; miró hacia arriba, a la luz veteada que se filtraba por la copa y dibujaba circulitos blancos en el suelo. No hallaba manera de conciliar el sueño mientras los demás se quedaban dormidos.

«No poseas nada. Da todo.»
Era lo único en lo que podía pensar.

—¿Me reconoces?

Gautama levantó la cabeza del hombre enfermo y le alcanzó una jícara con agua a los labios. El hombre estaba inconsciente cuando lo encontraron los novicios, los *bikkhus*. Sólo Gautama pensó que seguía vivo. Les ordenó que pusieran el cuerpo en su tienda y los dejaran solos. Ellos obedecieron sin rechistar. Primero, porque Gautama era venerado dondequiera que fuese, de campamento en campamento, de ashram en ashram. Había surgido del bosque hacía apenas un año y, aun así, muchos de los novicios sostenían en secreto que alguien como él, un hombre de talla y poder, debería ser maestro, y no un yogui agotado.

También había una segunda razón. Si el hombre que encontraron en el bosque estaba muerto en realidad, Gautama podría resucitarlo. Lo rodeaban cuentos milagrosos, y por mucho empeño que pusiera en negarlos, Gautama no lograba que dejaran de correr de boca en boca.

—¿Me reconoces? —repitió Gautama cuando vio que el hombre pestañeaba y abría los ojos.

—No... no estoy seguro.

El hambre y la deshidratación habían debilitado la mente del hombre, que paseaba la vista por la tienda, desconcertado y sin saber cómo había llegado allí. Entonces volvió los ojos a la cara de Gautama y se quedó mirándolo.

—Ah —dijo—. El santo.

—Así me llamaste, Ganaka. Pero no te preocupes. ¿Acaso no me dijiste también que los santos no existen?

Débil y todo, Ganaka esbozó una sonrisa cínica.

—¿Esperaste todo este tiempo para demostrar que estoy equivocado?

La cabeza se le fue hacia atrás; luchó con otra ola de delirio. Habían encontrado a Ganaka en lo profundo del bosque, por casualidad, cuando los bikkhus perseguían a un ciervo con arcos y flechas.

—No te pedí ayuda —balbuceó—. Es mi vida. ¿Quién eres tú para salvarla?

—¿No estabas a punto de entregarla?

Gautama había presentido esa posibilidad. Alguien tan experimentado como Ganaka no vagaba solo en el bosque hasta perderse, a menos que fuera para morir. El monje, agobiado por las preocupaciones, desvió la mirada y se negó a contestar.

—Hablaremos más tarde —dijo Gautama. Puso agua y frutas junto al catre y se marchó. Fuera de la tienda, sus ojos vieron docenas de chozas en el amplio claro. Era primavera, y los bikkhus más jóvenes sentían sus efectos: se ejercitaban, discutían, hablaban en secreto de chicas que habían dejado atrás. Algunos extrañaban demasiado el hogar. Cada vez que hacía buen tiempo, faltaban algunos más a las oraciones de la tarde. La primavera tenía más poder sobre ellos que dios.

Gautama caminó entre las fogatas. Ya había explorado todas las ciudades del reino y también las que quedaban fuera, más hacia el este, pero había evitado la tentación de poner pie dentro de las puertas de Kapilavastu. Como se corría la voz de que se acercaba y cientos de aldeanos y granjeros viajaban para encontrarlo y recibir su bendición, algunos que provenían del reino de los sakya lo recordaban. Si murmuraban «príncipe» o «alteza» cuando se postraban ante él, Gautama hacía caso omiso y no daba el menor indicio de reconocer quién había sido una vez. Cuatro años habían hecho que Gautama se convirtiera en Gautama, de la forma más aunténtica.

Desde luego, todavía podía evocar las viejas caras, pero éstas ya no venían por sí mismas. Para ver imágenes de Channa o Suddhodana, él pediría verlas. No se presentaban sin permiso.

—Aprendan a usar su memoria —les dijo a los bikkhus más jóvenes—. No dejen que ella los use a ustedes. —Su propia mente se rindió después de las horas de disciplina y silencio que se habían convertido en el centro fijo de atención de Gautama. Su mente ya no le hacía trampas; jamás se quejaba con la amargura de antes. Tanto más extraño resultaba por eso que esa mañana se le hubiera aparecido a Gautama en la mente la cara de su esposa, Yashodhara, y que se negara a irse.

Gautama la miró sin culpa. Sabía que había amado a Yashodhara, y se lo dijo a la imagen. A menudo esos fantasmas de la mente son enviados por entidades maliciosas, mosquitos del mundo demoniaco, y Gautama había aprendido a no resistirse. Inclinaba la cabeza ante sus tentaciones y seguía emanando compasión hasta que los fantasmas se desvanecían.

Esa mañana, sin embargo, no podía dejar de ver a Yashodhara, ataviada con el sari azul que usó para la boda, con mechones de pelo negro que le caían por la espalda. La visión le incomodaba. Cuando Gautama le envió compasión, una voz le dijo en su cabeza: «No soy yo quien necesita compasión. Eres tú.» ¿Qué quería decir?

Ananda, un monje de su edad, unos 33 años, corrió hacia él. Parecía fuera de sí, excitado.

—Otro milagro, hermano. ¿Qué debo hacer?

Gautama frunció el ceño.

—¿Qué maravilla se supone que hice esta vez?

—Acaba de llegar un lisiado al campamento. Cojeaba apoyado en unas muletas, después se cayó de rodillas y te llamó por tu nombre. Tembló un poco y ahora camina de nuevo.

—¿No estás impresionado por mis pies, Ananda? Cualquiera diría que, con todos mis poderes, podría evitar que me salieran ampollas en los pies cuando caminamos por senderos rocosos.

Ananda estaba demasiado preocupado como para sonreír.

—Es uno de esos embusteros que quieren comida gratis –dictaminó al fin Gautama.

—¿Acaso no damos comida a cualquiera? ¿Incluso a los embusteros?

Ananda se mordió la lengua. Nadie tenía tanta confianza con Gautama como él en los viajes, gracias a su sinceridad respecto de dios y su completa devoción hacia el maestro. No obstante, el pequeño y fornido Ananda, que rebosaba tanta terquedad como lealtad, se había convertido en una especie de sargento o edecán a medida que Gautama asumía cada vez más responsabilidades con los bikkhus.

—Creo que sé lo que debe hacerse —dijo Gautama. Se sentó junto a la fogata central, sobre una vieja banqueta. Dondequiera que se detuvieran, sin importar cuánto tiempo se quedaran, los bikkhus construían chozas y bancos y cosas por el estilo con la leña del bosque—. Aliméntalo bien. Después dile que necesito sus muletas para ayudar a otro hombre lisiado. Si duda en entregártelas, dile que venga y me diga en persona por qué. Supongo que él y las muletas se habrán ido cuando llegue el día de mañana.

Finalmente, Ananda dibujó una sonrisa.

—Jamás las entregará. Las necesita para su próximo milagro.

—Lo mismo creo yo.

Aunque no era el monje más importante, Gautama ya no tenía que hacer las tareas del campamento. Ahora atendía los principales asuntos del gurú.

—No quisiera saturarte con tantas tareas —dijo el gurú—, pero estás maldito por tu don.

—¿Y cuál es mi don? —preguntó Gautama.

—Los bikkhus creen que eres su padre.

—¿No deberías ser tú su padre?

El gurú se encogió de hombros.

—Yo ya me libré de mis maldiciones.

Este maestro se llamaba Udaka y era la segunda luminaria que había encontrado Gautama en sus paseos sin rumbo. El primero, que se llamaba Alara, había sido un académico tranquilo y recluido, un brahmán, pero no se parecía en nada a Canki. A Alara no le importaban las castas. Se sumergía en los Vedas y no se preocupaba por comer a menos que alguien pusiera un plato de alimento junto a su mesa de estudio. La primera vez que entró, Gautama llamó inmediatamente la atención de Alara. Su cabeza, inclinada sobre un texto sagrado, se levantó como un resorte, y los ojos se entornaron como si vieran una luz brillante.

En lugar de saludarlo, Alara le hizo una pregunta.

—Extraño, dime una cosa, si las escrituras me dicen que evite la violencia, ¿basta con que pase junto a una pelea y no me meta?

Gautama, que estaba dispuesto a postrarse a los pies del maestro y suplicar instrucción, se sorprendió. Abrió la boca para decir «Dime la respuesta, sabio», pero lo que le salió fue:

—Limitarse a evitar la violencia demuestra virtud, pero demuestra mucha más virtud ayudar a que cese la pelea y hacer que los oponentes alcancen un estado de paz.

—Ah. —Alara parecía complacido. Dio una palmadita en el suelo de tablón que tenía a un lado, haciendo una seña para que Gautama se sentara cerca de él. Incluso acomodó la pequeña alfombra para rezar sobre la que estaba sentado, para que su nuevo discípulo estuviera más a gusto. Los dos meses siguientes no se parecieron en nada al silencio que había compartido Gautama con el ermitaño del bosque. Alara era un gyani, o filósofo. Pensaba y hablaba.

—¿Para qué sirve la mente si no es para encontrar a dios? —decía—. Las escrituras nos aseguran que este mundo físico es una máscara y, aun así, la máscara no es física. Está hecha de ilusión, y la ilusión es producto de la mente. ¿Entiendes? Lo que la mente ha creado, sólo puede deshacerlo ella misma.

Gautama se dio al estudio de los Vedas, las escrituras antiguas, y lo que había dicho Alara era sagrado. Todas las personas tienen dos caras: un yo inferior que nace de la carne y está atado a las ilusiones del mundo material, y un yo superior que es eterno e innato, sin atadura alguna. El yo inferior desea el placer; el yo superior sólo conoce la dicha. El yo inferior se arrastra de dolor; el yo superior jamás ha sufrido. Si eso era cierto, entonces Gautama tenía que encontrar a su yo superior o perderse en las arenas movedizas infinitas de los engaños de la mente.

—Me encontraste justo a tiempo —dijo Alara—. No importa que la gente común desperdicie su vida en sueños tontos para encontrar la felicidad duradera. Para los ignorantes, el placer y el dolor parecen diferentes, pero la sabiduría nos dice que son las manos izquierda y derecha del yo inferior.

Durante meses, Gautama no se concentró en nada más, rezaba, meditaba y estudiaba para encontrar un camino hacia ese yo superior. No era difícil creer en la enseñanza de la ilusión, o *maya*, porque él seguía viendo a la gente común como si se tratara de fantasmas, agobiados por las preocupaciones y el sufrimiento. Alara también se le presentaba como un fantasma, pero no había dolor a su alrededor. Por su parte, el viejo gyani jamás había conocido discípulo como ése, y cada día se deleitaba más y más con él.

Un día, sin embargo, llegó un joven de unos 20 años y se sentó junto a la puerta de entrada de la choza de Alara. Era flaco, casi escuálido, y tenía una de las caras más tristes que hubiera visto Gautama jamás. Por casualidad, Alara salió de la choza justo cuando Gautama estaba a punto de entregar al joven extraño un cuenco con arroz. Con un movimiento rápido y abrupto, Alara le tiró el cuenco de la mano y el arroz se esparció por el suelo. Antes de que Gautama pudiera decir palabra, su maestro lo cogió del brazo y se lo llevó de un tirón.

—No te des la vuelta —dijo con severidad.

Gautama oyó que, a sus espaldas, el joven gritaba: «¡Padre!». Alara se puso tenso, pero mantuvo la mirada fija delante de sí. Cuando perdieron de vista la choza, dijo:

—Sí, es mi hijo. No le doy la bienvenida ni lo aliento. Tú deberías hacer lo mismo. —Alara vio desconcierto en la expresión de Gautama—. Mi yo inferior tuvo una familia una vez. No me preocupan, al igual que no debe preocuparme este mundo.

—Entiendo —dijo Gautama, y bajó la vista.

—No, Gautama, puedo ver que no entiendes. He estado a punto de decirte que hay poco más que pueda enseñarte. Pero un verdadero gyani debe vivir lo que ha aprendido. ¿Cómo puedes esperar alcanzar tu yo superior si te mantienes atado, incluso con el hilo más fino, a este valle de ilusión? Maya tiende trampas por doquier.

Gautama no lo contradijo. Pero se hizo la siguiente pregunta: «¿Cómo se sentiría el joven triste que estaba a la puerta de Alara si supiera que es una ilusión, otra trampa que hay que sortear?»

Dos días después, Gautama entró en el cuarto de Alara, pero no se ubicó donde acostumbraba, en el suelo, junto a él. El gyani no alzó la vista de la página.

—Casi estoy triste porque te vas. Eso es lo que viniste a decirme, ¿verdad?

—Sí.

Podría haber terminado ahí, sin una ruptura. Pero a Alara le temblaba la mano, y tiró los manuscritos.

—¿Quién crees que eres? —preguntó, irritado.

—Un discípulo.

—¿Y desde cuándo el discípulo se atreve a enseñar al maestro? —Alara no había mirado aún a Gautama, que podía ver cómo le sobresalían las venas de la nuca al anciano.

—No quise perturbarte de esta manera —dijo Gautama.

—¡Qué insolencia! A mí nada me perturba. ¿Acaso no has aprendido eso todavía?

Gautama se arrodilló en el suelo sin acercarse.

Ahora Alara era incapaz de disimular su furia.

—Si necesito un demonio que venga a sacudirme la fe, llamaré a uno de verdad, no a un discípulo que no hace más que sonreír para después traicionarme.

Esta invectiva no causó conmoción a Gautama. Él se había quedado despierto pensando en cómo su maestro, con todo lo que sabía de la ilusión, terminó por caer en una trampa más sutil. Las escrituras eran su ilusión. Le hacían creer que era libre porque podía describir la libertad a partir de un libro y pensar en ella con su mente delicada.

—No vine para hacerte daño —dijo Gautama—. Ya no creo en el yo superior. Ojalá pudiera. Pero no parece más que una bella frase o un ideal que nadie alcanza jamás. Tú eres bueno y sabio, pero el estudio te hizo así. ¿No es el yo inferior el que lee los Vedas?

Esas palabras, que pretendían ser suaves, tuvieron un efecto contrario al deseado. Alara le tiró un manuscrito a la cabeza a Gautama, y después se puso de pie de un salto, en busca de un palo.

—¡Largo de aquí, sinvergüenza!

Gautama quería decir: «¿Quién está tan enojado conmigo ahora? ¿Tu yo superior?» Pero Alara ya tenía los ojos desorbitados. Gautama se retiró a toda prisa.

Durante semanas había vagado hasta que encontró a Udaka, su siguiente maestro. Udaka no era filósofo, sino yogui puro, y dedicaba cada momento a alcanzar la unión divina. Como se sentaba en silencio la mayor parte del día, Udaka parecía más bien el ermitaño del bosque, aunque hacía las veces de padre de los bikkhus que lo rodeaban todas las noches, y hablaba.

—Algunos de ustedes son nuevos aquí, algunos han viajado conmigo durante años. ¿Quién de ustedes ha conocido a dios? —preguntó.

Varios de los bikkhus mayores, después de vacilar un momento, levantaron la mano.

—Ustedes, los nuevos, miren a su alrededor y presten atención. ¿Ven a los que han levantado la mano? Son los tontos más grandes, y jamás deben escucharlos —dijo Udaka. Alguien se rió con ganas; los bikkhus mayores se removieron en sus sitios, incómodos—. ¿Cómo pueden conocer a dios cuando dios es invisible y omnipresente? —preguntó Udaka—. Si está en todos lados, no pueden conocer a dios y no pueden dejarlo tampoco. Así que, ¿cuántos de ustedes buscan a dios ahora mismo, con todo su corazón?

Esta vez levantaron la mano muchísimos de los hombres que estaban sentados alrededor de la fogata.

—Mírense bien —dijo Udaka—. Ustedes también son tontos. Acabo de decirles que dios está en todas partes. ¿Cómo pueden buscar lo que ya está aquí? Si viniera alguien y les dijera: «Mil perdones, señor, pero estoy buscando esa cosa misteriosa llamada aire. ¿Puede decirme dónde está?», ustedes le dirían que es un idiota, ¿verdad? Pero siguen como ovejas la palabra de alguien que les dijo que deben buscar a dios.

Lo que Udaka enseñaba, en cambio, era la redención del alma, o *atman*.

—Su alma es tan indivisible como dios, pero les pertenece. Es su chispa divina, escondida y disimulada por deseos incansables. Su atman siempre los observa, pero ustedes no lo notan. Perciben su próxima comida, su próxima discusión, su próximo miedo. Siempre los acerca a lo divino, pero ustedes no le hecen caso. Por el contrario, hacen caso a miles de deseos. Quédense quietos y conozcan su alma. Búsquenla, y cuando la encuentren, tómenla para ustedes, porque vale mucho más que el oro.

Gautama, que se había desilusionado con el yo superior, sintió una empatía más profunda hacia esta nueva enseñanza, porque le daba tiempo para estar aislado, y así podía meditar y sentarse en el silencio fresco que consideraba su verdadero hogar. Udaka sabía que los otros bikkhus veían sobrecogidos al recién llegado; se peleaban por sentarse junto a Gautama, porque su mera presencia hacía más profundas sus meditaciones. El gurú puso a Gautama a su derecha en la siguiente ocasión en que se reunió el grupo, y este gesto de reconocimiento implícito bastó para elevarlo incluso por encima de los monjes más importantes, que no eran tan santos como para resignarse a que los desplazaran.

—Deja que te odien, deja que te amen. Todo es una pérdida de tiempo —dijo Udaka con indiferencia. Gautama le creyó. Había crecido en un mundo devastado por cosas peores que los celos insignificantes desatados en un ashram.

—Pero un monje que me odia —preguntó Gautama—, ¿por qué no puede ver que se desvía de su propósito?

—Tal vez pueda. Su alma podría enviarle un mensaje —dijo Udaka.

—¿Pero no siempre? Podría odiarme por un largo tiempo, entonces.

—Sí.

Gautama sintió desasosiego.

—Pero si el alma siempre ama, ¿por qué no decirle de inmediato que no me odie? ¿Qué motivo hay para esperar?

—Me pides que sea más sabio que el alma —dijo Udaka, con un punto de irritación—. No seas tan listo. Jamás he visto que nadie llegara al cielo por pensar.

Ahora Gautama supo la causa del desasosiego. Había perdido al ermitaño del bosque y a Alara. Si seguía así, Udaka sería el próximo en desvanecerse. Los discípulos sin maestro son como campos en barbecho en los que no cae la lluvia. Gautama no podía prescindir de su alimento. Udaka lo sabía también; le lanzó una mirada dura a Gautama.

—¿Tienes algo más que decir? Tal vez quieras preguntarme algo sobre la humildad.

—No —Gautama guardó la compostura—. Quería decirte que he estado teniendo una visión. Mi esposa viene a mí, y me dice que merezco compasión. ¿Puedes decirme qué significa eso?

—Ignórala.

Udaka dijo esto sin el más mínimo indicio de que le importaran semejantes cosas. Gautama, sin embargo, no se daba por vencido.

—Maestro —dijo—, muchos de los discípulos han dejado el hogar y la mujer que aman. Sus hijos se olvidan de la cara del padre. ¿No puede ser parte de mi alma una esposa devota?

—Nadie es parte de tu alma más que tú —dijo Udaka.

—Entonces quizá su imagen sea un mensaje. Tú dijiste que el alma envía mensajes.

—Pero no envía sueños. Ella es producto de una mente ignorante —dijo Udaka con tono cortante—. ¿Y si te agarras un resfriado? ¿Querrías que te dijera qué quiere decir el alma cuando te envía un resfriado? Supérala como te recuperarías de cualquier enfermedad. —El maestro de Gautama jamás había estado casado y, al igual que muchos yoguis, ponía una cara agria cada vez que se mencionaba a las mujeres. La repulsión de Udaka le molestaba a Gautama. «¿Pensará que las mujeres no tienen alma?» Pero había terminado la discusión. Gautama hizo una reverencia y se fue sin decir nada más.

Esa noche volvió a su tienda, donde encontró a Ganaka sentado, comiendo de un cuenco restos de mijo.

—¿Por qué estás tan preocupado, santo? —preguntó Ganaka, mientras alzaba la vista.

—Ya debes sentirte mejor.

—Mucho mejor. —Ganaka empezó a sorber el último mijo del cuenco—. Debería tener fuerzas suficientes mañana para irme.

—¿Adónde irás? —preguntó Gautama.

—Me adentraré más en la jungla. No quiero que me encuentren una segunda vez.

Gautama estaba sorprendido.

—¿Tratarás de suicidarte de nuevo?

—Desde ahora mismo. Es mi dharma. —Ganaka parecía perfectamente tranquilo y serio, y hablaba sin rastro alguno de cinismo—. Es extraño, ¿verdad? Tengo que comer para reunir la fuerza necesaria para salir y morirme de hambre.

—No puedo dejar que hagas eso —espetó Gautama. Estaba tan conmocionado que quería caminar de un lado a otro, pero se obligó a sentarse en el suelo con las manos cruzadas sobre las piernas. Le palpitaba el corazón.

—Hay dos cosas que ni siquiera un santo puede evitar —dijo Ganaka—. Una es nacer y la otra es morir. —Esperó que Gautama lo contradijera. Era difícil no darse cuenta de quién estaba más tranquilo y entero en la tienda.

—Suicidarse es un pecado —dijo Gautama, después se contuvo. Ganaka no era tonto ni ignoraba las escrituras—. Por favor, explica a qué te refieres —dijo.

Ganaka se echó a reír.

—Discúlpame, pero no puedo evitarlo, santito. Mírate. Querías salirte de la piel cuando te dije lo que iba a hacer. Pero no lo hiciste. Ah, no, te controlaste. Tú sabes cómo actúa un hombre santo, y debo decir que lo has aprendido bien. Ojalá pudiera amaestrar a un mono la mitad de bien.

Gautama sintió que le subía el calor a las mejillas.

—Eso es injusto.

—¿A quién le importa? Me voy a morir mañana. Puedo decir lo que quiera. —Lo extraño era que Ganaka no hablaba con dureza; el tono que empleaba con Gautama era casi amable—. Una vez te dije que me recordabas a mí cuando era joven. ¿Se te ha ocurrido que tal vez yo sea tu yo más anciano? —Viendo que Gautama se esforzaba por ocultar un gesto de disgusto, Ganaka se echó a reír de nuevo—. Eres como un circo itinerante. Veo por lo menos a cinco o seis personas que pelean dentro de ti. Menudo espectáculo.

—¡Basta! —Gautama se incorporó de un salto y empezó a caminar, ansioso, como había querido hacer desde que entró en la tienda.

—Bien —dijo Ganaka—. Hasta un gato es lo suficientemente listo como para sacudir la cola cuando lo molestan. La mayoría de las personas no.

Ese despliegue de honestidad brutal hizo que Gautama se sintiera desconsolado.

—Me haces sentir tan triste —dijo entre sollozos.

—Entonces me detendré —dijo Ganaka—. La sabiduría nunca es triste, y tú quieres una última palabra de sabiduría, ¿verdad? —Se puso de pie y posó las manos en los hombros de Gautama para que se quedara en su lugar—. El dharma no sirve de nada a menos que te enseñe cómo ser libre. He escuchado a todos los maestros, leído todas las escrituras, me he bañado en todos los manantiales sagrados. No encontré la libertad en ninguno.

—¿Y suicidarte te liberará?

—Cuando todo lo demás ha fallado, lo que queda debe de ser la respuesta —dijo Ganaka, con una simplicidad seria. Dejó de mirar a Gautama y se volvió un instante—. ¿Qué es la libertad, santito? Es el fin de la lucha. ¿Acaso no es lo mismo la muerte? Yo quiero encontrar a dios, pero he fracasado en mis esfuerzos. No sólo he fracasado, sino que he sido más infeliz que cuando estaba casado y vivía con una esposa que me quería. No digo que tu búsqueda sea un fraude. Tal vez tengas que recorrer tantos senderos como yo antes de llegar a este punto. —Volvió a darse la vuelta y dirigió una mirada clara, inmutable, a Gautama—. Ya puedes derramar tus lágrimas.

—No voy a llorar por ti —dijo Gautama con pena.

Ganaka se recostó contra el catre. Era muy tarde, y estaba listo para dormir.

—Quise decir que derramarás lágrimas por ti. Sea lo que fuere yo hoy, tú lo serás mañana.

Se tendió en el catre y dio la espalda a Gautama, que se sentó a velarle durante horas. Quería estar despierto por si podía disuadir a Ganaka con una última súplica cuando se despertara. Pero el tiempo no pasa en la oscuridad. Cuando se despertó, Gautama veía luz y la cabeza le colgaba sobre el pecho. Miró hacia el catre con una leve esperanza. Estaba vacío.

capítulo
15

Una mañana, Ananda no encontró a Gautama en su tienda. Habían pasado varios días desde la desaparición de Ganaka. Ninguno de los bikkhus estaba enterado, y sólo Ananda sabía la terrible verdad. Era imposible buscarlo en la inmensidad de la jungla, sin importar dónde hubiese ido a morir. Gautama estaba muy conmocionado. Había buscado de verdad, pero no encontró más que cenizas.

—¿Cómo puedo creer en fuerzas sobrenaturales, Ananda? Ninguna de las fuerzas del cielo lo protegió. Ni siquiera se preocuparon —dijo Gautama—. Ganaka cayó en las garras de la desesperación, y no pude salvarlo.

—¿Por qué era tu responsabilidad? —preguntó Ananda.

—¿Sabes quién es Buda?

—No. —Ananda se agitó visiblemente por la vergüenza que sentía.

—Buda puede proteger a las personas —dijo Gautama.

—¿Mejor que esto? —Ananda le mostró un amuleto que le regalaron sus padres cuando era bebé. Lo habían comprado en un templo con los ingresos que obtenían con medio año de trabajo en la granja.

—Sí, mucho mejor que eso. No me preguntes cómo. Nadie lo comprende menos que yo. Debería haber protegido a Ganaka.

La mención de Buda confundió a Ananda, pero éste no dudó ni un segundo que ese dios, aunque nunca hubiese oído hablar de él, ayudaba a su amigo. Así interpretaba las palabras de Gautama. Ananda creía que los dioses jamás perdían de vista a nadie, y le molestaba que Gautama hubiese dejado de respetarlos. A veces hablaba de dios, que era como el alma del universo o un espíritu que impregnaba todas las cosas. De niño, a Ananda le habían inculcado que los dioses eran distintas caras de un único dios. Sin embargo, últimamente, hasta ese dios pisaba terreno pantanoso para Gautama.

—Podemos rezarle a Buda juntos —dijo Ananda—. O puedo hacerle una ofrenda en el fuego esta noche. —Pensaba que quizás eso sacara a Gautama de su melancolía.

En lugar de contestar, Gautama cerró los ojos. Era su manera personal de alejarse. Ninguno de los otros monjes podía adentrarse tanto en el samadhi como él y, cuando entraba en ese estado, Gautama no oía ni venía nada. Ananda partió, y la lluvia llegó durante la noche y transformó la tierra pisoteada del campamento en una superficie de barro resbaladizo.

«Habrá dolor si esto sigue así», pensó Ananda. «¿Dónde está?» La búsqueda resultó inútil. Si Gautama se había adentrado en el bosque para meditar, no le importarían ni la lluvia ni el sol. Ananda deseó tener la misma fortaleza. Durante la temporada de monzones, agradecía cualquier protección de la tormenta. Fuera de la temporada, cuando los monjes erraban y la lluvia sólo caía de vez en cuando, los hombres se acurrucaban bajo cobertizos y chozas de paja mientras el agua se filtraba por el techo.

El trueno rugió en el cielo. El mantón de Ananda estaba empapado y ya no le daba calor, pero Ananda se envolvió

con él de todos modos, para protegerse de un creciente desasosiego. Todos los monjes habían jurado servir al maestro,
pero él había jurado servir a Gautama. Lo hizo en silencio,
en la intimidad de su corazón. Para él, Gautama ya era una
gran alma. Eso también lo mantuvo en secreto.

Ananda frunció el ceño mientras se apresuraba bajo
la lluvia para mirar hacia el interior de los refugios improvi-
sados. Cuando estuvo seguro de que Gautama no se hallaba
en el campamento, Ananda respiró hondo y golpeó en la
puerta de Udaka. Molestar al maestro podía conllevar algo
más palpable que una reprimenda. Sin embargo, no hubo respuesta, y Ananda se dio la vuelta. Después de todo, no tenía
pruebas de que hubiese ocurrido algo grave.

Cuando se encontraba apenas a unos pasos de distancia, la puerta de la choza del gurú se abrió de golpe, y salió
Gautama. Estaba pálido y demacrado y, cuando fijó la vista
en Ananda, era como si en ese momento mirara a un extraño. A Ananda le latía el corazón con fuerza.

—¿Qué ocurrió?

Gautama sacudió la cabeza y caminó a su lado, sin detenerse. Pero no puso objeciones cuando Ananda lo siguió
hasta el interior de su tienda, sumida en una penumbra opre-
siva por el cielo gris y encapotado. De pronto, Gautama
tenía algo que decir.

—Ya no tengo fe, se me ha agotado —dijo—. Esta noche ya no estaré aquí. Querido amigo, no trates de seguirme. Regresaré por ti en el momento oportuno. Sé paciente.

A Ananda le temblaban los labios.

—¿Por qué no puedo ir?

—Porque tratarás de retenerme, como yo traté de detener a Ganaka. —La comparación provocó una expresión
de alarma en la cara de Ananda, pero, antes de que pudiera

contestar, Gautama prosiguió—: No voy a suicidarme, no te preocupes. Pero podría pasar algo, algo grave.

—¿Le has dicho algo al maestro?

Gautama negó con la cabeza.

—Sólo le dije que emprenderé un viaje que puede ser largo o corto. Si él vive según lo que enseña, no lamentará perder un discípulo. Si se enfada, entonces tengo derecho a abandonarlo. Lo único que lamento es verme obligado a despedirme de ti.

Abatido, Ananda se hundió en un silencio melancólico; los dos estaban sentados en la penumbra gris y escuchaban las gotas que golpeaban el techo de la tienda. Gautama le tocó en el hombro para consolarlo.

—No tengo por qué ocultarte cosas a ti. Me trajeron un mensaje —dijo—. Un viajero llegó al campamento esta mañana y me topé con él en una de las chozas. Supe por su acento que era un sakya, de modo que traté de irme, pero no fui suficientemente rápido.

—¿Rápido para qué?

—Para que no me reconocieran. El extraño se lanzó a mis pies y se echó a llorar. Le rogué que se levantara, pero se negó. Los bikkhus de la choza empezaron a murmurar y a intercambiar miradas. Finalmente, el extraño se incorporó y me dijo que se suponía que yo estaba muerto.

—¿Muerto? —preguntó Ananda—. ¿Porque lo dejaste todo atrás?

—Peor, mucho peor. Tengo un primo llamado Devadatta. Está lleno de envidia y siempre estuvo sin motivo alguno en mi contra. Cuando abandoné mi hogar, temía que aumentara su influencia en la corte. Y así fue, de la forma más terrible.

Gautama le contó a Ananda lo que le contaron ese mismo día: que Devadatta había encontrado un cadáver decapitado en el bosque, con las túnicas de Siddhartha.

—Todos le creyeron. Nunca hallaron la cabeza. Es probable que el propio Devadatta haya cometido el asesinato. Es muy capaz. —La voz de Gautama se deshizo poco a poco en un silencio penoso—. Yo provoqué este desastre. Todos los que amaba están sumidos en la pena.

—Pero es un fraude —protestó Ananda—. Envía un mensajero a tu hogar para que los ponga al tanto.

—Si hago eso, Devadatta será arrestado y ejecutado. No sacrifiqué la felicidad de mi familia para eso. Matarlo transformaría mi búsqueda en una farsa. Debo seguir adelante. No he hecho lo suficiente.

—Pero sufrirán todavía más si piensan que no regresarás nunca —dijo Ananda.

Al parecer, en lugar de convencer a Gautama, las palabras aumentaron su resolución.

—La persona que conocieron no regresará jamás. Si eso es lo que esperan y desean, da igual que me crean muerto.

Por muy firme que tratara de ser, Gautama no podía ocultar la angustia en su voz. Ananda le cogió la mano.

—Vuelve a tu hogar y pon las cosas en orden. No soy brillante como tú, pero si le provocara un dolor así a mi familia me parecería igual que traicionar a dios.

El comentario conmovió a Gautama, pero mientras analizaba lo que acababa de decir Ananda, la expresión de su rostro se tornó sombría.

—Me condenadas a una trampa, amigo. Dediqué todo mi corazón a encontrar a dios. Lo abandoné todo por él. Si eso es lo mismo que traicionarlo, entonces ya no tengo esperanza. Tampoco tú ni ninguno de los que están aquí.

Hubo más discusiones esa tarde, más ruegos de Ananda, pero Gautama se había decidido. El cielo estaba tan oscuro que se fundía a la perfección con el anochecer. Gautama no permitió que Ananda hiciese guardia junto a su catre hasta el alba, porque recordaba el dolor que había sentido cuando despertó y descubrió que Ganaka ya no estaba.

—Antes de que nos despidamos, quiero que comprendas algo —dijo—. Crecí en un palacio, pero era un prisionero. No tenía más que un amigo, por lo que pasaba las horas solo, o con la servidumbre. Lo que más me fascinaba eran los tejedores de seda. Los descubrí encorvados sobre sus telares en una pequeña habitación de los pisos superiores. El cuarto estaba inundado de olor a azafrán e índigo. Los tejedores no hablaban entre sí; lo único que se oía era el ruido que hacían las lanzaderas cuando iban de atrás hacia adelante, una y otra vez. Había una anciana, jorobada y casi ciega, que hacía algo que yo no podía comprender. Si se cortaba un hilo, descargaba todo el telar y empezaba de nuevo. Le pregunté por qué destruía el trabajo de toda una semana por un solo hilo cortado. Me respondió con una sola palabra: «karma». El karma mantiene el equilibrio entre el bien y el mal, es una ley divina. Cuando se viola la ley, aunque sea con la mayor inocencia, no hay vuelta atrás. Da igual que se trate de una alteración pequeña, despreciable en apariencia. Un hilo cortado altera todo el diseño; una maldad trastorna el destino de una persona.

Ananda escuchaba con atención y trataba de recordar todo lo que decía Gautama, por si se daba el caso de que no volvieran a verse.

—Quieres decir que el hilo de tu vida se cortó.

—Creí que se había cortado el día en que abandoné mi hogar. Pero fui ingenuo. Cuando dejé de ser Siddhartha, su karma no dejó de seguirme. Me siento tan atribulado como cuando dejé a mi esposa y a mi hijo, hace un año. Tengo hambre de libertad, pero la trampa se acerca cada vez más. En lugar de atacarme directamente, los demonios siembran discordia en todo lo que me rodea. Sólo me queda una cosa por intentar. —Gautama eludió la verdad: que los demonios, de hecho, le temían.

—Pero ¿qué harás? —preguntó Ananda, que trató de no pensar en lo solo que estaría después de esa noche.

Gautama quería ocultar sus intenciones, pero bajó un poco la guardia. Había muchas posibilidades de que fracasara, y si ocurría eso regresaría a su hogar y no trataría de buscar a su siguiente gurú.

—La muerte me ha acechado desde que nací. En última instancia, por mucho que luche, la muerte triunfará: el cazador matará a su presa. Pero hasta entonces, tengo una oportunidad de cambiar las cosas. Si me muevo con rapidez, tal vez pueda matar a la muerte antes de que ella me mate a mí. No hay otra manera, si lo que quieres es ser libre.

En un país donde las aldeas estaban separadas por un día de marcha y donde los viajeros se pegaban a un camino que serpenteaba a lo largo de kilómetros de tierras inhóspitas y desconocidas, Gautama podía desaparecer en el mundo salvaje y perderse para siempre. Estaba dispuesto a hacer eso, pero era demasiado peligroso ir solo. Los tigres no tienen miramientos a la hora de devorar idealistas. Por lo tanto, una vez que dejó atrás el campamento de Udaka, Gautama buscó una compañía más rigurosa. Tendrían que ser monjes. Deberían, además, estar dispuestos a permanecer en silencio durante días o semanas. Por último, tendrían que llevar sus cuerpos a un punto en el que sólo quedaran dos opciones: estallar y alcanzar la libertad o perecer como mortales.

Gautama les hizo la misma propuesta a todos los monjes que encontró: «Ven conmigo y derrota al karma de una vez y para siempre. La muerte está jugando con nosotros. Es un juego largo, pero al final el resultado es seguro. Ésta es la única oportunidad que tienes de vencer el dolor y el sufrimiento que heredaste el día de tu nacimiento.»

No eran palabras extrañas: todo hombre santo sabía que el mundo no era más que una ilusión. En los Vedas se repetía una y otra vez. Sin embargo, todos los monjes que escucharon a Gautama sacudieron la cabeza y desviaron la mirada con sentimiento de culpa. «Tu verdad es demasiado dura, hermano. Ya llevo una vida que las personas comunes consideran imposible. Un día conoceré a dios, pero si trato de torcer su voluntad, la única recompensa que podría obtener es la muerte.»

Algunos usaban esas palabras, otros utilizaban otras, pero nadie se atrevía a aceptar el desafío de Gautama. Cuanto más elocuente era, más reticentes se tornaban sus interlocutores. «Pareces santo, pero podrías ser un demonio con labia», le recordó un viejo monje. Al final, Gautama encontró compañía, aunque no fue gracias a sus palabras. Empezó a comer sólo un puñado de arroz por día, se consumió poco a poco el cuerpo y su piel se convirtió en una membrana tirante y traslúcida pegada a los huesos; adquirió una suerte de aura resplandeciente. Sus manos, que extendía para bendecir a todo el que lo pidiese, parecían ahora más grandes, al igual que sus ojos de color castaño oscuro. Semejante aura de inanición santa atrajo a otros cinco monjes y, encabezando el grupo así formado, Gautama marchó río arriba, hacia las tierras altas, donde encontraron una gran caverna aislada.

Era un lugar imponente donde podían sufrir. Los picos centinelas del gran macizo del Himalaya marcaban el horizonte lejano. El aire era frío, como las primeras capas de hielo que se forman en un estanque cuando llega el invierno. Gautama despertaba con una extraordinaria agudización del sentido del oído. Las leves corrientes de aire que bañaban el valle se oían en su interior como si fueran la respiración del mundo. Pero la humedad de la lluvia hacía que le dolieran los huesos y el rugido de los truenos le partía la cabeza en dos. Su sensibilidad llegaba a un punto tal que la cabeza le latía con dolor durante días. Los primeros meses, él y los cinco monjes se quedaban sentados en la cueva, hablaban tan poco como fuera posible, recolectaban raíces para alimentarse y llenaban sus calabazas en un arroyo.

En un principio, Gautama tenía miedo de ser demasiado indulgente consigo mismo, ya que, por muy precaria que fuera su situación, él había aprendido a amar la vida de austeridad. Quizá demasiado. Hizo la prueba de sentarse durante horas en la nieve para ver si podía sentir un dolor tal que le permitiera abandonar toda esperanza de placer. Repitió esto día tras día, hasta que ocurrió un milagro. A través de la nieve, que caía copiosamente, vio a un extraño que caminaba hacia a él. Al principio no era más que una sombra borrosa sobre el fondo de nívea blancura, pero, a medida que se acercaba, Gautama vio que no se trataba de un hombre que hiciera frente a la tormenta sino del dios Krishna. Tenía la cara más hermosa y serena que jamás había visto, su piel era de un azul violáceo oscuro, muy lejos del negro.

Gautama se postró en la nieve.

—He esperado toda mi vida para conocerte —murmuró—. He abandonado todo por ti.

—Lo sé —contestó Krishna. La voz resonaba entre las montañas como un trueno sordo—. Ahora vete a casa y no vuelvas a hacer semejante estupidez.

El dios se dio la vuelta y se alejó. En ese momento, Siddhartha despertó, temblando y muerto de hambre. El cielo

estaba despejado; no había tormentas de nieve. Gautama
regresó a la cueva, pero no dijo nada a los cinco monjes. Quizá no había sido más que un sueño; o tal vez Krishna era real.
En cualquier caso, Gautama estaba decidido a no dejarse
llevar por delirios. Pero necesitaba algún tipo de indicio
de que su guerra contra la muerte progresaba. Lo único que
tenía era una mente que empezaba a rebelarse una vez más.
En un principio, se quejaba por la soledad y por el miedo:
sostenía que Gautama se lastimaba sin necesidad. En esa
etapa, la voz que oía Gautama en su mente era quejosa y débil, como la de un niñito. Sin embargo, con el transcurso de
las semanas, su mente se volvió turbulenta y feroz. Odiaba a Gautama por haber traicionado todo lo que era importante: familia, deber y dioses. ¿Por qué era tan arrogante?
Esa voz sonaba como la de un amante despechado, amarga
y acusadora. Si Gautama no dejaba lo que hacía, la voz ame-
nazaba con volverse loca por el sufrimiento.

Gautama ya había atravesado esas crisis otras veces, así
que no estaba sorprendido, ni siquiera cuando su mente se
volvía más insistente que nunca. Como el monje quería ace-
lerar su victoria, cuanto más se quejaba su mente, más pri-
vaciones se obligaba a sufrir. Se sentaba desnudo todo el día
en un lago congelado, mientras su pensamiento daba alari-
dos de agonía.

«Si quieres matarme, hazlo ahora», pensó Gautama, desafiante. No sabía a ciencia cierta a quién se dirigía. Quizá
no a su mente, sino a Yama, el señor de la muerte. Cuando
llegó el alba y descubrió que no había muerto, Gautama se
sintió sumido en un éxtasis. Había recibido el indicio que
buscaba, porque el frío y la naturaleza no lograron derro-
tarlo. Seguía vivo, y eso probaba que era más poderoso que
el sol, el viento y el frío. Sobrevivía sólo con un puñado de
semillas y bayas silvestres por día. Eso era posible porque el

hambre y el dolor no eran más que ilusiones. Controlaban a los hombres a través del miedo, no porque fuesen reales.

Con bríos renovados, decidió esforzarse más. Su futuro traería austeridades más extremas: podía amontonar rocas sobre su pecho o perforarse las mejillas con maderas afiladas. Las leyendas hablaban de yoguis que eran capaces de arrancarse sus propios brazos y arrojarlos al fuego. Pero los cinco monjes se resistían. Ellos no habían recibido indicios. Gautama sabía que tendría que predicar si pretendía que sus hermanos monjes tuvieran su convicción. De otro modo, un día despertaría tras soportar una austeridad cruel y se encontraría solo.

—Dudas de mis métodos, ¿no? —dijo.

—Sí —contestó el monje más viejo, llamado Assaji—. Si pudieras verte, te asustarías. ¿Por qué crees que invitar a la muerte es el modo de derrotarla?

—Porque cuando todo lo demás ha fallado —dijo Gautama—, lo que queda debe ser la respuesta. Aún no he hecho nada para ganarme su respeto, pero créanme cuando les digo que lo he intentado todo para liberarme. He aprendido el dharma del yo superior, pero nunca conocí a mi yo superior ni oí una palabra de él. He aprendido el dharma del alma, que se supone que es mi punto de contacto con la divinidad. Aun así, por muy lleno de dicha que me sintiera, la ira y la pena siempre volvían a abrumarme. Su experiencia debe de ser similar.

Ninguno de los monjes respondió, y Gautama supuso que estaban de acuerdo.

—Con el tiempo, concluí que mis penurias podrían durar toda la vida. ¿Con qué fin? Aún sería un esclavo del karma y un prisionero en este mundo. ¿Qué es ese karma que nos visita y nos trae tanto sufrimiento? El karma son los deseos eternos del cuerpo. El karma es el recuerdo de placeres pasados que queremos recuperar y de dolores pasados que queremos evitar. Lo que asedia nuestra mente son los engaños del ego y las tormentas de ira y miedo. Por esa razón decidí extirpar el karma de raíz.

—¿Cómo? ¿Crees saber algo que los demás desconocen? —preguntó Assaji. El cuerpo enjuto del monje ya mostraba los efectos de años de austeridad.

—No, yo no. Pero ustedes llevan una vida de asceta. ¿Acaso no han pasado años sentados en silencio, repitiendo plegarias, contemplando imágenes de los dioses, recitando mil ocho nombres de Vishnu? —El monje más anciano asintió—. ¿Y han alcanzado con eso la libertad?

—No.

—Entonces, ¿por qué seguir haciendo algo que no funciona? Los sacerdotes de los templos les enseñaron cómo llegar a dios, pero eran sacerdotes que tampoco han hallado la libertad, pese a lo cual se creen dueños de las escrituras sagradas como los granjeros se sienten amos del ganado que marcan. —Gautama no había comido nada en días y a duras penas dormía. Se preguntó por un instante si hablaba como un trastornado.

Uno de los monjes más jóvenes lo interrumpió.

—Muéstranos tu camino.

—En el camino conocí a un viejo sannyasi llamado Ganaka, y él me dijo algo importante: «Deja que el mundo sea tu maestro.» Al principio no pude entender qué quería decirme, pero ahora sí. Todas las experiencias que me apresan son terrenales. El mundo seduce y es difícil interpretar su verdadera esencia. Sin embargo, el mundo no es más que deseo, y todo deseo me obliga a ir tras él. ¿Por qué? Porque creo que es real. La lección que enseña el mundo, entonces, es sutil: deja de creer en mí. Los deseos son fantasmas que ocultan la cara sonriente de la muerte. Sean sabios. No crean en nada.

Hicieron falta varias noches en torno al fuego, pero Gautama y los cinco monjes llegaron a un acuerdo: no darían a sus cuerpos ninguna razón para permanecer en el mundo, ningún deseo que saciar, ningún ansia de la cual hacerse esclavo. Se sentarían como estatuas, de cara a una pared y, por muchos deseos que los asaltaran, rechazarían con frialdad hasta el último de ellos.

—Incluso sin son 10 mil los hilos que nos atan a nuestro karma —dijo Gautama—, podemos romperlos todos, uno por uno. Cuando se haya ido el último, habrá muerto el karma y no nosotros.

Gautama creía en cada palabra que decía. Quizá los cinco monjes no estaban tan seguros, pero lo seguían. Se sentaron como estatuas, de cara a una pared, y esperaron. Gautama tenía un ímpetu tan ferviente que creía que pronto alcanzaría su objetivo. Assaji, sin embargo, no estaba dispuesto a comprometerse.

—La infelicidad es hija de expectativas que no se cumplen —le recordó a su hermano monje—. No esperar nada también puede ser una trampa.

Gautama inclinó la cabeza.

—Comprendo. —Sin embargo, su gesto de humildad ocultaba el fuego que lo quemaba por dentro. Según las leyendas, otros yoguis habían encontrado la inmortalidad. Eran grandes aspirantes, y Gautama no se consideraba menos que ellos. Escogió un lugar lejos del refugio, se sentó sobre un montón de piedras y esperó.

—Si debes ir, ve. No necesito explicaciones —dijo Assaji. Se dirigía a Kondana con una mirada tierna y en absoluto reprobatoria. Kondana era el más joven de los cinco monjes, pero al final había demostrado ser el más resistente.

—Ya conoces mis razones: míralo —protestó Kondana. Señaló una estatua nudosa que estaba tendida en el suelo de la jungla y se parecía tanto a un trozo gastado de madera que a veces debía recordarse a sí mismo que, de hecho, era una persona viviente: Gautama—. No puedo quedarme viendo cómo se suicida —dijo Kondana—. Es como ver a un cadadáver que se descompone mientras respira. Ya se ha quedado más tiempo que tres de los cinco monjes. Ninguno fue impaciente. Desde el día en que juraron seguir a Gautama, habían pasado cinco años en búsqueda de la iluminación.

—Ya no se mueve. Me pregunto dónde está —dijo Assaji.

—Creo que en el infierno —contestó Kondana con pena.

Los años de austeridad habían provocado muchas cosas. Durante la meditación, todos experimentaron cosas que no creían posibles ni en sueños. Hasta el mismo Assaji había visitado el hogar de los dioses. Llegó a ver a Shakti, la sinuosa consorte de Shiva, que le mostró un baile en el que cada paso que daba sacudía los mundos mientras el tintineo de las alhajas de sus tobillos se convertía en estrellas. Había conversado con los más grandes sabios, como Vasishtha, que llevaba siglos muerto. Gautama era el único que no contaba cosas como ésa y, después de que el invierno se instalara entre las cumbres del Himalaya, fue cuestión de vida o muerte obligarlo a encontrar un lugar menos expuesto. Gautama aceptó con reticencia, pero a condición de que le permitieran seguir con su vida de austeridad y que los cinco monjes no entraran en contacto con otros seres humanos.

No todos pueden soportar la imagen de un hombre escuálido, con la piel convertida en cuero marrón y curtido, que había subsistido con la décima parte de la comida que recibe un recién nacido. Algunos lo consideraban un fraude; otros, un loco. Unos pocos supersticiosos lo llamaban santo.

—Ya no sé quién soy —dijo Gautama—. Pero estoy bendito, porque sólo me hicieron falta cinco años para darme cuenta quién no soy.

Assaji se acercó a Gautama y, con ayuda de Kondana, lo levantaron. Se había caído durante la noche, y el samadhi en el que había pasado esos días era tan profundo que el monje no registraba nada del mundo exterior. Los demás debían ocuparse de alimentarlo, abriéndole la boca y metiéndole en ella un puñado de arroz masticado. Lo llevaban al río para bañarlo y lo movían cuando azotaba la furia del sol calcinante. Con todo esto, parecía que Gautama estaba indefenso y paralizado. Pero Assaji sabía que las apariencias engañan. La búsqueda de Gautama era de aquellas que se remontaban a tiempos inmemoriales.

Kondana se puso las sandalias y guardó algunas bayas secas en su manto.

—¿Vendrás? —le preguntó a Assaji.

—No.

—¿Aún crees que tiene posibilidades… de tener éxito?

—Yo no diría eso.

No había nada más que hablar. Kondana hizo una reverencia frente a Gautama y puso una orquídea silvestre rosada a sus pies en señal de respeto. Ya no se sentía culpable por haber perdido las esperanzas: estaba demasiado exhausto para sentir algo. Mientras Kondana se alejaba del campamento, Assaji le tocó el hombro.

—Cuando llegue el momento, mandaré a buscarte. Los cinco tendríamos que llevar el cuerpo a los suyos.

Ésa fue la última palabra que Assaji dijo u oyó en los tres meses siguientes. Llegó la primavera y, día tras día, trajo una lluvia de flores blancas como la crema, que caían de los árboles de sal y cubrían como un manto el bosque del norte. Gautama no se había alterado. Por momentos, mostraba más signos de vida que los habituales. De noche, Assaji oía que salía del campamento para hacer sus necesidades, pero no ocurría con frecuencia. A veces bajaba el nivel del agua en la calabaza que Assaji había puesto junto a su hermano.

Lo que finalmente cedió fue el cuerpo de Assaji. Enfermó solo en la jungla y, hasta donde él sabía, aquello era un signo. Envuelto en su manto, sufrió los delirios de la fiebre durante cinco días y sus noches. Cuando se manifestó la fiebre, temblaba, bañado en un sudor frío. Poco a poco su cuerpo recuperó la salud, pero al mismo tiempo se produjo un cambio inesperado. Assaji volvió a sentir hambre. Ansiaba una comida de verdad y solía recorrer el suelo de la jungla en busca de un loro muerto para cocinarlo en el campamento.

«Si no como algo nutritivo, mi búsqueda habrá terminado», pensó. No estaba dispuesto a hundirse en un nivel infrahumano, por muy grande que fuera la meta de la iluminación. Decidió decírselo a Gautama. Una mañana, se agachó frente a su hermano inmóvil y le limpió la tierra que le cubría el rostro con agua de la calabaza.

—Me voy —dijo. Gautama no dio indicios de haberlo oído—. Debo pensar en mi alma. Si tú mueres y yo te dejo, mi pecado sería tan grave como un asesinato. No deberías ser responsable de eso. Me da vergüenza hablar de pecados con alguien como tú, pero no deberías sentirte avergonzado si decides venir conmigo.

La culpa hizo sentir a Assaji que ya había dicho demasiado. Al igual que los demás, su fe se había desgastado. Assaji permaneció en el campamento unos días más. Apiló un poco de fruta junto a Gautama y le dejó agua para una semana. Qué extraño era que aquel icono inmóvil siguiese vivo y que, detrás de su máscara, librara una batalla tan grandiosa. «Pónganse de cara a la pared, como estatuas, y no den nada a sus cuerpos.» Assaji recordó las palabras de aliento de Gautama, pero ya no podía hacerle caso. Abandonó el campamento antes del alba y sin hacer ruido.

Gautama no lo oyó partir; no había oído nada desde el momento en que advirtió —sólo en el límite más remoto de su conciencia— que Kondana ya no estaba. No importaba. Se había dado cuenta de que transitaba el camino en soledad. Había dos travesías que debían hacerse sin compañeros: la travesía hacia la muerte y la travesía hacia la iluminación.

En sus meditaciones, logró alcanzar el cielo antes que los demás, pero no había dicho nada. La belleza era deslumbrante; había seres celestiales dorados que se materializaban a su alrededor. Sin embargo, tomó un camino que los demás monjes no estaban dispuestos a seguir: también dio la espalda a los seres celestiales.

—Ya conozco el placer. ¿Qué gano al sentir más placer?

—Este placer es celestial.

—Que sólo después de muerto podré disfrutar para siempre —dijo Gautama—. Por lo tanto, es tan bueno como una maldición. —Se alejó y pidió ver más sufrimiento.

De ese modo llegó a la puerta del infierno, donde vio los terribles tormentos que se aplicaban al otro lado de ella. Pero no salió ningún demonio a buscarlo. En lugar de eso, oyó estas palabras: «Ningún pecado te trae aquí. No pases.»

Entró de todos modos, por su propia voluntad. «Conozco el miedo», pensó, «y el miedo es la principal arma de la muerte. Déjenme sufrir el peor de los tormentos y entonces el miedo ya no podrá controlarme.»

La fase de tormentos infernales se prolongó durante un largo tiempo, ya que una vez que los demonios desgarraron su piel, disfrutaron demasiado de su trabajo, y para prolongarlo lo curaban: los huesos rotos y la carne desollada sanaban todas las mañanas.

—¿Dónde está Mara? —preguntó Gautama—. También tengo que saber qué es lo peor que puede hacerme él.

Pero, por alguna razón, Mara nunca apareció. Gautama se preguntó si no era algún tipo de trampa, pero, tras un tiempo, los tormentos se volvieron rutinarios, y su mente empezó a aburrirse. Una mañana, los demonios no aparecieron, y las escenas del infierno se esfumaron, dando paso a un silencio inmóvil, oscuro.

Gautama esperó. Sabía que había derrotado todas las formas de sufrimiento que podía imaginar. Su cuerpo ya no sentía dolor; su mente no albergaba el menor deseo. Y, aun así, no había ningún indicio de que hubiera alcanzado su meta. El silencio lo bañaba como una noche tranquila, eterna. Decidió abrir los ojos.

Al principio, no tuvo más que la leve sensación de estar envuelto en un manto, que después de un tiempo reconoció como su cuerpo. Miró hacia abajo. Era mediodía, pero alguien lo había puesto bajo el techo de la jungla, que el sol no penetraba nunca. Al mirarse, Gautama vio dos palos cruzados: sus piernas, y dos garras de mono secas, sus manos. Advirtió un montón de fruta podrida a su lado, cubierto de hormigas y avispas. De pronto notó que estaba sediento. Buscó su calabaza, pero las últimas gotas que quedaban eran verdes y hervían de larvas de mosquitos.

Pudo sentir, a medida que se acostumbraba a estar en su cuerpo una vez más, que su físico no podía resistir más. Aun así, sólo podía pensar en encontrar a los cinco monjes para decirles que había alcanzado la iluminación. Trató de liberar sus piernas de palo y levantarse, pero, cuando las movió un poco, los músculos debilitados gritaron de dolor. Las miró con desaprobación, y frunció un poco el ceño, como un padre primerizo que siente que no puede hacer nada para que su hijo deje de llorar.

Gautama no tenía simpatía alguna por su cuerpo, pero debía hacer algo para lidiar con él. Con mucha fuerza de voluntad, logró mover las extremidades y empezó a arrastrarse con lentitud por el suelo del bosque. Estaba húmedo y caliente; había hongos, piedras e insectos que se deslizaban bajo su piel. Podía oír el rumor de un curso de agua cercano. Percibió la sed desesperada de su cuerpo. Quizás llegaría al agua a tiempo, quizás no. Siguió arrastrándose, pero el suelo del bosque prácticamente había dejado de moverse por debajo. Casi podía contar cada escarabajo que aplastaba con su peso. Una pequeña serpiente de un color rojo furioso huyó, muy cerca de su cara. El aire se volvió denso, y cualquier movimiento, el más pequeño intento de arrastrarse pasó a ser imposible.

Tendido allí, advirtió que nunca había esperado que la iluminación fuera lo último que le ocurriese antes de morir.

BUDA

Buda

parte 3

capítulo
16

Mientras yacía inmóvil en el suelo, Gautama se dio cuenta vagamente de que había caído una sombra sobre él. Cuando la sombra se movió, Gautama supuso que tenía que ser el contorno de un animal enorme, un depredador atraído por su olor. Era muy probable que el animal estuviese hambriento, pero a Gautama no le importaba ya cómo terminaría su existencia en la tierra.

—Por favor, no mueras.

La voz de la chica le hizo levantar la vista, casi contra su voluntad. Ella estaba perpleja y se echó hacia atrás con timidez. Parecía tener unos 16 años y haber estado muy sola. Gautama cerró los ojos y esperó que la timidez la obligara a marcharse. En cambio, sintió unas manos suaves y tibias a cada lado de la cara. La chica le levantó la cabeza un poco y le quitó la mugre de las mejillas con una punta de su sari. El azul estaba descolorido y la tela gastada: era el sari de una chica pobre.

—Toma.

Ella apretó algo contra la boca de él. Era un cuenco, y el borde le lastimó los labios agrietados. Gautama sacudió la cabeza y una palabra ronca le salió de la garganta.

—No.

—¿Eres un dios? —preguntó la chica.

Gautama sintió una ola de delirio; las palabras le parecían faltas de sentido.

—Vine al río para que me bendijera el dios que vive allí. Mi boda es dentro de un mes —dijo ella.

¿Un dios? Gautama no podía sonreír siquiera. Apenas sacudió la cabeza y dejó que la cara se cayera hacia atrás para tocar el suelo cálido de la jungla. Pero, por haberse consumido, estaba mucho más débil que la chica, así que no pudo presentar resistencia cuando ella lo dio la vuelta y lo levantó en sus brazos, sin hacer el menor esfuerzo.

—Tienes que hacerlo. —Otra vez le puso el cuenco en los labios—. No seas terco. Si mi ofrenda es lo suficientemente buena para un dios, tú no te creerás mejor que él, ¿verdad?

Ahora nacía una sonrisa dentro de Gautama.

—Ve a buscar a tu dios —balbuceó. No tenía idea de si las palabras eran coherentes. Apretó la mandíbula para que ella no pudiera verterle el contenido del cuenco en la boca. No tenía sentido que estuviera allí.

—No voy a dejarte aquí —dijo ella—. No puedo permitir que la gente diga que Sujata hizo semejante cosa.

En medio de su sopor, la mente de Gautama de pronto se puso alerta. Lo que había dicho parecía imposible.

—Dime tu nombre de nuevo. —Oyó que sus palabras salían con claridad.

—Sujata. ¿Qué ocurre?

La chica vio que las mejillas del hombre moribundo se bañaban de lágrimas. El cuerpo consumido empezó a temblar en sus brazos. Se sentía terriblemente apenada por él. Sin fuerza, él abrió la boca, y Sujata vertió un poquito de comida en ella. Había cocinado arroz dulce con leche para la deidad del río. El hombre moribundo aceptó más. Se había desvanecido su terquedad, aunque la chica no tenía idea del motivo.

Con desgarradora voz enferma, él balbuceó:

—¿Qué he hecho?

—No lo sé —respondió ella, confundida. Pero ya se le había pasado la timidez y el miedo ante él—. Tenemos que llevarte a casa. ¿Puedes caminar?

—En un ratito. —Gautama comió el resto del arroz con leche con una lentitud dolorosa. Después Sujata lo dejó unos instantes y volvió con un poco de agua. Él bebió con ansia, y los labios heridos le sangraron al abrir la boca.

—Te llevaré lo más lejos que pueda y después buscaré a mi hermano —dijo Sujata. Levantó con cuidado a Gautama para que se pusiera de pie. Parecía que las piernas frágiles fueran a quebrarse. No podía caminar, pero era bastante liviano como para que la chica lo recostara contra su hombro. Juntos caminaron con mucho esfuerzo por el sendero angosto que había tomado ella para llegar al río. Se toparon con un camino, y Sujata dejó a Gautama apoyado contra el tronco de un árbol, como un muñeco de trapo.

—Espera aquí. No dejes que nadie te mueva.

Otra vez empezaron a correr lágrimas por las mejillas de Gautama. A Sujata le dolía mirar; se apresuró y pronto desapareció por la curva. Gautama deseó que no se hubiera ido. De pronto se sentía solo y desconsolado. «Sujata.» No había oído ese nombre en 15 años. Pero no se había olvidado de ella. Por eso lloraba, porque cinco años de austeridad no habían logrado borrar sus recuerdos. Todo volvía como un torbellino: la primera vez que vio a Sujata, en su decimoctavo cumpleaños, cuando sus ropas, tan chillonas, podrían haberle quedado bien a un elefante; cuando se envolvió el turbante rojo; la excitación que reprimió cuando sintió deseos de ella. Nada más recordar esas cosas, fue como si una flor marchita en el desierto hubiera recibido las lluvias de la primavera. Su mente se desplegó en hojas y pétalos, con una imagen tras otra del pasado además de las emociones que había querido extinguir. Estaba muy deshidratado, y pronto sus glándulas no tuvieron más que segregar. Mediante sollozos apagados, volvió a experimentar lo que en su día sintió en la ciudad olvidada al darse cuenta de que había perdido a Sujata, así como toda esperanza de recuperarla: una pena demoledora, un infierno viviente.

Gautama giró la cabeza y miró atrás, hacia la jungla. La mirada no le devolvió nada. No era ni un cielo amistoso ni una espesura peligrosa. Las flores no sonreían, el aire no tenía una humedad exuberante y envolvente. Lo único que vio fue la expresión en blanco de la naturaleza, y lo invadió un sentimiento de horror. Quería vomitar, pero trató de retener el arroz dulce y el agua con todas sus fuerzas. Débil como estaba, apenas podía oír sus pensamientos, que le decían que tenía que sobrevivir. El karma no había muerto y él tampoco. Cuando reunió algunas fuerzas, pudo pensar en el porqué de su fracaso.

La luz empezó a apagarse. Gautama sabía que era cerca del mediodía, así que lo seguro era que se estuviera desvaneciendo. Sentía la cabeza liviana; un sudor frío le bañaba el pecho. Era un alivio perder la conciencia, así que se permitió sentir una caída permanente. Unos loros rojos le increpaban desde lo alto; él estaba tan quieto que un par de monos curiosos empezaron a bajar con cautela por el tronco del árbol. Gautama no se dio cuenta. Su mente estaba absorta en la contemplación de la cara de Ganaka, que veía con gran nitidez. Tenía una expresión que no podía descifrar. ¿Pena? ¿Desprecio? ¿Compasión? La negrura se lo tragó todo.

* * *

La choza de Sujata era endeble y las paredes crujían. Casi no tenía protección de las inclemencias del tiempo, lo que significaba que la primavera podía entrar cuando quisiese. Gautama estuvo tendido en la cama, débil y febril, durante algunas semanas antes de notar eso. Una mañana, una flor blanca cayó de los árboles, se meció con la brisa y entró por una grieta enorme de la pared. Aterrizó en la cara de Gautama y allí se quedó. La fragancia le hizo abrir los ojos.

—Mira que eres bonita.

Sujata se rió y se llevó la flor a la nariz.

—Gracias, noble señor. —Se la colocó detrás de la oreja. La chica se ocupaba de sus tareas de enfermera con dulzura y ocultaba las preocupaciones que tenía por su paciente.

—A mí nada me parece bonito —dijo Gautama. Se había acostumbrado a decir lo que pensaba.

—No te creo —dijo Sujata.

Estaban solos y juntos todos los días. La choza había permanecido abandonada después de que muriera la abuela de Sujata, y ella suplicó a su familia que dejara que el extraño se recuperase allí. De todos modos, su familia no quería ni ver el esqueleto cubierto de piel, así que Sujata se salió con la suya sin objeción alguna.

Gautama se incorporó sobre los codos. Era el mayor esfuerzo que había hecho desde su llegada.

—Quiero salir.

—Yo no te detendré —dijo Sujata con indiferencia.

Gautama sonrió con ironía.

—¿Desde cuándo eres tan cruel? —Se hundió en su almohada. Ella tenía razón: él todavía no estaba lo suficientemente fuerte como para que lo ayudaran a salir a la luz del sol—. ¿Aún cuentas los días transcurridos?

Sujata echó un vistazo a un trozo de corteza clavado a una pared; tenía talladas 20 marcas en forma de equis.

—Ahí está, ¿lo ves?

—Tienes que haberte olvidado de varios días. ¿Pasó un mes, quizás tres meses?

Sujata no quería que él supiera que había estado enfermo durante cinco semanas, así que procuró soltar evasivas.

—No tendría prometido si te hubieras quedado tres meses. Ya está todo bastante mal así. —Empezó a ponerle en la boca una mezcla de arroz hervido y lentejas. No se quejaba. Al bueno de su futuro esposo no le importaba esperar un poco más; al fin y al cabo llevaban comprometidos desde que ella tenía 11 años.

—¿Te irás a casa cuando te recuperes? —preguntó. Gautama giró la cabeza, evitando la siguiente cucharada de comida—. Lo siento —dijo Sujata—. Has hecho votos.

Él le lanzó una mirada seria.

—¿Respetarías a un hombre que quisiera mantener un voto aunque muriera?

—¿Te refieres a ti? —Sacudió la cabeza—. No.

A Gautama no le importaba estar tan pasivo y dependiente como un bebé. Lo único que sabía hacer, básicamente, era quedarse quieto. No le quedaba ni un ápice de iluminación. Los dioses se habían burlado de él. Ahora no era más que otro desgraciado muerto de hambre a quien habían encontrado, confundido y extraviado, por vagar en la jungla.

Se pasaba el tiempo mirando, más que nada. Como se curaba tan despacio, el tiempo transcurría despacio también. Dejaba pasar una hora mientras miraba cómo se movía por el suelo un rayo de sol de la mañana. Las motas de polvo flotaban, vagas, en el rayo, y le vino a la mente un verso sagrado. «Los mundos van y vienen como motas de polvo en un rayo de sol que brilla por un agujero del techo.» Gautama solía pensar que esas palabras eran hermosas; ahora le parecían vacías. Cada día se ponía más fuerte, pero en su interior nunca desaparecía el horror. La expresión en blanco de la naturaleza seguía mirándolo dondequiera que posara la vista. Los ojos de Gautama iban de las ampollas de su piel al sol que brillaba por la ventana abierta, luego a la cara de Sujata y a la flor que tenía en la oreja. Todo aquello era la misma nada opaca.

—A partir de hoy, me voy a alimentar solo —dijo Gautama—. Y mañana saldré, aunque tengas que llevarme tú.

Sujata sonrió.

—Te has puesto demasiado gordo. Te dejaré caer al suelo, ya no puedo contigo.

Como no podía guardarse lo que pensaba, Gautama dijo:

—¿Sabes lo bella que eres?

—¡Oh! —Sujata había cogido una escoba para barrer el suelo de lodo apisonado. Tenía el pelo recogido hacia atrás; era demasiado pobre para tener maquillaje, y se coloreaba las mejillas con zumo de fresas cuando sabía que vendría su prometido—. ¿Por qué hablas así? Has dicho que hiciste un voto. —Parecía avergonzada y contrariada.

—Mi voto debe de ser muy poderoso. Puedo ver que eres hermosa, pero no me importa.

Ahora Sujata parecía más contrariada todavía. Dándole la espalda, barrió el suelo con furia, como para vengarse, levantando nubes de polvo. Durante media hora, no tuvieron nada que decirse. Pero después dos monos que peleaban en el patio arrancaron una carcajada a Sujata y, cuando ella acomodó las sábanas de Gautama, sus ojos lo miraron con gentileza, sin el más mínimo rastro de resentimiento.

Después de eso, tal como había prometido, Gautama comió solo y salió al patio, con la ayuda de Sujata y de sus piernas temblorosas. Ya no era un muñeco de trapo, así que podía sentarse en una silla de mimbre en lugar de quedarse recostado contra un árbol. Sujata estaba sorprendida de que no le importara dónde lo pusiera, al sol o a la sombra. Un día, salió y se encontró con que había pisado unas hormigas coloradas y que cientos de ellas, feroces mordedoras, le trepaban por la pierna. Gautama no se estremeció; ni siquiera las miró.

Después de hacerlas a un lado de un manotazo y limpiarse la sangre de sus picaduras, Sujata dijo:

—¿Qué estás haciendo contigo? No te rescaté del bosque para que no te importase nada. Busca algo que te dé vida, y rápido. —Se dio la vuelta y empezó a llorar.

—Te obedecería si pudiera —dijo Gautama—. Sé muy bien que te lo debo todo.

Su voz sonaba humilde y sincera, pero por dentro sentía tanta indiferencia hacia la angustia de ella como hacia el resto de las cosas. Sujata presintió eso, sin duda. De lo contrario, ¿cómo explicar el hecho de que al día siguiente él se levantara y encontrase la choza vacía? Sujata había dejado cuencos de comida, pero nada más. La puerta estaba cerrada, el suelo seguía húmedo después de haber sido lavado. Gautama asimiló todo lo que vio y se dispuso a esperar. Se preguntó, como un espectador imparcial podría hacerlo al mirar a un extraño, si su mente experimentaría la tristeza o se sentiría abandonada. Cuando no pasó nada, salió para mirar las nubes, cosa que hacía todos los días, no porque fueran hermosas, sino porque se movían tan despacio que le llamaban la atención.

Si dejaba que su atención se centrara en él mismo, su mente repetía una y otra vez: «Fallaste.» Gautama no se defendía; ya no podía defenderse. Todos los días se volvía más fuerte, se sentía más distanciado de ese monje de certeza extrema que había estado dispuesto a morir por dios. Gautama ya no era un fanático, pero no había nada con que reemplazarlo. Apartó los ojos de una nube con joroba de camello y se miró las manos. Habían echado carne de nuevo, e igual ocurría con sus piernas y brazos antes consumidos. Ya no necesitaba una enfermera. Trató de recordar cuántos años tenía: eran 35. Le parecieron una buena edad. Lo suficientemente joven como para empezar un trabajo honesto o retomar la vida de monje, o incluso volver a casa y convertirse de nuevo en el buen príncipe.

Era hora de elegir, ya que no podía quedarse solo en la choza de Sujata. Pero elegir parecía imposible. Más que un hombre era un vacío. A lo sumo, una nube vaporosa, a la deriva, como las que miraba. Después de un rato, Gautama decidió imitar a las nubes y dejarse ir, no dirigirse a ningún lugar en especial. Limpió la choza y borró todos los signos de su presencia, cerró la puerta a sus espaldas y se fue caminando.

Cuando sus sandalias hicieron contacto con la tierra apisonada del camino, tan familiar, su andar se transformó en un paso mecánico. Pronto adelantó a otros viajeros, pero ellos no lo advirtieron. Quizá también hubiese perdido su presencia, o tal vez la apariencia medio hambrienta le hacía demasiado insignificante, casi invisible. Los ojos de Gautama vieron el paisaje de la jungla —aves, animales, la luz que se filtraba en rayos brillantes por la bóveda inmóvil de hojas— y tuvo la impresión de que lo atravesaban todas las sensaciones. «Soy agua», pensó. «Soy aire.»

No era desagradable. Si iba a pasar el resto de su vida como un vacío, sentirse transparente no era lo peor. Caminó un poco más, y tuvo otro pensamiento. «No estoy sufriendo.» Se le aceleró el corazón un poco: era la primera vez que Gautama pensaba que no era un fracasado absoluto. ¿Cuándo había dejado de sufrir? No lo sabía, porque su cuerpo estuvo demasiado dolorido durante semanas, y eso lo había distraído. Se daba cuenta de que el dolor físico no era lo mismo que el sufrimiento. El sufrimiento es algo que le pasa a una persona, y él estaba casi seguro de que se había convertido en algo nuevo, una no persona.

Se quedó mirando el atardecer, los rayos de color entre rojo y dorado que atravesaban las nubes blancas y altas. Debían de haber pasado horas, y eso lo sorprendió, porque no se había percatado del tiempo transcurrido en absoluto. Sobre el techo de la jungla, vio la cresta de un árbol alto y se dirigió hacia él. El suelo que rodeaba al árbol era suave y mullido, sin setas. Alzó la vista y vio que era una higuera de agua. El cielo se oscureció rápidamente; pronto se tornó casi imposible ver trozos azules entre la silueta negra del follaje. Gautama se sentó a meditar.

Se preguntó si una no persona necesitaba meditar, y en un principio la respuesta pareció ser negativa. Cuando cerró los ojos no se hundió en un silencio fresco, seguro. Por el contrario, era como estar en una caverna sin luz, donde no había diferencia entre tener los ojos abiertos o cerrados. Pero como no tenía nada que hacer ni adónde ir, decidió que meditar era lo mismo que hacer cualquier otra cosa. Divisó la luna menguante, que estaba en tres cuartos. De forma vaga, Gautama pensó que sería hermoso ser la luna. Y entonces fue la luna.

No le sucedió de inmediato. Se sentó y la luna menguante se transformó en una porción fina, después en una línea delgada de luminiscencia en el cielo, antes de crecer de nuevo. La veía sólo una vez por noche; pues casi siempre tenía los ojos cerrados. En su interior no cambiaba nada. Sólo por la luna se dio cuenta Gautama de que habían pasado siete semanas.

—Aquí estoy. Ahora puedes abrir los ojos.

Gautama había dejado de delirar, así que la voz tenía que ser real. Abrió los ojos. Un yogui con pelo largo y barba lo había encontrado y estaba sentado bajo el árbol con las piernas cruzadas. La luz de la luna era lo suficientemente brillante como para revelar la cara de Ganaka, el monje condenado.

—No tienes que disfrazarte —dijo Gautama—. Esperaba verte, Mara.

—¿De veras? —El falso Ganaka sonrió—. No quería asustarte. Como sabes, soy básicamente amable.

—¿Amable como para mostrarme una imagen de la pena? Ya superé la pena —dijo Gautama.

—Entonces toma esta imagen como un saludo de Ganaka. Yo lo conozco bien —dijo Mara—. Está a mi cuidado ahora.

—Entonces debe de estar en un lugar de tormento. Pero yo ya superé el horror también. Así que dime rápidamente para qué has venido, con la menor cantidad de mentiras posible.

—Vine a enseñarte. Recuerda, ésa fue mi oferta cuando eras joven —dijo Mara—. Pero tú me juzgaste mal, como todos. Ahora tienes que ser más sabio.

—¿Tú crees que es más sabio tener a un demonio por maestro? —Mientras hacían bromas, Gautama no sentía nada hacia Mara, ni miedo ni aversión. Incluso preguntarse por qué el demonio había ido a buscarle fue poco más que un impulso débil al borde de su mente.

—Aún me juzgas mal —dijo Mara con una voz que engatusaba—. Conozco los secretos del universo. No se me puede ocultar ningún conocimiento, porque mi función consiste en inspeccionar las grietas de todas las almas. Compartiré todo lo que sé contigo.

—No.

—Haré como que no he oído lo que has dicho. Has deseado el conocimiento al menos desde que te conozco. Lo vi en tus ojos. ¿Por qué tienes que darme la espalda ahora? Soy más grande que esos yoguis con los que has perdido el tiempo —dijo el demonio.

—El que quería saberlo todo ya no existe —respondió Gautama—. No tengo nada más que preguntar.

—La terquedad no te sienta bien, amigo mío. Estoy decepcionado. —El tono de voz de Mara era suave y seguro, pero estaba sentado tan cerca que Gautama sentía que el cuerpo del demonio temblaba de ira reprimida—. Pensé que estabas por encima de otras almas. Pero si insistes en ser vulgar, déjame cumplir lo que realmente quieres.

Esas palabras fueron recibidas con carcajadas. Entre los árboles llegaron tres hermosas mujeres con una lámpara de aceite en la mano; el incienso se arremolinaba alrededor de ellas. Mientras Gautama miraba, apareció un estanque en el bosque. Las mujeres empezaron a desnudarse, le lanzaron miradas sugerentes y dejaron escapar risitas suaves.

—Mis tres hijas —dijo Mara—. Son siempre encantadoras, así que... ¿para qué fingir? Las deseas.

Las mujeres tenían la piel blanca y sedosa y los pechos turgentes. Gautama siguió mirando mientras ellas se bañaban usando todos los gestos tentadores que se les ocurrían; tenían las manos delicadas, y la forma en que se tocaban sugería lascivia.

—Les dije que no eras tosco, pero, como ves, ellas se adaptarán a todos y cada uno de tus deseos —dijo Mara.

—Sí, ya lo veo —respondió Gautama—. El hombre que alguna vez tuvo esposa ya no existe. Puedo aceptar a tus hijas como mis nuevas esposas. Diles que se acerquen.

Mara sonrió con satisfacción. Las tres mujeres emergieron del estanque y se envolvieron con unos saris ligeros que dejaban traslucir sus cuerpos desnudos a la luz de la luna. Mara hizo un gesto, y la primera de las hijas se arrodilló, sumisa, ante Gautama.

—¿Cómo te llamas, hermosa? —preguntó Gautama.

—Soy Tanha.

—Tu nombre quiere decir «deseo». Te tomaré por esposa pero, desgraciadamente, no te deseo. Si te casas conmigo, jamás desearás ni serás deseada de nuevo. ¿Puedes aceptar eso?

Ante sus ojos, la cara adorable de Tanha se convirtió instantáneamente en el rostro de un demonio de colmillos largos que dio un aullido y desapareció.

—Muéstrame a tu segunda hija —dijo Gautama. Mara, que parecía disgustado, hizo un movimiento brusco con la mano y se arrodilló ante ellos la segunda joven.

—¿Cómo te llamas, hermosa? —preguntó Gautama.

—Raga.

—Tu nombre quiere decir «lujuria». Yo nací varón y, por lo tanto, conozco muy bien tu atractivo. Te tomaré por esposa, pero si nos casamos, deberás respetar mis votos. Tu corazón de fuego se convertirá en hielo y jamás sentirás lujuria por nadie ni serás objeto de lujuria de nuevo. ¿Puedes aceptar eso?

Al instante, Raga se transformó en una bola de fuego, que se abalanzó sobre Gautama para quemarle la carne. Pero el fuego lo atravesó y se desvaneció.

—Preséntame a tu última hija —dijo Gautama—. Las dos primeras no me quieren.

Mara se levantó de un salto, iracundo.

—Tratas muy mal a mis niñas amables. Lo único que quieren es servirte, y tú, a cambio de eso, las insultas con crueldad.

—Pero la tercera es tan hermosa que es imposible que la maltrate. Tráemela. Estoy seguro de que nos casaremos —dijo

Gautama con tacto. Mara lo miró con una oscura sospecha, pero hizo un pequeño gesto. La tercera hija se arrodilló ante ellos.

—No me preguntes cómo me llamo —dijo—. Estoy libre de todo deseo y lujuria. Me eres tan indiferente como yo
a ti. Estamos perfectamente de acuerdo.

—Eres muy sutil —dijo Gautama—. Pero yo ya sé cómo te llamas: Arati, o «aversión». No quieres nada porque
lo odias todo. Te tomaré por esposa, pero sólo con la condición de que te abras al amor. ¿Puedes aceptar eso?

La cara de Arati adoptó una expresión de disgusto inefable. Alarmado, Mara estiró los brazos para sujetarla, pero era demasiado tarde. Se desvaneció al igual que las otras.
El demonio dio un aullido que se hizo cada vez más fuerte
y feroz, hasta que llenó todo el bosque. Mara se hinchó y desapareció la forma de Ganaka. Empezaron a crecerle las cuatro caras horrendas.

—Voy a verte tal como eres de verdad. Bien —dijo
Gautama.

—¡Arrogancia! —gritó Mara—. Me verás, así es, y en
cuanto lo hagas morirás.

Empezó a hacer en el aire signos misteriosos que Gautama no entendía y, como por arte de magia, el reino de los
demonios descendió a la tierra. El suelo del bosque estaba
plagado de demonios venenosos parecidos a las víboras, que
reptaban por el regazo de Gautama, mientras otros que parecían murciélagos trataban de morderle la cara. Una falange
de elefantes tiró abajo los árboles y pisoteó a otros demonios
y almas condenadas cuyos cuerpos quedaron deshechos bajo sus patas. Como el mundo de los demonios consiste en
las formas más desagradables y terroríficas que pueda con-
cebir la mente humana, no tenían fin las oleadas de súbditos
de Mara que emergían bajo la luz de la luna.

El propio Mara montaba un elefante enorme que masticaba entre las mandíbulas unas almas que se retorcían. Al principio, el demonio se mantuvo distante y esperó que su ejército aniquilara a Gautama. Para ello intentó absorberlo mediante un torbellino y otras ráfagas tormentosas. Pero cuando vio la tranquilidad que emanaba de la mirada de Gautama, se puso nervioso.

—Resiste todo lo que quieras. Jamás me iré de ti, ni yo ni mis súbditos. Verás este espectáculo el resto de tu vida.

—No me resisto. Todos están invitados a quedarse —dijo Gautama—. No puedes atacar lo que no está aquí, y yo no estoy aquí —agregó—. No puedes subyugar lo que no se te resiste, y yo no me resistiré.

—¿Que no estás aquí? —preguntó Mara—. Estás loco.

—O quizá ya no tenga alma. ¿No se necesita un alma para estar condenado?

—¡Imposible! —La tranquilidad de las palabras de Gautama no sólo hizo enfurecer al rey de los demonios, sino que logró que los súbditos empezaran a desvanecerse como figuras hechas con sombras sobre una pantalla o un rayo de verano dentro de una nube.

—Compruébalo —dijo Gautama—. Si puedes encontrar mi alma, es tuya. A mí ya no me importa.

Mara bajó de un salto del elefante y se puso en cuclillas en el suelo, frente a Gautama.

—¡Trato hecho! —siseó. Jamás había encontrado a un ser, mortal ni divino, que no tuviera alma, y ahora este tonto había cedido a voluntad la suya—. Eres mío, y te reclamaré cuando así me plazca. —Ya habían desaparecido todos los demás espectros demoniacos. Las cuatro caras malignas de Mara siguieron allí unos segundos más, antes de que él se desvaneciera también.

Gautama dudó si volvería a verlo. La existencia de su alma, como todo lo demás, no le interesaba. La indiferencia total es la única cura para el karma. Que Mara se preocupara de ver si tenía alma o no; Gautama había prescindido de ella. Aun así, un susurro le decía con suavidad:

—No me mates. Ten piedad. Deja que conozca incluso tu deseo más ínfimo.

Gautama alzó la vista y recordó la luna, que estaba perfectamente llena mientras flotaba sobre el techo de la jungla.

—Deja que me convierta en la luna —respondió Gautama—. No tengo nada que desear aquí abajo.

Quería controlar su propio destino. Era el deseo más simple de cualquier ser humano, pero había sido una fuente de miedo e incertidumbre durante toda su vida. Todos le habían dicho, directa o indirectamente, que era imposible. Gautama incluso sentía una leve resistencia ahora, como si los dioses fueran a destruirlo al instante por usurpar su poder. Pero le pareció que se caía el último velo que había en su mente, una sensación 100 veces más delicada que dejar caer una telaraña pegada al cuerpo. Entonces se convirtió en la luna y experimentó lo que experimentaba la luna. Era imposible traducirlo en palabras: una serenidad impasible que se estremecía con su propia existencia. Una indiferencia por el mundo que estaba debajo. Una preocupación muy simple, sólo por la luz misma. Gautama era consciente de todos esos ingredientes de su estado, pero el nuevo estado en sí era inefable.

Entonces sucedió algo nuevo. La luna parecía saber que él había llegado y él sintió que le hacía una reverencia. «Hemos esperado.» Gautama estudió el cielo con la mirada, y esas palabras parecían provenir de todos lados, no sólo de la luna, sino también de las estrellas y de la negrura que había en medio de las estrellas. Empezó a hinchársele el corazón.

«Yo también he esperado.»

El cielo se agachó para envolverlo. Ahora Gautama entendía por qué se vio forzado a convertirse en una no persona. El mundo visible era una ilusión, pero mientras creyera en su karma, el mundo no podía revelarse. Él tenía que estar desnudo. Sólo en la inocencia se cae la máscara. «Así que es esto», pensó. «La verdad.» Gautama le dio permiso a su corazón para que se hinchara y rebasara el cielo. No sabía lo que había más allá ni cuán lejos podía llegar. Había encontrado su libertad, y en la libertad todo está permitido.

Salió el sol, y Gautama se encontró sentado en el suelo mullido y suave, bajo la higuera de agua. Se puso de pie y trató de caminar. Era una experiencia extraña: mientras atravesaba el bosque era como si el bosque lo atravesara a él. El aliento de la selva se mezclaba con el de Gautama; las ramas y las lianas salían de su cuerpo. Podía sentir el viento que soplaba a través de las ondulaciones de las copas sobre su cabeza.

Gautama sabía que todo había cambiado para siempre. A partir de entonces, vivir en el mundo físico sería como soñar. Podría hacer que las cosas aparecieran o desaparecieran con la facilidad de un soñador. Un castillo de oro o un círculo de ángeles en torno de su cabeza, estrellas que explotaban en haces de luz blanca o un ciervo que se recostaba sobre su regazo para dormir: todo aparecía al instante, con sólo pensarlo.

Gautama se dio cuenta de que podía sentarse bajo la higuera de agua, inmóvil y en silencio, y jamás regresar al mundo. Su viaje había terminado, pero aún tenía una elección: partir o quedarse.

Todos los que formaban parte de su pasado habían perdido hacía mucho tiempo las esperanzas de volver a verlo. Y, si aparecía de pronto, ¿cómo les explicaría en qué se había convertido? Sin duda, los sacerdotes lo tildarían de fraude. Las grandes almas sólo están a salvo si se apegan a las escrituras.

La decisión que tenía que tomar le pesaba mucho a Gautama. Tras varias mañanas, sintió que alguien pensaba en él. Yashodhara. Cuando el nombre llegó a Gautama, él pudo verla con claridad. Su esposa estaba sentada sola en sus aposentos, y arreglaba un dobladillo a la luz de una ventana abierta. Gautama había visto muchas veces el rostro de Yashodhara a lo largo de su travesía, pero esta vez era distinta. Él estaba en el cuarto con ella, sentía sus ansias, de las que él siempre era objeto. Al menos una persona no había perdido las esperanzas.

Gautama estaba tan cerca que podía sentir la tibieza de la piel de su esposa. Yashodhara levantó la vista, con expresión distante en los ojos. Miró alrededor, algo confundida. Luego, sintió una gota de dulzura en el estanque de pena que era su corazón. Sonrió para sí y regresó a su costura.

El monje pensó en otras personas y también las encontró. Channa estaba en los establos poniéndole una montura a un corcel ruano, y Gautama sintió que su amigo era el nuevo encargado del lugar; el viejo Bikram había muerto. Suddhodana estaba dormido, solo, con las cortinas cerradas. Trataba de escapar de una pesadilla sobre una vieja batalla.

Gautama podía estar en cualquier lugar y en todos los lugares que quisiera. No tenía más que pensar en alguien para tocarle la mente. No todos escuchaban. No todos notaban el contacto, pero por un instante sus problemas se atenuaban. ¿Era eso lo que podía hacer un Buda? De pronto, se puso a llorar. Derramó las lágrimas más extrañas que puede derramar un ser humano: lágrimas por haber perdido a todos los seres amados y, aun así, descubrir un milagro en el espacio vacío que deja la pena. Recuperaría a Yashodhara y también a Channa y a Suddhodana. Pero ahora los recuperaría como maestro, ya no como esposo, amante, hijo o amigo. Era un nuevo Buda, inexperto y tembloroso, con sólo tres días de vida. Sin embargo, no tenía duda de que Gautama ya no existía.

El nuevo Buda se puso de pie, se ajustó la túnica color azafrán y empezó a caminar hacia el sendero, al igual que tantos otros miles de veces. Pero esto no quería decir que hubiese decidido marcharse. Se dio cuenta de que marcharse y quedarse eran lo mismo, porque no hay diferencia para alguien que está en todos lados. Cuando llegó al camino, lo encontró completamente desierto, aunque a horas tan tempranas de la mañana solía estar ocupado por los carros de los granjeros que se dirigían al mercado. La desolación le pareció incluso más llamativa tras horas sin ver una carreta ni un caminante.

Buda podía estar absolutamente solo en el mundo. ¿Por qué no? Era su mundo, y podía hacer con él lo que quisiera. Él era quien lo soñaba. Una bandada de loros asustadizos huyó volando en lo alto cuando Buda estalló en una carcajada. ¡Qué divertido era! Si el mundo tenía un rey, ese rey gobernaría sin control. Lo rompería en pedazos con furia, jugaría con él y usaría los placeres sensuales para envolver su cuerpo.

Los astrólogos auguraron justo eso para Siddhartha. Pero, dado que él se había hecho dueño del mundo como Buda, no se había cumplido ninguna de esas previsiones. Sus poderes fluían desde el otro lado del silencio, donde la mente hace que todo sea posible. Por un tiempo, el nuevo Buda se dedicó a disfrutar, movió el sol por el cielo como un carro de juguete, enroscó los vientos en los polos, derramó lluvia sobre un desierto reseco. Esa diversión privada no duró demasiado. El mundo de Buda debía tener personas que él pudiera cuidar. Recordó lo que le había contado Canki acerca de una Edad de Oro, una época sin sufrimiento, donde la abundancia era habitual y la escasez era un recuerdo de un pasado lejano.

En ese momento, un grito destruyó la visión en mil pedazos. Vio a una mujer que corría hacia él, con el sari hecho jirones y los brazos cubiertos de sangre. Ciega por el pánico, la mujer no advirtió la presencia de Buda hasta que estuvo casi junto a él. Entonces los ojos de la mujer lo vieron allí parado, quieto y tranquilo.

Mientras daba un alarido, corrió dispuesta a lanzarse a sus brazos, llena de alivio. Buda sintió hasta el último jirón del dolor de la mujer y oyó en la mente de ella una sola palabra: «Angulimala.» En esa mente también pudo leer que era esposa de un granjero pobre y que habían sido atacados cuando se dirigían al mercado para vender sus cosechas. Cuando la mujer estaba a dos pasos de distancia, él levantó la mano para bendecirla. Ella dejó de correr. Temblaba de terror y tenía el pecho henchido por respirar con dificultad. Estaba angustiada en su totalidad.

—Basta de miedo —susurró Buda—. Dámelo a mí.

Ella se desplomó en el camino, como si se hubiese derretido, y empezó a sollozar.

—Todo tu miedo —insistió Buda—. Dámelo.

La mujer se quedó muy quieta; había dejado de llorar. Buda le borró las imágenes de terror de la mente. Vio un cuchillo. Dientes como colmillos. Un collar hecho de dedos cercenados. Las imágenes eran terroríficas, y él había logrado eliminarlas con el más sutil de los contactos. Sólo una imagen se negaba a desaparecer: la del cuerpo del esposo

muerto, que yacía sobre el polvo del camino, con la garganta cortada.

La mujer tocaba los pies de Buda y suplicaba. Algo dentro de ella sabía quién era ese hombre. Lo miró fijamente y
dijo:

—Por favor.

Buda evitó consolarla. Tomó la barbilla de la mujer e
hizo que lo mirara a los ojos.

—Ya no hay nada que hacer —dijo.

Ella tembló y se desmayó. Tras un instante, mientras
Buda permanecía inmóvil, apareció en el camino un hombre
que conducía un carro de bueyes. El esposo. Buda le hizo un
gesto para que se acercara, y él aceleró. Cuando vio a su esposa en el suelo, bajó del carro de un salto, alarmado.

—¿Qué pasó? —exclamó.

—Todo está bien. Pongámosla en el carro. —Los dos la
depositaron con delicadeza sobre la paja que había detrás del
asiento del conductor. El hombre tenía un poco de agua en
una bolsa de piel de cabra. Quiso mojar a su esposa para asegurarse de que estuviera bien, pero Buda lo detuvo—. Deja
que despierte por sus propios medios. Quizá te parezca que
delira al principio. Es posible que se sorprenda de verte, pero tú debes calmarla con palabras de amor. ¿Comprendes?

El granjero asintió. Buda estuvo tentado a preguntarle
qué quería decir «Angulimala», pero no, no podía hacer eso.
Al imaginar que el granjero estaba sano y salvo, había logrado borrar todo el ataque. No era difícil. No había resucitado al hombre. Lo único que hizo fue decirse que no a sí
mismo, con suavidad. El suceso que se negó a aceptar dejó
de existir. Buda le sonrió al esposo, que, cuando no hubo
nada más que decir, le dio las gracias y se fue.

Poder sobre el tiempo y sobre el destino. Buda reflexionó al respecto mientras caminaba. ¿Podía un Buda

revertir cualquier daño? De ser así, ¿tenía derecho a cambiar el karma a su antojo? Un mundo lleno de milagros podía alterarlo todo: podía privar a las personas del derecho a aprender sus propias lecciones. Al mismo tiempo, los milagros les demostrarían que todo era posible, y eso bastaba para eliminar gran parte del miedo y de las dudas.

Un rato después, vio las primeras chozas de una aldea. A medida que se acercaba, las personas salían y le lanzaban miradas suspicaces y miedosas. Algunos llevaban horcas, tridentes y hojas de espada oxidadas. Lo miraban con furia mientras Buda caminaba entre ellos, y en todas las mentes Buda podía oír la misma palabra: «Angulimala.» No tardó en darse cuenta de que era un nombre, el nombre de alguien al que todos temían. Un asesino. Un loco. Un monstruo.

Cuando llegó al centro de la aldea, notó que la plaza estaba casi desierta: no había más que unas pocas ancianas en torno a la alberca. Buda siguió hacia el templo local, cuyo viejo tejado era el punto más alto de la aldea. Una vez dentro, se quitó las sandalias y se lavó los pies, la cara y las manos en la pileta ritual que había en medio del patio. Vio a un viejo sacerdote en la sombra fresca del sanctasanctórum, que quitaba flores marchitas y cenizas de incienso del altar. Se acercó.

—Namaste.

El sacerdote casi no le prestó atención. Por muy aislado que estuviese el templo, conservaba la soberbia de los brahmanes. En lugar de rezar junto a él, Buda se sentó con las piernas cruzadas frente al altar, y esperó. El viejo sacerdote puso unas flores frescas sobre la estatua de Shiva y se volvió para retirarse.

—Angulimala —dijo Buda.

El sacerdote se enfureció.

—No digas cosas como ésa. Estás en un lugar santo.

—Lo sé —dijo Buda. A decir verdad, sentía que el templo había perdido su santidad hacía mucho tiempo. Estaba viciado con la obediencia ciega de las personas, el orgullo de los sacerdotes y un resto de presencia demoniaca. Todo esto había cubierto el templo como una gruesa capa de polvo.

—Creo que prohibes el nombre de Angulimala porque temes que él oiga la llamada e invada tu reino —dijo Buda.

El viejo sacerdote entornó los ojos, receloso. No sabía si le hablaban en serio.

—Yo puedo ayudar —agregó Buda.

El sacerdote recibió la oferta con una carcajada.

—¿Cómo? ¿Eres un monje guerrero? No importa. Angulimala ya ha matado a varios. Tiene poderes. Los cambió por su alma.

—¿Qué poderes?

—Puede correr más rápido que un caballo. Puede esconderse sin que lo vean y saltar sobre los viajeros desde las copas de los árboles. ¿Suficiente?

—Tal vez, si alguno fuera cierto. Dudo que haya testigos de esos poderes, si mata a cualquiera que encuentra y los pocos supervivientes están aterrados —contestó Buda.

El sacerdote, calvo y algo encorvado, cedió un poco.

—En eso tienes razón, extraño. Ven conmigo. Puedo alimentarte y, con un poco de comida en tu estómago, quizás dejes de engañarte con la idea de que eres capaz de ayudar. —El viejo sacerdote se las arregló para mostrar una sonrisa leve; la oferta del extraño había conmovido algún punto muy profundo de su alma. Se retiraron a la cocina del templo y, cuando el cuenco del extraño estuvo lleno de arroz y lentejas, se sentaron afuera a comer, en la sombra.

—Como sabes, «anguli» quiere decir «dedos» —dijo el sacerdote—. Para aterrorizar más a todos, este asesino colecciona los dedos de sus víctimas y los lleva como collar. Muy pocos conocen su verdadera historia. Yo soy uno de ellos. El monstruo empezó como hijo afable de un brahmán sin dinero. Cuando cumplió 14 años, lo enviaron a estudiar a una aldea cercana, con la esperanza de que, una vez educado, pudiese celebrar ritos en el templo y recuperar la fortuna de su familia. Pero el brahmán a cargo de la escuela era un hombre desequilibrado. Acusó al muchacho de acostarse con su esposa y lo expulsó en medio de un gran escándalo.

Buda no notó mucha compasión por el sufrimiento en el corazón del viejo sacerdote, pero él se sentía verdaderamente apenado por la injusticia cometida con el muchacho.

—El escándalo llegó al hogar del muchacho antes que él. Cuando traspasó el umbral, su padre lo golpeó brutalmente y lo echó, para que se las arreglara por sí solo. La familia había perdido las esperanzas de recuperar su fortuna. Ni siquiera importaba que su hijo fuese inocente. Ya no les servía para nada.

A medida que el sacerdote narraba la historia, Buda podía ver cada suceso en su mente. Lo que venía a continuación parecía mucho más oscuro.

—Ya no tenía nada por qué vivir, excepto la muerte —murmuró Buda.

—Nació maldito, y no hay esperanzas para él —dijo el viejo sacerdote, con severidad.

—¿Alguien trató de darle esperanzas? —preguntó Buda. El sacerdote frunció el ceño, pero no contestó. La charla estaba terminada; ya habían terminado la comida. Para mostrar su gratitud, Buda inclinó la cabeza. No se postró a los pies del brahmán, lo que hizo que el viejo sacerdote mantuviera un silencio taciturno mientras escoltaba al visitante hacia la salida.

—Eres un tonto si lo buscas. Puedo ver que tienes eso en mente —dijo el brahmán—. Pero si es lo que debes hacer, aquí tienes un amuleto para protegerte. —Le ofreció unas hierbas secas atadas con una plegaria escrita en una hoja.

—Dime una cosa —dijo Buda mientras tomaba el amuleto—. ¿Por qué Angulimala mata a tantas personas?

—Para salvarse —contestó el viejo sacerdote—. El muchacho desgraciado partió hacia los bosques y empezó a vivir como un animal. Comía raíces e insectos y se cubría el cuerpo con pieles. Dicen que el azar lo puso frente a una adivina itinerante, que le dijo que sólo podría deshacerse de la maldición si reunía mil dedos y se los ofrecía a Shiva como sacrificio. Ésa es la razón por la que lleva el horrible collar.

—Entonces debo ayudarlo —dijo Buda—. De lo contrario, Angulimala aparecerá aquí un día para sacrificar el collar en tu altar.

El viejo sacerdote se estremeció y cerró la puerta de un golpe.

La imagen de Angulimala permaneció en la mente de Buda durante todo ese día y la mañana siguiente. ¿Por qué se sentía atraído por ese monstruo? Angulimala era aborrecible, el interés por él no tenía ningún sentido.

Se internó más en la jungla para enfrentarse al interrogante. El sol de la tarde brillaba con furia cuando Buda se encontró en un sendero muy disimulado que recorría la jungla. Oyó un sonido seco, pero antes de que pudiera volver la cabeza, una bestia salvaje saltó desde los árboles y se agazapó a su lado. La vestimenta de pieles enmarañadas hacía que Angulimala pareciera un simio gigante y feroz que mostraba los colmillos.

Buda observó los dientes del salvaje, afilados en puntas separadas, y el collar de dedos resecos. En la mano izquierda llevaba un largo cuchillo corvo.

—Namaste —dijo Buda. Angulimala gruñó—. No puedo salvarte si no me dices cómo sufres —insistió Buda—. Un animal no necesita salvación.

El salvaje no reaccionó. Podía alcanzar a su presa de un salto, por lo que levantó el cuchillo y se arrojó hacia Buda con un alarido. Sin embargo, cuando el salvaje tocó el suelo, el cuchillo no había cortado más que aire. Buda estaba de pie, al igual que antes, pero a dos pasos de distancia. Angulimala estaba perplejo.

—No debes pedir piedad ni perdón —dijo Buda—. Sólo dime tu nombre verdadero, no el nombre de monstruo que has adoptado.

El salvaje no prestó atención y saltó una vez más hacia Buda, pero, al igual que antes, cuando aterrizó, la hoja cortó el aire. Buda estaba de pie, a dos pasos de distancia.

—No puedo quedarme mucho tiempo —dijo Buda—. Pero si quieres mi ayuda, ven a mí.

Le dio la espalda a Angulimala y empezó a alejarse lentamente. Oyó un grito de furia a sus espaldas. Una de las cosas que había dicho el viejo brahmán era cierta: Angulimala tenía suficiente energía demoniaca para superar a un caballo a la carrera. Cargó en dirección a Buda, con el cuchillo al frente como si fuera una lanza. Sólo habrían bastado unos pocos segundos para alcanzar a su presa, pero Buda siempre estaba un paso por delante. Angulimala aceleró, jadeando mientras corría. Sus pies desnudos levantaban una nube de polvo, pero no podía acortar la distancia que lo separaba de Buda. Así continuó la porfía durante 10 minutos, hasta que el salvaje cayó al suelo, abrazado a sus piernas agarrotadas por los calambres. Buda se volvió y lo interpeló:

—Hay una distancia muy corta entre tú y yo —dijo con suavidad—. ¿La franqueo? Puedo hacerlo. —Se agachó y tocó el pelo enmarañado del asesino, y Angulimala empezó a sollozar—. Por favor, dime tu verdadero nombre —insistió Buda.

Se hizo una pausa, y Angulimala tembló de pies a cabeza.

—¿Por qué? —gimió. Con eso quería decir: «¿Por qué habría de ayudarme alguien? Estoy condenado.»

—Te lo diría con gusto, pero no puedo explicarle nada a un animal —dijo Buda.

Angulimala se abrazó, acurrucado, retorciéndose en el suelo. Buda se mantuvo en silencio y dejó que la energía demoniaca empezara a salir, a abandonarlo. Haría falta algo más más que unas convulsiones para purificar al salvaje, pero eso era un buen comienzo. Después de revolcarse un rato en el polvo, dejó escapar un nombre:

—Anigha —dijo.

Las sílabas resonaron en la mente de Buda, y él vio a una persona distinta de la que estaba frente a él. Era un hombre santo llamado Anigha. Había vivido mil años antes y se había entregado a dios con tanta pasión que terminó por convertirse en un aspecto de Buda. Algo ocurrió en ese momento, y la oscuridad empezó a abatirse sobre él. ¿No había tenido Gautama la misma pasión? ¿No había dado un paso hacia la oscuridad cuando estuvo a punto de matarse? Anigha se había adentrado mucho más. Buda se dio cuenta de la verdad. «No puedo ser un enemigo del mal, porque el mal no es más que una faceta del bien. Una faceta que nadie ve.»

—Mírame, Anigha —dijo—. Somos hermanos. —El cansancio había tranquilizado al salvaje, su cuerpo estaba exhausto. Levantó la cabeza mientras Buda se inclinaba para bendecirlo—. Una vez fuiste un gran santo. Ahora te has convertido en un gran pecador. No fue una maldición. El ciclo de nacimientos y renacimientos ha dado toda la vuelta. A todos les ocurre lo mismo. Me ha ocurrido a mí.

Cada una de las palabras que dijo provocó un cambio en Anigha. Los ojos del hombre estaban perdidos en la distancia, como si recordase algo remoto y profundo. Tenía las mejillas bañadas de lágrimas.

—Estoy condenado —dijo en voz alta, con un tono más humano.

—No, tienes el mismo destino que todos —contestó Buda—. Quisiste encontrar una manera de escapar del sufrimiento. La única diferencia es que buscaste la vida de un monstruo. Creíste que si causabas un enorme sufrimiento, serías inmune.

El peso de los crímenes de Anigha lo estaba aplastando. Gimió.

—Traer el infierno a la tierra es horrible —dijo Buda—. Sin embargo, había otro propósito, que nadie ve. —Anigha lo miraba perplejo—. Tenías sed de la verdad suprema desde hace muchas vidas. Los dioses te fallaron; tus votos como monje no te trajeron más que una decepción mayor. Entonces juraste que no estarías redimido hasta que el peor pecador hubiese recibido el mismo tratamiento.

Anigha estaba aferrado a los pies de Buda y sollozaba ruidosamente, mientras su dolor se derramaba. Buda lo tomó de las manos y lo levantó.

—Si eres parte de mí, ya no necesitas nada para salvarte —dijo.

—Pero he matado —contestó Anigha.

—Caíste en el mal para demostrarte que existe una realidad que el mal no puede tocar. ¿Me dejarás enseñártela? —Mientras hablaba, Buda vio que la mancha de los crímenes de Angulimala empezaba a borrarse. Ya no estaba rodeado por la oscuridad—. Tienes una deuda con los que has asesinado —dijo Buda—. No puedes devolverles la vida, pero cada persona que has matado renacerá, y no te imaginas cuánto puedes bendecir esas vidas una vez que alcances la iluminación. Eres un asesino, pero también eres mucho más que eso. Eran tus presas, pero eran mucho más que tus presas. Déjame decirte una verdad, querido amigo. Todos nosotros acumulamos una nueva vida con la misma facilidad con que los árboles renuevan sus hojas en primavera. Descartamos las vidas como el árbol que pierde sus hojas en otoño. Has sufrido mucho, pero no por haber matado, sino por haber olvidado esa verdad.

Anigha escuchó en silencio; luego miró su cuerpo sucio, cubierto de pieles ensangrentadas. Ya no las reconocía como parte de él. Llevó a Buda a un arroyo y se limpió la mugre. Una vez que se enjuagó tanto como pudo, salió del agua.

—Te seguiré donde vayas —dijo—. Angulimala ha muerto.

—Siempre estarás conmigo, pero por ahora debes quedarte aquí —dijo Buda—. Dedícate a la expiación. Deja comida para los pobres. Ofrece flores y agua en las puertas del templo para quienes quieran hacer un sacrificio. Ayuda a los viajeros perdidos que alguna vez aterrorizaste. Hagas lo que hagas, no te dejes ver. Regresaré por ti muy pronto.

A Anigha no le resultó fácil dejar que Buda se fuera; seguía creyendo a medias que estaba en un sueño pergeñado por un demonio malvado. Sin embargo, un rato después, mientras los dos estaban sentados charlando bajo un árbol, el cansancio lo venció. Buda se puso de pie y partió en silencio. No pensó adónde iría luego. Pero acababa de ocurrir algo que sólo él sabía: había alterado el curso del mal con el contacto y la palabra.

Seguía siendo un nuevo Buda, con cuatro días de edad, pero cada instante le traía más poder y más sabiduría, para que los usara con buen juicio.

Los cinco monjes se habían retirado a un claro del bosque, cerca de Benarés, tras separarse de Gautama. Pasaron los meses. Ahora el claro estaba hermoso, con los árboles inclinados en plena y caótica primavera. Los monjes creían que seguramente Gautama habría muerto, pero nunca tocaban el tema. Llevaban una vida recluida, aunque hacía tiempo que dejaron atrás sus épocas de extrema austeridad.

Parecía sensato volver a una vida moderada. Sin embargo, una penumbra leve se había instalado sobre su existencia, porque todo monje del bosque quería alcanzar la iluminación. El fracaso de Gautama vaticinaba el fracaso de ellos. Por lo tanto, cuando Gautama llegó un día caminando al campamento, los cinco monjes se sintieron aliviados por ellos mismos y por él.

Tras saludarlo con grandes exclamaciones y expresar su alegría, los monjes se sentaron y esperaron que su hermano les contara lo que había ocurrido. Era como si alguien hubiera vuelto de la muerte. Esperaban que les relatara un milagro. Al final, Gautama describiría las maravillas de la iluminación. Pero Buda sólo quería estar acompañado por ellos tranquilamente, y de vez en cuando su mirada iba de uno a otro.

—Te lloramos, Gautama —dijo Kondana, el más joven.

—Porque sabían que Gautama ya no existía —dijo Buda—. Y estaban en lo cierto.

Ellos entendían, ya que es cosa muy sabida que alguien que llega a la iluminación antes ha cortado todas las conexiones con su personalidad anterior. Pero ninguno de los cinco monjes había conocido a nadie que hubiera llegado allí.

—Si no eres Gautama, ¿quién eres? —preguntó Assaji.

—Conservo el cuerpo de Gautama, y puedes llamarme por su nombre si te parece —dijo Buda con una sonrisa—. De alguna manera tienes que encontrarme en la oscuridad. Pero yo no soy este cuerpo ni este nombre. Ya no soy una persona como ustedes creen.

—Eso me dice lo que no eres, pero todavía no sé lo que eres —insistió Assaji.

En lugar de responder, Buda cerró los ojos y entró en samadhi, algo que habían visto hacer a Gautama miles de veces. Assaji estaba a punto de señalar que deberían imitarlo cuando, de improviso, Gautama volvió a abrir los ojos. Los monjes estaban acostumbrados a que se perdiera en el silencio durante días.

—¿Quieres meditar solo? —preguntó Assaji—. Podemos irnos.

—No es eso, querido amigo —dijo Buda—. He hablado con muy pocas personas desde que me desperté. Una de ellas me bendijo con el conocimiento del bien y el mal. Pero nadie me ha preguntado quién soy hasta ahora. Tú me has vuelto a bendecir.

Assaji parecía confundido.

—¿Cómo es eso? —preguntó.

—Cuando cerré los ojos, vi mis vidas anteriores. Diez mil de ellas, y viví cada una momento a momento.

Los cinco monjes estaban fascinados.

—¿En un abrir y cerrar de ojos? —exclamó Kondana. Buda sonrió.

—En dos, si así lo prefieres. Desde pequeños nos han dicho a todos que el ciclo de nacimiento y renacimiento nos ha traído de vuelta muchas veces. Pero cuando volví a esas vidas, me encontré con que todas ellas eran iguales. Soy todas las vidas que viví, pero aun así no soy ninguna, porque puedo estar aquí o allá cuando quiero.

—¿Es ésta la sabiduría que te liberó? —preguntó Assaji.

—¿Me lo preguntas porque realmente quieres saber o porque estás preocupado y te sientes inseguro? —respondió Buda.

Assaji parecía incómodo.

—Tu hazaña parece sobrehumana —dijo—. Si hace falta algo como eso para alcanzar la iluminación, ¿qué esperanza tenemos? No somos más que monjes comunes y corrientes. —Los demás murmuraron dejando ver su conformidad con esas palabras.

—No volví para desalentarlos ni asombrarlos. Tú me preguntaste quién soy, y ahora te lo puedo decir. También te puedo decir quién eres tú. Tú no eres el yo aparte. Tienes un nombre al que respondes, pero también has respondido a otros 10 mil. ¿Cuál es el verdadero tú? Ninguno. Tú te identificas con un conjunto de recuerdos. Sabes quiénes son tu padre y tu madre. Pones la atención en un objetivo que valoras. Pero has hecho exactamente lo mismo 10 mil veces antes. Por lo tanto, tus recuerdos, tus padres y las metas que valoras son efímeros. Cambian con la misma rapidez que la mosca de la fruta, el insecto que nace y muere el mismo día.

Los cinco monjes estaban fascinados con las palabras de Buda, pero era más que eso, esas palabras los llevaban hacia lo más profundo de su ser. Era como entrar en samadhi con los ojos abiertos. Sabían exactamente lo que Buda había descrito. Pero Assaji seguía preocupado.

—Desperdiciaría mi vida si tratara de desentrañar 10 mil vidas anteriores —dijo—. Y si quieres que renuncie a esta vida como si fuera un fantasma, ¿acaso no he renunciado ya al convertirme en monje?

—Sólo renunciaste al envoltorio exterior —dijo Buda—. Una túnica de color azafrán no te exime del deseo, y el deseo es lo que te ha mantenido prisionero.

—Ya nos dijiste eso en la montaña —dijo Kondana—. Pero en seis años jamás nos liberamos del deseo. Nuestro karma aún nos sigue y hace que obedezcamos sus órdenes.

—Y por eso he venido a buscarlos a ustedes en lugar de ir primero con mi familia —respondió Buda—. Lo que les insté a hacer en la montaña fue un error. Quiero repararlo.

—No nos debes nada —se apuró a decir Assaji.

—No hablo de una deuda —aclaró Buda—. Las deudas terminan cuando se termina el karma. Mi error los llevó a una trampa. Yo creí que estaba en guerra con el deseo. Despreciaba el mundo y mi propio cuerpo, que deseaba todos los placeres terrenales.

—Pero eso no puede ser un error —dijo Assaji—. De lo contrario, sería inútil hacer votos. La vida santa tiene que ser diferente de la vida terrenal.

—¿Y si no hay vida santa? —preguntó Buda. Los cinco monjes se sintieron extremadamente incómodos y ninguno contestó—. Verán, incluso la santidad se ha convertido en alimento para su ego. Quieren ser diferentes. Quieren estar a salvo. Quieren tener esperanza.

—¿Y por qué han de ser malas esas cosas? —preguntó Assaji.

—Porque esas cosas son sueños que los adormecen —dijo Buda.

—¿Qué veríamos si no estuviéramos soñando?

—La muerte.

Los cinco monjes sintieron que los recorría un escalofrío. Parecía inútil negar lo que les decía su hermano, pero era desesperanzador aceptarlo. Buda dijo:

—Tienen miedo a la muerte, como lo tuve yo, y por eso inventa cualquier historia que alivie sus temores y, después de un tiempo, creen esa historia, por más que haya surgido de su propia mente. —Sin esperar respuesta, estiró el brazo y levantó un puñado de polvo—. La respuesta a la vida y la muerte es simple. Reside en la palma de mi mano. Miren.

Arrojó el polvo al aire; el polvo quedó suspendido como una nube turbia durante un segundo, antes de que se lo llevara la brisa.

—Piensen en lo que acaban de ver —dijo Buda—. El polvo conserva su forma durante un instante efímero cuando lo arrojo al aire, así como el cuerpo conserva su forma durante su breve vida. Cuando el viento lo hace desaparecer, ¿adónde va el polvo? Regresa a su origen, la tierra. En el futuro, ese mismo polvo hará que crezca el pasto y se meta en un ciervo que come el pasto. El animal muere y se convierte en polvo. Ahora imaginen que el polvo llega a ustedes y les pregunta: «¿Quién soy?». ¿Qué le responderían? El polvo vive en una planta pero está muerto en el camino que pisan los pies. Se mueve en un animal pero está quieto cuando se encuentra enterrado en las profundidades de la tierra. El polvo comprende la vida y la muerte al mismo tiempo. Así que si responden a la pregunta «¿Quién soy?» con algo que no sea una respuesta completa, habrán cometido un error. He vuelto para decirles que pueden ser un todo, pero sólo si se ven así. No existe la vida santa. No existe una guerra entre el bien y el mal. No existen el pecado ni la redención. Al verdadero ser no le importa ninguna de esas cosas. Pero sí le importa al falso ser, el que cree en el yo aparte. Han tratado de llevar al yo aparte, con toda su soledad y ansiedad y orgullo, a las puertas de la iluminación. Pero jamás las atravesará, porque es un fantasma.

Mientras hablaba, Buda sabía que ese sermón sería el primero de cientos. Le sorprendió que las palabras fuesen tan necesarias. Había esperado sanar el mundo con un toque o sólo por existir en él. El universo tenía otros planes.

—¿Cómo puedo verme como un todo cuando lo que llamo «yo» está aparte? —preguntó Kondana—. No tengo más que un cuerpo y una mente, aquellos con los que nací.

—Mira el bosque —respondió Buda—. Lo atravesamos todos los días y creemos que es el mismo. Pero no hay ni una hoja que sea la misma que ayer. Cada partícula de tierra, cada planta y cada animal cambian todo el tiempo. No puedes alcanzar la iluminación como la persona aparte que crees que eres, porque esa persona ya ha desaparecido, junto con todo lo de ayer.

Los cinco monjes estaban asombrados al oír esas palabras. Admiraban a Gautama, pero ahora sus creencias instaban a una revolución. Si lo que decía era cierto, entonces nada de lo que les habían enseñado podía ser verdad al mismo tiempo. ¿Que no existía la vida santa? ¿Que no existe una guerra entre el bien y el mal? Ninguno habló durante un largo rato. ¿Qué se le podía decir a un hombre que afirmaba que ni siquiera ellos existían?

—He traído conmigo la conmoción —dijo Buda—. No tenía intención de hacerlo. —Lo dijo con sinceridad, después de meditarlo profundamente, como era debido. No se había dado cuenta de que al estar despierto perturbaba tanto a otra gente.

En un abrir y cerrar de ojos, con la misma velocidad con que había visto 10 mil vidas anteriores, vio el problema del hombre. Todos estaban dormidos, inconscientes ante su verdadera naturaleza. Algunos dormían de manera irregular y alcanzaban a ver a ratos la verdad. Pero volvían a dormirse enseguida. Eran los afortunados. La gran masa de seres humanos no veía la realidad. ¿Cómo podía decirles él lo que en realidad les quería decir? «Todos ustedes son Buda.»

—Me doy cuenta de que si me quedo aquí, no haré más que perturbarlos más —dijo—. Así que ayúdenme. Debemos idear juntos un dharma que no atemorice a la gente. Para empezar, a ustedes, mis temerosos hermanos. —Los cinco monjes sonrieron y empezaron a relajarse un poco. Buda señaló los árboles en plena floración que los rodeaban—. El dharma debería ser así de hermoso e igual de natural —dijo—. Si la naturaleza está despierta dondequiera que miremos, entonces los seres humanos merecen lo mismo. Despertarse no debería ser una lucha.

—Tú luchaste —dijo Assaji.

—Sí, y cuanto más luchaba, más difícil era despertar. Hice de mi cuerpo y mi mente mis enemigos. Por ese camino sólo se llega a la muerte y a más muerte. Mientras su cuerpo sea su enemigo, estarán atados a él, y el cuerpo no tiene más opción que morir. La muerte jamás será vencida a menos que se vuelva irreal.

Años después, Assaji recordaría que empezó a pasar una tormenta sobre el bosque mientras Buda hablaba. Los rayos puntuaban sus palabras y le iluminaban la cara, que no era el rostro ferozmente entusiasta de Gautama, sino algo sobrenatural y sereno. Oyeron el repiqueteo de las gotas de lluvia sobre el techo del bosque, que creció hasta convertirse en un sonido constante, pero sobre los cinco monjes no cayó lluvia, ni siquiera una gota perdida se evaporó en la fogata. De esa manera, la naturaleza les decía que Buda era más que un hombre que había sido iluminado. Después de esa noche, los monjes lo siguieron.

Por primera vez en seis años, los pies de Buda tocaron el camino que llevaba a Kapilavastu. Buda viajaba con los cinco monjes, que poco a poco perdían la ansiedad, pero no su asombro y su admiración. Comían y dormían junto a su maestro. Se bañaban con él en el río, pero él ya no meditaba ni rezaba. Tomaba a sus hermanos uno a uno y los instruía por separado, con dedicación. Ellos rebosaban de alegría porque les decía que estaban muy cerca de la iluminación y que muy pronto la alcanzarían. Era una enorme dicha.

Había un monje que nunca hablaba en voz alta. Se llamaba Vappa, y parecía el más inseguro respecto de la vuelta de Gautama a la vida. Cuando Buda lo llevó aparte y le dijo que alcanzaría la iluminación, Vappa recibió la noticia con dudas.

—Si lo que me dices fuera cierto, sentiría algo, y no siento nada —dijo.

—Cuando cavas un pozo, no hay indicios de agua hasta que llegas al agua, sólo piedras y tierra que quitar del camino. Tú has quitado bastante; pronto fluirá el agua pura —dijo Buda. Pero en lugar de sentir y manifestar más seguridad, Vappa se tiró al suelo y empezó a llorar y abrazarse a los pies de Buda.

—No sucederá jamás —gimió—. No me des falsas esperanzas.

—No te doy esperanzas —dijo Buda—. Tu karma te trajo a mí, junto con los otros cuatro. Puedo ver que pronto despertarás.

—¿Entonces por qué tengo tantos pensamientos impuros? —preguntó Vappa, que era irritable y propenso a los arrebatos de ira, tanto que los otros monjes se sentían intimidados por él.

—No confíes en tus pensamientos —dijo Buda—. No puedes despertarte con el pensamiento.

—He robado comida cuando estuve hambriento, y hubo veces en que me aparté de mis hermanos y me di a las mujeres —dijo Vappa.

—No confíes en tus acciones. Las acciones pertenecen al cuerpo —dijo Buda—. Tu cuerpo no te puede despertar.

Vappa seguía sintiéndose miserable, y su expresión se endurecía cuanto más hablaba Buda.

—Debería irme de aquí. Dices que no existe la guerra entre el bien y el mal, pero yo la siento dentro de mí. Percibo cuán bueno eres, y eso me hace sentir peor.

La angustia de Vappa era tan genuina que Buda se sintió tentado de ayudarle. Sabía lo muy retorcida y sutil que es la mente. Podía convencer al santo más puro de que era el peor pecador, así como se puede convencer a una mujer hermosa que ve una peca en su cara de que ha perdido toda su belleza. Buda podía estirar el brazo y quitarle el peso de la culpa a Vappa con un roce de su mano. Pero hacer feliz a Vappa no era lo mismo que liberarlo, y Buda sabía que no podía tocar a cada persona viviente sobre la faz de la tierra.

—Puedo ver que te debates por dentro, Vappa. Debes creerme cuando digo que jamás ganarás —dijo Buda.

Vappa agachó aún más la cabeza.

—Lo sé. ¿Debo irme, entonces?

—No, me malinterpretas —dijo Buda con tono amable—. Nunca nadie ganó la guerra. El bien se opone al mal como el sol de verano se opone al frío del invierno, como la luz se opone a la oscuridad. Están incorporados en el esquema eterno de la naturaleza. Son la misma cosa.

—Pero tú ganaste. Tú eres bueno; yo siento que eres bueno —dijo Vappa.

—Lo que sientes es el ser que llevo dentro, al igual que tú —dijo Buda—. No vencí al mal ni abracé el bien. Me aparté de ambos.

—¿Cómo?

—No fue difícil. Una vez que reconocí que jamás sería completamente bueno ni estaría libre de pecado, algo cambió dentro de mí. Ya no me distraía la guerra; mi atención podía centrarse en otra cosa. Se centró más allá de mi cuerpo, y vi quién soy de verdad. No soy un guerrero. No soy un prisionero del deseo. Esas cosas van y vienen. Me pregunté a mí mismo: «¿Quién está mirando la guerra? ¿A quién recurro cuando pasa el dolor o cuando se termina el placer? ¿A quién le contenta ser y nada más?» Tú también has sentido la paz de ser y nada más. Despierta a eso, y te unirás a mí en la libertad.

Esa lección tuvo un efecto enorme en Vappa, que decidió que su misión, durante el resto de su vida, sería buscar a las personas más miserables y desesperanzadas de la sociedad. Estaba convencido de que Buda había revelado una verdad que todas las personas podrían reconocer: el sufrimiento es una parte fija de la vida. Huir del dolor y correr hacia el placer jamás cambiaría eso. Pero la mayoría de las personas se pasaban toda la vida evitando el dolor y persiguiendo el placer. Para ellas eso era normal, y en realidad se involucraban demasiado en una guerra que jamás ganarían.

A medida que se acercaban a las puertas de Kapilavastu, Buda preparó el camino. Envió su presencia delante de él, y pudo sentir un creciente entusiasmo en Yashodhara, quien ordenó a sus criados que retiraran los cortinajes sombríos de una ventana; trajo retratos viejos de Siddhartha para mostrarlos al hijo de ambos, Rahula, que podría asustarse al ver que regresaba un padre que sólo había conocido en la cuna. Todos los días, Yashodhara ponía en práctica el mismo ritual. Llamaba a Rahula a su lado y se sentaba en el cenador, junto al estanque de los lotos, lugar donde solía estar la glorieta del placer de Suddhodana. La vieja estructura había sido derribada y las cortesanas fueron empleadas en puestos dignos, como criadas. Siddhartha jamás las había visitado. Así le demostraba su fidelidad a Yashodhara. Ahora, ella esperaba allí mismo para demostrarle su fidelidad a él.

Pero Buda sabía que sentir su presencia no bastaba. Su esposa permanecía sentada allí hora tras hora y esperaba que él volviera como su esposo. En el fondo, tenía la mente ansiosa. Quería que él la abrazara en el lecho matrimonial. Todos los demás pensamientos tenían que ver con su cabello, la suavidad de su piel, el rubor de los pellizcos en las mejillas. Aún era joven; además, Siddhartha apenas tendría 35 años. Les quedaba tiempo para tener más hijos. La presencia de Buda no podía llegar hasta esa parte de la naturaleza de Yashodhara. ¿Cómo podía cambiar la mente de ella sin destruirla? Ella vivía para la dicha de la vida conyugal.

La mente de Buda estaba preocupada cuando los cinco monjes empezaron a armar considerable revuelo. Buda levantó la vista hacia donde le señalaban. Venía corriendo hacia ellos un caballo bañado en sudor y sangre, al galope y aterrorizado. Los cinco monjes se apartaron para abrirle paso. Era un poderoso corcel negro. Ninguno de ellos se atrevió a quitar a Buda de en medio; Buda no se movió, y cuando se acercaba, el animal se encabritó y agitó las patas delanteras, herradas de acero. Por un instante, el enorme animal mantuvo el equilibrio sobre los cuartos traseros, en el aire, y se sacudía. Después las patas bajaron al suelo sin dar en el blanco. El corcel tembló de dolor y terror, pero no volvió a encabritarse, se calmó poco a poco .

Assaji se acercó con cautela.

—¿Qué hiciste?

—Nada —dijo Buda—. La furia no puede existir cuando no hay furia que le haga frente. —Indicó a uno de los monjes que cogiera las riendas—. Lo llevaremos de vuelta a los establos de mi padre. Asegúrate de quedarte cerca de mí. El peligro aún no pasó.

—¿Qué sucedió? —preguntó Assaji, al presionar la tela de su túnica contra la herida más grave del caballo—. ¿De dónde vino esto?

—Sólo puede tratarse de una cosa —dijo Buda—. La guerra. Muy pronto estaremos en el fragor de la batalla.

No habían recorrido un kilómetro cuando su predicción se hizo realidad; a lo lejos se oía vagamente el estruendo de la lucha.

—Yo soy la causa de esto —dijo Buda. Los cinco monjes lo contradijeron, pero Buda no agregó palabra alguna. El grupo tenía las manos ocupadas para que el corcel no se desbocara cuando Buda percibió el olor de la muerte. Más de una vez tuvo que detenerse y mirar al animal directo a los ojos—. La única forma de convencerlo de que no tiene que tener miedo es que vea que yo no tengo miedo. Los animales son más sabios que nosotros en ese sentido. Si no sienten la paz, no se dejan engañar con palabras pacíficas.

Los monjes sabían que Buda no hacía observaciones casuales. Cada palabra suya estaba destinada a enseñarles la verdad. Muy pronto, el ruido de la batalla cobró intensidad, tanta que podían oír el acero que golpeaba contra el acero y los gritos angustiados de soldados moribundos. Buda se detuvo y escuchó.

—Mi padre se dejó engañar por palabras pacíficas. Devadatta lo ha engañado y lo ha llevado a la guerra. —Entonces señaló en la dirección opuesta a la refriega—. Primero el hogar. —Una hora después, vieron las torres de la entrada a la ciudad capital. El camino se ensanchó, y los últimos cientos de metros estaban adoquinados.

—¿Quién está ahí? —gritó un centinela.

—Alguien a quien llamabas Siddhartha —dijo Buda.

—No puedo dejar entrar a nadie que no sea ciudadano, y no conozco ese nombre —dijo el centinela, mientras espiaba por una ranura ubicada sobre sus cabezas. Era joven, casi un niño. Los verdaderos soldados mataban y morían por el rey.

—Manda llamar a la criada de la princesa Yashodhara. Ella me reconocerá —dijo Buda. La cara del centinela desapareció de la entrada. Ellos esperaron; entonces, se abrieron ligeramente las enormes puertas de madera, lo suficiente como para dejar entrar al grupo y al corcel. Buda vio dónde estaba su esposa. Cuando la mujer oyó el nombre de Siddhartha, envió a su criada a que espiara por las puertas mientras ella se miraba al espejo a toda prisa y se envolvía en un sari tejido con hilos de oro.

Estaba agitada y algo sudada cuando se sentó en la pérgola. Rahula dormía una siesta, y Yashodhara casi lo despertó, pero no quería que la viera llorar sin control, así que salió sola. A lo lejos oyó el crujido de las puertas, seguido de un estruendo cuando se cerraron de nuevo por acción de los enormes cabrestantes de los costados. El viento era ligero, pero cada vez que giraba levemente, ella podía oír los sonidos de la guerra, vagos, que hacían crecer su ansiedad.

—Querida.

Había estado tan obcecada que lo tuvo delante de ella antes de oírlo. Dando un grito, Yashodhara se puso de un pie de un salto, corrió hacia Buda y lo rodeó con los brazos. Sentía su menor respuesta, y se le aceleró el corazón cuando notó que él la rodeaba con los brazos sin dudar. Fue un alivio tan grande que empezó a llorar. Cualquier esposo hubiera dicho: «No tienes por qué llorar. Ahora estoy en casa. Está todo bien.» El esposo de Yashodhara no dijo ni una palabra.

Ella pronto se dio cuenta de su silencio y empezó a desesperarse. Lo miró y se encontró con que Buda la miraba a ella directamente a los ojos. Una voz débil dentro de ella le decía «no», y el impulso del miedo se desvaneció.

—Oíste eso —dijo Buda—. Como me oíste antes, ¿verdad?

Yashodhara asintió con la cabeza.

—Sí. —Tenía los ojos hambrientos por volver a verle la cara.

Buda la soltó, y por un instante Yashodhara se sintió completamente abandonada. Quería aferrarse a él, pero él levantó un dedo haciendo un pequeño gesto y ella dejó caer los brazos a los costados.

—Eres mi amada esposa. Tienes derecho a abrazarme —dijo Buda—. Nadie volverá a hacerlo. Ni siquiera tú.

Yashodhara se estremeció. Había pasado años tratando de desterrar de su mente toda imagen de Siddhartha convertido en monje. Incluso en ese momento dejó los ojos fijos en su cara, y se negaba a ver la túnica de color azafrán.

Las facciones de él empezaron a flotar frente a ella, pero no se desvanecía: no descendía ninguna cortina negra sobre sus ojos, no le subía a la cabeza un sudor frío ni un escalofrío. Por el contrario, Yashodhara sintió una calidez, y esa tibieza emanaba de su corazón. Irradiaba calor. ¿Qué le pasaba? El mundo desapareció ante sus ojos, no en la negrura sino en el brillo de una luz blanca que no tenía origen. Alcanzó a ver por última vez el sol, pero era pálido en comparación con la luz que ahora llenaba todo su ser. Ahora estaba segura de que la luz provenía de ese hombre que una vez fue su esposo. Estaba segura de otra cosa, también. Él, sin dudas, le habló.

—Te ha llegado el momento, Yashodhara. Ríndete y serás libre.

Buda no pasó la noche en Kapilavastu, sino que reunió a los cinco monjes y se dirigió con ellos al campo de batalla. El crepúsculo se cernía sobre ellos cuando llegaron a la cima de una colina desde donde podían ver la lucha. Bajo la luz crepuscular, cada vez más tenue, ninguno de los bandos cargaba contra el otro. Los elefantes y los caballos habían sido retirados hacia la retaguardia. Lo único que quedaba del estruendo de la guerra era el choque de las espadas. La infantería luchaba en grupos contra el enemigo, levantaban nubes de polvo y desaparecían en ellas.

Buda se sentó sobre la cima de la colina. Desde esa distancia, todos los soldados parecían marionetas que se sacudían, descontroladas. Algunas marionetas corrían y chocaban con otras. Rebotaban, y una de las dos caía y no volvía a levantarse. Muchas marionetas cubrían el campo: algunas se retorcían un poco, y otras permanecían muy quietas.

—¿Vamos a bajar? —preguntó Kondana con tono nervioso—. ¿Qué clase de lugar es éste para unos monjes?

—No tenemos opción —contestó Buda—. La guerra no difiere de lo que ocurre todos los días: es otra forma de sufrimiento que han creado los hombres.

—Pero la vida no es siempre una guerra —señaló Kondana.

—No a simple vista —contestó Buda—. Pero si los hombres no tuvieran tanto miedo de morir, pelearían todos los días, y el deseo más intenso en sus corazones sería el de destruir a todos sus enemigos.

Para entonces, la luz se había ido por completo, y la oscuridad había puesto fin a las escaramuzas del campo. Lo último que podía verse era quienes reptaban con sigilo hacia el escenario de la matanza para buscar despojos entre los cadáveres. El viento llevaba el canto dulce de los pájaros a la colina, mezclado con los lamentos de los soldados heridos.

—Maestro, dices cosas muy oscuras, borras toda esperanza para esta situación —dijo Kondana.

—La esperanza nunca puso fin a una guerra.

Esa noche, Buda no dijo nada más. Se envolvió con sus túnicas y se tendió en el suelo. Los cinco monjes ya sabían que no le preocupaba dónde dormía o quién estaba cerca, pero se habían acostumbrado a preocuparse por la comodidad de su maestro hasta donde él lo permitiese. Dejaron a su lado una calabaza con agua y un poco de comida que habían traído de la capital. Encendieron una fogata y se acostaron lejos de Buda, por respeto.

Buda les habría pedido que se acostaran cerca, pero temía que se preocuparan si veían que ya no necesitaba dormir. Daba descanso a su cuerpo, pero su mente permanecía despierta todo el tiempo. Envió una bendición a Yashodhara y visitó a Rahula, su hijo de seis años, que casi no podía quedarse en la cama por la emoción de volver a tener un padre. Al niño le habían hecho creer en secreto que

Siddhartha seguía con vida, por lo que no se sorprendió tanto como los cortesanos que lo vieron de regreso. Buda les dijo en repetidas ocasiones que no había vuelto para aceptar el trono, pero muchos mantenían vivas las esperanzas de que lo hiciera.

El alba no era sino el más leve resplandor cuando Vappa sintió que alguien le tocaba el hombro. La guerra lo ponía tan nervioso que se despertó sobresaltado. Buda, de pie ante él, lo ayudó a levantarse.

Una vez que salió el sol y todos los monjes despertaron, Buda señaló la escena que se desarrollaba al pie de la colina, donde los grupos de soldados se movían alrededor de las fogatas. Algunos comían a toda prisa, pero la mayoría cuidaba los caballos, afilaba las espadas y remendaba las armaduras de cuero desgarradas.

—¿Cuántos morirán en esta nueva jornada? —preguntó Assaji, con expresión seria.

—Todos. Si no es hoy, será otra día —contestó Buda, tajante. Los monjes jamás habían oído un comentario implacable, pesimista, de boca de su maestro, y eso los dejó azorados. Ninguno se atrevió a responder. La voz se suavizó—. Les dije que la primera verdad del mundo es el sufrimiento. Queridos amigos, no hemos venido a prometer la inmortalidad en el cielo ni el favor de los dioses. Debemos poner fin al sufrimiento, pero no al hablar de dios. —Buda señaló todo el campo de batalla con un movimiento del brazo—. ¿Hay alguno de estos guerreros que crea que dios no está de su lado?

—Pero dios también alivia el sufrimiento —dijo Assaji.

—Nunca prometas algo como eso —dijo Buda, y sacudió la cabeza—. Todo ese discurso religioso no tiene nada que ver con nosotros. Les diré cómo considerar a todas las personas que encuentren. Véanlas como a un hombre cuya casa se ha incendiado. ¿Diría ese hombre: «No me iré hasta que alguien me diga por qué dejó dios que sucediera esto»? No, saldría corriendo de las llamas tan rápido como pudiera. Lo mismo ocurre con el sufrimiento. Debemos enseñar a las personas a escapar del sufrimiento tan rápido como puedan. No tiene sentido pasar años en discusiones sobre si alguien está maldito o bendecido por los dioses. No digas nada del karma bueno y malo, rituales y sacrificios. Nada de eso.

Para entonces, los monjes ya habían aprendido a aferrarse a las palabras de Buda, por muy sorprendentes que fueran. Pero esas palabras fueron demasiado para Kondana.

—Toda la noche soñé que estaba rodeado por un grupo de soldados enloquecidos —dijo—. En lugar de alejarnos de la casa en llamas, nos llevas ahí.

—El miedo es poderoso, pero sólo finge que dice la verdad —dijo Buda—. Yo les mostraré lo que es la verdad. Déjenme caminar delante; ustedes síganme.

Las escaramuzas más cercanas no estaban más que a unos cientos de metros, así que los monjes llegaron en cuestión de minutos. Un jinete había perseguido a otro lejos del centro de la batalla y se había acercado lo suficiente como para hundir su lanza en la montura de su enemigo, que rodó y derribó al jinete. Ahora ambos soldados estaban de pie y luchaban mano a mano; ambos tenían bastante experiencia como para usar una daga en una mano y una espada en la otra.

A medida que se acercaban, los monjes no llamaron la atención. En su furia y ardor guerreros, los dos soldados sólo tenían ojos y oídos para la lucha. Aun así, los monjes se sobresaltaron al ver la violencia del encuentro. Buda se detuvo un momento, dándoles un respiro para que pudieran recuperar la compostura.

—Cuando era guerrero —dijo—, aprendí que la victoria jamás podía alcanzarse sin armas poderosas, más fuertes que las del enemigo. Nosotros no tenemos armas, pero venceremos de todas formas.

Sin decir una palabra, caminó en dirección hacia los dos contendientes. Estaban tan sorprendidos de ver semejante osadía en un intruso que, por reflejo, dieron un paso atrás. Sin vacilar, Buda ocupó el espacio que quedó entre ambos guerreros.

—¡Vete, extraño! —gritó uno de los soldados—. Si no te mueves, saldrás lastimado.

—¿Es posible? —dijo Buda—. Inténtalo.

Los dos enemigos lo miraron fijo, sin poder creer lo que oían.

—Debes de estar loco —dijo uno—. Sal de aquí, monje. Te rebanaré el cuello con mi espada, sin dudarlo, si me veo obligado a hacerlo.

—Ése sería un espectáculo interesante —dijo Buda. La calma que irradiaba era tan desconcertante que los dos soldados bajaron las armas, ya sin el ímpetu de la furia guerrera. Desde un lado, Assaji gritó:

—Si lo tocan, estarán lastimando a un hombre santo. Es un pecado.

Buda se volvió y le lanzó una mirada de reprobación.

—Nada de eso —lo reprendió. Volvió a concentrarse en los dos soldados—. Los dos cumplen su deber con los dioses, pero eso no los ha salvado de una vida de matanza y miedo. ¿Por qué habrían de detenerse ahora? Si son tan temerarios con el destino como para correr el riesgo de reencontrarse con sus enemigos muertos en el infierno, no los detendré. Los invito a atravesarme con sus espadas. Incluso los perdono por adelantado.

En el momento en que pronunció la última de esas palabras, los soldados ya habían inclinado la cabeza. Buda se acercó y tocó muy ligeramente las espadas y las dagas, que cayeron al suelo.

—La vergüenza ha hecho que pierdan el gusto por la matanza —dijo—. Regresen a sus hogares y encuentren una mejor manera de vivir.

—No puedo —dijo uno de los guerreros—. Si escapo de la batalla, el rey me quitará mi casa; no habrá comida para mi familia.

—Te prometo que eso no pasará —dijo Buda—. Tu rey disolverá todo su ejército hoy.

Los dos soldados estaban maravillados y querían hacer más preguntas, pero Buda hizo un gesto a los cinco monjes y siguió caminando. Cuando miraron hacia atrás, sobre sus hombros, los guerreros ya no estaban.

—Les he mostrado la primera forma en que puede triunfar la paz —dijo Buda—. Es posible llegar a algunas personas al hablar a sus conciencias. Ésos son los que ya tienen una pista y saben que quieren poner fin al sufrimiento. A través de la conciencia, la culpa y la vergüenza, aceptarán sus errores cuando se los muestren.

—¿Cuántas personas hay así? —preguntó Assaji.

—No tantas como hacen falta.

Luego, Buda los guió hacia donde estaba más concentrada la batalla: grupos de soldados que chocaban en un caos danzante de acero, caballos y gritos. Por un momento, Buda se mantuvo al margen.

—¿Qué ven? —preguntó.

—Matanza y derramamiento de sangre. Algo que preferiría no mirar —contestó Assaji.

—Mira con un poco más de profundidad —dijo Buda—. Son personas que no pueden escuchar a su conciencia; no porque sean malas, sino porque están demasiado inmersas en la acción. No es posible predicar ante alguien que libra una batalla a vida o muerte, no sólo en la guerra, sino también en la lucha diaria de la existencia.

Buda se acercó a la refriega, y una espada blandida sin control le pasó a pocos centímetros de la cabeza. Los monjes gritaron, pero Buda atrapó la hoja en el aire. Se la quitó al espadachín, y éste se volvió para mirarlo con ojos que empezaban a salirse de sus órbitas. Buda sujetaba con firmeza los bordes afilados y cortantes de la espada. El otro espadachín vio una oportunidad y se aprestó a lanzar una estocada a su contrincante, pero Buda cogió la espada por la hoja y se la quitó de las manos.

Los soldados estaban perplejos: no podían creer lo que veían.

—¿Quién eres? —preguntó uno de ellos.

—Soy lo que necesitan en este momento —dijo Buda.

Dejó caer las armas y se internó más en la batalla. A medida que se acercaba, la lucha se atenuaba. Los guerreros dejaban las armas y caían de rodillas. Otros se quedaban con sus armas en el aire, congelados como estatuas. Buda era como una cuña que se abría camino por el campo de batalla. Los cinco monjes corrieron detrás de la estela de su maestro.

—¿Qué ocure? —preguntó Assaji, sin aliento.

—¿Qué crees? —contestó Buda—. Un milagro.

Assaji no tuvo problemas para creerle: Buda avanzaba en medio de los dos ejércitos.

—Les muestro otra manera de vencer —dijo Buda—. A veces es necesario que nos mostremos tal cual somos. Las personas que están perdidas en la lucha de la existencia se han vuelto prisioneras de las ilusiones. Sólo recuerden una cosa: ustedes están hechos de luz y, en el momento indicado, quizá tengan que demostrarlo.

Assaji seguía perplejo por el temor reverencial que inspiraba Buda en los soldados; algunos llegaban al punto de protegerse los ojos con las manos. Sin embargo, para Assaji, Buda tenía un aspecto completamente normal.

—¿Por qué no puedo ver el milagro? —preguntó.

—Porque estás incluso más distraído que estos soldados —contestó Buda con una sonrisa—. Sigues pensando
que estoy aquí para hacer que te maten.

Cuando escuchó esas palabras, Assaji notó que de pronto se relajaba; hasta ese momento había permanecido tan tenso como un alambre estirado. Exhaló profundamente y luego vio que Buda estaba rodeado por un aura de luz blanca y
brillante. El ejército veía un ser de luz que se movía entre
ellos, y la imagen los ponía de rodillas.

—Maestro, perdóname. Ahora veo que puedes salvar a
multitudes —dijo Assaji, tan sobrecogido como los soldados.

—Esto no es la salvación —contestó Buda—. No es
más que una visión ínfima de la realidad. Todos están profundamente dormidos. Se necesita más que esto para des-
pertarlos.

Vappa, que escuchaba allí cerca, dijo:

—Nadie me verá así, jamás.

—¿Por qué no? —dijo Buda—. Yo ya te veo así.

Permaneció en silencio mientras se abrían camino por
el corazón de la batalla. En la periferia aún se oía el fragor de
la guerra, pero, hasta donde podía verse, todos los soldados habían dejado sus armas. Les llevó media hora cruzar
todo el campo y acercarse a las tiendas de los generales. Buda señaló el más alto de los mástiles, en el que ondeaba una
radiante insignia amarilla y roja.

—Mi padre.

Los generales más viejos temblaron cuando vieron que
el príncipe regresaba de entre los muertos; todos los oficiales hicieron reverencias y siguieron a la comitiva que se acercaba a la tienda real.

—¿Dónde está el rey? —preguntó uno de los generales superiores cuando vio que Suddhodana no aparecía. El

caballo del rey estaba amarrado allí cerca, algo nunca visto hasta entonces durante el momento definitivo de una batalla.

Buda abrió la entrada de la tienda y pasó. En el interior, caluroso y mortecino, vio al rey, tendido sobre un catre. Se había quedado dormido mientras se ponía su armadura. Gruñía y giraba sobre el lecho, inquieto, lanzaba golpes al aire. Buda hizo un gesto sutil para que entrara Assaji.

—Quiero que lo veas todo —dijo Buda—. Pero quédate en un rincón por ahora. No debemos abrumarlo.

Assaji retrocedió y se hundió en las sombras. Buda se acercó al catre y tocó el hombro de su padre. Suddhodana no se sobresaltó, sino que despertó poco a poco, frotándose los ojos. Tras el momento que necesitó su mente para entender lo que veía, el rey dejó escapar tres palabras, separadas por largas pausas.

—¿Quién…? No… ¡Tú! —El viejo soberano empezó a sollozar.

—No temas, padre. —Buda abrazó al anciano, y se quedaron así por un rato. Assaji notó con sorpresa que Buda también sollozaba en silencio. Suddhodana recuperó el habla poco a poco, hacía preguntas con frases entrecortadas: de dónde venía Siddhartha, quién era, entonces, el decapitado. Sin embargo, lo que más hacía era recriminarse por haber sido tan tonto.

—Devadatta —murmuró con amargura. El primo de Siddhartha había llegado a convertirse en asesor de confianza y fue él quien convenció a Suddhodana de que se embarcara en esa guerra.

Una oleada de furia endureció al viejo rey y provocó en él un repentino estallido de energía.

—¿Qué hora es? —dijo, cortante—. Debo luchar. Éste no es lugar para ti: que algunos de los hombres te escolten de vuelta al palacio. —Suddhodana tomó la coraza y el yelmo que se estaba poniendo antes de quedarse dormido. Se negaba a mirar a su hijo—. Sé que ahora eres monje, Siddhartha, pero tu padre será un mendigo a menos que ganemos esta guerra. —Suddhodana nunca había terminado de aceptar la elección de su hijo, y la única idea que ocupaba su mente en ese momento era que el reino necesitaba un defensor. En lugar de detenerlo, Buda se hizo a un lado y dejó que el viejo rey se pusiera su armadura, empuñara la espada y saliera corriendo de la tienda.

—¿Dejarás que pelee? —preguntó Assaji, incrédulo.

—Es un guerrero; el conflicto es su naturaleza —contestó Buda.

—Pero hace un instante sollozaba por ti, y tú sollozabas también —replicó Assaji, con incomodidad.

—Eso era amor —dijo Buda—. El amor a veces solloza; no hay por qué avergonzarse. Con algunas personas, es posible vencer apelando al amor.

—El amor no impidió que volviese corriendo a la batalla —dijo Assaji.

Buda abrió la entrada de la tienda. Vieron una comitiva de generales que seguía a Suddhodana mientras él exhortaba a sus tropas a gritos, como cuando era joven. Algunos de los acompañantes trataron de calmarlo, pero él los alejó con furia. Tras un instante, los oficiales ya estaban sobre sus caballos o sus cuadrigas. Buda los miró mientras partían raudos hacia el flanco izquierdo, donde aún se libraba una batalla.

—¿Y si lo matan? —preguntó Assaji, nervioso—. ¿No estás aquí para salvar a tu padre?

—Ésta es la hora de la fe: cuando todo parece inútil —dijo Buda, mientras empezaba a caminar detrás de los guerreros en retirada—. No prediques la fe como suele hacerse, para mantener tranquilas a las personas y prohibirles que piensen por sí mismas. Esa clase de fe es ciega y, por lo tanto, inútil. Sólo hay que recurrir a la fe cuando la mente se ha rendido. Sólo entonces.

—Pero a veces está bien rendirse —argumentó Assaji.

—No, querido amigo, eso no es cierto. Nunca olvides que todo esto es un sueño. —Buda paseó la mirada sobre los cadáveres de los caídos de ambos bandos: las aves carroñeras buscaban entre los restos, los caballos huían sin sus jinetes—. Rendirse en un sueño no tiene sentido, porque la victoria y la derrota son lo mismo: nada.

Buda apretó el paso. Assaji hizo un gesto para que los demás monjes no se quedaran atrás.

—Este día es muy importante para nosotros, maestro. Jamás lo olvidaremos.

—Todos los días son como éste —contestó Buda—. Ya lo verán.

Buda había llegado al centro de la refriega, donde Suddhodana, sin tomar en cuenta los ruegos sinceros de sus oficiales, gritaba, de pie sobre los estribos.

—¡Enfréntate a mí, cobarde! Soy un anciano, pero no te irás vivo de aquí.

Las filas enemigas se estremecieron, y un jinete cabalgó hacia el espacio que había entre los dos ejércitos. Era Devadatta, totalmente pertrechado, con la espada en alto.

—Te mataría con gusto, viejo loco —gritó—, pero ya me sigue la mitad de tu ejército. Ríndete o verás cómo tus hombres mueren antes de que caiga el sol.

—¿Quién es ése? —preguntó Assaji.

—Puedo darte varias respuestas: mi primo, un alma perdida, un hombre atrapado en una pesadilla… —contestó Buda—. Pero la verdad es que es un aspecto de mí. —Levantó su voz para llamarlo—: ¡Devadatta!

Su primo miró en la dirección en que había ecuchado el grito, pero, en lugar de mostrar sorpresa, rió con sorna.

—¿Viniste a ver cómo muere tu última esperanza? —gritó—. Dile a tu padre que deje sus armas, si no quiere que tome el trono por la fuerza.

Todo indicaba que Devadatta estaba en lo cierto. Tras convencer a Suddhodana de que Siddhartha había muerto, Devadatta no había perdido el tiempo. Sembró la discordia entre algunas de las guarniciones del rey, les ofreció más batallas y más oro una vez que derrocaran a Suddhodana. Conspiró con un rey vecino, Bimbisara, para que invadiera el país y así tener una enorme superioridad numérica de su lado. Nada de eso fue difícil. Sólo llevó tiempo. Y ese día, al fin se había presentado la oportunidad.

—Detente, primo, por tu propio bien —dijo Buda, acercándose—. Estás cometiendo un error.

—Sólo para tu familia —contestó Devadatta, con la voz rezumante de hiel—. Me tuviste prisionero toda la vida.

—No tienes de qué vengarte —dijo Buda—. Ríndete y prometo que te liberarás de tu dolor.

Devadatta se enfureció.

—¿Rendirme ante ti? —gritó—. ¡No eres más que una farsa débil y santurrona! —Blandió su espada en círculos sobre la cabeza y espoleó a su caballo para que cargara. Al otro lado, Suddhodana había perdido la voluntad de pelear. Sentía de pronto que toda la energía abandonaba su cuerpo, y se desplomó sobre la montura como el hombre viejo que era.

Listo para morir, Suddhodana cerró los ojos y rezó, algo que sólo hacía en el templo de Shiva antes de las batallas. Pero estaba preocupado por su alma, así que le pidió a Maya que lo perdonara por haberla dejado morir. Dio gracias a los dioses por haberle permitido vivir lo suficiente para ver a su hijo una vez más. Por último, porque él era lo que era, rezó fervorosamente para que Devadatta sufriera una muerte violenta y se fuera directo al infierno. Cuando abrió los ojos, creyó que su última plegaria se había cumplido: Devadatta no estaba sobre él, listo para matarlo con su espada. Por el contrario, el traidor rodaba sobre el polvo, y su caballo había escapado. La confusión se apoderó de las filas de soldados y jefes.

Las cosas se aclararon en un instante. Un soldado se había acercado en el último momento para cortar la cincha de la montura de Devadatta y hacerlo caer. El soldado ya estaba de pie sobre el traidor, arrancándole el yelmo. Era Channa. Y le gritaba algo a Suddhodana.

—¡Salga de aquí! ¡No intentaré matar a todo un ejército por un viejo loco!

Suddhodana retrocedió hasta que estuvo a salvo entre sus propias filas y vio que Devadatta se ponía de pie de un salto. Los dos luchadores caminaban en círculos, enfrentados, con las espadas hacia adelante.

—Así que sigues buscando peleas que no puedes perder —gruñó Channa—. Hoy no. Hoy nadie puede convertirse en rey sin pasar sobre mi cadáver.

Devadatta se lanzó hacia adelante con su arma, buscaba matar a su oponente con el primer golpe, pero Channa lo esquivó en un parpadeo, y él pasó como una tromba, a punto de perder el equilibrio. Con una sonrisa arrogante, Channa le hizo un gesto para que lo atacara de nuevo.

—¿Para qué pierdes el tiempo? —lo provocó—. Siempre supiste que morirías a manos de esta escoria de las castas bajas. Frotaré un poco de mi sangre sobre tus heridas para estar seguro de que irás al infierno.

Cuando controló un poco su furia, Devadatta retrocedió con cautela. Entretanto, los cincos monjes no habían dejado de mirar a Buda y esperaban que interviniera.

—Maestro, has pasado todo el día mostrándonos las cosas que podemos hacer —le susurró Assaji—. ¿Por qué no haces nada ahora?

—Sólo te parece que no hago nada.

La autoridad del tono de Buda silenció a Assaji. Devadatta y Channa seguían moviéndose en círculos, lanzaban estocadas de prueba, para ver si podían atrapar al otro con la guardia baja.

—Todos los sucesos de sus vidas los condujeron a este momento —dijo Buda—. Pero es posible desperdiciar una vida en un instante. Vean qué fácil es. —Se inclinó, cogió una piedra redonda y la lanzó con destreza. La piedra fue a dar justo detrás del talón derecho de Devadatta. El traidor dio otro paso atrás, resbaló sobre el guijarro y cayó apoyándose en una de sus rodillas. Los ojos de Channa se posaron por un instante en los espectadores. Había estado tan concentrado en atacar a Devadatta que ni siquiera reparó en la presencia de Buda entre la multitud. Se sonrojó profundamente, pero no pudo evitar lanzarse contra su enemigo y colocarle la punta de la espada contra la garganta. Nadie sabrá jamás si pretendía concederle una última oportunidad a Devadatta, o si no tendría piedad alguna, porque la voz de Suddhodana llenó la escena:

—¡No! ¡No lo hagas!

Channa vaciló; sabía que si desobedecía las órdenes del rey sería ejecutado. Estaba muy confundido: tenía que asimilar el regreso de Siddhartha justo cuando se disponía a vengar su muerte. Suddhodana avanzó.

—Tienes prohibido matarlo —dijo, con voz autoritaria—. Devadatta sigue siendo un príncipe.

Channa soltó la cabeza de Devadatta, que ya tenía agarrada, y alejó su espada. Hizo una reverencia seca en señal de obediencia. Ése era el momento que su enemigo había estado esperando. Devadatta levantó su espada y apuñaló por la espalda a Channa, que, con la aorta perforada, se desplomó. El traidor se puso de pie, jadeante y chorreando sudor. Los hombres de Suddhodana no tardaron más que unos segundos en capturarlo y llevárselo. Mientras las filas enemigas bullían de confusión, resonó el clarín que les indicaba que debían emprender la retirada. Suddhodana ordenó que los dejaran huir; sin Devadatta para dirigirlos, los hombres de Bimbisara volverían a su hogar con el rabo entre las piernas, y los disidentes del ejército de Suddhodana no tendrían más opción que seguirlos hacia el destierro.

Los únicos que no abandonaron el campo fueron Buda y sus cinco monjes, que estaban azorados.

—¿No era tu amigo? —preguntó Kondana—. Hiciste que lo mataran.

—Hice todo esto para que ustedes comprendieran. Los giros más significativos de la fortuna pueden depender de las cosas más pequeñas. Hasta la última vida está entretejida en la red del karma, que no tiene principio ni fin. Mientras no acepten que todas las vidas están unidas entre sí y que la naturaleza misma es una gran red del ser, jamás sabrán quiénes son en verdad. Para derrotar al karma no hay que luchar contra él, sino darse cuenta de que rendirse es la única esperanza.

—Entonces… ¿Channa debía rendirse a la muerte hoy? —preguntó Kondana.

—La muerte no es lo más importante aquí —contestó Buda—. Mientras estén enredados en el tejido del karma, la muerte llega con el nacimiento. Son inseparables. Descubran la parte de ustedes que aún no ha nacido, y entonces serán libres del nacimiento y de la muerte.

Mientras predicaba, Buda regresaba a la tienda del rey. No tardaron más que unos minutos en llegar. Devadatta estaba atado a un palo, y un gigante encapuchado había empezado a azotarlo. A su lado, sobre el suelo, había una gran cimitarra. Buda desvió la mirada y entró en la tienda. Suddhodana estaba de pie frente al catre en el que yacía Channa, que a duras penas respiraba.

—Ordené que trajeran un médico —dijo Suddhodana, con pena—. Pero debería haber pedido un sacerdote.

Buda se arrodilló junto al catre.

—¿Qué puedo hacer por ti, querido Channa?

Fue como si las palabras hubieran resucitado al moribundo: Channa apenas entornó los ojos, abriendo y cerrando los párpados. En lugar de fijarse en Buda, posó su mirada amarga en Suddhodana.

—He muerto por su orgullo —murmuró. Las palabras sonaban ahogadas, y un hilo de sangre apareció sobre los labios.

—No lo mires a él, mírame a mí —dijo Buda, con tono gentil.

—No puedo, he pecado contra ti.

—¿Por qué hablas de pecados? ¿Crees que vas a morir? —preguntó Buda. Su voz era tan tranquila y tierna que Channa no pudo evitar mirarlo—. He venido a mostrarte al que nunca ha nacido y que, por lo tanto, no puede morir.

Buda tomó los dedos de Channa y le cerró los ojos. Ninguno de los presentes supo jamás qué le hizo ver a Channa, pero la imagen provocó una sonrisa de dicha absoluta en la cara del moribundo. Channa soltó un quejido sordo y extático, y luego su cabeza se desplomó sobre la almohada. Con excepción del pecho, que subía y bajaba levemente, todo su cuerpo había sido embargado por una quietud que tenía todo el aspecto de la muerte.

—¿Cómo puede sobrevivir a una herida como ésa? —preguntó Assaji.

—Ésa es una de las ventajas de soñar —contestó Buda—. No pueden matarte a menos que tú quieras. Que él decida. Este sueño es de Channa y de nadie más. Hará lo que tenga que hacer.

Buda tomó a Suddhodana, que estaba a punto de desplomarse, abrumado por los sucesos del día, y llevó a todos afuera. El anciano aceptó apoyarse sobre el hombro de su hijo para caminar, pero se estremeció de furia en cuanto vio a Devadatta, que se había desvanecido por la violencia de los azotes. Lo único que mantenía su cuerpo en pie eran las cuerdas ensangrentadas que lo ceñían. El rey se disponía a ordenar que despertaran al traidor para que pudiese ser testigo de su propia ejecución, pero advirtió algo extraño: todos los presentes estaban con una rodilla en el suelo o postrados ante Buda.

—¿Por qué hacen eso? —preguntó Suddhodana.

—Su hijo nos trajo paz hoy —contestó uno de los generales.

—¿Cómo? —preguntó Suddhodana, que había dormido mientras Buda hacía sus milagros en el campo de batalla.

—Déjame mostrarte algo —dijo Buda—. En tu corazón quieres matar a Devadatta, aunque ya esté derrotado e indefenso. —El viejo rey bajó un poco la cabeza, pero no lo negó. Buda siguió hablando—. El que mata a un asesino se queda con su karma, y así la rueda del sufrimiento no se detiene jamás. Que se detenga aquí, hoy, para ti. —Entre temblores, su padre asintió de forma imperceptible—. Te mostraré lo que tienes que hacer para que tu reino sea un territorio de paz —dijo Buda.

Nadie vio que hiciera nada fuera de lo común, pero era como si las nubes que cubrían el sol se hubiesen desvanecido. El ánimo belicoso desapareció; la atmósfera se llenó de calma y pureza.

Los soldados miraron alrededor y pareció que no podían reconocer dónde se encontraban. Muchos examinaban las armas como si fueran instrumentos extraños que veían por primera vez en su vida.

Buda se acercó a Assaji y le susurró:

—Doy comienzo a esta nueva era con la intención de que tú puedas prolongarla para siempre. Recuérdalo.

Cortaron las amarras de Devadatta y se llevaron el cuerpo inconsciente. Devadatta despertó esa noche en su cama, en el palacio. Sus aposentos fueron sellados y vigilados durante tres días, para que él reflexionara sobre lo que había ocurrido. Al principio, sólo se sentía hueco y entumecido. Su compromiso con el mal le había dado una energía feroz, que ya no tenía. En la noche del tercer día, trató de abrir el picaporte de su puerta y descubrió que estaba abierta. Con cautela, miró hacia ambos lados del pasillo: no había nadie. Llegaban ruidos desde la gran sala. Tras considerar la posibilidad de huir, sintió un impulso que lo obligaba a dirigirse hacia la fuente del ruido. Los azotes fueron tan violentos que le habían afectado la memoria, y Devadatta ni siquiera sabía a ciencia cierta cómo había terminado la batalla o quién era rey. Nadie lo vio de pie en la entrada de la sala.

Tenía lugar una gran celebración. Toda la corte estaba a la mesa, mientras los sirvientes corrían de aquí para allá con bandejas de carne, arroz con azafrán, mangos maduros y bayas con miel. Suddhodana ocupaba la cabecera. A un lado, en una mesa más baja, había cinco monjes que comían arroz y lentejas con Buda. El ambiente estaba inundado por una dicha tranquila, como hacía años que no se veía en el palacio.

Devadatta se detuvo a contemplar los festejos, pero se volvió y se retiró.

—¿Viste eso? —preguntó Assaji, que estaba a la derecha de Buda.

—Sí.

—Era tu peor enemigo, ¿y ahora lo dejarás ir?

—Devadatta es la única persona en el mundo que no pudo dejarme —dijo Buda—. Es su bendición, pero él la vio como una maldición. Está atado a mí por una cuerda que jamás podrá cortar ni dejar a un lado.

—¿Volverá, entonces? —preguntó Assaji, que no abandonaba su idea.

—¿Qué otra opción tiene? —preguntó Buda—. Cuando te obsesiona el odio que sientes por alguien, es inevitable que algún día regreses para transformarte en su discípulo.

—Maestro, sólo espero que sea mejor persona cuando regrese —dijo Assaji, con tono dubitativo.

—Seguirá siendo arrogante y orgulloso —contestó Buda—. Pero no importa. El fuego de la pasión se extingue tarde o temprano. Entonces escarbas entre las cenizas y encuentras una gema. La tomas; la miras con incredulidad. La gema siempre estuvo dentro de ti. Es tuya, para siempre. Es Buda.

Epílogo

P ara el narrador, sería ideal que la vida de Buda llegase a un final espectacular. Contenemos la respiración en espera de ese desenlace. Primero vino el comienzo, de cuento de hadas, con un príncipe apuesto; después, el segundo acto, con un monje errante que pasa por todo tipo de pruebas y sufrimientos; y entonces nos encontramos con un clímax brillante, cuando se llega a la iluminación en una sola noche, debajo de un árbol bodhi. ¿Dónde termina esa vida asombrosa?

Resulta que acaba directamente de vuelta en la tierra. Buda vivió tranquilo durante otros 45 años y viajó por todo el norte de la India, como reconocido maestro, antes de fallecer a la edad de 80 años. Murió por comer un trozo de cerdo en mal estado, una forma humilde y mundana de partir.

Para satisfacer nuestros deseos dramáticos, tenemos que concentrarnos en los personajes secundarios de la historia. Los íntimos de Siddhartha gozaron de un cálido reencuentro con él. Su esposa, Yashodhara, y su hijo, Rahula, se volvieron devotos de Buda, lo que parece bastante adecuado. Fueron venerados hasta el fin de sus días. Otros personajes tuvieron un destino más extraño. El círculo de monjes que rodeaba a Buda y crecía constantemente, conocido como el Sangha, pasó a incluir a dos inadaptados: su archienemigo, Devadatta, y el tosco guerrero Channa. Según la tradición, Devadatta siempre fue orgulloso y resentido; causó problemas incluso como discípulo. En un episodio famoso, Devadatta trata de asesinar a Buda al provocar una avalancha de rocas; en otro, emborracha a un elefante con licor y lo hace embestir contra el Compasivo. (Buda se salva del peligro en ambos casos). Como suele ocurrir, el villano del cuento es demasiado divertido como para que nos permitamos el lujo de deshacernos de él, así que hay otras historias de intriga política con un príncipe vecino llamado Ajatashatru, y más relatos mundanos de Devadatta y su aversión a las reglas que establecía Buda para los monjes. Es tarea difícil para todo narrador crear mucho drama y mucha intriga con la más que apacible política de los ashram.

Atenerse a las reglas tampoco era del gusto de Channa. Tras haber renunciado a ser un bravo auriga, Channa se irritaba cada vez que lo consideraban como un simple monje sagrado. Su principal pecado era el orgullo. Jamás dejaba que nadie olvidara que él había sido el mejor amigo de Siddhartha. Trataba a Buda con demasiada familiaridad, y eso producía incomodidad a los demás devotos. En cierto momento, la mala conducta de Channa se volvió demasiado difícil de soportar, incluso para la tolerancia de Buda. El discípulo más importante, Ananda, que históricamente era el primo de Buda, fue enviado a reprenderlo, y ahí se dividen las aguas del mar de la tradición. En una versión, Channa, no sin resentimiento, hace caso de la reprimenda y cambia. En la otra, se hunde en la desesperación y se suicida.

Pero estaríamos equivocados si nos decepcionara nuestro héroe. La iluminación era apenas el comienzo del ascenso espiritual de Buda, que fue espectacular en todos los sentidos. El budismo provocó un terremoto en la vida espiritual de la India: echó por tierra los privilegios de la casta de los brahmanes y elevó incluso a los despreciados intocables a la dignidad espiritual.

Buda sopló por los templos como un viento fuerte y, con simplicidad de genio, redujo el problema humano a una sola cuestión clave: el sufrimiento. Si el sufrimiento es una constante en todas las vidas, decía, entonces a menos que se termine ese mal, la iluminación no tiene sentido. Tampoco tiene sentido hablar de dios o de los dioses, el cielo y el infierno, el pecado, la redención, el alma y todo lo demás. Se trataba de una reforma del tipo más radical, y en gran parte fue rechazada. La gente quería a dios. Buda ni siquiera quería hablar de la existencia o inexistencia de dios. De manera categórica, negaba que él mismo fuera divino. La gente quería el consuelo de los rituales y las ceremonias. Buda rechazaba las ceremonias. Quería que cada individuo mirara dentro de sí y hallara la liberación por medio de un viaje personal que empezaba en el mundo físico y terminaba en el nirvana, un estado de conciencia pura, eterna. El nirvana está presente en todos, predicaba, pero es como el agua pura que corre en las entrañas de la tierra. Llegar a ese estado exige concentración, devoción y trabajo diligente.

No es extraño que el llamamiento de Buda a despertar resultara tan tentador y tan difícil. El Camino del Medio, que recibió ese nombre porque no era ni demasiado duro ni demasiado sencillo, demostró ser muy atractivo, pero el viaje al Nirvana es solitario y hay en él poco paisaje para recrear la vista. Sin embargo, no se pueden contradecir las enseñanzas. Todo lo que predicó Buda surge lógicamente de la Primera Noble Verdad, que a su vez es lo primero que dijo Buda a los cinco monjes después de haber alcanzado la iluminación: la vida está llena de sufrimiento. La otras tres enseñanzas suenan más bien a psicoterapia moderna que a religión convencional:

PRIMERA NOBLE VERDAD: La vida está llena de sufrimiento.

SEGUNDA NOBLE VERDAD: El sufrimiento tiene una causa que se puede conocer.

TERCERA NOBLE VERDAD: Existe el cese del sufrimiento.

CUARTA NOBLE VERDAD: El camino para que cese el sufrimiento tiene ocho partes.

Ahora hemos superado el papel del narrador, ya que estas cuatro simples afirmaciones generaron una explosión teológica que se extendió por toda Asia y por el resto del mundo. Gracias a las décadas de enseñanza de Buda, un cuadro de discípulos comprometidos plenamente con el camino budista cruzó el Himalaya y viajó a todos los lugares donde podían pisar las sandalias de los reveladores. La lista de culturas que revolucionaron estos ascetas errantes es asombrosa: Tíbet, Nepal, China, Japón, Corea, Sri Lanka, Tailandia, Camboya, Birmania, Vietnam y hasta Malasia e Indonesia. En muchos casos, un puñado de misioneros budistas llegó a crear una nueva cultura. Lo único que puede hacer un observador desde fuera es contemplar, sobrecogido.

¿Por qué aceptó la gente esta nueva enseñanza con tanta predisposición? Porque la Primera Noble Verdad era innegable. Las personas sabían que sufrían y, en lugar de mostrarles una salida, sus viejas religiones les daban sustitutos, en forma de dogma, oraciones, rituales y cosas por el estilo. En su versión más simple, el budismo se plantó en la plaza del pueblo y dijo: «Aquí hay ocho cosas que abrirán el sendero hacia la paz en lugar del dolor.» Según el Óctuple Sendero, cada persona debe cambiar el modo en que funciona su mente, mediante la expulsión de aquello que está mal, lo que es supersticioso y no sirve, además de cambiar esos hábitos obsoletos para alcanzar una claridad mayor. En otras palabras, el proceso del despertar, que Buda experimentó en una sola noche, se expone como un programa para toda una vida:

- Visión o entendimiento correcto
- Intención correcta
- Habla correcta
- Acción correcta
- Medios de vida correctos
- Esfuerzo correcto
- Conciencia correcta
- Concentración correcta

Algunos de estos pasos suenan como cosas naturales. Todos queremos creer que nuestras acciones y nuestras palabras son virtuosas. No deseamos equivocarnos en nuestro esfuerzo y nuestras intenciones. Para recorrer otras partes del sendero se necesita una orientación especial. ¿Qué es la conciencia correcta? ¿Y la concentración correcta? Esos aspectos están arraigados en las prácticas de meditación del yoga, que Buda también reformó y puso al alcance de la gente común.

Como narrador, no sentí que mi tarea fuera difundir el budismo: es mejor dejar eso a los equivalentes modernos de los misioneros errantes que están comprometidos con el budismo. Sería impropio que yo tratara de calzarme sus zapatos. Pero quisiera hablarte a ti, lector, que quizá te encuentres con Buda sin preparación alguna. Yo llegué así a

Buda, e hice la pregunta obvia: ¿qué puede hacer por mí esta enseñanza? ¿Hay algo que me abra los ojos y me despierte más, en este preciso instante?

Personalmente, encontré tres cosas, que se conocen como los Tres Sellos del dharma o, en español corriente, los tres hechos fundamentales del ser. Me dijeron mucho más que el Camino del Medio por su universalidad, que se extiende mucho más allá de las fronteras de la religión.

1. *Dukkha*

La vida es insatisfactoria. El placer en el mundo físico es efímero. De manera inevitable le sigue el dolor. Por lo tanto, nada que experimentemos puede ser profundamente gratificante. En el cambio no hay descanso.

2. *Anicca*

Nada es permanente. Toda la experiencia fluye y desaparece. Causa y efecto son eternos y confusos. Por lo tanto, jamás se puede hallar la claridad ni la permanencia.

3. *Anatta*

El yo aparte no es digno de confianza y es, en última instancia, irreal. Usamos palabras como «alma» y «personalidad» para designar algo que es pasajero y fantasmal. Nuestros intentos de hacer del yo algo real no terminan nunca, y tampoco dan frutos a cambio. Por eso nos aferramos a una ilusión que nos dé seguridad.

Después de leer esto, ¿puede alguien evitar la conmoción interior? Buda no era sólo un maestro bondadoso que quería que la gente encontrara la paz. Era un cirujano radical que examinaba a sus pacientes y decía: «Con razón te sientes mal. Te ha saturado esa visión irreal, y ahora tenemos que deshacernos de ella.» Como es natural, muchos oyentes volvían corriendo a la religión convencional, y muchos otros abrazaban el materialismo, que asegura que el cuerpo, la mente y el mundo físico son completamente reales.

¿Por qué deberíamos aceptar la palabra de Buda cuando dice que no lo son? Yo creo que ésa es la cuestión fundamental. No resulta muy complicado aceptar que la vida de uno está llena de sufrimiento, y tampoco cuesta tanto reconocer que el constante fluir y el cambio en la vida generan insatisfacción. Ambas cosas parecen obvias desde el punto de vista psicológico. ¿Pero es fácil aceptar que el mundo entero y todas las personas que lo habitan son una ilusión? Eso sí que cuesta, y para eso se requiere un cambio completo de conciencia.

La palabra «ilusión» tiene muchísimos significados, y algunos son muy tentadores. La ilusión, por ejemplo, de que cuando te enamores será para siempre. La ilusión de que no morirás jamás. La ilusión de que la ignorancia es dicha. Buda veía el peligro que escondían estos señuelos. Rara vez hablaba con dureza, pero me lo imagino reventando todas esas burbujas: el amor tiene fin, todos mueren, la ignorancia es una locura. Pero si se hubiera detenido ahí, Buda habría terminado siendo poco más que un tedioso moralista.

Su definición de ilusión es tan absoluta que casi congela la sangre. Todo lo que se puede ver, oír o tocar es irreal. Todo aquello a lo que te aferras como si fuera permanente es irreal. Todo lo que puede pensar la mente es irreal. ¿Hay algo que se salve de las garras fulminantes de la ilusión?

No.

Pero una vez que nos sobreponemos a la sorpresa que produce saberlo, Buda afirma que con un cambio de conciencia se revela la realidad. No como una cosa, no como una sensación, ni siquiera como un atisbo de pensamiento. La realidad es puramente realidad. Es el fundamento de la existencia, la fuente a partir de la cual se proyecta todo lo demás. En los términos más básicos, el budismo cambia un mundo de infinitas proyecciones por el único estado del ser, una libertad tan absoluta que no tiene que pensar en la libertad ni pronunciar su nombre.

Esta razón subversiva me decidió a escribir una novela sobre Buda. Al contar la historia de Buda desde dentro (en un principio, quise que el libro se llamara «Yo, Buda»), me propuse seguir cada paso que llevó a Siddhartha a dejar de creer en el mundo. Su historia no es en realidad la de un príncipe romántico, un monje que sufría ni un santo triunfante. Es un viaje universal del alma que empieza en el sueño y termina en el despertar. Siddhartha se despertó a la verdad, lo que suena inspirador, pero en este caso la verdad demolió todo su ser. Derribó toda creencia, purificó cada sentido y trajo total claridad a la confusión de la mente. En suma, este libro ha sido finalmente una especie de seducción, que trata de conducir al lector, paso a paso, hacia una visión para la cual ninguno de nosotros fue criado y educado. A través de los ojos de Buda, la raíz del sufrimiento es la ilusión, y la única forma de escapar de la ilusión es dejar de creer en el yo aparte y en el mundo que apoya ese yo aparte. Ningún mensaje espiritual ha sido tan radical como éste, y ninguno conserva esa terrible urgencia.

El arte de la no acción

Guía práctica del budismo

Después de habernos sentido inspirados por la vida de Buda, lo más importante es no dejar que Buda se nos escurra entre los dedos. Es muy común que eso suceda. Primero, porque él no quería que nadie se aferrara a él. Buda era como una supernova que explota en el cielo y esparce luz en todas las direcciones. Antes de la explosión, podías ubicarlo en el tiempo y el espacio. Era una persona como cualquier otra, por muy brillante y carismática que fuese. Pero después de la explosión conocida como «iluminación», Buda se convirtió en otra cosa, en algo muy impersonal. Llamémosle espíritu puro, esencia o sabiduría trascendente. Cualquiera que fuese el nombre adecuado, ya no era una persona, lo que plantea dificultades añadidas. ¿Cómo seguir a un maestro que está en todos lados al mismo tiempo?

Me imagino cómo será sentarse con un lector y que el lector haga esa pregunta, que a su vez llevaría a varias más.

¿Cómo se pretende que siga a alguien que insiste que ya no es una persona ni tiene un yo?

Idealmente, sigues a esa persona al perder tu propio yo, cosa que parece imposible, ya que es tu yo el que está fascinado con ella. Es tu yo el que sufre y quiere liberarse de ese sufrimiento. El mensaje más importante del budismo es que ese yo no puede lograr nada real. Tiene que encontrar una manera de desaparecer, tal como hizo Buda.

¿El yo alcanza su meta al dejar de ser el yo? Parece ilógico o cuando menos paradójico.

Sí, pero los budistas encontraron tres formas de vivir la sabiduría que les legó su maestro. La primera es social: formar un sangha con grupos de discípulos, como el de monjes y monjas que reunió Buda en vida. El sangha existe para establecer un estilo de vida espiritual. Las personas recuerdan la enseñanza y mantienen viva la visión budista. Meditan juntos y unidos crean una atmósfera de paz.

La segunda forma de seguir a Buda es ética y se centra en el valor de la compasión. Buda era conocido como «El Compasivo», un ser que amaba a toda la humanidad sin juzgarla. La ética budista traslada esa actitud a la vida diaria. Todo budista practica la amabilidad, el don de ver a otros sin juzgarlos, pero además muestra amor y veneración por la vida misma. La moral budista es pacífica, abierta y dichosa.

La tercera forma de seguir a Buda es mística. Te tomas en serio el mensaje del no yo. Haces todo lo posible por romper los vínculos que te mantienen atrapado en la ilusión de que eres un yo aparte. Tu meta es salirte de puntillas, en silencio, del mundo material, aun cuando tu cuerpo permanezca en él. Las personas comunes hacen cosas todo el día, pero en lo profundo de tu corazón tú has vuelto la atención a la no acción, como lo llaman los budistas. No se trata de pasividad, sino de un estado de apertura a todas las posibilidades.

Si practico la no acción, ¿qué haré en realidad? Sigue pareciendo una paradoja.

La tercera forma de seguir a Buda afronta su lado más enigmático. ¿Cómo puedes deshacerte del yo aparte cuando es lo único que has conocido? El proceso suena aterrador. En primer lugar, porque no hay garantías. Una vez que logras la «muerte del ego», como se suele llamar, ¿qué quedará? Quizá termines iluminado, pero podrías terminar también hecho un blanco, un no ser pasivo sin intereses ni deseos. Las personas creen que el camino budista es exigente porque en él se te pide que reevalúes todo lo que consideras que te hará avanzar en la vida —el dinero, las posesiones, la condición social, los logros— y lo veas como una fuente de sufrimiento. Por ejemplo, tener dinero no provoca sufrimiento directamente, pero te ata a la ilusión al no dejarte ver que hay otra forma de vivir que es real. El dinero, como las posesiones y la condición social, crea una rutina que trae detrás de ella un deseo tras otro.

¿Entonces la iluminación es lo mismo que no tener deseos?

Tienes que entender la «ausencia de deseos» en un sentido positivo, como realización. Cuando toca un músico, hay un estado de ausencia de deseos porque el músico se siente realizado. Cuando comes un manjar delicioso, te sientes realizado porque satisfaces el hambre. Buda predicó que hay un estado, conocido como nirvana, en el que el deseo es irrelevante. Todo lo que trata de alcanzar el deseo ya existe en el nirvana. No tienes que perseguir deseo tras deseo en una búsqueda inútil para poner fin al sufrimiento. Por el contrario, vas directamente a la fuente del ser, que no está llena ni vacía. Simplemente es.

¿Te quedan ganas de vivir después de eso?

En el nirvana ya no se trata de la vida y la muerte, que son opuestos. Buda quería liberar a las personas de todas las dicotomías. Si sigues sus enseñanzas de la segunda forma posible, a través de la moral y la ética, es importante ser bueno, sincero, no violento y compasivo. No querrás practicar el comportamiento opuesto. Pero si sigues a Buda de la tercera forma, la forma mística de la no acción, es precisamente la dualidad lo que tratas de disolver. Vas más allá del bien y del mal, algo que asusta a muchas personas.

¿Qué es el no yo?

Es quien eres cuando no tienes relación con nada. Eso parece místico, pero no deberíamos dejar que nos distraiga la semántica. El no yo es natural; está arraigado en la experiencia cotidiana. Cuando te levantas por la mañana, hay un instante que precede al momento en que tu mente se llena con todas las cosas que tienes que hacer en el día. En ese instante, existes sin un yo. No piensas en tu nombre ni en tu cuenta bancaria; ni siquiera piensas en tu esposa e hijos. Eres y eso basta. La iluminación extiende y profundiza ese estado. No estás agobiado por tener que recordar quién eres, nunca más.

Cuando me levanto por la mañana me acuerdo de quién soy casi inmediatamente. ¿Cómo se cambia eso?

Al cambiar gradualmente tu manera de pensar. Piensa en cómo te relacionas con tu cuerpo. Casi siempre te olvidas de eso. Los latidos del corazón, el metabolismo, la temperatura corporal, el equilibrio de los electrolitos… Literalmente, docenas de procesos tienen lugar automáticamente, y tu sistema nervioso los coordina a la perfección sin que interfiera la conciencia. Buda sugiere que puedes despreocuparte de muchas cosas que piensas que debes controlar. En lugar de dedicar tanto esfuerzo y lucha a pensar, planificar, correr tras el placer y evitar el sufrimiento, puedes rendirte y poner también esas funciones en manos del piloto automático. Eso se logra gradualmente con una práctica llamada conciencia.

Es decir, ¿tengo que dejar de pensar?

Dejas de invertir parte de ti en pensar, porque Buda te enseña que, de todas maneras, no has tenido el control de tu mente. La mente es una serie de sucesos efímeros, pasajeros, y tratar de aferrarte a lo efímero es una ilusión. El tiempo es exactamente lo mismo: una secuencia de sucesos efímeros que carece de base sólida. Una vez que oigas esta enseñanza, ponla en práctica mediante la conciencia. Cada vez que te tiente la ilusión, recuérdate a ti mismo que no es real. En cierto modo, un término más adecuado sería *realconciencia*.

El proceso de cambiar tu conciencia lleva tiempo. Es una evolución, no una revolución. Todos nos sentimos atraídos por la tentación de elegir entre A o B. La dualidad nos hace creer que es importantísimo tomar buenas decisiones y evitar las malas. Buda no está de acuerdo y dice que es importante salirse de la dualidad, lo cual es imposible aferrados al juego de «A o B». La realidad no es A ni es B. Es ambas y es ninguna. La conciencia hace que lo recuerdes

¿Cómo se supone que debo entender la expresión «ambas y ninguna»?

No puedes entenderlo, por lo menos con la mente. En pocas palabras, la mente es una máquina que procesa el mundo en lo que respecta al planteamiento «quiero esto» y «no quiero lo otro». Buda predicó que puedes salir de esa maquinaria y mirar cómo trabaja, ser testigo de la mezcolanza fantástica de deseos, miedos y recuerdos que es la mente. Cuando te vuelves más diestro en esto mediante la meditación, las cosas cambian. Empiezas a ser consciente de ti con más simpleza, sin tanta confusión mental. Con el tiempo, cambia tu forma de pensar, y lo que domina es el espacio que hay entre los pensamientos —la brecha silenciosa— en lugar de los pensamientos mismos.

¿Es eso el nirvana?

No, eso es apenas un signo de que estás en la práctica adecuada de la conciencia. La brecha silenciosa entre los pensamientos pasa con demasiada rapidez para que alguien pueda pararse a vivir allí. Tienes que darle a la brecha la posibilidad de que se amplíe y, al mismo tiempo, el silencio se haga más profundo. Tal vez suene extraño, pero tu mente puede estar en silencio todo el tiempo mientras piensa. Comúnmente, el silencio mental y el pensamiento se consideran opuestos, pero cuando superas los opuestos, éstos se fusionan. Te identificas con la fuente eterna del pensamiento más que con los pensamientos que emergen de ella.

¿Qué ventaja tiene, si es que decide tomar el tiempo y
el trabajo necesario para llegar a ese estado?

Uno puede hablar de las ventajas en términos elogiosos que suenan muy atractivos. Ganas paz, ya no sufres. La muerte ya no resulta aterradora. Estás de pie, inquebrantable, en tu propio ser. En realidad, los beneficios son muy personales y se presentan con su propio ritmo. Cada persona se encuentra en su particular estado de irrealidad, que es muy personal. Tal vez yo sea obsesivo y la persona que tengo junto a mí sea ansiosa y la persona que está junto a ella, depresiva. En la meditación, estos nudos de discordia y conflicto empiezan a desatarse por impulso propio. Pero siempre hay una revelación evolutiva. A tu manera, caminas hacia la paz, la ausencia de sufrimiento, la intrepidez y todo lo que representaba Buda.

Desde fuera, esta tercera forma de seguir a Buda parece mística, pero con el tiempo se vuelve tan natural como la respiración. El budismo sobrevive hoy en día, y prospera en todo el mundo, por ser tan abierto. No tienes que seguir un conjunto de reglas ni adorar a dios ni a diversos dioses. Ni siquiera tienes que ser espiritual. Lo único que debes hacer es mirar dentro de ti, desear la claridad, despertarte y estar completo. El budismo se basa en el hecho de que todos tenemos al menos una pizca de esas motivaciones. La conciencia y la meditación constituyen el fundamento de la práctica budista, aunque cada secta y maestro tenga un enfoque particular al respecto. El *za-zen*, tipo de meditación budista que se practica en Japón, no es lo mismo que la meditación *vipasana* del sudeste asiático. Sin embargo, a fin de cuentas, el budismo es un proyecto personal, y ése es el secreto de su atractivo en el mundo moderno. ¿Acaso no nos concentramos todos en el sufrimiento personal y en nuestro destino individual? Buda no pedía nada más como punto de partida y, aun así, prometía que la llegada sería la eternidad.

Agradecimientos

En primer lugar, tengo que dar las gracias a un amigo cuya imaginación desencadenó este proyecto, el director de cine Shekhar Kapur. Compartimos largas y fascinantes sesiones, tratando de volver a imaginar la vida de Buda. Sin sus aportaciones, las mejores partes de este libro jamás hubieran existido.

Gracias a Gideon Weil, mi editor, que hizo sugerencias valiosísimas en cada una de las etapas e intervino en los momentos justos.

Como siempre, mi familia y toda la gente del Centro Chopra prestaron su apoyo y brindaron su amor. Les estoy profundamente agradecido y espero que este libro les llene de orgullo.

Esta obra se acabó de imprimir
El mes de julio de 2007, en los talleres de

PENAGOS, S.A. DE C.V.
Lago Wetter No. 152 Col. Pensil
11490, México, D.F.